KySS by  rowohlt POLARIS

ANYA OMAH

Gewitterleuchten

ROMAN

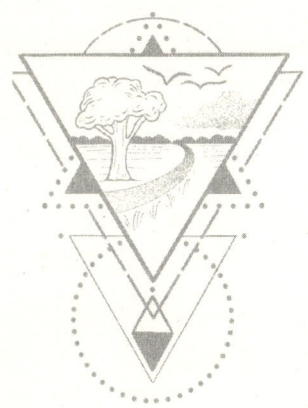

KYSS

Dieses Buch enthält potenziell triggernde Inhalte. Wenn du dich darüber informieren möchtest, findest du auf unserer Homepage unter www.endlichkyss.de/gewitterleuchten eine Content-Note.

2. Auflage Februar 2023

Originalausgabe
Veröffentlicht im Rowohlt Taschenbuch Verlag,
Hamburg, Februar 2023
Copyright © 2023 by Rowohlt Verlag GmbH, Hamburg
Covergestaltung ZERO Werbeagentur, München
Coverabbildung Patrycja Krol; Shutterstock
Satz aus der DTL Documenta
bei Dörlemann Satz, Lemförde
Druck und Bindung CPI books GmbH, Leck
ISBN 978-3-499-00656-2

Die Rowohlt Verlage haben sich zu einer nachhaltigen Buchproduktion verpflichtet. Gemeinsam mit unseren Partnern und Lieferanten setzen wir uns für eine klimaneutrale Buchproduktion ein, die den Erwerb von Klimazertifikaten zur Kompensation des CO_2-Ausstoßes einschließt.
www.klimaneutralerverlag.de

Für meinen Papa.
Ich weiß, dass du mich
siehst und stolz
auf mich bist.

Playlist

Birthday Cake – Dylan Conrique
I See You – MISSIO
Good Days – SZA
Yummy (Summer Walker Remix) – Justin Bieber &
Summer Walker
Do It Like a Dude – Jessie J
Freaks – Surf Curse
Make me think of you – ELIS NOA
Fantasy – Black Atlass
Vibin' Out – FKJ & (((O)))
Wonder – Shawn Mendes
Fix It to Break It – Clinton Kane
Falling – Harry Styles
Where Are Ü Now – Skrillex & Diplo (with Justin Bieber)
Arcade – Duncan Laurence
i hate u, i love you – gnash (feat. Olivia O'Brien)
Been Like This – Doja Cat
Someone to Stay – Vancouver Sleep Clinic
you were good to me – Jeremy Zucker & Chelsea Cutler
get you the moon – Ryan Walker
golden hour – JVKE
To Build a Home – The Cinematic Orchestra (feat. Patrick
    Watson)

Hallo Papa

Eigentlich glaube ich nicht mehr an Gott seit du gestorben bist. Aber kann es ohne Gott Engel geben? Weil ich nähmlich glaube das du ein Engel geworden bist und gemacht hast das jetzt Teddy für mich da ist. Wenn ich traurig bin nimmt mich Teddy mit in seine Werkstat und wir reparieren zusammen dein Mortorad. Teddy sagt das es bald wider wie neu aussehen wird. Schade das das nicht auch bei Menschen geht. Wenn ich einen einzigen Wunsch frei hätte würde ich mir einen Schraubenschlüssel wünschen der dich wider lebendig macht. Aber nur Babys glauben an Wunder. Deshalb wünsche ich mir nur das Mama Teddy und Lydia alle meine Freunde Oma Opa Tante Luisa Onkel Frederik und alle Menschen die ich sonst noch lieb habe niemals sterben. Und Aaron. Obwohl er fis zu mir ist. Gestern hat er gesagt das ich mich wie ein Junge beneme und er hat mich Karottenkopf genant. Ich wollte ihm das zurückgeben aber dann kahm Teddy. Er darf nicht hören wie ich gemeine Sachen zu seinem Sohn sage. Sonst hört er bestimmt auf mich lieb zu haben und nimmt mich nicht mehr in seine Werkstat mit. Außerdem will ich mich garnicht mit Aaron streiten. Ich wäre viel lieber mit ihm befreundet.

Hab dich ganz doll lieb
Deine Leo

1
Leona

Ich tauche meinen Zeigefinger in den cremigen Teig und lecke ihn mit geschlossenen Augen ab. «Mhmmm.» Das hier ist der beste Teil am Kuchenbacken. Das Probieren des Teigs, bevor man ihn in die Form gibt. Der Ofen ist bereits vorgeheizt. Wie jedes Jahr am 15. August backe ich spätabends Teddys Lieblingskuchen. Schokolade mit Kokos – diesmal mit einem Schuss Rum. Ich lasse den Kuchen über Nacht auskühlen, um ihn morgen direkt nach der Uni mit nach Lüneburg zu nehmen. Teddy wird sechsundsechzig. Daher auch der Rum. Ein bisschen von seinem Lieblingsschnaps, wegen der Schnapszahl. Vermutlich bin ich die Einzige, die diesen Einfall genial findet. Aber das ist mir egal.

Ich bin dabei, die Springform mit Margarine einzufetten, als hinter mir mein Handy vibriert. Mit der Form in der Hand drehe ich mich zum Küchentisch, um einen kurzen Blick aufs Display zu werfen. Damit ich weiß, wen ich gleich zurückrufen muss. Aber als ich den Namen «Möchtegern-Hipster-Ken» auf dem Bildschirm lese, wird aus dem *kurzen Blick aufs Display* ein ungläubiges Starren. Schnösel-Aaron ruft mich normalerweise nie an. Ich ignoriere den Anruf. Was auch immer er will, er kann mir wie ein normaler Mensch eine Nachricht schreiben oder mir auf die Mailbox sprechen. Keine Sekunde nachdem mein Handy verstummt ist, vibriert es jedoch erneut. Wieder ist es Aaron. Ich verdrehe die Augen und stelle die Backform auf die Arbeitsfläche. Drei Atemzüge lang spiele ich mit dem Gedanken, ihn wegzudrücken. Aber was, wenn es wichtig ist? Es könnte um den Geburtstag seines Vaters gehen – eine spontane Ortsänderung oder Überraschung, in die er mich einweihen will.

Als ob Schnösel-Aaron jemals so nett zu mir wäre. Kopfschüttelnd nehme ich mit der sauberen Hand mein Telefon vom Küchentisch und wische den grünen Kreis nach rechts.

«Wirst du jetzt zum Stalker, oder was soll der Telefonterror, Aaron?»

«Hi, Leo.»

Sämtliche Härchen an meinem Körper stellen sich auf. Was zur Hölle ist mit Aarons Stimme passiert? Sie klingt viel zu kratzig, viel zu rau und irgendwie … abgenutzt. Total fertig. Wie die eines kettenrauchenden Heavy-Metal-Sängers nach einem Heulkrampf. Aber definitiv nicht wie die von Möchtegern-Hipster-Ken, Schrägstrich Schnösel-Aaron, der mich, seit ich denken kann, Karottenkopf nennt. Immer. Ist das Teil eines Streichs, um mich in Sicherheit zu wiegen?

«Was ist los?», frage ich vorsichtig.

«Der Geburtstag meines Vaters fällt aus.» Jetzt bricht seine Stimme. Das kann nicht gespielt sein.

«Warum?»

Keine Antwort. Bloß ein hartes Schlucken, was mein

Herz so heftig pochen lässt, dass es in meinen Ohren dröhnt.

«Aaron?»

«Er hatte einen Unfall ... in der Werkstatt und ist jetzt im Krankenhaus.»

«Du verarschst mich, oder?» Meine Frage ist eher ein Flehen. Ich würde alles dafür tun, dass er sie mit Ja beantwortet. Doch stattdessen ...

«Nein.»

Mit noch fettigen Fingern ertaste ich die Tischkante. Ich fühle mich, als würde ich stürzen. «Wie schlimm ist es?»

«Die Hebebühne ist zusammengebrochen und ... er wurde unter ihr eingeklemmt. Mama meinte, dass er reanimiert werden musste.»

Mein Herz krampft sich zusammen und sackt wie ein Stein in meinen Magen. Übelkeit steigt in mir auf.

«Er wird gerade notoperiert und ...» Ich höre die Angst in Aarons Stimme. Die Panik. Und die Tränen, die ihn schließlich verstummen lassen. Tief luftholend ringt er um Beherrschung, während ich die Augen schließe.

Bitte nicht. Ich schüttele gefühlt hundertmal den Kopf, in der Hoffnung, dass seine Worte nicht wahr sind. Das erste Mal in meinem Leben wünsche ich mir, dass Aaron gemein zu mir ist. Dass es nur ein grausamer Streich ist, dass er – so makaber es auch wäre – gleich schadenfreudig ins Telefon lacht. Aber der Teil von mir, der gerade zu zerbrechen droht, weiß, dass das nicht passieren wird. Als ich meine Lider wieder öffne, erkenne ich die Umrisse der Küche nur noch verschwommen. «In welchem Krankenhaus liegt er?»

«Im Klinikum Lüneburg.»

Die Klinik, in der Papa gestorben ist. Ich zwinge mich, nicht daran zu denken, und nicke, was bei Aaron natürlich nur als Schweigen ankommt.

«Bist du noch da?»

«Klinikum Lüneburg», antworte ich tonlos. «Ich ... ich mache mich auf den Weg.»

«Okay ... dann sehen wir uns da, schätze ich. Muss jetzt auflegen, das Flugzeug startet gleich.»

Flugzeug? Es dauert einen kurzen Moment, bis mir wieder einfällt, dass er in München studiert und mit dem Zug oder Auto viel länger unterwegs wäre.

Obwohl er inzwischen aufgelegt hat, halte ich noch immer mein Handy ans Ohr. Alles, was ich höre, ist das Rauschen meines Blutes und mein wild pochendes Herz, das Angst durch meine Adern pumpt. Angst, die sich in meinem ganzen Körper ausbreitet. Erst in der Brust, dann im Bauch, im Kopf und von dort aus in Beine und Arme. Ich spüre sie sogar in den Fingern. Sie fangen an zu kribbeln, versteifen sich. So wie auch der Rest meines Körpers.

Papa ist eingeschlafen, Leona. Er kommt nicht mehr zu uns zurück.

Alles in mir fühlt sich schwer an, als würde flüssiges Blei durch meine Venen fließen. Ich muss zu Teddy, bevor es zu spät ist. Ich muss sofort zum Bahnhof. Aber meine Beine bewegen sich nicht.

«Reiß dich zusammen, Leo», befehle ich mir und schalte meinen Kopf auf Autopilot. Wie immer, wenn ich drohe in Schockstarre zu verfallen, erteile ich mir simple Anweisungen: «Leg das Telefon weg, Leo. Wasch dir die Hände.» Ich lege mein Telefon auf den Tisch und gehe zur Spüle, wo ich mir das Fett von den Fingern schrubbe.

«Jetzt mach den Ofen aus.» Ich mache den Ofen aus.

«Nimm dein Handy. Geh in dein Zimmer und zieh dich um.» Mit beinahe mechanischen Bewegungen führe ich meine Befehle aus. Ich tausche meine Schlabberklamotten gegen irgendeine Jeans, greife mit zittrigen Händen nach dem nächstbesten T-Shirt und schlüpfe hinein. Dann schreibe ich Lissa eine kurze Nachricht, dass ich schon heute nach Lüneburg fahre, damit sie sich später nicht wundert, wo ich bin. Sie und Simon sind gerade im Kino. Teddys Unfall behalte ich vorerst für mich. Weil Lissa mich sonst direkt anrufen und ich vermutlich in Tränen ausbrechen würde. Aber das geht nicht. Ich kann jetzt nicht weinen. Ich darf nicht zusammenbrechen.

Nachdem die Nachricht abgeschickt ist, öffne ich die Wetter-App. Kein Gewitter. Ein flüchtiger Moment der Erleichterung, bevor ich mir die nächste Zugverbindung nach Lüneburg raussuche und ein Taxi rufe. Meine Beine setzen sich wieder in Bewegung. Schwerfällig, als würde ich mich unter Wasser befinden und gegen den Druck ankämpfen.

Eine halbe Stunde später sitze ich im Zug und schicke Stoßgebete ins Universum: *Bitte tu mir das nicht an. Bitte lass mich nicht schon wieder jemanden verlieren, den ich liebe.*

· · · ◆ · · ·

Die Uhr über der Tür zur Notaufnahme tickt und tickt und tickt. Und nichts passiert. Seit vier Stunden sitzen wir im

Wartebereich auf eine Nachricht, wie Teddys Operation gelaufen ist. Je mehr Zeit vergeht, desto mehr frisst die Angst nicht nur meinen Magen auf, sondern verschlingt auch mehr und mehr die Hoffnung, dass alles gut werden wird. Ich kann einfach nicht länger auf diese Uhr starren, also schließe ich die Augen. Aber plötzlich blitzen Bilder auf. Worst-Case-Szenarien, die alle damit enden, dass Teddy es nicht schafft. Ein undefinierbarer, halb erstickt klingender Laut presst sich aus meiner Kehle, und ich reiße die Augen wieder auf.

«Leo? Bist du okay?»

Mein Kopf dreht sich zu Aaron, der vor knapp zwei Stunden eingetroffen ist und die Hand seiner Mutter Lydia hält. Seine Stimme hört sich immer noch etwas rau und fremd an. Genauso fremd wie die Tatsache, dass wir in einem Raum sein können – sogar nebeneinandersitzen –, ohne zu diskutieren oder genervt voneinander zu sein. Er fragt mich sogar, ob *ich* okay bin. *Ich.* Wo doch sein Vater gerade unterm Messer liegt. Ein schlechtes Gewissen gesellt sich zu meiner Sorge um Teddy. Wegen all der Streitereien mit Aaron, die mir plötzlich so sinnlos und unwichtig vorkommen. Wann habe ich Aaron zuletzt etwas Nettes gesagt?

«Ich … ich hoffe einfach nur, dass alles gut wird», krächze ich. Mein Hals fühlt sich vor Trockenheit ganz wund an, als ich mühsam schlucke. «Die Warterei macht mich fertig.»

Aaron nickt und streicht sich sein blondes kinnlanges Haar hinters Ohr. Für den Bruchteil einer Sekunde macht es den Anschein, als wollte er noch was sagen, doch sein Mund klappt zu, ohne sich wieder zu öffnen. Mir fällt mal wieder auf, wie ähnlich Aaron seinem Vater sieht. Genau genommen haben sie sich noch nie so ähnlich gesehen wie jetzt. Und das nicht nur wegen des kantigen Kinns, der kräftigen Kieferpartie oder den vollen Lippen. Es ist die Sorge, die Aaron ins Gesicht geschrieben steht. Die Angst. Sie hat ihn altern lassen. Er bemüht sich, diese Gefühle nicht zu zeigen. Das erkenne ich an dem ständigen Auf und Ab seines Kehlkopfs. Aber Angst lässt sich nicht schlucken. Sie kontrolliert deinen Herzschlag, deine Atmung, deine Muskeln – bis sie dich komplett lähmt und sich irgendwann entlädt. Diesen Moment scheint er, genauso wie ich, hinauszuzögern.

Lydia schreckt als Erste auf, als eine Ärztin durch die Glastür der Notaufnahme auf uns zukommt. Sie und Aaron springen auf, während ich sitzen bleibe. Die Furcht vor dem, was die Ärztin uns jetzt mitteilen könnte, lässt mich erstarren. Das hindert mich aber nicht daran, in das Gesicht der jungen Frau zu blicken und nach Anzeichen für eine Hiobsbotschaft oder einem Hoffnungsschimmer zu suchen. Doch ihr Ausdruck ist unergründlich. Ihre Mundwinkel zeigen weder nach unten noch nach oben.

«Ich bin Dr. Perez. Fachärztin der Neuro- und Unfallchirurgie. Sind Sie die Angehörigen von Theodor Sanders?»

«Ja, ich bin seine Frau.» Lydias Stimme zittert.

Aaron nickt nur.

Ich halte die Luft an.

«Die Operation ist gut verlaufen ...» Die angestaute Luft entweicht aus meinen Lungen, doch das «... aber ...» lässt meine Atmung sofort wieder stocken.

«Aber ... was?», fragt Lydia.

«Aufgrund eines Schädel-Hirn-Traumas haben wir ihn in ein künstliches Koma versetzt ...»

Lydias Finger krallen sich in Aarons Unterarm.

«...um den Körper ihres Mannes zu entlasten und die Behandlung zu erleichtern. Er schwebt nicht akut in Lebensgefahr und hat die Operation, wie gesagt, den Umständen entsprechend gut überstanden. Es gab keine Komplikationen, und damit es dabei bleibt, haben wir diese vorübergehende Maßnahme ergriffen.»

«Wie vorübergehend?», höre ich mich sagen und stehe nun doch auf. Keine Ahnung, wie meine Beine das überhaupt anstellen.

In den Augen der Ärztin steht eine Frage, die von Lydia mit einem Nicken beantwortet wird. «Sie gehört zur Familie.»

Die Selbstverständlichkeit ihrer Worte lässt mein Herz nur noch schwerer werden. Die Lippen aufeinandergepresst, kämpfe ich gegen das Beben meines Kinns an, während Dr. Perez erklärt: «Wir hoffen, dass wir ihn nicht länger als zwei oder drei Tage im künstlichen Koma halten müssen...»

Zwei, drei Tage ... Keine Wochen oder Monate. Die Rocky Mountains sind nichts im Vergleich zu dem Gebirge, dass gerade von meiner Brust kracht.

«O Gott sei Dank.» Lydia sinkt aufschluchzend gegen Aarons Schulter.

«Dann könnte er übermorgen schon wieder aufwachen?», frage ich.

«Im besten Fall. Es kann aber auch länger dauern. Das lässt sich leider nur schwer vorhersagen. Er befindet sich zur Überwachung auf der Intensivstation.»

Lydia wischt sich schniefend über die Wangen. «Können wir zu ihm?»

«Ja, aber nur kurz. Ihr Mann braucht jetzt vor allem Ruhe.»
Die Ärztin teilt uns die Zimmernummer mit und wie wir
dorthin gelangen. «Maximal zu zweit», fügt sie noch an, was
mir gelegen kommt.

Denn ich merke, wie mein Autopilot langsam runter-
fährt, und brauche einen Moment für mich.

«Ich ... ich geh eben zur Toilette», sage ich mit heiserer
Stimme und wende mich ab. Zehn Schritte weiter entladen
sich Angst, Hilflosigkeit, aber vor allem Erleichterung in
Tränen, die heiß über meine Wangen laufen. Ich flüchte um
die nächste Ecke, in den Gang, der zu den Fahrstühlen und
den Treppen führt. Weil hier gerade niemand ist, bleibe ich
stehen. Und weine. Leise in meine Hand. Bis ich von rechts
Schritte höre. Ich drehe mich weg und erkenne im Augenwinkel Aaron, der an mir vorbeirauscht. Sein Kopf ist gesenkt, weshalb er mich vermutlich nicht wahrnimmt. Und
noch während ich mich frage, ob ich ihm folgen sollte, gehe
ich ihm nach.

Aaron war die ganze Zeit über still, hat keinen Ton gesagt, als die Ärztin bei uns war. Und anstatt jetzt bei seinem
Vater zu sein, eilt er so schnell über den Flur Richtung Ausgang, als wäre ein Axtmörder hinter ihm her. Mein Instinkt
sagt mir, dass er jetzt nicht allein sein sollte.

2
Aaron

Einmal, als Leo und ich auf den Baum in unserem Garten um die Wette geklettert sind, ist der Ast, auf dem ich stand, abgebrochen. Ich fiel runter und prallte auf den Rücken. Ein Gefühl, als wäre die komplette Luft aus meinen Lungen gepresst worden. Ich konnte nicht atmen, mich nicht bewegen, war unfähig zu sprechen. Lag einfach da. Benommen.

Genauso geht es mir jetzt, während das Wort *Koma* in meinem Schädel herumspringt, sich durch meine Eingeweide wühlt und schließlich einen Schraubstock um meine Brust legt. Immer enger. Immer fester. Bis ich das Gefühl habe, zu ersticken oder mich übergeben zu müssen. Vielleicht auch beides gleichzeitig. Ich sage Mama, dass ich kurz an die frische Luft muss und gleich nachkomme. Ihre Sorge um Vater scheint zu groß, um sich zu fragen, was mit mir los ist. Oder ich bin einfach nur ein verdammt guter Schauspieler.

In dem Wissen, dass Leo gleich bei ihr sein wird, drücke ich Mamas Hand. Gebe ihr das letzte bisschen Zuversicht, das ich aufbringen kann. Dann drehe ich mich um und haste durch den Gang. Folge der Beschilderung Richtung Ausgang, ringe um Atem. Aber als ich endlich draußen bin und sich meine Lungen mit der abgekühlten Luft füllen, wird mir klar, dass mir etwas anderes den Hals abgeschnürt hat. Kein Schraubstock. Sondern die Tränen, die ich die letzten sieben Stunden mit aller Macht zurückgehalten habe. Während der Telefonate mit Mama und Leo. Im Flugzeug. Und hier, im Krankenhaus. Ich wollte stark sein, damit Mama schwach sein kann. Aber die Angst um Vater, das Warten, diese Ungewissheit, jetzt die Erleichterung darüber, dass er die OP überlebt hat ... All das war zu viel.

Ich sinke auf eine Bank. Meine Unterarme auf die Beine gestützt, atme ich tief ein. Dann wieder aus. Ein. Aus. Versuche, mich so schnell wie möglich zu beruhigen. Ich sollte Mama nicht allein lassen. Aber die bloße Vorstellung, dass Vater, an irgendwelche Schläuche angeschlossen, im Koma liegt, schnürt mir schon wieder die Luft ab.

Was, wenn er nicht mehr aufwacht?

Oder bleibende Schäden davonträgt?

Wie zur Hölle konnte dieser Unfall überhaupt passieren? Und ...

«Aaron?» Leos Stimme dringt von hinten an meine Ohren und lässt mich erstarren. Reflexartig wische ich mit dem Handrücken über meine Augen und Wangen, richte mich auf. Als könnte eine gerade Haltung darüber hinwegtäuschen, dass ich geweint habe.

Ihre Schritte kommen näher. Zögerlich. «Ich wollte nur kurz nach dir sehen ... Kommst du klar?»

Wenn klarkommen heißt, wieder atmen zu können, dann ja. Also nicke ich. Sprechen ist angesichts des Kloßes in meinem Hals nicht drin. Ich schlucke und spüre im nächsten Moment die Wärme ihrer Hand durch den dunklen Stoff meines Hemdes. Dann ein zaghaftes Drücken meiner Schulter – und zack, verschwimmt schon wieder meine Sicht. Dass sie nun die Bank umrundet und sich neben mich setzt, macht es nicht besser.

«Ich komme klar», wiederhole ich. Diesmal mit Worten. In der Hoffnung, dass sie mir glaubt und geht. Aber das Zittern in meiner Stimme straft meine Worte Lügen. Ich spüre ihren Blick auf meinem Gesicht.

«Aber das musst du nicht, Aaron. Schon gar nicht allein», sagt sie, was mich schon wieder um Fassung ringen lässt. Als würde Leos unerwartete Fürsorge … ihre Nähe etwas in mir lostreten.

Die Hände zu Fäusten geballt, starre ich in der Ferne irgendeinen Punkt an. Fixiere ihn, klammere mich an ihm fest, um nicht auf die Idee zu kommen, Leo zu umklammern. Keine Ahnung, wo dieser Drang plötzlich herkommt. Das Gefühl, sie zu brauchen. Ausgerechnet Leo. Die letzte Person, der ich mich so zeigen möchte. Gleichzeitig gibt es wohl niemanden, der besser nachvollziehen könnte, wie es mir momentan geht. Ich kämpfe trotzdem dagegen an, sie in meine Arme zu ziehen.

Aber ihr geflüstertes «Ich bin für dich da» zwingt mich in die Knie. Ein rauer, undefinierbarer Laut, den ich nicht zurückhalten kann, löst sich aus meiner Kehle und verklingt an Leos Haut, als ich den Kopf in ihre Halsbeuge presse. Sie drückt mich an sich. Streicht über meinen Rücken und flüstert, dass alles gut wird. Ihre Worte klingen wie ein Versprechen, das sie wie ein Mantra aufsagt. Wieder und wieder – bis ein Teil der Anspannung meine Muskeln verlässt. Meine Fäuste lösen sich. Ich erwidere ihre Umarmung, vergrabe mein feuchtes Gesicht in ihren kupferroten Haaren und atme so tief ein, dass mir ein fruchtig-süßer Geruch in die Nase kriecht. Erdbeeren. Ein Duft, den ich an ihr zum ersten Mal wahrnehme. Weil wir uns noch nie so nah waren. Obwohl ich sie schon mein ganzes Leben lang kenne. Vermutlich fühlt sich das hier … von ihr gehalten und getröstet zu werden, deshalb so seltsam vertraut an. Und … gut.

Ich rede mir ein, dass das nichts mit Leo an sich zu tun hat. Sondern mit der Gesamtsituation. Und damit, dass ich lieber Erdbeerhaare anstatt den scharfen, fast schon ätzenden Geruch von Desinfektionsmittel einatme, der im Gebäude hinter uns auf mich wartet. Es wird Zeit, wieder reinzugehen. Ich verstecke mich schon viel zu lange hier draußen, anstatt mich drinnen der Realität zu stellen: Vater, der im Koma liegt, und Mama, die sich vermutlich an seinem Bett die Augen ausheult und sich fragt, wo ich bleibe. Mein schlechtes Gewissen nagt mir ein Loch in den Magen. Weil ich mich nicht zusammengerissen habe und bei ihr geblieben bin. Weil sie allein das Zimmer betreten musste, in dem Vater liegt.

Verdammt.

Ich kämpfe die Übelkeit nieder und muss mich fast zwingen, Leo loszulassen. Sanft schiebe ich sie von mir und begegne ihrem besorgten Blick. Der feuchte Schimmer in ihren grünen Augen macht mir mal wieder bewusst, wie stark sie ist. Sie repariert nicht nur Maschinen, sie ist ganz offensichtlich selbst eine. Anders kann ich mir nicht erklären, wie sie es schafft, die Tränen wegzublinzeln. Bei all den Erinnerungen, dem Schmerz, den dieses Krankenhaus in ihr auslösen muss.

«Geht's wieder?», fragt sie.

Ich nicke. «Und bei dir?»

Sie nickt.

Beinahe synchron erheben wir uns von der Bank und gehen zur Tür. Als ich warte, um ihr den Vortritt zu lassen, zögert sie einen kurzen Moment. Ich höre, dass sie Luft holt. Wie um sich zu wappnen, bevor wir wieder das Krankenhaus betreten. Ohne darüber nachzudenken, greifen meine Finger nach ihren. Und Leo zögert keine Sekunde, meine Hand zu nehmen, die sie auf dem Weg zur Intensivstation kein einziges Mal loslässt.

Als wir eine Aufzugfahrt später an dem Zimmer ankommen, in dem mein Vater liegt, öffnet sich die Tür. Mama kommt heraus. Mit hängenden Schultern und eingefallenen Wangen. Das Gesicht zerfurcht von Falten, die bei meinem Besuch vor zwei Monaten noch nicht da waren. Ihre blauen Augen sind rot unterlaufen. Hoffnung, aber auch Angst schimmert in ihrem Blick. Angst, die sich automatisch auf mich überträgt und meine Muskeln schon wieder starr werden lässt. Meine Beine fühlen sich wie Zementblöcke an. Aber ich zwinge mich weiterzugehen, lasse Leos Hand los, um Mama in den Arm zu nehmen. Ich gebe ihr ein Kuss aufs Haar, bevor ich mich wieder von ihr löse.

«Alles wird gut», wiederhole ich Leos Worte, auch um mir selbst etwas Mut zu machen. «Er schafft das.» Aber nur zehn Sekunden später, im Krankenzimmer meines Vaters, fällt alle Zuversicht in sich zusammen.

«Nicht länger als fünf Minuten», hat der Nachtpfleger

zu uns gesagt. Keine Ahnung, ob ich den Anblick meines Vaters auch nur für dreißig Sekunden ertrage. Sein Kopf ist bandagiert, und sein Gesicht sieht aus, als wäre er verprügelt worden. Voller Blutergüsse. Seine Lider sind so zugeschwollen, dass er die Augen vermutlich selbst dann nicht aufbekommen würde, wenn er bei vollem Bewusstsein wäre. Ein Schlauch, der seitlich aus seinem Mund ragt, verbindet ihn mit einer Beatmungsmaschine. Aus einer Art Drainage läuft Wundsekret, das sich in einem Beutel sammelt.

Tief Luft holend, gehe ich weiter. Trete näher ans Bett, das mir für seinen fast zwei Meter großen Körper viel zu klein vorkommt. Ich bleibe stehen und sehe jetzt erst, dass sein rechter Arm von mehreren Metallstäben eines Drahtgestells durchbohrt wird. Seine Knochen müssen komplett zertrümmert worden sein.

«Oh Teddy ...»

Dass Leo mit mir gekommen ist, habe ich ganz vergessen. Sie schüttelt mit einer Hand vor dem Mund den Kopf. Bis auf die vielen rotbraunen Sommersprossen scheint alle Farbe aus ihrem Gesicht gewichen zu sein. Selbst ihre Lippen wirken blutleer. Sie sieht aus, als würde sie jeden Moment umkippen. Aber vielleicht suche ich auch nur nach einem Vorwand, um hier rauszukommen, um mir nicht mal wieder wie der mieseste Sohn auf Erden vorzukommen, weil ich die verbleibenden zwei oder drei Minuten Besuchszeit nicht ausreizen will. Nicht ausreizen kann.

«Lass uns gehen», sage ich, aber Leo rührt sich nicht.

Sie wirkt wie erstarrt.

Ich bin mir nicht mal sicher, ob meine Worte zu ihr

durchgedrungen sind. Wenn es in ihren Ohren nur halb so laut rauscht wie in meinen, wird sie mich nicht gehört haben. Ich lege meine Hand an ihren Rücken und spüre, dass sie zittert.

«Hey ... Lass uns wieder zu meiner Mama.»

Ich übe leichten Druck aus, lege den Arm um ihre Taille, weil ich das Gefühl habe, sie stützen zu müssen. Sie wehrt sich nicht, setzt beinahe mechanisch einen Fuß vor den anderen, als ich sie nach draußen führe.

Und wir meinen Vater allein zurücklassen.

3

Leona

Es ist zwei Uhr morgens, als ich vor meinem Elternhaus aus dem Taxi steige. Ich habe mir die Fahrt mit Aaron und seiner Mama geteilt. Eigentlich hätten die beiden schon vier Hausnummern vor mir aussteigen müssen, aber sie bestanden darauf, mich zuerst absetzen zu lassen, und ich hatte keine Kraft zu widersprechen. Die vergangenen sechs Stunden haben mich emotional so ausgelaugt, dass sich mein Körper ganz taub anfühlt. Taub vor Schmerz und Angst. Aber auch Müdigkeit. Vermutlich werde ich trotzdem die restliche Nacht wach liegen, weil mich die Bilder von Teddy verfolgen werden. Ein Teil von mir wünscht sich, dass ich das Zimmer niemals betreten hätte.

Ich verabschiede mich von Aaron und Lydia. Morgen Vormittag treffen wir uns wieder im Krankenhaus. Was bereits in wenigen Stunden ist. Vielleicht reicht die Zeit für ein Wunder, und Teddy wacht bis dahin von ganz allein aus dem Koma auf.

Die Scheinwerfer des Taxis leuchten mir die wenigen Meter zum Hauseingang. Meine Beine setzen sich in Bewegung. An der Tür angekommen, suche ich in meinem

Shopper nach meinen Schlüsseln und finde sie auf Anhieb. Dank des großen Maulringschlüssels, den ich vor Jahren mal aus Teddys Werkzeugkasten gemopst und als Schlüsselanhänger umfunktioniert habe. Seitdem hat das ewig lange Herumwühlen in meiner Tasche ein Ende. Klimpernd hole ich die Schlüssel hervor. Und damit auch Erinnerungen von Teddy und mir beim Schrauben. Manchmal bis spät in die Nacht hinein. Wird es solche Tage je wieder geben?

Ich versuche positiv zu denken, aber die Angst ist stärker. Meine Finger fangen an zu zittern. So sehr, dass ich gefühlt hundert Jahre brauche, um den Schlüssel ins Schloss zu bekommen. Ich öffne die Tür genauso leise, wie ich sie hinter mir wieder zuziehe. Das Licht im Flur lasse ich aus, um Mama nicht zu wecken. Ich hatte ihr aus dem Krankenhaus geschrieben, dass Teddys OP gut verlaufen ist und dass ich ihr morgen früh alles erzähle. Damit sie nicht die ganze Nacht auf mich wartet, aber auch weil mir nicht nach Reden zumute ist. Selbst Lissa und Calla wissen noch nichts von Teddys Unfall. So ganz begreife ich es ja selbst noch nicht. Ich war dabei, einen Kuchen für ihn zu backen. Wir wollten seinen Geburtstag feiern. Stattdessen wird er an seinem Geburtstag nicht mal wach sein.

Er liegt im Koma.

Weil er einen Unfall hatte.

Wie Papa damals.

Ich kann die Schluchzer nicht mehr zurückhalten, sinke mitten im Flur zu Boden und presse die Hand fest gegen meinen Mund, um nicht zu laut zu sein.

Vergeblich.

Das vertraute Quietschen der Schlafzimmertür zerreißt die Stille der Nacht. Über mir sind Schritte zu hören.

«Leona!? Bist du das?» Mamas besorgte Stimme dringt von der Treppe aus in den Flur.

Ich nehme die Hände runter, um zu antworten, aber Tränen schnüren mir die Kehle zu. Der Kloß in meinem Hals versperrt sämtlichen Worten den Weg aus meinem Mund.

Mamas Schritte kommen näher, werden schneller und lauter. Sie eilt die Stufen runter. «O Gott. Leona!» Fast wäre sie über mich drüber gestolpert. «Was machst du denn da unten am Boden? Bist du gefallen?»

«Tut mir ... l-eid, i-ch wollte dich nicht ... wecken», entschuldige ich mich unter Tränen, die nun ungehindert über meine Wangen laufen.

«Du weinst ja. Ist was mit Teddy?» Sie klingt besorgt und hockt sich zu mir auf den Parkettboden.

«Er ... liegt im Koma, Mama.»

«A-Aber ich dachte, die OP wäre gut verlaufen. Gab es Komplikationen?»

Mein Versuch, die Worte der Ärztin wiederzugeben, scheitert daran, dass mich meine eigenen Schluchzer immer wieder unterbrechen. Meine Atmung ist hektisch und jeder Satz abgehackt. Ich fange an zu zittern.

Mama schließt die Arme um mich. So fest, dass sich die Beben, die meinen Körper erschüttern, auf ihren übertragen. Ich weine inzwischen hemmungslos. Kein Autopilot der Welt könnte das jetzt noch verhindern.

«Ich hab Angst, dass ... dass er es nicht schafft», bringe ich irgendwann hervor. Meine Worte werden von Mamas

Morgenmantel gedämpft. Der flauschige Stoff fühlt sich unter meiner Wange ganz feucht an.

Meine Mutter streicht mir übers Haar und sagt dann «Komm». Sie bugsiert mich ins Bett, und tatsächlich schlafe ich fast sofort ein. Aber es ist ein unruhiger Schlaf, bei dem mich Albträume ständig hochschrecken lassen. Und jedes Mal habe ich die Hoffnung, dass die letzten Stunden einfach nur ein weiterer schrecklicher Albtraum waren.

Aber als Mama und ich nur wenige Stunden später ins Krankenhaus fahren, rammt die schmerzhafte Realität wieder ihre Klauen in meine Brust. Teddys Zustand ist unverändert. Was eigentlich etwas Gutes ist, da es keine Verschlechterung gibt. Eine Verbesserung jedoch auch nicht, wie die behandelnde Ärztin Lydia und Aaron nun mitteilt, während Mama und ich etwas abseitsstehen. Aber nah genug, um die Unterhaltung zu verfolgen. «Unser Ziel ist es natürlich, die Sedierung Ihres Mannes – also, das künstliche Koma – so kurz wie möglich zu halten. Aber wir können die Aufwachphase erst dann einleiten, wenn die Akutphase überstanden ist.»

«Akutphase?», fragt Lydia, Aarons Hand haltend.

«Das bezeichnet den Zeitraum vom Eintreten des Ereignisses – in diesem Fall des Schädel-Hirn-Traumas – bis zum Ausschließen schwerer Komplikationen. Aber die Vitalfunktionen, wie zum Beispiel Herzfrequenz, Blutdruck und die Sauerstoffversorgung, sind stabil, das ist ein gutes Zeichen», erklärt die Ärztin, bevor sie sich verabschiedet und ins nächste Zimmer verschwindet. Es ist gerade Visite. Wir hatten Glück, sie abzufangen, nachdem sie bei Teddy war. Leider hat sie uns auch streng mitgeteilt, dass wir noch nicht zu ihm hineindürfen. Die offiziellen Besuchszeiten sind erst zwischen sechzehn und achtzehn Uhr. Wir haben gerade mal elf. Dass wir ihn gestern Nacht, kurz nach seiner OP, sehen durften, war eine Ausnahme. Lydias Bitte, eine weitere zu bekommen, hat die Ärztin freundlich, aber bestimmt abgewiesen.

«Lass uns nach Hause, Mama. Damit du dich etwas hinlegen kannst. Wir kommen heute Nachmittag wieder», schlägt Aaron, der zu Recht besorgt klingt, vor. Denn die Erschöpfung ist Lydia deutlich anzusehen. Sie hat dunkle, beinahe schwarze Schatten unter den Augen, die bis zu den Wangenknochen reichen. Und das sonst so strahlend klare Blau ihrer Iris wirkt trübe und matt. Aber auch Aaron sieht total fertig aus. Darüber kann sein akkurat frisierter Half Bun und das knitterfreie Hemd mit dem obligatorischen Stehkragen nicht hinwegtäuschen.

«Ich bleibe hier», antwortet Lydia. Trotz und Verzweiflung schwingen in ihrem Widerspruch mit; sie sieht sich um, wirkt dabei etwas verloren. «Kann man sich hier denn nirgendwo hinsetzen?»

«Wir stehen hier mitten im Gang. Und der ist kein Wartebereich, Mama. Außerdem bist du schon über achtundvierzig Stunden wach. Du hast weder getrunken noch gegessen. Du solltest dich wirklich ein bisschen stärken und ausruhen. Wir kommen zur Besuchszeit wieder, okay?»

«Und wenn er wach wird und niemand da ist? Heute ist sein Geburtstag. Da kann ich ihn doch nicht allein lassen.»

Lydias Worte, das Zittern in ihrer Stimme brechen mir fast das Herz. Weil ich weiß, dass Teddy nicht plötzlich wie von Zauberhand wach werden wird. Und weil das Leben so verdammt unfair ist. Niemand sollte an seinem Geburtstag im Koma liegen.

«Wenn ich schon nichts tun kann, dann ... dann will ich wenigstens in seiner Nähe sein.»

«Niemandem ist geholfen, wenn du hier zusammenbrichst, Mama. Bitte. Bitte lass mich dich nach Hause fahren.» Aarons Stimme ist genauso flehend wie der Ausdruck, mit dem er Lydia zu beschwören versucht. «Nur für ein oder zwei Stunden.»

In Lydias Blick ist ein zögerliches Nachgeben erkennbar. «Aber ... wer bleibt dann so lange hier?»

«Ich», platzt es aus mir heraus. Trotz der Beklemmung, die allein das Wort Krankenhaus bei mir auslöst, kann ich nicht anders, als meine Hilfe anzubieten. Ich würde es nicht ertragen, wenn Lydia tatsächlich zusammenbricht und wir uns auch noch um ihre Gesundheit sorgen müssen.

Aaron wirft mir einen dankbaren Blick zu, aber Mama legt Einspruch ein.

«Nein, Leo. Du fährst mit Lydia und Aaron nach Hause. Ihr braucht nämlich alle etwas Schlaf. Ich bleibe so lange im Krankenhaus und rufe an, falls es Neuigkeiten gibt.»

«Musst du denn nicht ins Hotel?», fragt Lydia.

«Das kommt für ein paar Stunden auch mal ohne mich aus.» Mama drückt Lydias Hand, womit die Entscheidung getroffen ist.

Aaron bedankt sich mit einem Nicken. Ich nehme Mama in den Arm und frage nur für sie hörbar: «Bist du sicher? Oder soll ich mit dir hierbleiben?»

«Du gehst dich schön ausruhen», flüstert sie. Ich bilde mir

ein, so was wie Unbehagen in ihren Worten zu hören. Womöglich ist das aber auch nur mein schlechtes Gewissen, sie an diesem Ort allein zu lassen. Mit all den schmerzhaften Erinnerungen an Papas Tod, die dieses Krankenhaus mit sich bringt. Ich weiß, dass sie das hauptsächlich Lydia zu Liebe macht. Sie sind so was wie Freundinnen in der Not. Immer füreinander da, wenn es hart auf hart kommt. So wie ich und Aaron, schießt es mir durch den Kopf. Nicht zum ersten Mal frage ich mich, ob wir es diesmal schaffen werden, auch darüber hinaus – wenn es Teddy wieder besser geht und hoffentlich Normalität eingekehrt ist – nett zueinander zu sein. Wobei ich mich liebend gern für den Rest meines Lebens mit Aaron streite, wenn dafür Teddy morgen wieder wach wäre.

Bevor wir das Krankenhaus verlassen, bittet Lydia eine Pflegekraft, meine Mama zu Teddy zu lassen, falls er aufwachen sollte, bevor sie wieder zurück ist. Die junge, groß gewachsene Frau sieht Lydia mitleidig an. Der Ausdruck in ihren Augen lässt nicht gerade darauf hoffen, dass dieser Fall eintreten wird. Aber sie ist empathisch genug, Lydia nicht die Hoffnung zu rauben.

«Ich mache einen Vermerk, damit auch meine Kolleginnen und Kollegen Bescheid wissen.»

Kurze Zeit später versuche ich auszublenden, dass wir in Teddys Auto sitzen. Aaron fährt, während ich auf der Rückbank eine Nachricht an Calla und Lissa schreibe, um sie wissen zu lassen, was passiert ist. Es dauert keine Minute, bis mir beide antworten.

O Gott, Leo! Das tut mir so so so leid. Soll ich kommen?, schreibt Lissa.

Calla reagiert nicht minder betroffen und bietet ebenfalls an, sich sofort in einen Zug nach Lüneburg zu setzen. Obwohl klar war, dass meine Freundinnen alles stehen und liegen lassen würden, um für mich da zu sein, brennen schon wieder Tränen hinter meinen Augen. Vor Rührung und Dankbarkeit. Ich muss ein paar Mal blinzeln, um das Handydisplay zu erkennen und eine Antwort eintippen zu können.

> Ich hab euch so lieb ♥! Aber das ist wirklich nicht nötig. Ich bin ja nicht alleine hier und wir fahren später wieder ins Krankenhaus.

> Bist du sicher?, erscheint es gleich doppelt auf meinem Handy.

> Ja, ganz sicher. Ich komme klar.

Wie um mich selbst davon überzeugen zu müssen, straffe ich die Schultern und hole ganz tief Luft. Aber die Enge in meiner Brust bleibt.

> Bitte melde dich, wenn du reden willst, okay? Und halte uns über Teddys Zustand auf dem Laufenden. Fühl dich ganz fest gedrückt, ja? ♥ Ich hoffe so sehr, dass alles gut wird.

> Das hoffe ich auch, schreibt Calla. Ich
> schicke dir, Aaron und Lydia ganz viel
> Kraft, Leo! Und vergiss nicht: Wir sind
> sofort da, wenn du uns brauchst. 🖤

Schniefend nicke ich, als könnten meine Freundinnen mich jetzt sehen. Wenn dem so wäre, säßen sie wahrscheinlich innerhalb der nächsten sechzig Minuten im Zug nach Lüneburg. Das Einzige, was sie davon abhält, ist meine Bitte, nicht zu kommen. Aber sie sind beide mitten im Lernstress, und ich will sie nicht noch zusätzlich belasten. Insbesondere Lissa, die durch den Unfalltod ihrer Mama auch über zehn Jahre später immer noch unter Panikattacken leidet. Das Letzte, was ich möchte, ist, sie zu triggern. Und Calla versucht, nach über einem Jahr Studienpause und einer unfassbar schweren Zeit in den USA wieder an ihr Studium anzuknüpfen. Außerdem hätte ich gerne etwas Zeit für mich allein. In Teddys Werkstatt mit Papas Motorrad und ein paar Autos, an denen ich rumschrauben kann. Also antworte ich meinen Freundinnen, dass sie sich keine Sorgen zu machen brauchen und dass ich mich melde. Ich schicke noch drei Herzen hinterher, bevor ich Aaron bitte, einen kurzen Umweg zu fahren und mich an der Werkstatt rauszulassen.

«Ich werde sowieso nicht schlafen können», erkläre ich Aaron, der mir über den Rückspiegel einen skeptischen Blick zuwirft.

Vermutlich weil es der Ort ist, an dem der Unfall passiert ist. Aber aus genau diesem Grund möchte ich da hin. Ich will sehen, wo es passiert ist, um zu verstehen, wie es dazu kommen konnte.

«Bist du sicher?», fragt Aaron.

Ich nicke. «Könntet ihr mich auf dem Weg ins Krankenhaus wieder einsammeln?»

«Willst du denn so lange bleiben?»

«Ja.» Aktuell ist das sogar der einzige Ort, an dem ich sein kann, ohne mich nutzlos zu fühlen. An einem von Teddys Oldtimern zu schrauben, hatte schon immer etwas Heilsames. Weil ich dabei die Zeit vergesse – und damit vielleicht auch, dass Teddy im Koma liegt.

4

Aaron

Ich konnte Mama überreden, eine halbe Portion Rührei zu essen und einen Kamillentee zu trinken. Die beruhigende Wirkung der Kamille lässt nicht lange auf sich warten. Mama hat sich kaum aufs Sofa gesetzt, da werden ihre Augenlider schwer. Wobei das weniger am Tee als an der Müdigkeit liegen dürfte. Ich sitze ihr gegenüber auf dem Fernsehsessel, beobachte, wie sich ihre Lider in immer kürzeren Abständen senken und schließlich geschlossen bleiben.

Ich warte ein paar Minuten ab. Horche. Bis ihr Atem schwer und ruhig geworden ist. Als ich sicher bin, dass sie fest schläft, erhebe ich mich vom Sessel, nehme die Tagesdecke von der Sofalehne und breite sie über ihrem Schoß aus. Dann schnappe ich mir eins der Sofakissen, aber bevor ich ihren Kopf anheben kann, lässt mich ein gewaltiger Knall zusammenzucken. Gefolgt von einem Prasseln. Ich hebe den Blick zur Fensterfront und sehe, dass es regnet. Die Sonne ist fort. Vertrieben von grauen Sturmwolken, die gerade von einem hellen Blitz durchzuckt werden, bevor die Luft erneut explodiert. Mama rührt sich nicht, gibt keinen Ton von sich. Auch nicht, als ich ihren Kopf auf das

Kissen bette. Wie sie bei dem Krach weiterschlafen kann, ohne auch nur mit der Wimper zu zucken, ist mir ein Rätsel. Wobei … wenn man bedenkt, wie lange sie auf den Beinen war. Es bestätigt nur, wie dringend sie den Schlaf braucht. Mir geht es ähnlich. Gefühlt könnte ich auf der Stelle einpennen. Aber als ich wieder sitze und die Augen schließe, sehe ich Vater vor mir. In diesem Bett liegend. Mit all den Schläuchen und diesem Gestell, das seinen Arm durchbohrt.

Ich schüttle den Kopf, bis das Bild verschwindet, nur um mich schon wieder mit der Frage zu quälen, wie lange es wohl dauern wird, bis er wieder wach wird. Ob überhaupt. Und wie seine Chancen stehen, dann wieder komplett gesund zu werden. Auf der Suche nach Antworten, die uns vorhin nicht mal der Arzt geben konnte, pule ich mein Handy aus der Hosentasche meiner Chino und fange an, im Internet zu recherchieren:

Künstliches Koma
Künstliches Koma wie lange
Künstliches Koma Risiken
Künstliches Koma nach Schädel-Hirn-Trauma
Aufwachen nach künstlichem Koma

Wie ein Schwamm sauge ich alles auf, was ich zu diesen Suchbegriffen finde. Texte. Blogbeiträge. Zeitungsartikel. Von Fachleuten, aber auch Betroffenen. Bilder und Videos. Wobei ich mich bewusst auf das Negative konzentriere. Um für sämtliche Worst-Case-Szenarien gewappnet zu sein. Passend zur Weltuntergangsstimmung, die draußen herrscht. Obwohl ich kein abergläubischer Mensch bin, nährt das Gewitter mein schlechtes Gefühl. Ich spüre schon wieder diesen Druck im Magen, der sich in Übelkeit zu verwandeln droht, und stehe auf. Ich laufe im Wohnzimmer umher. Auf und ab. Wie ein Getriebener. Als könnte ich der Realität dadurch irgendwie entkommen. Ich brauche Ablenkung, muss irgendwas tun, mich beschäftigen. Egal womit. Ich greife nach der Fernbedienung, als mein Handy vibriert. Mein Herzschlag verdoppelt sich, weil mir sofort der Gedanke durch den Kopf schießt, dass das Krankenhaus anruft, um uns das Schlimmste mitzuteilen. Ich halte den Atem an und stoße ihn geräuschvoll wieder aus, als ich den Namen «Mo» auf meinem Display lese.

Mohamed ist einer von Vaters Mechanikern und in meinem Alter. Als ich noch zu Hause gewohnt habe, sind wir öfter zusammen feiern gewesen. Da war er noch in der Ausbildung. Inzwischen haben wir kaum noch Kontakt. Vermutlich ruft er nur an, weil er sich nach Vater erkundigen will. Nicht gerade die Art von Ablenkung, die ich gerne hätte.

Ich gehe aus dem Wohnzimmer und hebe auf dem Weg in die Küche ab.

«Hey, Mo.»

«Aaron, bist du zufällig in der Nähe?»

Ich runzele die Stirn, weil das nicht die Begrüßung ist, mit der ich gerechnet habe. «Ähm ... In der Nähe wovon?»

«Der Werkstatt.» Er klingt gehetzt.

«Ja, ich bin bei meinen Eltern. Warum?»

«Kannst du kommen? Ich weiß, du hast gerade echt andere Sorgen mit Theos Unfall. Aber ich wusste nicht, ob ich dich oder einen Krankenwagen rufen sollte.»

Mich oder einen Krankenwagen? Wieso ...

Leo! Sie ist in der Werkstatt!

Ich reiße die Augen auf. «Was ist los?»

«Das weiß ich ehrlich gesagt auch nicht. Aber mit Leona stimmt was nicht.»

Mein Herz fängt an zu hämmern.

«Ich hab sie zusammengekauert im Büro unter Theos Schreibtisch gefunden. Sie redet nicht, zittert am ganzen Körper. Und hält sich die Ohren zu.»

«Wieso hält sie sich die Ohren zu?»

«Keine Ahnung.»

«Ist sie ansonsten okay ... Ich meine körperlich?»

«Ja, ihr scheint nichts zu fehlen. Soweit ich das beurteilen kann. Glaub, Theos Unfall hat sie ziemlich mitgenommen. Hier ist auch der ... Fleck. Den hat sie vermutlich gesehen, und das hat ihr den Rest gegeben.»

«Welcher Fleck?»

«Von ... Theos Blut. Als er eingeklemmt war.»

Mein Magen verknotet sich. Ich schlucke.

«Sie scheint unter Schock zu stehen, Aaron.»

Vorhin wirkte Leo, genau wie gestern Nacht, so gefasst. Sie hat sogar angeboten, im Krankenhaus zu bleiben. Ich hätte sie trotzdem lieber nach Hause anstatt an den Ort des Unfalls fahren sollen. Zumindest ist die Werkstatt der letzte Platz, an dem ich jetzt sein möchte.

«Okay. Bin sofort da», sage ich – ohne zu wissen, wie und ob ich Leo überhaupt helfen kann. Sollte ich lieber ihrer Mutter Bescheid geben? Aber vom Krankenhaus bis nach Kreideberg sind es fünfzehn Minuten. Ich hingegen brauche höchstens fünf.

«Behalt sie bitte so lange im Auge, okay?»

«Alles klar. Ich warte, bis du da bist.»

Wir legen auf, und ich eile ins Wohnzimmer, wo Mama noch immer schläft. Ich beschließe, sie nicht aufzuwecken, und schreibe ihr eine Notiz.

Bin kurz in der Werkstatt, aber spätestens um drei wieder da. Ruf mich an, wenn was ist. Bis gleich.
Aaron

Dass es Leo nicht gut geht, behalte ich bewusst für mich. Ich will nicht, dass Mama sich auch noch um sie Sorgen macht.

Den Zettel lege ich auf den Beistelltisch und beschwere ihn mit dem Kuli. Als könnte er vom Wind, der draußen tobt, weggeweht werden. Ich kontrolliere vorsichtshalber, ob alle Fenster und die Tür zum Garten geschlossen sind. Mir ist eigentlich nicht wohl dabei, Mama allein zu lassen – aber hierzubleiben nach dem, was Mo erzählt hat, fühlt sich noch beschissener an. Also nehme ich meinen Anorak vom Garderobenhaken, ziehe die Kapuze über meinen Kopf und laufe durch den Regen zu Vaters BMW.

Unbehagen breitet sich in meinem Körper aus. Ich spüre, wie es meine Muskeln versteifen lässt, und muss mich zwingen, nicht langsamer zu fahren oder gar anzuhalten, als ich von Weitem die Werkstatt erblicke. Den Ort, an dem ich mich nie wohlgefühlt habe. Nie gut genug. Nie geschickt genug. Im Gegensatz zu Leo. Meine Abneigung gegen diesen Ort ist durch Vaters Unfall nur verstärkt worden. Keine Ahnung, wann ich das letzte Mal hier war.

Ich fahre auf den fast leeren Vorhof. In meiner Erinnerung parkten hier immer bis zu zehn Autos, die auf eine Reparatur, einen Reifenwechsel oder Sonstiges warteten. Aktuell sind nicht mal ein Drittel der Kundenparkplätze belegt, was vermutlich daran liegt, dass heute Samstag ist. Denn Vaters Unfall kann sich so schnell nicht rumgesprochen haben, oder?

Weil es noch immer wie aus Eimern schüttet, parke ich das Auto direkt vor dem Eingang. Das Rolltor öffnet sich, und Mo rudert übertrieben mit den Armen, als hätte er Angst, von mir übersehen zu werden. Ich steige schnell aus, eile drei Schritte durch den Regen. Im Vorbeigehen begrüße ich Mo per Handschlag und betrete den containerartigen Raum. Der Geruch von Motorenöl, Reifengummi und Metall liegt schwer in der Luft. Ich rümpfe die Nase.

«Geht es Leo …» *wieder besser*, wollte ich fragen, aber die letzten beiden Worte bleiben mir im Hals stecken, als mein Blick die Hebebühne streift. Ich gehe langsamer, entdecke *den Fleck* auf dem Boden. Rostbraun. In der Größe eines Fußballs. Stammt das Blut aus seinem Arm? Dem Kopf? Wie lange hat er dort gelegen, bevor man ihn fand?

«Leo hockt noch immer unter Theos Tisch.» Mos Antwort auf meine halbe Frage verhindert, dass ich erstarre.

Ich folge ihm. In den hinteren Bereich. Ins Büro, wo Leo sich unter dem Schreibtisch zusammengerollt hat, die Beine an die Brust gezogen, die Handflächen an die Ohren gepresst. Genauso wie Mo es beschrieben hat. Aber eines hat er nicht erwähnt: die Tränen, die über ihre Wangen laufen, ohne dass sie auch nur einen Ton von sich gibt.

Warum ist sie nicht einfach gegangen, wenn hier zu sein zu viel für sie ist? Wieso musste sie sich ausgerechnet in Vaters Büro unter seinem Schreibtisch verkriechen? Aber was auch immer ihre Gründe waren. Keiner davon spielt jetzt wirklich eine Rolle. Die viel wichtigeren Fragen sind: Wie kann ich ihr helfen? Was soll ich tun? Und die Antwort darauf lautet: keine Ahnung.

Also folge ich meinem Instinkt, hocke mich vor sie.

Hinter mir sind Mos Schritte zu hören. «Ich lass euch dann allein, okay?»

Ich nicke nur knapp. Meine Aufmerksamkeit gilt voll und ganz Leo.

«Hey. Was machst du denn hier unten?»

Keine Antwort. Wie auch, wenn sie sich die Ohren zuhält.

Ich suche ihren Blick. Aber sie sieht mich nicht mal richtig an … eher durch mich hindurch. In ihren Augen schwimmt ein Ausdruck, als wäre sie ganz woanders. Da sie nicht vor mir zurückgewichen ist, setze ich mich neben sie auf den Boden. Mit meiner Hand nähere ich mich ihr langsam, lege sie tröstend auf ihr Knie und warte … Darauf, dass sie sich wieder beruhigt oder mir eine Idee kommt, was ich sonst tun könnte.

Und so sitze ich still da, während Leo weint.

5
Aaron

So unauffällig wie möglich schiele ich auf mein Handgelenk. Ich will Leo nicht das Gefühl geben, es eilig zu haben, wenn ich die Uhrzeit checke. Wobei ich nicht mal sicher bin, ob sie es überhaupt mitbekommen würde. Erst nach über einer Stunde hat sie aufgehört zu weinen. Dafür ist sie jetzt – eine weitere Stunde später – total verschwitzt. Ihre angezogenen Beine verdecken zwar ihr Oberteil, aber wenn ich über den hellen Stoff streichen würde, wäre er vermutlich genauso feucht wie ihr Haar. Strähnen haften an ihrer Wange und ihrem Hals, um den – wie immer – eine feine Kette liegt. Aus Silber, mit einem kleinen Motorradanhänger. Diese Kette hat sie schon seit Ewigkeiten. Ich kann mich nicht erinnern, Leo schon mal ohne sie gesehen zu haben. Zumindest als wir uns noch täglich über den Weg gelaufen sind. Dass ich das so genau weiß, überrascht mich gerade selbst ein bisschen. Da ich eigentlich immer versucht habe, sie zu ignorieren. Die Betonung liegt wohl auf «versucht». Wirklich gelungen ist mir das nie. Schon gar nicht, wenn es ihr schlecht ging. Woran, als wir Kinder waren, nicht selten ich schuld war.

Aber so wie heute habe ich sie noch nie erlebt. Dermaßen unter Schock. Doch er scheint abzuklingen. Sie nimmt die Hände von den Ohren und umklammert jetzt stattdessen ihre Beine. Wenn ich mit ihr reden würde, könnte sie mich nun zumindest hören. Damit werde ich aber noch ein paar Minuten warten. In der Hoffnung, dass sie den Anfang macht. So beschämt, wie sie meinem noch immer besorgten Blick ausweicht und auf ihre Knie starrt, scheint ihr die Situation ziemlich unangenehm zu sein. Also versuche ich geduldig zu sein, um ihr zu vermitteln, dass es dafür keinen Grund gibt.

Allerdings … ich habe Mama geschrieben, dass ich um drei wieder da bin. Dazu müsste ich in einer Viertelstunde losfahren. Und um vier ist Besuchszeit im Krankenhaus.

Als Leo nach zehn Minuten immer noch nichts gesagt hat, wage ich mich vorsichtig vor. «Wie fühlst du dich? Geht's wieder?»

Sie nickt.

«Okay.» Abwartend sehe ich sie an, aber es bleibt beim Nicken. Keine Erklärung, was die letzten zwei Stunden mit ihr los war. Leo macht nicht gerade den Eindruck, als wollte sie darüber reden. Also hake ich nicht nach. Schlucke alle Fragen, die mir auf der Zunge liegen, runter und stelle lediglich eine: «Brauchst du irgendwas? Etwas zu trinken oder so?»

Ich rechne wieder mit einem Nicken oder Kopfschütteln. Stattdessen räuspert sie sich und antwortet mit einem heiseren «Ja, Wasser. Bitte».

Ich richte mich auf und gehe in die kleine Kaffeeküche nebenan. Es ist mehr eine Nische als ein Raum. Gerade groß genug für einen Tisch, auf dem ein Kaffeeautomat und eine Mikrowelle stehen, ein kleiner Kühlschrank befindet sich darunter. Ich entdecke auch eine Metalldose mit Süßigkeiten. Inklusive einer Rolle Smarties. Früher hat Leo sich von diesen Dingern ernährt. Ich weiß noch, wie ich, nur um sie zu ärgern, einmal eine komplette Großpackung verdrückt habe, die Vater ihr aus dem Großmarkt mitgebracht hatte. Danach hatte ich die übelsten Bauchkrämpfe und Durchfall. Im Nachhinein war es wohl die gerechte Strafe.

Ich nehme die Smarties, hole eine kleine Wasserflasche aus dem Kühlschrank und kehre zu Leo zurück.

«Schau mal, was ich gefunden habe», sage ich und schüttle die Papprolle.

Das Klackern lässt Leo aufsehen, als ich ihr gegenüber wieder auf dem Boden Platz nehme.

«Smarties.» Für den Bruchteil einer Sekunde huscht so was wie Freude über ihr Gesicht. Aber vielleicht ist das auch nur Einbildung. Weil ich sie gerne aufheitern würde, aber keine Ahnung habe, wie.

«Ja, die magst du doch noch, oder?» Beides – die Flasche und die Süßigkeit – lege ich zwischen uns auf den Boden.

Dass sie zuerst nach den Smarties greift und sie futtert, als wäre sie auf Entzug gewesen, lasse ich unkommentiert. Ebenso das leichte Zittern ihrer Hand, während sie aus der Flasche trinkt. Halb leer stellt Leo sie neben sich. Dann atmet sie mehrmals tief durch, als hätte sie eine Weile nicht ausreichend Luft bekommen.

«Was ist los?» Diesmal geht es nicht anders, ich muss sie das fragen. Zumal man echt kein Psychologe sein muss, um zu erkennen, dass sie so was wie eine Panikattacke hatte. Die Frage ist nur, warum?

«Das ... ist nicht so leicht zu erklären. Aber es geht schon wieder.»

«Soll ich dich nach Hause fahren?»

«Ich ... würde lieber noch ein bisschen hierbleiben.»

«Unterm Tisch? Auf dem harten Boden?» Ich kann meine Verwunderung nicht verbergen und ziehe die Augenbrauen hoch. Weil mir ihr Verhalten gerade hundert Rätsel aufgibt.

Leo antwortet nicht und umklammert schon wieder ihre Beine. Beinahe verängstigt sieht sie mich an. Als wäre ich der böse Wolf, der sie aus ihrem sicheren Bau locken will.

«Ich weiß, wie gerne du dich hier aufhältst Leo, aber ...» Kurz halte ich inne, um so viel Verständnis wie möglich in meine Stimme zu legen. «Vielleicht ist die Werkstatt aktuell nicht der richtige Ort für dich. Zumindest machst du nicht den Eindruck, als würdest du dich wohlfühlen.»

«Es liegt nicht an der Werkstatt», gesteht sie und schlägt seufzend die Augen nieder.

«Sondern?», hake ich vorsichtig nach.

Ihre Lider heben sich wieder, und als sie mich diesmal anblickt, steigt plötzlich eine Erinnerung in mir auf. Aus der Zeit in der Grundschule. Sie war in der zweiten Klasse und ich in der vierten. Es hat an diesem Tag so heftig gestürmt, dass niemand nach draußen durfte. Auch nicht auf den Hof. Wir mussten die Pausen im Schulgebäude verbringen und spielten verstecken. Manche von uns sogar im Keller – trotz des Verbots der Lehrkräfte. Dort habe ich sie damals gefunden. Unter der Treppe, neben den Heizungsrohren. Zusammengekauert. Zitternd. Tränen liefen über ihre Wangen, und sie hielt sich die Ohren zu. Genau wie vorhin. Nur dass ich mich damals im Unterschied zu heute über sie lustig gemacht und in der ganzen Klasse verbreitet habe, dass sie ein Schisshase sei. Zu diesem Zeitpunkt hatte ich keine Ahnung, wovor sie überhaupt Angst hatte. Bis ich ein paar Monate später mitbekam, dass sie wegen eines Gewitters die Schule geschwänzt hatte. Damals hielt ich das für eine Ausrede. Aber jetzt ... Fragend sehe ich sie an.

«Du wirst mich auslachen, wenn ich's dir sage, Aaron.»

«Warum sollte ich?»

«Weil du du bist.»

Diese vier Worte treffen mich, als hätte sie mich in den Bauch geboxt. Aber das lasse ich mir nicht anmerken. «Ich bin nicht hergekommen, um mich über dich lustig zu machen.»

«Wieso bist du überhaupt hier?»

«Mo rief an, weil er sich Sorgen gemacht hat. Ich bin sofort losgefahren, weil ich dachte, dass du vielleicht Hilfe brauchst. Ich werd nicht lachen oder so, versprochen.»

Misstrauen schimmert in ihren Augen. «So wie damals, als du versprochen hast, Teddy nichts von meiner Fünf in Mathe zu erzählen?»

«Daran erinnerst du dich noch?», frage ich überrascht.

«Deswegen durfte ich vier Wochen lang nicht in die Werkstatt. Für mich war das eine Katastrophe.»

«Und jetzt machst du deinen Master in Mechatronik und bekommst eine super Stelle bei BMW. Hat sich die Katastrophe doch gelohnt.» Meine Antwort ist eher als Scherz gemeint, um sie ein bisschen aufzuziehen. Ein zugegebenermaßen ziemlich erbärmlicher Versuch, die Stimmung zu lockern. Unter normalen Umständen hätte ich für meinen dummen Kommentar jetzt einen Spruch kassiert oder wenigstens ein verächtliches Schnauben. Insgeheim hoffe ich sogar darauf, um wenigstens ein bisschen das Gefühl von Normalität zurückzubringen.

Aber Leo rollt nicht mal mit den Augen. «Du weißt von dem Jobangebot?»

«Von Vater. Er gibt damit an, als wäre die Stelle ihm angeboten worden. Er ist ziemlich stolz auf dich.» Ich gebe mein Bestes, nicht neidisch oder missgünstig zu klingen. Keine Ahnung, ob mir das gelingt.

«Hat ... hat er das so gesagt? Dass er stolz auf mich ist?»

«Nein. War nicht nötig. Es war ihm überdeutlich anzusehen.»

Leo nickt, und die Andeutung eines Lächelns huscht so schnell über ihre Lippen, dass es mir fast entgangen wäre. «Danke.»

«Wofür?»

«Dass du mir davon erzählst. Und ... fürs Verpetzen. Das hat mich damals in Mathe tatsächlich zu Höchstleistungen angetrieben.» Sie sieht mich versöhnlich an.

«Gerne», sage ich augenzwinkernd, werde dann aber wieder ernst. «War trotzdem scheiße von mir, mein Versprechen zu brechen. Kommt nicht wieder vor. Falls du mir also erzählen willst, warum du dich hier unterm Tisch versteckst, würde das unser Geheimnis bleiben. Darauf hast du mein Wort», versichere ich mit festem Blick in ihre Augen.

«Und du wirst mich nicht damit aufziehen?»

«Niemals.»

«Auch nicht, wenn es Teddy wieder besser geht und dir

einfällt, dass du mich eigentlich gar nicht magst?», fragt sie mit einem leicht provokanten Unterton. Sie scheint allmählich wieder «die Alte» zu werden.

Also kann ich meine Samthandschuhe ausziehen. «Ich mag dich, ich kann dich nur nicht besonders ausstehen.» Mein Mund verzieht sich zu einem Grinsen.

«Wenigstens bist du ehrlich.»

«Siehst du? Du kannst mir also glauben. Erzähl mir, warum du hierbleiben willst. Oder hast du es dir inzwischen anders überlegt?», frage ich, da sie nicht mehr so angespannt wirkt.

Doch das ändert sich schlagartig. Ich kann förmlich zusehen, wie sie sich wieder versteift. Allein die Vorstellung, die Werkstatt zu verlassen, scheint ihr Angst zu machen. Sie regelrecht in Panik zu versetzen. Ein Gefühl, das ich allzu gut kenne, und das bringt mich auf eine Idee. «Was hältst du von einem Tauschgeschäft?»

Fragend zieht sie die Augenbrauen zusammen.

«Wir erzählen uns gegenseitig von unseren Ängsten.»

«Deine scheinst du ja schon überwunden zu haben.»

Diesmal sehe ich sie fragend an.

«Du sitzt mit deiner hellen Chino auf dem dreckigen Werkstattboden, ohne dich aufzuregen.»

«Urghh … Jetzt, wo du es sagst.» Angewidert sehe ich an mir herunter. «Musstest du mich darauf aufmerksam machen?» Alles, was dreckig, staubig und schmierig ist, löst bei mir Ekel aus. Vor allem wenn ich bewusst darüber nachdenke. Als Mo mich anrief und ich Leo hier sitzen sah, war das nicht der Fall. Und jetzt … jetzt spielt es keine Rolle mehr.

«Ob du es glaubst oder nicht … es gibt Dinge, vor denen ich noch größeren Horror habe als Dreck und Schmutz.»

«Okay. Deal. Aber du fängst an.»

«Woher weiß ich, dass du mich nicht hängen lässt, wenn ich zuerst auspacke?»

«Du wirst mir wohl vertrauen müssen.»

Ich seufze, aber was soll's. Ich habe ja eh nicht vor, eines meiner geheimsten Geheimnisse auszuplaudern. Womöglich weiß sie es eh schon. «Wespen.»

Leo stöhnt auf.

«Was?»

«Jeder hat Angst vor Wespen.»

«Ich hab nicht bloß Angst, ich kriege Panik, sobald diese Viecher auch nur in Sichtweite sind. Wenn da draußen eine rumfliegen würde, hätte ich ein verdammtes Problem. Dann wäre ich hier gefangen.»

«Oh … Okay. Wurdest du mal gestochen?»

«Ums Gestochenwerden an sich geht es nicht. Ich bin allergisch und wäre vor ein paar Jahren fast gestorben. Für mich bedeutet ein Stich Lebensgefahr.»

Ich kann sehen, wie Leos Körper ein Schauer durchzuckt.

«Ohne Notfallset gehe ich im Sommer nicht aus dem Haus. Bei meinen Eltern zu Hause und sogar hier in der Werkstatt müsste auch eins sein. Für alle Fälle, obwohl ich eigentlich nie hier bin.»

Leo schluckt und sieht mich entschuldigend an. «Tut mir leid, dass ich eben so blöd reagiert habe.»

«Schon okay. Es stimmt ja auch, dass die meisten Menschen Angst vor den Viechern haben. Nur ist es bei mir eben nicht irrational.»

«Aber hattest du das auch als Kind schon? Das hätte ich doch eigentlich mitbekommen müssen.»

«Das Immunsystem reagiert erst beim zweiten Stich, und anscheinend bin ich als Kind nur ein einziges Mal gestochen worden. Die zweite Wespe hat mich in einem Einführungsseminar an der Uni erwischt, das verdammte Mistding ist über meine Stifte gekrabbelt, als ich grad nach einem gegriffen habe. Ich bekam einen anaphylaktischen Schock. Ich weiß noch, wie ich nach Atem ringend auf dem Boden lag. Ich kann von Glück sagen, dass einer meiner Kommilitonen einen Epipen dabeihatte.»

«Krass. Oh Mann. Dann musst du im Sommer ja ständig auf der Hut sein.»

«Auf jeden Fall mehr als andere. Der Spätsommer, wenn die Tiere aggressiv werden, zählt nicht gerade zu meiner Lieblingsjahreszeit.»

«Mir fällt gerade auf, dass ich noch nie gestochen worden bin. Außer natürlich von Mücken.»

«Sag das lieber nicht zu laut.»

«Stimmt…» Ihre Hand nähert sich meinem Gesicht, und bevor mir klar wird, was sie vorhat, klopfen ihre Knöchel auch schon gegen meine Stirn.

«Wirklich witzig. Zumal sich direkt über dir eine Holzplatte befindet.»

«Nicht massiv genug.»

«Wenn es danach ginge, hättest du deine eigene Stirn nehmen müssen.»

Sie streckt mir die Zunge raus, und für einen kurzen Moment fühlt es sich an wie früher. Als würden wir uns jeden Moment fetzen. Aber davon sind wir weit entfernt. Unser

Umgang ist beinahe freundschaftlich – seit Papa den Unfall hatte.

Mama. Hoffentlich ist sie nicht schon aufgewacht.

«Du bist dran.»

Sie wird von jetzt auf gleich wieder ernst. Aber auch verlegen. Blut schießt in ihre Wangen. Wie um die Röte vor mir zu verstecken, holt sie ein paar Haarsträhnen hinter ihrem Ohr hervor und verbirgt den Großteil ihres Gesichts hinter einem kupferroten Vorhang.

Ich käme mir wie ein Arschloch vor, wenn ich auf unseren Deal bestehen würde, obwohl sie sich sichtlich unwohl dabei fühlt, ihren Teil der Abmachung einzuhalten. Zumal ich ohnehin ahne, was mit ihr los war. «Du musst es mir nicht sagen, wenn …»

«So wie dir mit Wespen geht es mir mit Gewittern», fällt sie mir ins Wort und bestätigt meine Vermutung. «Ich bekomme jedes Mal totale Panik», fährt sie fort. «Besonders wenn es so heftig donnert wie vorhin und ich darauf nicht vorbereitet bin.»

«Inwiefern vorbereitet?», frage ich genau in dem Moment, als mein Handy vibriert, und verziehe entschuldigend das Gesicht. «Das könnte meine Mama sein. Sie hat geschlafen, als ich losgefahren bin.»

«Dann geh schnell ran.»

Ich pule mein Handy aus der Hosentasche und hebe beim Anblick ihres Fotos sofort ab. «Hallo, Mama.»

«Aaron? Wo bist du? Geht es dir gut?»

Sie klingt so besorgt, dass ich direkt ein schlechtes Gewissen bekomme.

«Ja, Mama. Es ist alles in Ordnung.»

«Du warst nicht da, als ich aufgewacht bin. Ich dachte schon ... es wäre was passiert.» Ihre Stimme zittert.

«Mir geht es gut.» Den Umständen entsprechend. «Ich habe dir einen Zettel dagelassen.»

«Einen Zettel? Hier ... hier ist kein Zettel.»

«Auf dem Tisch», erkläre ich, und anscheinend findet sie ihn direkt, denn als Nächstes fragt sie:

«Was machst du denn in der Werkstatt? Wir müssen doch gleich zu Papa. Oder kommst du nicht mit?»

«Doch, doch, natürlich komme ich mit. Wir fahren zusammen. Ich musste in die Werkstatt, um ... Leo abzuholen», sage ich und sehe prüfend in Leos Gesicht. Jetzt, da ich weiß, was mit ihr los ist, bin ich nicht sicher, ob sie sich überhaupt schon wieder nach draußen wagen würde. Wir sind in spätestens dreißig Minuten da, okay?»

«In Ordnung. Bitte fahrt vorsichtig.»

«Machen wir.»

«Du rast immer so, Aaron.»

«Ich fahre langsam, Mama. Versprochen», beruhige ich sie. Unter anderen Umständen hätte ich ihr widersprochen.

Wir verabschieden uns, und ich lege auf. «Meinst du, wir können in den nächsten fünfzehn bis zwanzig Minuten los?»

Leo holt Luft, dann nickt sie zu meiner Erleichterung. «Ja. Von mir aus auch sofort.»

«Sicher?»

«Sicher.»

«Okay». Ich mache den Anfang und richte mich auf. Dann reiche ich Leo meine Hand und ziehe sie hoch. In einen wackeligen Stand. Vorsichtshalber halte ich sie an den Schultern fest. Ihr Oberteil fühlt sich unter meinen Fingern ganz feucht an. «Ist dir kalt?», frage ich.

«Nein, es geht schon.» Ihre Antwort klingt nicht besonders überzeugend, weshalb ich meinen Anorak ausziehe und ihn Leo hinhalte. Dass ich nicht schon eher auf die Idee gekommen bin.

«Zieh das an.» Mein Tonfall lässt ihr nicht wirklich eine Wahl.

«Na gut. Bevor ich sonst zu Fuß gehen muss.» Sie schlüpft hinein und versinkt beinahe in meiner Jacke. An ihr wirkt sie eher wie ein Zelt. Nicht mal ihre Fingerspitzen lugen aus den Ärmeln. «Wir können», sagt sie.

«Noch nicht ganz.» Ich trete näher. Nah genug, um ihr das Haar von den Schultern zu streichen. Und den Reißverschluss der Jacke hochzuziehen. Und die Wärme ihres Atems auf meiner Hand zu spüren, während ich den Kragen an ihrem Kinn richte. Als mir klar wird, was ich hier eigentlich mache, halte ich inne. Was hat mich denn da geritten? Aber ich schätze, jetzt ist es auch egal.

Leo sieht halb verwirrt, halb überrascht zu mir hoch, während ich ihr auch noch die Kapuze aufsetze.

«So. Jetzt können wir los», sage ich und nehme meine Hände wieder runter. «Soll ich mit dem Wagen reinfahren?»

«Nein, das ist nicht nötig. Das Gewitter scheint weitergezogen zu sein, und Regen an sich macht mir nichts aus.»

«Okay, dann lass uns los.» Ich lege ihr eine Hand auf den Rücken und spüre kurz darauf, dass ihre Atmung ins Stocken gerät, als wir an der Hebebühne und dem Blutfleck vorbeigehen. Draußen stoßen wir beide den Atem aus, den jeder von uns offenbar angehalten hat.

Leo schließt die Werkstatt ab. Ich öffne das Auto, halte ihr die Beifahrertür auf. Doch anstatt einzusteigen, dreht sie sich zu mir um. Ihr Mund öffnet und schließt sich wieder. Sie scheint etwas sagen zu wollen, aber nicht zu wissen, wie. Für einen Augenblick wirkt es, als würde sie sich wortlos wieder zum Auto wenden. Doch dann räuspert sie sich. «Danke, dass du hergefahren bist, um nach mir zu sehen, Aaron. Es war zwar abgemacht, dass du mich später abholst, aber … du bist extra früher gekommen. Das ist wirklich lieb von dir.»

«Schon gut. Das ist keine große Sache.»

«Aber nicht selbstverständlich. Also danke.»

«Gerne. Und ebenfalls danke für … gestern, als du das Gleiche für mich getan hast.»

Sie zuckt mit den Schultern. Die nonverbale Version von «keine große Sache».

«Wie du sagst: Es ist nicht selbstverständlich. Also danke.»

Ein schwaches Lächeln zupft an ihren Mundwinkeln. Und während wir einander ansehen, weht ihr der Wind eine kupferfarbene Strähne über die Wange. Ich widerstehe dem Impuls, sie einzufangen und zurück unter die Kapuze zu streichen.

«Ich würde Teddy gerne einen Geburtstagskuchen backen. Also, eigentlich hatte ich schon angefangen, einen zu backen, aber erstens ist der bei mir zu Hause in Hamburg, und zweitens ist der Teig jetzt vermutlich eh nicht mehr gut, und ich …» Sie schüttelt den Kopf, während ich mich frage, worauf sie eigentlich hinauswill und ob sie mir nicht im Auto davon erzählen kann. Weil es immer noch regnet, wenn auch nicht mehr so stark.

Sie führt den Satz nicht weiter, sondern endet unerwartet mit: «Hättest du Lust, mir zu helfen?»

«Ähm ...» Ich zucke mit den Schultern. «Klar. Warum nicht?» Sollte ich ihr vielleicht sagen, dass ich in meinen fünfundzwanzig Jahren noch nie einen Teig gerührt habe? Ich habe vom Backen genauso viel Ahnung wie vom Schrauben. Aber darauf kommt es ihr wahrscheinlich gar nicht an. Ich schätze, sie will sich einfach nur beschäftigen und nicht allein sein.

Mir geht es ähnlich.

Hallo Papa,

Teddy und ich haben heute einen Pakt geschlossen. Eigentlich ist es kein richtiger Pakt. Sondern ein Versprechen das er mir gegeben hat. Damit er sich für immer daran halten muss hat Lydia einen Brief für mich geschrieben den nur Notare schreiben dürfen. Weil Lydia ist ja Notarin. Sie bekommt ganz viel Geld dafür Briefe zu schreiben die andere dann unterschreiben müssen. Oder so änlich. Für mich und Teddy hat sie diesen Brief umsonst geschrieben. Da steht drin das er bei Gewitter niemals mit dem Mortorad fährt und das er sich ein Leben lang an dieses Versprechen hält. Jetzt geht es mir besser. Ich wünschte das du damals auch so einen Brief unterschrieben hättest. Aber da wusste ich ja noch nicht wie gefärlich es ist bei Gewitter Mortorad zu fahren und das man dabei sogar sterben kann. Ich schäze das wusstest du selbst nicht. Sonst wärst du an diesem Tag zu Hause gebliben und jetzt noch bei uns. Bei Mama mir und Teddy.

Hab dich lieb
Leo.

6
Leona

Aaron hat mich in meinem verwundbarsten Zustand gesehen. Nicht dass ich eine Wahl gehabt hätte. Wenn die Panik mich einmal in ihren Fängen hat, lässt sie so schnell nicht locker. Sie legt alles in mir lahm. Meine Beine. Mein Sprachzentrum. Mein Denkvermögen. Und gefühlt auch meine Atmung. Es ist jedes Mal, als würde ich ersticken. Und mein Herz klopft nicht bloß, es donnert gegen meinen Brustkorb, droht ihn zu sprengen. Aber so schlimm wie vorhin war es schon lange nicht mehr. Ich dachte wirklich, ich würde sterben, was mir im Nachhinein selbst total irrational vorkommt. Umso höher rechne ich Aaron an, dass er meine Angst ernst genommen, sie nicht runtergespielt oder mich gar verspottet hat. Was vermutlich auch daran liegt, dass er meine Panik nachvollziehen kann.

Ich hab nicht bloß Angst, ich kriege Panik, sobald diese Viecher auch nur in Sichtweite sind. Wenn da draußen eine rumfliegen würde, hätte ich ein verdammtes Problem. Dann wäre ich hier gefangen.

Wer hätte gedacht, dass Aaron und ich was gemeinsam haben? Wobei er im Gegensatz zu mir tatsächlich in Lebensgefahr wäre, wenn er gestochen wird. Allein die Vorstellung jagt mir schon wieder einen Schauer über meinen Rücken.

Ich drehe den Kopf, betrachte ihn von der Seite und frage mich, warum es zwischen uns nicht immer so sein kann? Dass wir nett zueinander sind. Hilfsbereit. Und fürsorglich.

Um ehrlich zu sein, habe ich nie wirklich verstanden, wieso wir uns nicht leiden können. Ich weiß nur, dass er irgendwann nach Papas Tod damit anfing, gemein zu mir zu sein. Ich revanchierte mich, und es wurde zur Normalität. Einer Art schlechten Angewohnheit, mit der wir vielleicht endlich brechen können. Es womöglich schon getan haben. Sonst wäre ich niemals auf die Idee gekommen, ihn zu fragen, ob wir gemeinsam einen Kuchen backen, und er hätte auf keinen Fall zugesagt.

Kuchenbacken mit Aaron. Ob ihm klar ist, dass man sich dabei die Hände schmutzig macht? Ich bin jetzt schon gespannt auf sein Gesicht, wenn ich von ihm verlange, die Form mit den Fingern einzufetten oder den Teig mit den Händen zu kneten. Eigentlich müsste dieses Bild für die Nachwelt festgehalten werden. Oder zumindest für Teddy, wenn er wieder aufwacht, sonst glaubt er mir nicht.

«Was für einen Kuchen backen wir denn?», fragt Aaron, den Blick auf die Straße gerichtet.

«Kommt darauf an, was für Zutaten wir dahaben. Oder ihr. Je nachdem, wo wir uns morgen treffen wollen.»

«Bei uns wäre mir lieber, damit ich Mama nicht allein lassen muss. Ich wäre zwar nicht weit entfernt … aber sie klang gerade am Telefon schon total panisch, weil ich nicht da war.»

Verlustangst, schießt es mir durch den Kopf. Ein Gefühl,

das mich nach Papas Tod jahrelang begleitet hat. Und auch jetzt noch meine Beziehung zu Männern beeinflusst. Dass Aaron sich bemüht, Lydia die Angst zu nehmen, ist wirklich süß. Fast schon rührend. «Dann komme ich zu euch. Vielleicht mag sie ja mitbacken», sage ich.

«Ja. Ablenkung würde ihr guttun.»

Wir sind nur noch eine Querstraße von seinem Elternhaus entfernt, da kommt Lydia uns bereits entgegen. In der Hand einen Schirm. Als sie uns entdeckt, fasst sie sich mit der anderen Hand an die Brust.

«Wieso hat sie denn nicht einfach gewartet?» Aaron klingt besorgt und fährt auf den letzten paar Metern etwas schneller.

Ich habe ein schlechtes Gewissen, weil er sie nur meinetwegen allein gelassen hat.

Nachdem Aaron den Wagen neben ihr zum Stehen gebracht hat, springt er aus dem Auto. Lydia fällt ihm sofort um den Hals. «Da seid ihr ja endlich. Ich habe mir schon Sorgen gemacht», höre ich sie durch die angelehnte Fahrertür sagen, und mein Herz fühlt sich bleiern an. Weil ich ihre Angst und Sorge so sehr nachempfinden kann.

«Brauchtest du doch nicht, Mama. Es ist alles gut. Ich bin ja jetzt da.»

«Und Leo?»

«Im Auto.»

Lydia schaut an ihm vorbei in den Wagen, als wollte sie sich davon überzeugen, dass das auch stimmt. Als sie mich durch die leicht beschlagenen Scheiben entdeckt, winkt sie mir zu. Ich winke zurück.

Dann wendet sie sich wieder ihrem Sohn zu, streicht ihm

feuchte Strähnen, die sich aus seinem kurzen Zopf gelöst haben, hinters Ohr. «Du bist ganz nass, Aaron.»

«Du gleich auch, wenn du nicht einsteigst. Komm.» Er nimmt Lydia den Regenschirm ab und hält ihn die zwei Schritte zum Auto über ihren Kopf.

«Möchtest du vorne sitzen?», frage ich und habe mich bereits abgeschnallt.

Aber Lydia winkt ab. «Bleib ruhig sitzen.»

Ich schnalle mich wieder an, während Lydia hinter mir Platz nimmt. Damit sie genügend Beinfreiheit hat, verstelle ich den Sitz so weit wie möglich nach vorne.

«Ist in der Werkstatt alles in Ordnung?», fragt Lydia. Sie legt eine Hand auf meine Schulter, womit die Frage dann wohl an mich gerichtet ist. Das Erste, was in meinem Kopf aufblitzt, ist die Hebebühne, unter der Teddy eingeklemmt war, und die Blutspuren auf dem Boden. Teddys Blut. Dann das Gewitter. Donner. Blitz. Meine Panikattacke. Rasch dränge ich die Bilder zurück in mein Unterbewusstsein. Stopfe sie in die Schublade der unschönen Erinnerungen.

«Ja, es ist alles okay», antworte ich etwas zu spät und auch nur, um Lydia zu beruhigen. Wirklich beurteilen, wie es um die Werkstatt steht, kann ich nicht. Dazu hätte ich, statt einen Blick unter die Motorhaube des *Golf III* zu werfen, in Teddys Kalender oder Auftragsbuch sehen müssen. Ich will gerade vorschlagen, mich in seiner Abwesenheit in der Werkstatt einzubringen und auszuhelfen, da klingelt mein Handy. Als ich es aus meiner Tasche hervorhole und Mamas Fotos auf dem Display sehe, fängt mein Herz an zu rasen.

Oh bitte. Bitte lass nichts Schlimmes passiert sein.

Damit Lydia nicht wegen meiner Stimmlage oder Mamas

Anruf Panik bekommt, melde ich mich mit einem neutralen «Ja?».

«Ich bin's, Leona. Mama.» Vermutlich fragt sie sich, ob ich ihre Nummer nicht gesehen habe.

«Ich weiß», sage ich und hoffe, dass sie schnell auf den Punkt kommt. Es muss doch Neuigkeiten geben. Warum hätte sie sonst anrufen sollen?

«Könnt ihr vielleicht schon eher kommen? Im Hotel ist eine Buchung schiefgelaufen, um die ich mich vor Ort besser kümmern kann als telefonisch.»

Erleichtert atme ich aus und höre, wie auch Aaron die Luft ausstößt. Er muss Mamas Anruf auf dem Display gesehen haben und wollte abwarten, ob alles okay ist, bevor er weiterfährt. Denn er startet jetzt erst den Motor.

«Ja klar. Das ist kein Problem», sage ich, ohne die anderen vorher zu fragen. Lydia sitzt ohnehin auf heißen Kohlen, und Aaron weicht ihr nicht von der Seite. Zur Not könnte ich meine Mama auch alleine ablösen.

Fünfzehn Minuten später sind wir auf dem Weg ins Krankenhaus. Wir haben noch einen kurzen Abstecher bei mir zu Hause gemacht, damit ich in trockene Klamotten schlüpfen konnte. Eine Latzhose und ein altes T-Shirt. Kleidung, die ich eigentlich zum Arbeiten in der Werkstatt trage, was man vor allem der Hose ansieht. Sie ist voller Öl-spuren und hat Löcher in den Beinen. Aber was anderes gibt der Kleiderschrank meines Jugendzimmers nicht her. Und als ich gestern von Teddys Unfall erfahren habe, war das Letzte, woran ich dachte, mir Wechselsachen einzupacken.

In der Klinik angekommen, ist Mama die Erschöpfung deutlich anzusehen. Es ist anstrengend, Zeit an einem

Ort zu verbringen, mit dem man die schmerzhafteste Erfahrung seines Lebens verbindet. An jeder Ecke lauern Erinnerungen an Papas Tod. Sie schweben in der Luft. Wie kleine unsichtbare Atome, die man atmet, riecht und sogar schmeckt.

«Keine Neuigkeiten», ist das Erste, was sie uns mitteilt, bevor sie jeden von uns mit einer Umarmung begrüßt.

«Tut mir leid, dass ich nicht länger bleiben kann.» Entschuldigend streicht sie über Lydias Oberarm.

«Das muss es nicht, ich bin dir so dankbar, dass du die Stellung gehalten hast.»

«Konntest du dich denn ein bisschen ausruhen?»

«Ich habe tatsächlich ein paar Stunden geschlafen.»

«Das freut mich. Wenn ich sonst noch was tun kann, sag Bescheid.» Nun richtet sie das Wort an Aaron. «Das gilt auch für dich, in Ordnung? Die Hotelküche ist jederzeit für euch geöffnet, wenn ihr nicht zum Einkaufen oder Kochen kommt.»

Aaron nickt dankbar.

Mama wendet sich nun mir zu. Mit einem sorgenvollen Blick, in dem eine Frage steht. Ich ahne bereits, welche, und komme ihr mit meiner Antwort zuvor.

«Ich komme klar, Mama.»

«Bist du sicher?», hakt sie nur für mich hörbar nach.

«Ja.» Ich bekräftige meine Worte mit einem heftigen Nicken.

«Für mich ist es auch nicht leicht, hier zu sein. Niemand ist dir böse, wenn du...»

«Ich will aber hier sein», unterbreche ich sie. «Ich wüsste gar nicht, was ich woanders mit mir anfangen sollte. Teddy zu besuchen, ist momentan das Einzige, was ich für ihn tun kann, Mama.»

«Okay.» Ihre hellbraunen Augen sehen mir prüfend ins Gesicht. «Du siehst erschöpft aus.»

Das haben Panikattacken so an sich. Aber ihr zu erzählen, dass ich vorhin in der Werkstatt zusammengebrochen bin, würde ihre Sorge nur befeuern. Mama würde mir nicht glauben, dass es am Gewitter lag, und die Attacke auf Teddys Unfall schieben. Schon als Kind hat sie meine Astraphobie nicht richtig ernst genommen. *Alle Kinder haben Angst vor Gewittern*, hat sie immer gesagt. Das sei normal und würde sich mit der Zeit auswachsen. Ich würde nur einen Vorwand suchen, um mich zu ihr ins Bett zu kuscheln.

«Ja, ich ... bin vorhin nicht wirklich zum Schlafen gekommen», antworte ich ausweichend, was nicht mal gelogen ist, weil ich in der Werkstatt war.

Mama hebt mahnend eine Augenbraue. «Gib bitte auf dich acht, ja?»

«Mache ich»*, ... sobald Teddy wieder wach ist*, füge ich gedanklich an.

· · · ◆ · · ·

Blinzelnd öffne ich die Augen. Dunkelheit umgibt mich. Es braucht ein paar Sekunden, bis mir klar wird, dass ich auf einer Matratze liege. In einem Bett. Ich strecke den Arm und meine Finger nach etwas Ertastbarem aus.

Ein Kissen.

Das Ende der Matratze.

Eine kleine Kommode.

Ein Kabel ... mit einem Schalter.

Das Letzte, woran ich mich erinnere, ist, dass ich auf der Rückfahrt vom Krankenhaus dagegen angekämpft habe einzuschlafen. Offensichtlich habe ich den Kampf verloren.

Als ich den Schalter betätige, erhellt schummeriges Licht einen Raum, der sich als mein Zimmer entpuppt. Mit jedem Atemzug kehrt ein Stück Erinnerung zurück. Da ist ein verschwommenes Bild von Aaron, der mich ins Bett legt und zudeckt. Aber was war dazwischen? Der Teil, in dem ich aus seinem Auto steige und die Treppen hochgehe, fehlt komplett, bleibt in meiner Erinnerung unauffindbar. Weil es ihn nicht gibt. Ich muss so tief und fest geschlafen haben, dass Aaron mich tragen musste. Aus dem Wagen. Ins Haus. Die Stufen nach oben und ... schließlich ins Bett. Womit Aaron offiziell der erste Mann wäre, der mich je ins Bett getragen hat. Okay ... Diesen Moment habe ich mir irgendwie romantischer ausgemalt. Und nicht mit ihm. Wobei erste Male meiner Erfahrung nach sowieso maßlos überschätzt werden.

Ich richte mich etwas auf, um die Kommode nach meinem Handy abzusuchen. Bis mir beim Blick unter die Bettdecke auffällt, dass ich noch meine Latzhose trage und sich mein Telefon in der Bauchtasche befindet. Ich hole es hervor und stelle überrascht fest, dass es fast schon morgens ist. Bezeichnenderweise ist das Nächste, was mir durch den Kopf geht, das Kuchenback-Date mit Aaron. *Treffen*, korrigiere ich mich schnell und lasse mich seufzend zurück ins Kissen sinken. Hoffentlich wird das keine Katastrophe. Doch dann fällt mir wieder ein, wie es überhaupt zu der Verabredung gekommen ist, wie er sich in der Werkstatt um mich gekümmert hat. Also beschließe ich, mich auf unser Treffen zu freuen.

Und wo ich grad an die Sache in der Werkstatt denke ... vorsichtshalber checke ich den Wetterbericht. Um, falls nötig, Vorkehrungen zu treffen. Aber das scheint zum Glück nicht nötig zu sein. Für die nächsten Tage ist gutes Wetter und nur vereinzelt Regen angesagt. Keine Gewitter. Um auf Nummer sicher zu gehen, schaue ich auf den beiden anderen Wetter-Apps nach. Sie sagen alle das Gleiche. Zumindest in diesem Punkt beruhigt, knipse ich die Lampe wieder aus und rolle mich auf die Seite. Doch anstatt weiterzuschlafen, starre ich zum Fenster und tue etwas, das ich seit Ewigkeiten nicht mehr getan habe.

«Hey, Papa, bist du da?», flüstere ich in die Stille und warte ab. Als ob er ein Buch umfallen oder den Stuhl umschmeißen würde, um mit mir zu kommunizieren. Weil natürlich nichts davon geschieht, fahre ich fort. «Wir könnten deine Hilfe gebrauchen, Papa. Teddy könnte deine Hilfe gebrauchen. Er hatte einen Unfall und liegt jetzt im Koma. Aber das weißt du wahrscheinlich schon. Kannst du bitte auf ihn aufpassen, während er schläft, und dafür sorgen, dass er wieder gesund wird? Bitte mach, dass er zu uns zurückkehrt.»

Stille ist meine einzige Antwort. Wie immer.

7
Leona

«Guten Morgen. Kaffee?» Mama steht bereits angezogen am Küchentresen. In der Hand eine Tasse, aus der Dampf emporsteigt und die sie mir entgegenstreckt. Als hätte sie abgepasst, wann ich aus meinem Zimmer kommen würde.

«Guten Morgen», gebe ich mit einem leichten Kratzen im Hals zurück und räuspere mich. «Wird mein Zimmer neuerdings videoüberwacht, oder woher wusstest du, dass ich jetzt runterkommen und Koffein brauchen würde?» Ich nehme ihr das Elixier des Lebens ab und bedanke mich.

«Den hatte ich eigentlich für mich gemacht, aber ich überlasse ihn gerne dir. Oh, und die Kameras in deinem Zimmer habe ich nach deinem Umzug abmontieren lassen», sagt Mama bereits mit dem Rücken zu mir und holt sich eine neue Tasse aus dem Hochschrank neben dem Herd.

«Wusste ich's doch. Dieser grüne Punkt, der im Dunkeln immer geleuchtet hat, war gar kein einäugiges Alien.»

Mamas rot geschminkter Mund ist zu einem Schmunzeln verzogen, als sie sich wieder zu mir umdreht. Sie nimmt die Kanne vom Tresen und schenkt sich Kaffee ein. «Soll das etwa heißen, dass du bis zu deinem Auszug mit achtzehn noch an Monster geglaubt hast?»

«Soll *das* etwa heißen, dass du mich tatsächlich in meinem eigenen Kinderzimmer überwacht hast?»

Sie zuckt mit den Schultern, und ich schüttele den Kopf. Dann müssen wir beide lachen, nur kurz, aber es reicht, um mir für ein paar Sekunden ein Gefühl von Normalität zu geben. Etwas Simples, wie mit Mama in der Küche einen Kaffee zu trinken, bevor sie ins Hotel muss, reicht dafür schon.

«Der Schlaf hat dir gutgetan», bemerkt sie, an den Tresen gelehnt.

Ich nehme am Esstisch Platz. «Ich fühle mich trotzdem wie gerädert.» Sobald ich länger als sieben Stunden schlafe, habe ich morgens immer das Gefühl, einen Chiropraktiker zu brauchen, weil meine Muskeln und Knochen sich weigern, wieder in den Betriebsmodus zu wechseln.

«Du bist eben keine Langschläferin. Das hast du von mir. Wann bist du denn im Bett gewesen? Als ich um neun wieder zu Hause war, hast du bereits tief und fest geschlafen.»

«Keine Ahnung.» *Frag Aaron*, wäre es mir fast rausgerutscht. Apropos Aaron. «Wie spät ist es?»

Mama wirft einen Blick auf ihre Armbanduhr. «Kurz vor acht.»

Ich entspanne mich wieder. Bis zum Treffen mit Aaron bleibt mir noch mindestens eine Stunde. Wir hatten zwar ausgemacht, uns irgendwann morgens zu treffen, aber ich bezweifle, dass er vor neun schon Lust haben wird, Kuchen zu backen. Wogegen ich nichts einzuwenden hätte. Je früher wir loslegen, desto eher bin ich abgelenkt und komme mir nicht so untätig vor. Vielleicht kann ich morgen in der Werkstatt helfen. Sofern Lydia nichts dagegen hat. Ich nehme mir vor, sie später, wenn sich die Gelegenheit ergibt, zu fragen.

«Wieso? Musst du gleich weg?», erkundigt sich Mama.

«Aaron und ich sind zum Kuchenbacken verabredet.» Mein Tonfall klingt, als wäre es das Normalste auf der Welt. Jedem, der Aaron und mich nicht kennt, würde ich es als nichts Besonderes verkaufen können. Aber Mama nicht. Sie hat jede Diskussion, jeden Streit, jeden seiner Streiche und meine darauffolgende Rache miterlebt, als wir Kinder waren. Sie musste zu oft die Schlichterin spielen. Es ist also kein Wunder, dass ihre Augenbrauen beinahe unter ihrem Pony verschwinden.

«Ihr wollt backen? Du und Aaron?»

«Ja, für Teddy. Einen Kuchen. Nachträglich zu seinem Geburtstag.» Ich zucke mit den Schultern und erkläre: «Wir verstehen uns momentan ganz gut.»

«Ja, das ist mir nicht entgangen.» Sie lächelt. «Und das mit dem Kuchen ist eine sehr schöne Idee. Kommt Aaron her, oder gehst du rüber?»

«Ich gehe rüber. Damit Lydia nicht allein ist.»

Mama nickt verständnisvoll, dann schüttelt sie ungläubig den Kopf. «Ihr beiden ...»

Ich runzele die Stirn, weil ich keine Ahnung habe, worauf sie hinauswill. «Wir beiden was?»

«Ihr seid wie Feuer und Wasser, aber wenn es hart auf hart kommt, werdet ihr zu Pech und Schwefel. Gebt euch halt und seid füreinander da. Das ist schön. Allein damit macht ihr Teddy eine Riesenfreude.»

Ich nicke nur stumm. Aaron und ich hatten keine einzige Unstimmigkeit seit … seit Teddys Unfall. Er war immer so genervt von unseren Streitereien und wollte einfach nur, dass wir uns verstehen. Dass sein Sohn und ich freiwillig zusammen einen Kuchen backen, würde ihn wahrscheinlich mehr freuen als der Kuchen an sich. Ich bin froh, dass ich Aaron gefragt habe. Und dass er Ja gesagt hat.

«Ich muss jetzt los, Leona.» Mama kippt den Rest ihres Kaffees in die Spüle.

«Lass deine Tasse ruhig stehen. Ich räume sie gleich mit meiner in die Spülmaschine.»

«Danke.» Sie kommt zu mir und streicht über mein Haar. «Tut mir leid, dass gerade so viel los ist im Hotel und ich heute keine Zeit habe.»

Diesen Satz habe ich früher so oft gehört, dass ich ihn im exakten Tonfall meiner Mutter mitsprechen könnte. Aber ich bin ihr nicht böse. Sich in Arbeit zu stürzen war und ist auch heute noch ihre Art, mit Papas Tod umzugehen.

«Schon gut, Mama.» Ich ringe mir ein Lächeln ab, damit sie kein schlechtes Gewissen hat. «Konntest du den gestrigen Notfall denn regeln?»

«Du meinst die zehnköpfige Reisegruppe, für die ich Ersatzzimmer finden muss, weil der neue Auszubildende die Buchung nicht hingekriegt hat?» Sie schnaubt.

«Oh. Das klingt ja gar nicht gut.»

«Ist es auch nicht. Und deshalb muss ich jetzt auch los. Bevor er noch mehr anrichtet.»

«Aber feuere ihn nicht, okay? Jeder macht mal Fehler.»

Sie stemmt empört die Hände in die Hüften. «Hältst du mich für so unmenschlich?»

«Willst du eine ehrliche Antwort oder lieber gar keine?», frage ich grinsend.

Sie verdreht die Augen. «Ich geh dann mal lieber. Ruf jederzeit an, okay?»

«Mach ich.»

Sie eilt aus der Küche, als wäre sie nun viel zu spät dran. Im Korridor ist das Klackern ihrer hohen Absätze zu hören, als sie in ihre Pumps schlüpft und zur Tür hinausgeht. Dann ist es still, und ich sitze wieder allein mit meiner Sorge um Teddy in der Küche. Bis mich das Klingeln des Handys aus meinen Gedanken reißt. Ich springe vom Stuhl auf und flitze, angetrieben von der Angst, es könnte was mit Teddy sein, ins Schlafzimmer. Als ich das Telefon vom Nachttisch nehme und Lissas Nummer auf dem Display sehe, fällt mir ein Stein vom Herzen. Der gefühlt hundertste in den letzten beiden Tagen.

Ich hebe ab und setze mich aufs Bett. «Hey, Lissa.»

«Hey. Ist … alles okay? Du klingst so außer Atem?»

«Ich bin gerannt.»

«Frühsport?»

«Nein, die Treppen rauf zu meinem Zimmer.» Und so wie ich keuche, bin ich anscheinend ganz schön unfit. «Aber ich sollte tatsächlich wieder mehr Sport treiben.»

«Wenn du einen Trainer brauchst … Ich kann dir einen empfehlen.» Ihr Freund Simon hat vor Kurzem sein Sport-Studium erfolgreich abgeschlossen und leitet jetzt ein Fitnessstudio in Hamburg.

«Simon wäre natürlich meine erste Wahl», sage ich.

«Und? Wie geht es dir? Ich weiß, du hast geschrieben, dass du dich melden würdest. Aber ich mache mir Sorgen und wollte mal hören, wie es dir *wirklich* geht. Wenn du gerade nicht reden willst oder kannst, können wir natürlich auch auflegen.»

«Nein, nein … lass uns ruhig telefonieren», sage ich und fühle mich direkt ein bisschen besser. Lissas oder Callas Stimme zu hören, hatte schon immer was Beruhigendes, egal in welcher Situation. «Danke, dass du dich meldest. Und wie es mir geht … kannst du dir ja denken. Ist gerade nicht so leicht alles.»

«Das verstehe ich. Fühl dich ganz fest gedrückt, ja?»

«Autsch. Das war etwas zu fest», scherze ich, weil mir schon wieder Tränen in den Augen brennen und ich jetzt nicht weinen möchte. Ich wüsste nämlich nicht, ob ich dann wieder aufhören könnte.

«Ups. Sorry.» Lissa spielt mit, weil sie mich kennt. «Ist denn jemand bei dir?», erkundigt sie sich nun wieder ernst.

Ich schüttle den Kopf. «Mama ist arbeiten. Im Hotel ist gerade die Hölle los. Aber es war ja auch nicht geplant, dass ich hier sein würde, zumindest nicht über den Geburtstag von Teddy hinaus.» Ich schlucke.

«Dann bleibst du also noch?»

«Ja. So lange bis … bis … Ich weiß es ehrlich gesagt nicht. Darüber habe ich mir noch gar keine Gedanken gemacht. Was ich angesichts der Klausuren, die in den nächsten Wochen anstehen, vielleicht tun sollte.» Dass ich dafür noch lernen muss, sollte mich eigentlich in Panik versetzen, aber das Einzige, was mich aktuell panisch werden lässt, ist die Vorstellung, dass Teddy nie wieder aufwacht. Das Studium könnte mir gerade nicht gleichgültiger sein.

«Konzentrier dich vor allem auf dich selbst und übernimm dich nicht, Leo. Du bist keine Maschine.»

«Ich weiß. Teddy ist alles, was jetzt zählt.»

«Du aber auch», erinnert mich Lissa. «Nimm dir auch etwas Zeit für dich, wenn du sie brauchst, Leo.»

«Das mache ich. Danke für den Reminder.»

«Apropos ... Brauchst du was aus der WG? Klamotten oder so? Ich kann dir gerne was vorbeibringen.»

«Das ist wirklich lieb von dir, danke. Aber ich hab noch ein paar Latzhosen hier und zwei oder drei T-Shirts.» Noch während ich das sage, wird mir klar, dass ich damit nicht besonders lange auskommen werde, wenn ich morgen oder übermorgen in der Werkstatt aushelfe. «Zur Not gehe ich shoppen.»

«Oder du sagst mir, was ich einpacken soll, wenn wir übermorgen kommen.»

«Was machst du ...?» Die Worte haben meine Lippen kaum verlassen, da fällt mir ein, dass Lissa davon erzählt hatte, zum Geburtstag ihres Vaters zu gehen. «Ach stimmt, das hatte ich ganz vergessen. Aber wer ist wir? Kommt Calla mit?»

«Leider nicht. Die ist im Lernexil.»

Auch das hätte ich eigentlich wissen müssen. Calla hat in unserem Chat die vergangene Woche von nichts anderem als ihrem Lernplan gesprochen und davon, wie viel sie nachholen muss.

«Oh Mann, ich hab echt ein Gedächtnis wie ein Sieb», sage ich entschuldigend und fühle mich wie die mieseste Freundin der Welt.

«Das muss dir nicht leidtun. Du hast gerade wirklich andere Sorgen, Leo. Deshalb dachte ich auch, du hast vielleicht Lust auf etwas Ablenkung.»

«Inwiefern?» Ich gebe mich skeptisch, obwohl ich für Ablenkung – ganz gleich, welcher Art – dankbar wäre.

«Eine kleine Lüneburg-Sightseeingtour.»

«Ähm … Wir sind hier aufgewachsen, Lissa, und kennen beinahe jeden Winkel.»

«Wir schon, aber Simon nicht. Er kommt am Donnerstag mit und trifft zum ersten Mal meinen Vater. Abgesehen davon, dass mich der Gedanke ziemlich nervös macht, weil ja auch Becka da sein wird, hab ich versprochen, ihm ein paar Ecken in Lüneburg zu zeigen.»

«Oh … Davon hattest du aber nicht erzählt, oder?» Frustriert von mir selbst verziehe ich das Gesicht.

«Nein. Ich wollte erst mal bei Simon nachhorchen, ob er nach allem, was passiert ist, zu einem Wiedersehen mit Becka bereit ist.»

«Es ist das erste Aufeinandertreffen, seit ihr ein Paar seid, oder?»

«Ja … aber in den zwei Jahren hat sich viel getan. Beckas und meine Therapie … Die Familiensitzungen mit Papa … Die Chancen stehen gut, dass der Geburtstag nicht in einem Desaster endet und … Oh, sorry. Ich wollte dich nicht mit meinem Kram nerven. Tut mir leid.»

«Du nervst nicht, Lissa. Außerdem bringt mich dein *Kram* auf andere Gedanken. Ich bin Donnerstag gerne dabei. Zumal ich von uns beiden definitiv die kompetentere Reiseführerin bin.»

«Lass das mal den Touri entscheiden.»

«Du meinst Simon? Vergiss es. Der ist viel zu parteiisch.»

Lissa schnaubt. «Du hast doch nur Schiss zu verlieren. Wenn du willst, frage ich Alex, ob er mitkommt. Er wäre zumindest, was mich betrifft, unvoreingenommen.»

«Wohl kaum, du bist die Freundin seines besten Kumpels und ich nur irgendeine, mit der er ein paarmal im Bett war. Außerdem haben wir uns seit Monaten nicht gesehen.» Was mehr an mir als an ihm lag. Unistress und so.

«Auch wieder wahr. Dann lassen wir das mit der Competition bleiben und tun uns einfach zusammen. Im Team funktionieren wir eh am besten.»

«Stimmt. Tut mir übrigens leid, dass ich die Küche so unordentlich hinterlassen habe.»

«Alles gut. War der Kuchen für Teddy?», fragt sie vorsichtig.

Ich schlucke. «Ja ... Wir backen ihm gleich einen neuen.»

«Du und Lydia?»

«Aaron und ich.»

«Oh ... Ach so.»

«Ja, ich weiß. Es herrscht so was wie Waffenstillstand.»

«Dann viel Spaß beim Backen. Das lenkt euch sicher etwas ab. Wie geht es Aaron denn?»

Ich muss daran denken, wie ich ihn draußen vor dem Krankenhaus vorfand. Das war das erste Mal, dass ich ihn weinen sah. «Nicht so gut, aber er kommt einigermaßen klar. Lydia weniger. Aber es ist wirklich süß, wie er sich um sie kümmert. Er weicht ihr nicht von der Seite ...» Es sei denn, ich hocke wegen einer Panikattacke unterm Tisch in der Werkstatt. Aber davon erzähle ich Lissa dann am Donnerstag, wenn wir mehr Zeit zum Quatschen haben.

«Ich glaube, ich habe dich das Wort *Süß* noch nie im Zusammenhang mit Aaron sagen hören. Aber es freut mich, dass ihr euch versteht.»

«Ja, mich auch», gestehe ich und hoffe insgeheim, dass diese Harmonie mehr als nur ein temporärer Waffenstillstand ist.

Eine Vibration an meinem Ohr kündigt die Ankunft einer Nachricht an. Ich nehme das Handy runter und entdecke eine WhatsApp von Aaron.

> Guten Morgen. Ich wollte dir nur sagen,
> dass ich jetzt schon Zeit hätte. Falls du
> wach bist und eher loslegen möchtest.

«Leo? Bist du noch da?»

Schnell halte ich mir das Handy wieder ans Ohr. «Ja, sorry … Aaron hat gerade geschrieben. Er fragt, ob wir uns schon eher treffen wollen. Ich glaube, er braucht Ablenkung.» Zumindest lese ich das zwischen den Zeilen, auch wenn er es anders verpackt hat.

«Dann lass uns ruhig auflegen.»

«Okay. Oder wolltest du noch was erzählen?»

«Nein, alles gut.» Sie wünscht mir mit Aaron viel Spaß und ich ihr einen schönen Tag. Dann legen wir auf, und ich eile ins Badezimmer, um mich fertig zu machen. Dass mein Herz dabei etwas schneller klopft als noch vor einer Minute, schreibe ich meiner miesen Kondition zu. Ich sollte entweder mehr Sport treiben oder aufhören, ständig von Raum zu Raum zu flitzen. Oder …

Nein, den Gedanken schiebe ich schnell beiseite.

8
Aaron

Ich bin fast erleichtert, als Leo mir antwortet, dass sie in zwanzig Minuten da ist. Um ehrlich zu sein, hatte ich befürchtet, sie könnte absagen. Was okay gewesen wäre. Aber dann hätte ich keine Ahnung gehabt, wie ich dieses Gedankenkarussell in meinem Kopf stoppen soll. Seit ich heute Morgen um vier schweißgebadet aus einem Albtraum hochgeschreckt bin, kreist es wieder. Um meinen Vater und die Angst, dass er nie wieder aufwacht. Sämtliche Versuche, auf andere Gedanken zu kommen, sind fehlgeschlagen. Weil mich jeder Winkel in diesem Haus an ihn erinnert. Dass Mama seit fünf Uhr morgens wie eine Wahnsinnige das Haus putzt, macht mich noch zusätzlich nervös. In meiner Verzweiflung habe ich ihr sogar geholfen und Staub gesaugt. Aber danach musste eine neue Ablenkung her. Also war ich seit einer Ewigkeit wieder bei Tinder und habe ernsthaft mit dem Gedanken gespielt, mir für heute Abend ein Date klarzumachen. Aber das hat sich schon nach den ersten fünf Swipes so daneben angefühlt, dass ich es dann doch gelassen habe. Meine Hoffnungen liegen jetzt also auf Leo und unserer geplanten Kuchenback-Session.

Ich schließe den vorletzten Knopf meines Hemdes, schiebe es in den Bund meiner Chino und schnalle den Gürtel um. Dann stelle ich den Kragen etwas auf und mache mir vor dem Spiegelschrank meines alten Zimmers einen Zopf. Einen halben. Den kompletten bekomme ich nur mit Gel hin. Kinnlänge ist die wohl beschissenste Haarlänge, die man haben kann.

Bereit für das Treffen mit Leo, nehme ich die Treppe nach unten. Eigentlich um Kaffee zu kochen. Aber die Küche wird gerade von Mama in Beschlag genommen beziehungsweise auf Hochglanz poliert. Im wahrsten Sinne des Wortes, denn sie hat dafür extra eine Holzpolitur rausgekramt, mit der sie auf Knien und in kreisenden Handbewegungen die Unterschränke bearbeitet.

«Brauchst du noch lange, Mama? Leo kommt gleich», erinnere ich sie vorsichtig. Ich hatte ihr bereits gestern gesagt, dass wir heute backen wollen, aber das scheint sie vergessen zu haben.

«Ach stimmt, daran habe ich gar nicht mehr gedacht. So ein Mist.» Sie hält mit dem Lappen in der Hand inne und murmelt verärgert etwas vor sich hin, das mit «umsonst gemacht» endet.

«Wir passen auf und waschen uns die Hände, bevor wir an die Schränke gehen.»

«Ich wische danach einfach noch mal mit dem Lappen drüber.»

Ich versuche gar nicht erst, ihr das auszureden. Aufräumen und Putzen waren schon immer ihr Ventil, um Stress, Sorgen und Kummer abzubauen. Oder eben Angst. Eigentlich findet sie immer einen Grund, um zu putzen. Mal mehr, mal weniger exzessiv. Vermutlich habe ich deshalb einen kleinen Sauberkeitstick. Momentan ist unser Haus so sauber, dass man eine Herz-OP hier durchführen könnte.

«Dann räume ich mal das Feld, damit ihr in Ruhe backen könnt», sagt sie, packt ihre Putzutensilien in einen Eimer und zieht sich die Gummihandschuhe aus.

Plötzlich habe ich das Gefühl, sie vertrieben zu haben. «Warum leistest du uns nicht Gesellschaft? Wir können zu dritt backen.»

«Nein, nein. Ich will nicht stören.»

«Tust du nicht. Es ist nur Leo.»

«Macht ihr mal. Zu viele Köche verderben den Brei. Auf mich warten noch der Korridor, die Schlafzimmer und das große Bad. Vielleicht schaffe ich danach auch noch die Wäsche.» Den letzten Satz sagt sie eher zu sich selbst, als würde sie sich eine mentale Notiz machen. Vermutlich wird sie sich später auch noch den Dachboden oder Keller vornehmen, anstatt sich auszuruhen. Aber dann ist sie bis zur Besuchszeit wenigstens abgelenkt. Und solange sie abgelenkt ist, weint sie sich nicht die Augen aus oder kommt auf die Idee, den ganzen Tag im Krankenhaus verbringen zu wollen. Einen weiteren Tag hilflos in der Klinik rumzuhängen, ertrage ich genauso wenig, wie Mama ständig weinen zu sehen.

«Ach, und im Fürstenthal Hotel muss ich auch noch anrufen, um unser Zimmer zu stornieren. Die *Oldtimer & Fachwerk*-Ausstellung wird diesmal wohl ohne Theo stattfinden.»

Ich schlucke schwer, weil Vater dieses Event in Celle so viel bedeutet – eines der wenigen Dinge, die ich über ihn weiß. Und auch Mama hat sich darauf gefreut.

Sie kommt auf mich zu, streicht mir über den Rücken. Seit Vaters Unfall berührt sie mich ständig, als müsste sie sich durch den physischen Kontakt versichern, dass ich da bin und es mir gut geht. Ich lege den Arm um sie und ziehe sie an meine Brust.

«Das kann ich doch machen. Sobald wir mit dem Kuchenbacken fertig sind, ruf ich da an. Dann musst du dich damit nicht belasten.» Wenn es nur so einfach wäre, ihr auch den Schmerz und die Sorge abzunehmen.

«Das ist lieb.» Dankbar und erleichtert zugleich sieht sie zu mir auf. «Dann werd ich jetzt mal gehen. Viel Spaß beim Backen und schlagt euch bitte nicht die Köpfe ein.»

Wenn Mama wüsste, dass ich Leo gestern Abend nicht nur nach Hause gebracht, sondern auch ins Bett getragen und sie zugedeckt habe. Ich hätte sie wecken können, aber ich wollte es nicht. Sie hat so erschöpft und gleichzeitig friedlich ausgesehen. Leo alias Karottenkopf und friedlich? Ich lerne ganz neue Seiten an ihr kennen – und ehrlicherweise auch mögen.

«Keine Sorge. Das Einzige, was hier gleich geschlagen wird, ist Sahne, falls wir überhaupt welche brauchen.»

«Dann solltest du dich aber noch umziehen, sonst spritzt du dir deine guten Klamotten voll.»

«Nicht wenn ich mir deine Kochschürze ausleihe.» Suchend sehe ich mich um.

«Oben links, wo die Geschirrhandtücher sind.»

«Danke.» Ich löse meine Umarmung und gebe ihr einen Kuss aufs Haar, bevor sie die Küche verlässt. Den beißenden Geruch der Politur nimmt sie leider nicht mit. Ich rümpfe die Nase. Hoffentlich ist der Gestank halbwegs verflogen, bis Leo kommt. Ich bin gerade dabei, das Küchenfenster zum Lüften zu öffnen, als es in meiner Hosentasche vibriert. Ich hole mein Handy hervor und sehe, dass Ben anruft. Wir haben zusammen Abi gemacht und kennen uns seit der Grundschule. Er ist einer der wenigen – nein, eigentlich der Einzige von früher, mit dem ich heute noch engen Kontakt habe. Und das, obwohl wir in unterschiedlichen Städten studieren. Er in Hamburg und ich in München. Aber wenn ich nach Hause komme, ist er der Erste, dem ich Bescheid gebe.

Unschlüssig, ob ich drangehen soll, starre ich aufs Display. Denn das Letzte, worauf ich jetzt Lust habe, ist, Ben zu erzählen, warum ich in Lüneburg bin, ohne mich bei ihm gemeldet zu haben. Nicht dass er mir das übel nehmen würde. Ich will nur nicht schon wieder über Vaters Unfall reden. Oder darüber nachdenken, dass er im Koma liegt. Das würde dem Karussell in meinem Kopf nur wieder Schwung geben. Aber Ben wird vermutlich von dem Unfall gehört haben und sich fragen, wie es mir geht. Was wäre ich für ein beschissener Kumpel, ihn da im Unklaren zu lassen? Ich sollte ihn zumindest wissen lassen, dass es mir den Umständen entsprechend gut geht. Also hebe ich ab.

«Ben. Alles klar?»

«Bei mir schon. Was ist mit dir? Hab von der Sache mit deinem Dad gehört. Tut mir echt leid.»

«Na ja, ging mir schon mal besser. Aber ich komme klar.»

«Und wie geht's ihm?»

«Die Ärzte sagen, er wäre stabil. Aber er liegt im künstlichen Koma.»

«Scheiße. Wie ist der Unfall denn passiert?»

Bilder blitzen auf. Von der Hebebühne. Dem Blutfleck. Seinem Arm, durchbohrt von Fixierstäben. Ich hole tief Luft und kann nicht verhindern, dass sie mit einem Stöhnen wieder entweicht. Was bei Ben völlig falsch rüberkommt.

«Sorry. Wollte nicht neugierig sein oder so. Wenn du nicht darüber reden willst, ist das okay.»

Eines der Dinge, die ich an Ben schätze? Er besitzt so was wie Feingefühl.

«Schon okay. Danke, dass du nachfragst, aber lass uns echt lieber wann anders darüber reden. Ich bin froh, wenn ich es schaffe, mal nicht darüber nachzudenken, und versuche, mich mit allem möglichen Scheiß abzulenken.» *Wie zum Beispiel Kuchenbacken mit Leo.*

«Kann dir gern dabei behilflich sein. Wir könnten an deinem Handicap arbeiten.»

Eigentlich keine schlechte Idee. Es gibt nichts Besseres, als draußen zu sein und ein paar Bälle zu schlagen, um den Kopf freizukriegen. Besonders auf dem Süd-Heide-Golfclub seines Großvaters, von dem wir damals das Golfspielen gelernt haben. Ich war da mal Trainer und kenne die Anlage in- und auswendig.

«Oder mal wieder 'nen Oldtimer-Trip nach Hamburg machen.»

«Klingt beides gut. Aber nicht heute.»

«Hast du schon was vor?»

«Ja ...» Ich zögere einen kurzen Moment, bevor ich fortfahre. «Leo kommt gleich vorbei.»

Ich kann die Fragezeichen über seinem Kopf förmlich aufploppen hören. «Welche Leo?», fragt er irritiert.

«Leona ... du weißt schon.»

«Karottenkopf?» Dass er Leo so nennt, löst in mir ein schlechtes Gewissen aus. Weil ich ihr damals diesen Spitznamen verpasst habe und zuließ, dass sie von den anderen damit aufgezogen wurde. «Ja, genau. Leo steht meinem Vater sehr nah.» Näher, als ich ihm jemals stehen werde. «Und ist ziemlich fertig wegen des Unfalls», rechtfertige ich meine Verabredung mit ihr – warum auch immer.

«Verstehe. Dann lenkt ihr euch also gegenseitig ab?»

«Ja ... so in etwa.» Ich merke selbst, dass meine Antwort Raum für falsche Interpretationen lässt. «Aber nur freundschaftlich», stelle ich daher klar, was mich keine Sekunde später bereits ärgert. Wie ich zu Leo stehe und warum, geht niemanden etwas an. Auch Ben nicht.

«Alles klar. Ich hatte mich nur gewundert, weil bei euch immer eher das Gegenteil von Freundschaft der Fall war. Aber ist doch super. Hab sowieso nie verstanden, was du eigentlich für ein Problem mit ihr hast.»

Ich zucke mit den Schultern. «Ist kompliziert.»

«Und was habt ihr vor?»

Ihm zu sagen, dass wir Kuchen backen, würde vermutlich seine Weltordnung durcheinanderbringen. Das erspare ich ihm und antworte ausweichend: «Nichts Besonderes.»

«Klingt spannend.»

Ich ignoriere seinen ironischen Unterton und wechsele das Thema. «Ist es okay, wenn ich die Tage auf dein Angebot zurückkomme?»

«Sicher. Jederzeit. Wie lange bleibst du denn?»

«Schwer zu sagen, aber auf jeden Fall länger als geplant.»

«Okay. Ich drück die Daumen, dass dein Dad schnell wieder fit wird. Die Werkstatt bleibt dann wohl erst mal dicht, oder?»

«Keine Ahnung.» Darüber habe ich mir ehrlich gesagt noch keine Gedanken gemacht. «Warum? Muss bei dir was repariert werden?»

«Nicht direkt, aber ich sollte den alten Opel Rekord meines Opas vorbeibringen. Teddy wollte ihn sich ansehen und mir sagen, was der Umbau zu einem Elektro im Vergleich zu einer Vollrestaurierung kosten würde.»

«Frag am besten Mo oder Paul, die halten solange die Stellung.»

«Okay, dann weiß ich Bescheid.»

Als wäre dies das Stichwort, klingelt es an der Tür. Ich verspreche Ben, mich noch mal zu melden, bevor ich ihn abwürge, und lege auf dem Weg in den Flur auf. Mama ist vor mir da und öffnet Leo gerade die Tür.

«Komm rein. Du wirst schon sehnsüchtig erwartet.»

Das «Sehnsüchtig» hätte sie sich sparen können, auch wenn ich weiß, dass es als Scherz gemeint war. Leo offenbar auch, so wie sie schmunzelt.

«Das höre ich doch gern. Guten Morgen, Lydia.» Leo tritt ein und sieht in der Latzhose und dem abgetragenen Oberteil aus, als ob sie gerade aus der Werkstatt kommt – oder nach unserem Treffen noch dorthin will. In einem ähnlichen Outfit habe ich sie gestern auch ins Bett gelegt.

Ihr Haar ist zu einem undefinierbaren Chaos mit einer Klammer nach oben drapiert. Eine Mischung aus Vogelnest und Anti-Schwerkraft-Experiment.

Ich schiebe mein Handy in die Tasche meiner Chino und warte darauf, sie ebenfalls begrüßen zu können. Sie und

Mama unterhalten sich darüber, dass ich beim Backen eine absolute Niete bin. Als wäre ich gar nicht anwesend. Mein Ehrgeiz, Leo vom Gegenteil zu überzeugen, wurde soeben zum Leben erweckt.

Allerdings bin ich komplett unvorbereitet auf das, was dann schließlich passiert ...

9

Leona

Aaron sieht aus, als wäre er zur Kuchenverkostung in den Buckingham Palace eingeladen. Ich kann mir einen Kommentar gerade noch so verkneifen, als wir uns im Flur gegenüberstehen. Sein Oberkörper zuckt in meine Richtung, als hätte er mich zur Begrüßung umarmen wollen und sich dann doch dagegen entschieden. Verlegenheit flackert in seinen Augen, bevor sie von seinem schiefen Lächeln – diesem typischen Mix aus Überheblichkeit und Arroganz – überlagert wird. «Schön, dass du da bist.» Er nimmt mir den Korb mit den Backzutaten ab, die ich vorsichtshalber von zu Hause mitgebracht habe. «Und? Hast du gut geschlafen?»

Ich bin nicht sicher, ob seine Frage ernst gemeint ist oder eine Anspielung darauf, dass er mich gestern wie ein Baby ins Bett gebracht hat. Scham bringt meine Wangen zum Glühen. Keine Ahnung, warum mir das so unangenehm ist. Vielleicht liegt es daran, dass man im Schlaf so ausgeliefert ist und keinerlei Kontrolle über sich selbst hat. Wobei mir das bei anderen Typen bisher immer egal war. Aber bei Aaron macht mein Kopf eine Riesensache daraus, weil er mir was in die Nase gesteckt, mir einen Schnauzer angemalt oder mich beim Schnarchen gefilmt haben könnte. All das hätte ich ihm vor wenigen Tagen noch zugetraut.

«Ja, hab ich. Und das ist einem Typen zu verdanken, der mich gestern ins Bett getragen hat.»

«Dieser Typ war dann wohl ich.»

«Danke, dass du mich nicht fallen gelassen hast oder mit meinem Kopf irgendwo gegengestoßen bist. Ich habe zumindest keine Blutergüsse an meinem Körper gefunden.»

Aaron lacht leise.

Wir machen uns auf den Weg in die Küche, wo er sich ernsthaft eine Kochschürze um den Hals hängt. «Dich ins Bett zu tragen, war übrigens durchaus eigennützig.»

«Weil du mir so was in die Nase stecken konntest?»

«Das nicht. Aber ich hatte eigentlich vor, dich im Auto schlafen zu lassen. Ohne Decke. Bei Nacht. In der Kälte. Aber dann habe ich gesehen, wie du im Schlaf sabberst, und hatte Angst, dass du das Sitzpolster ruinierst.» Ein herausforderndes Funkeln ist in seinen Augen aufgetaucht.

Ich kämpfe gegen das Zucken meiner Mundwinkel an und hole für einen Boxhieb gegen seinen Oberarm aus. «Du Arsch!»

Leise lachend weicht er aus.

«Hätte ich mir ja denken können, dass du dabei nur die Unversehrtheit der Autositze im Sinn hattest.»

«Wovon du profitiert hast.»

«Willst du mir das jetzt ernsthaft als Win-win verkaufen?»

«Was soll das sonst sein?»

«Blanker, reiner Materialismus», sage ich, und dann lachen wir beide. Als gäbe es keinen furchtbaren Anlass dafür, dass wir in der Küche seiner Eltern stehen, um Kuchen zu backen. Mich streift ein schlechtes Gewissen, aber ich scheuche es fort. Ich erlaube mir diesen kleinen heiteren Moment. Es ist okay, auch in traurigen Zeiten Spaß zu haben. Es zumindest zu versuchen. Genau das würde Teddy wollen, was mich auf eine Idee bringt.

«Wäre es okay für dich, wenn wir uns beim Kuchenbacken filmen?»

Aarons Stirn kräuselt sich.

«Für Teddy. Als eine Art Geburtstagsvideo, wenn er wieder wach ist. Das würde ihn sicher freuen.»

«Reicht es nicht, dass wir ihm einen Kuchen backen?»

«Ohne Beweisvideo wird er uns wahrscheinlich nicht glauben, dass wir den gemeinsam gebacken haben», scherze ich. «Außerdem...», ich kann nicht länger so tun, als würde Aaron nicht vollkommen albern aussehen, «...müssen wir dich in dieser flotten Kochschürze für die Nachwelt festhalten.»

Aaron sieht an sich herunter. «Was hast du gegen meine Schürze einzuwenden?»

Ich zucke scheinheilig mit den Schultern. «Nichts, sonst hätte ich sie ja nicht als flott bezeichnet.»

«Aus deinem Mund klingt das wie die uncoole Schwester von Scheiße.»

«Eher wie die ätzende Cousine dritten Grades von Scheiße. Obwohl...», schmunzelnd taxiere ich ihn von seinen braunen Timberland-Lederschuhen bis zu dem blonden Half Bun, «vielleicht doch eher zweiten Grades.»

«Wer im Blaumann zum Kuchenbacken kommt, sollte mal lieber den Ball flach halten. Ich habe wenigstens Stil.»

«Ich wusste nicht, dass Kochschürzen mit Zitronenmuster als Stil gelten. Dieser Trend muss an mir vorbeigegangen sein. Wo hast du die überhaupt her?»

«Die gehört meiner Mama und erfüllt ihren Zweck.»

«Der da wäre?»

«Mich nicht dreckig zu machen.»

«Du scheinst Kuchenbacken mit einer Kuchenschlacht zu verwechseln. Ich werde dich nicht mit Teig bewerfen oder mit Mehl bestäuben. Und solltest du doch ein bisschen was abbekommen … Es gibt da so eine Erfindung. Nennt sich Waschmaschine.»

«Erzähl das mal den Flecken auf deinem Blaumann.»

«Das sind Motorölflecken. Die gehen nicht raus.»

«Genauso wenig wie Butterflecken oder Margarine.»

Ich schnaube. Dass ich außer meiner Latzhose nichts anderes zum Anziehen habe, weil ich ohne Klamotten einzupacken überstürzt nach Lüneburg gefahren bin, behalte ich für mich. An den Schockmoment seines Anrufs will ich jetzt nicht zurückdenken. Ich will diese Leichtigkeit so lange wie möglich aufrecht halten. Wozu auch Schlagabtausche mit Aaron zählen. Weil sie mir das Gefühl geben, als wäre alles wie immer. Auch wenn wir uns eher necken als uns streiten.

«Alles klar, du Schürzenmodel. Dann wasch dir mal die Hände, damit du die Form einfetten kannst, wenn wir schon beim Stichwort Margarine sind.»

Er knöpft seine Hemdsärmel auf und schiebt sie nicht einfach nach oben. Nein, Aaron macht seiner Schnöseligkeit heute mal wieder alle Ehre, indem er sie fein säuberlich hochkrempelt. Dann erst geht er zur Spüle und wäscht sich die Hände, als würde er sich für eine OP vorbereiten.

Ich muss mir schon wieder auf die Zunge beißen, um mich nicht über ihn lustig zu machen. Stattdessen hole ich die Backform und die Margarine aus dem Korb.

«Fertig.» Aaron steht jetzt wieder vor mir und strotzt nur so vor Tatendrang. «Was kommt als Nächstes?»

«Zwei Rührschüsseln bitte. Eine große und eine kleine.»

«Ähm …» Sein Zögern und die Art, wie sein Blick die Küche absucht, lässt mich vermuten, dass er keine Ahnung hat, wo er gucken muss.

Er sieht fast ein bisschen verloren aus, als würde er zum ersten Mal in der Küche seiner Eltern stehen. Wobei ich zugeben muss, dass auch ich mich bei jedem Besuch bei Mama erst mal wieder in der Küche zurechtfinden muss.

Aaron öffnet mehrere Schränke, bevor er fündig wird und die Rührschüsseln auf die Arbeitsfläche stellt. «Was für einen Kuchen backen wir eigentlich?»

«Teddys Lieblingskuchen.»

Fragend sieht Aaron mich an.

«Jamaika-Kuchen.»

«Ja, stimmt …» Meinem Blick weicht er aus, während seiner längst verraten hat, dass er komplett ahnungslos ist. Damit die Stimmung nicht kippt oder irgendwie krampfig wird, überspiele ich seine Verlegenheit und fahre fort.

«Meine Mama hatte zufällig noch Kokosraspeln da. Die anderen Zutaten habe ich auch mitgebracht, damit wir nicht lange suchen müssen und direkt loslegen können.» Ich hole nacheinander Mehl, Eier, Zucker, Zartbitterschokolade und Backpulver aus dem Korb.

«Fehlt nur noch der Rum.»

«Rum?» Er rümpft die Nase. «Im Kuchen?»

«Hast du noch nie Rumkugeln probiert? Ich liebe Rumkugeln.»

«Ich kugele mich aus Prinzip nirgends rum.»

Es dauert einen Moment, bevor ich verstehe, wovon er da eigentlich spricht. Doch dann schüttle ich stöhnend den Kopf. «Gott, war der schlecht.»

Aaron grinst. «Das haben gute Flachwitze so an sich.»

«Das haben *deine* Witze so an sich.»

«Und trotzdem kannst du dir ein Lächeln nicht verkneifen.»

«Du kennst offenbar den Unterschied zwischen jemanden an-lächeln und jemanden be-lächeln nicht. Schau mal hier.» Ich deute auf meine Lippen, während ich ihm den Unterschied demonstriere.

«Also für mich ist das erste ein richtiges Lächeln.»

«Nein. Das würde eher so aussehen.» Ich verändere den Winkel meines Mundes.

Aaron macht einen Schritt auf mich zu und baut sich so dicht vor mir auf, dass ich automatisch den Kopf nach hinten lege. Seiner ist gesenkt, während er auf meine Lippen sieht. «Okay. Zeig noch mal das spöttische Lächeln.»

Ich lächele spöttisch.

«Das andere.»

Ich lächele normal.

«Wieder zurück.»

Erneut gehorche ich, lasse das Spiel – oder was auch im-

mer wir hier treiben – von vorne beginnen, was ihn sichtlich zu amüsieren scheint. Mir ist natürlich klar, dass Aaron
mich mit voller Absicht dazu bringt, eine Grimasse nach
der anderen zu ziehen. So fühlt es sich zumindest an. Total
albern. Doch das ist mir egal. Ich bin für jede Ablenkung
zu haben. Auch wenn ich mich dafür vor Aaron zum Affen
mache. Inzwischen komme ich mir so bescheuert vor, dass
mir tatsächlich ein Lachen entschlüpft. Ein echtes.

«Das hier», sagt Aaron und zeigt auf meinen Mund.

«Was?»

«Bleib so. Genau so.»

Ich kichere. «Damit du dir einreden kannst, ein witziger
Typ zu sein?»

«Damit ich noch ein bisschen länger was von diesem
Lachen habe.» Seine Stimme ist leiser, das Timbre etwas
tiefer geworden, und auch sein Tonfall hat sich verändert.
Als wäre aus Spaß plötzlich Ernst geworden. «Wenn du so
lachst wie jetzt, bist du … wunderschön», fährt er fort, und
mein Lachen verblasst. Hat er das gerade wirklich gesagt?

Ich blinzele, starre irritiert in sein Gesicht. Auf meinem
spüre ich seinen Atem. Sind wir uns schon die ganze Zeit
so nah? Aarons Blick hebt sich, trifft auf meinen. Hitze
schießt mir in die Wangen. Schnösel-Aaron hat es tatsächlich geschafft, mich mal nicht vor Wut erröten zu lassen.
Dazu braucht es normalerweise mehr als ein Kompliment
zu meinem Lachen. Damit er mir meine Verwirrung nicht
ansieht, kaschiere ich sie mit dem nächstbesten Spruch, der
mir einfällt.

«Willst du mir damit etwa sagen, dass du mich die meiste
Zeit hässlich findest?»

Aaron runzelt die Stirn. Kurz wirkt es, als hätte er meine Frage nicht verstanden oder mit einer anderen Reaktion gerechnet. Doch dann räuspert er sich, macht einen Schritt zurück und kontert: «Klar, dass dir der kleine Finger nicht reicht. Du schnappst direkt nach der ganzen Hand und willst hören, wie toll du bist.»

«Wie toll ich aussehe», korrigiere ich. «Das ist ein Unterschied.»

Aarons Mundwinkel zucken. Da er aber ansonsten nichts sagt, nutze ich die Gelegenheit, um zurück zum Thema zu kommen. «Was ist denn nun mit dem Rum?»

«Hol ich.» Er wendet sich ab und verschwindet aus der Küche.

Kaum dass er aus der Tür raus ist, hole ich ganz tief Luft. Keine Ahnung, warum ich mit einem Mal so außer Atem bin.

10

Aaron

Als ich ins Wohnzimmer gehe, habe ich das Gefühl, einmal ums Haus gejoggt zu sein. Oder zweimal. Mein Puls rast. Und während ich den Rum aus der Glasvitrine hole, höre ich Leo noch immer lachen. Sehe ihr Gesicht vor mir. Ich kenne sie schon gefühlt mein ganzes Leben, habe sie tausendmal lachen hören. Aber bewusst wahrgenommen habe ich es noch nie. Das Leuchten in ihren Augen und die kleinen Falten drum herum, die ihr Gesicht zum Strahlen bringen. Ich fand schon immer, dass Leo gut aussieht. Aber richtig hingeschaut habe ich anscheinend nie. Denn sie sieht nicht nur gut aus ... Ich finde sie verdammt hübsch. Trotz verdreckter Latzhose und Vogelnestfrisur. Allerdings hätte ich ihr das nicht unbedingt unter die Nase reiben müssen. Ich weiß jetzt schon, dass der Tag kommen wird, an dem sie mir dieses Kompliment in irgendeiner Form ins Gesicht schleudern wird. Was zur Hölle hab ich mir dabei gedacht?

Immerhin konnte ich meinen kleinen Aussetzer gut über- beziehungsweise runterspielen, er hat nichts an der Stimmung zwischen uns verändert. Wir albern die ganze

Zeit rum, ziehen uns gegenseitig auf ... Alles fühlt sich so leicht an. Obwohl uns Schwere umgibt. Leo hat mich sogar dazu gebracht, dass ich mit den Händen einen Teig knete. Ich wollte mir vor ihr nicht die Blöße geben und kneifen, als sie mich so herausfordernd angesehen hat. Schon gar nicht vor laufender Handykamera, die wir so platziert haben, dass wir beide im Bild sind. Deshalb unterdrücke ich den angewiderten Laut, als der Teig zwischen meinen Fingern hervorquillt.

Auf was für eine Manscherei habe ich mich nur eingelassen? Ich hätte darauf bestehen sollen, den Mixer zu benutzen.

«Du machst das gut, Aaron. So richtig liebevoll. Man könnte meinen, du stellst dir dabei den Hintern einer Frau vor. Oder bist du eher Team Brüste?»

Ich verdrehe die Augen. «Dir ist schon klar, dass mein Vater das hier zu hören bekommt, oder?»

«Deshalb macht es ja so viel Spaß.» Ihre Mundwinkel heben sich zu einem teuflischen Grinsen. «Aber wir können diese Unterhaltung auch gerne wann anders fortsetzen. Immerhin werden wir hiernach Back-Buddys sein.»

«Alles klar, Back-Buddy, wie lange muss ich den Teig noch bearbeiten?»

«Bis er nicht mehr an deinen Fingern klebt und leicht bröselig ist. Daraus machen wir dann die Streusel, die auf den Schokoteig kommen, den wir schon vorbereitet haben.»

Ich reiße mich zusammen, beiße die Zähne aufeinander und unterdrücke ein erleichtertes Seufzen, als der Teig endlich die gewünschte Konsistenz hat. Das anschließende Händewaschen ist die reinste Wohltat. Ich trockne mir die

Finger ab, während Leo neben mir zwei Löffel Rum in den Schokoladenteig gibt. «Willst du mal probieren, ob das so okay ist?»

«Kann ich machen. Wie sehr muss ... soll der Teig denn nach Rum schmecken?»

«Man soll ihn schon rausschmecken. Der meiste Alkohol verdampft durch die Hitze eh.»

Ich gehe zur Schublade, in der sich das Besteck befindet, und kehre mit einem Löffel wieder zu Leo zurück.

«Was soll denn das werden?» Sie sieht mich mit angehobener Augenbraue an. «Kuchenteig probiert man mit dem Finger, Aaron.»

«Sagt wer?»

«Meine Oma. Und überhaupt alle, die was vom Kuchenteigprobieren verstehen.»

«Kuchenteigprobieren?» Meine Mundwinkel zucken. «Ist das eine olympische Disziplin?»

«Wenn es eine wäre, stündest du kurz davor, disqualifiziert zu werden. Also?» Sie deutet auf den Löffel und sieht mich so ernst, fast schon mahnend an, dass ich ihn, um des Friedens willen, langsam wieder weglege.

«Wenn das so ist, probier du ihn. Ich vertraue ganz auf dein fachliches Kuchenteig-Urteil. Außerdem ist mein Bedarf an schmierigen Fingern für heute gedeckt.»

Leo verdreht die Augen. «Welcome back, Mr Schnösel. Dabei hast du dich bis hierher doch so gut geschlagen.»

«Ich bin über mich hinausgewachsen», korrigiere ich sie.

«Du willst also wirklich den besten Part am Kuchenbacken überspringen?» Sie schüttelt verständnislos den Kopf.

«Ich dachte, das Beste ist das anschließende Essen?»

«Es gibt einen besten Part vor und einen nach dem Backen.»

«Na dann, hau rein.» Ich lehne mich an den Küchentresen
und verschränke die Arme vor der Brust. «Ich sehe dir gerne
beim Probieren zu.» Der Satz ist nur so dahingesagt. Aber
als Leo ihren Finger in die cremig-dunkle Masse taucht und
dann in ihrem Mund verschwinden lässt, kann ich tatsächlich nirgendwo anders hinsehen. Mein Blick klebt förmlich
an ihren vollen Lippen, die sich über ihren Finger schieben,
ihn umschließen. Genüsslich, sinnlich an ihm saugen. Verdammt, das Ganze dauert maximal eine halbe Sekunde.
Aber in meinem Kopf spielt sich diese Szene in Super-
zeitlupe ab, während mein Herz schon wieder grundlos zu
hämmern anfängt. Nein, nicht grundlos. Der Grund steht
direkt vor mir und funkelt mich mit ihren großen grünen
Augen an. Die Frage ist nur: Was haben Leos Augen plötzlich an sich? Oder ihr Mund? Oder ihre vielen kleinen Sommersprossen? Besonders diese eine, etwas größere, direkt
über dem Herz ihrer Oberlippe.

«Mhhhmmm … sooooo gut. Du hast keine Ahnung, was
dir entgeht», sagt sie.

*Und du hast keine Ahnung, was sich gerade in meinem
Kopf abspielt.*

«Bist du sicher, dass du nicht probieren willst? Ich wäre
sogar bereit, dir einen meiner Finger zu leihen.»

Es braucht einen Atemzug, um ihre Worte in Bedeutung
zu übersetzen. Und einen weiteren, bis mein Mund eine
Antwort gibt, die mein Kopf noch gar nicht abgesegnet
hatte.

«Darf ich mir einen aussuchen?» Ich hätte Nein sagen

sollen. Aber jetzt ist es zu spät. Das rede ich mir genauso ein, wie ich mir weismache, dass es keine große Sache sein wird, Schokoteig von ihrem Finger zu lecken.

Sie hält mir den mittleren hin. «Ist dieser hier recht?»

«Kommt darauf an, ob du mir was Bestimmtes damit sagen willst?»

«Nichts, was ich dir nicht auch direkt sagen würde.» Ihre Antwort ist so trocken und geradeheraus, dass ich nur lachend den Kopf schütteln kann.

«Hier.» Nun hält sie mir ihren mit Schokoteig überzogenen Finger vor den Mund. Ihre funkelnden Augen fordern mich auf, von ihm zu kosten. Ich nehme ihre Hand, führe sie langsam zu meinem Mund. Keine Ahnung, warum ich ihr dabei so tief in die Augen schaue. Vielleicht um zu sehen, ob es was mit ihr macht, wenn sich meine Lippen um ihren Finger schließen. Ob ihr Herzschlag vielleicht genauso aus dem Takt gerät wie meiner. Allerdings bräuchte ich dafür einen Röntgenblick – dachte ich.

Aber als meine Zunge über ihren Finger gleitet und ich den Teig von ihrer Haut lecke, dehnt sich ihr Brustkorb zu einem hörbaren Atemzug. Ich weiß nicht, ob sich ihr Puls beschleunigt hat, aber ihre Atmung geht eindeutig schneller. Ich sauge sanft an ihrem Finger, und Leos Lippen öffnen sich. Als wollte sie etwas sagen. Doch sie bleibt stumm, während sich ihre Wangen mindestens zwei Rotnuancen dunkler färben. Eher drei. Und plötzlich will ich mehr.

Verdammt. Was mache ich hier?

Sie zieht ihren Finger zurück, und ich ärgere mich, ihr nicht zuvorgekommen zu sein. Ich lasse sofort ihre Hand los, damit sie auf Abstand gehen kann. Aber das tut sie nicht. Stattdessen blickt sie zu mir auf, in den Augen ein Ausdruck, mit dem ich absolut nicht gerechnet habe.

Verlangen.

Sie beißt sich auf die Unterlippe, saugt sie zwischen ihre Zähne, und der Drang, sie zu küssen, trifft mich mit so einer Wucht, dass es mir die Luft aus den Lungen presst. Ich stoße den Atem aus, habe nicht mal gemerkt, dass ich ihn überhaupt angehalten habe.

«Jetzt bin ich wieder mit Probieren dran», sagt sie, und bevor ich begreife, wie ihre Worte gemeint sind, gleitet ihr Daumen über meinen Mund und hinterlässt eine Spur aus Kuchenteig.

Sie kommt näher. Immer. Näher.

Hallo Papa,

ich will am liebsten nie wieder zur Schule weil alle denken
ich hätte Läuse. Aber wenn ich nicht wieder zur Schule
gehe, kann ich auch keine guten Noten haben. Oder überhaupt welche. Und wenn ich keine guten Noten habe wird
mir Teddy nicht mehr zeigen wie man Autos reparirt.
Und wenn ich keine Autos reparieren kann werde ich
niemals Mechanikerin werden. Und das ist alles Aarons
schuld. Der Blödman hat mir heute in der Pause Jukpul-
wer in den Pulli gestreut. Lissa und Calla haben noch versucht es rauszukriegen aber das ging nicht weil sie dann ja
selbst Juckpulwer an den Händen gehabt hätten. Im Un-
terricht musste ich mich so sehr kratzen das die anderen
es mitbekommen und mich ausgelacht haben. Zuerst
waren es nur Bastian und Anton aber dann hat einer
von beiden durch die ganze Klasse gerufen das ich Flöhe
und Läuse hätte weil ich mich nicht waschen würde. Alle
haben gelacht. Später auf dem Weg zum Schulbus haben
Bastian und Anton mich Läusemädchen genannt und
noch andere gemeine Sachen zu mir gesagt. Das hat mich
so sauer gemacht das ich fast geweint hätte. Aber dann
kam Aaron und ich dachte schon das er mich jetzt auch
ärgert. Aber er hat Bastian und Anton weggeschubst und
ihnen gesagt das sie mich in Ruhe lassen sollen. Und das
sie es mit ihm zu tun bekommen wenn sie mich noch mal
ärgern. Aaron ist ja schon in der Vierten und zwei Jahre

älter. Deshalb ist er auch größer als die Jungs in meiner Klasse. Jedenfalls haben Bastian und Anton so viel Angst bekommen das sie sich sogar bei mir entschuldigt haben. Aber Aaron hat sich nicht entschuldigt. Dabei wäre das alles ohne ihn garnicht erst passiert. Deshalb bin ich auch immer noch böse auf ihn. Auch wenn er mir geholfen hat. Oma sagt immer, wenn das Kind schon in den Brunnen gefallen ist ist es zu spät für eine Entschuldigung. So änlich geht es mir mit dem Juckpulwer. Außerdem glaubt jetzt trozdem die ganze Schule das ich Flöhe habe. Aaron kann froh sein das ich ihn nicht verpetzt habe. Aber dafür haben Lissa Calla und ich schon einen Racheplan geschmidet. Wir wollen eine Käsescheibe so gut in seinem Tornister verstecken das sie alt und gamlig wird. Das habe ich im Fernsehen gesehen und fand es richtig eklig. Das wird Aaron eine Lehre sein.

Bis bald.
Deine Leo.

11
Leona

Während ich auf Aarons Lippen starre, blitzt irgendwo in meinem Kopf eine Erinnerung auf. Von meinem dreizehnten Geburtstag. Meiner ersten Party ohne Mama oder andere Erwachsene. Teddy hat mir damals die Werkstatt als Party-Location überlassen. Überall hingen Ballons und Luftschlangen. Musik dröhnte aus den Boxen. Alle waren da. Calla und Lissa. Freunde aus der Schule. Kinder aus der Nachbarschaft. Und Aaron. Aaron, der beim Flaschendrehen sagte, dass er sich lieber ein Bein abhacken würde, anstatt mir einen Kuss zu geben, als die Flasche auf ihn zeigte. Es wäre mein erster Kuss gewesen. Stattdessen wurde es mein erster Korb. Ich habe Aaron danach nie wieder zu meinem Geburtstag eingeladen.

Zehn Jahre liegen zwischen diesem demütigenden Moment und heute. Ich bin nicht mehr das kleine, unerfahrene Mädchen von damals. Inzwischen habe ich so viele Typen geküsst, dass ich mich daran erinnern kann, ohne sauer zu werden. Zumal ich nicht glaube, dass Aaron mich erneut zurückweisen würde. Denn so, wie er mich ansieht, weiß ich, dass er mich küssen will. Dennoch zögere ich, durchforste mein Herz nach einem schlechten Gefühl. Aber da ist nichts. Nichts außer meinem rasenden Puls, der nur noch schneller wird, während ich mich Aarons Gesicht nähere. Diesem Gesicht, das ich früher verflucht habe, weil es so verdammt perfekt war. Und das mit jedem Jahr nur noch schöner wurde. Härter, kantiger. Sein Kiefer markanter. Und seine Lippen voller. Meine öffnen sich wie von selbst, während ich mich auf die Zehenspitzen stelle und warte. Darauf, dass Aaron mir entgegenkommt. Er neigt den Kopf, senkt seinen Blick auf meinen Mund und lässt ihn dort verweilen. Ich höre, wie er schluckt.

«Leona ...» So hat er mich noch nie genannt.

«Ja?» Meine Stimme ist ein Hauch von Nichts.

«Was machen wir hier?» Seine gleicht einem heiseren Kratzen. Er sieht mir wieder in die Augen, gibt mir die Gelegenheit, einen Rückzieher zu machen. Aber das tue ich nicht. Ich kann es nicht. Ich will diesen Moment nicht hinterfragen. Oder zerdenken. Alles, was ich möchte, ist ... mich gut fühlen.

«Spaß haben?», flüstere ich, als wäre das etwas Verbotenes.

«Okay.» Sein Mund schwebt nur knapp über meinem; unsere Nasenspitzen berühren sich. Ich spüre, wie sich mein Körper anspannt. Auf eine wohlige, angenehme Art, die sich in ein warmes Kribbeln verwandelt, als sich schließlich unsere Lippen berühren. Ich liebkose seine Unterlippe, koste von dem Teig dort, schmecke Schokolade, Rum und ... Aaron, der immer schwerer atmet, ohne sich zu rühren.

Ich gleite mit meinem Mund über seine Lippen, mache

mich mit ihnen vertraut. Den Konturen. Der Wärme und Geschmeidigkeit. Gott, fühlt sich das gut an. Diese leisen, kaum spürbaren Berührungen, mit denen ich mich selbst in den Wahnsinn treibe. Und ihn anscheinend auch.

«Mich zu quälen, ist also deine Definition von Spaß?» Die Vibration seiner Stimme lässt mich erschauern.

«Hätten wir vorher ein Safeword ausmachen sollen?»

«Brauchen wir denn eins?» Seine Lippen fahren an meinem Kiefer entlang und finden die empfindliche Kuhle unter meinem Ohr. Ein Stöhnen steigt in meiner Kehle auf. Aber ich halte es zurück.

«Wer quält jetzt wen?»

Tief und rauchig lacht Aaron auf. Es klingt so verdammt sexy. «Okay ... die Stelle merke ich mir.»

«Das ist ...» *unfair*, wollte ich sagen, doch er unterbricht mich mit einem Kuss auf die Lippen. Dann zieht er sich wieder zurück.

«Du musst nicht immer das letzte Wort haben ...» Er streicht mir eine Strähne, die sich aus der Haarklammer gelöst hat, so zärtlich hinters Ohr, dass ich erschauere. «Nicht jetzt, Leona. Okay?»

Ich nicke nur und ziehe ihn für einen richtigen, längeren Kuss wieder zu mir. Das Gefühl seines Mundes, die Art, wie er meinen erkundet, das Saugen und Knabbern ... Dieser Wechsel aus sanft und grob lässt flüssige Hitze durch meinen Körper strömen. Ich stöhne auf, kann es diesmal nicht verhindern und klammere mich an ihn. Er schlingt die Arme um meine Taille, neigt den Kopf und gibt dabei selbst ein lang gezogenes Stöhnen von sich. Der Kuss wird immer inniger und tiefer – bis ...

«Oh ... Entschuldigt ... ich wollte nur ...»

Lydia.

O Gott.

Ich habe gar nicht gehört, dass sich die Tür zur Küche geöffnet hat, und bin froh, mit dem Rücken zu ihr zu stehen. Im Gegensatz zu Aaron. Er hat mich von sich geschoben, und sein Gesicht ist fast so rot wie seine Lippen, die von unserem Kuss leicht geschwollen aussehen.

«Ähm ... was ... was wolltest du denn?», fragt Aaron atemlos, während ich immer noch wie erstarrt dastehe. Nach Luft ringend und eine Hand auf die Arbeitsfläche gestützt. Weil Aaron mich nicht mehr hält und sich meine Knie noch immer so weich anfühlen, dass ich Angst habe, jeden Moment zu Boden zu sinken.

«Das Krankenhaus hat angerufen. Sie wollen Papa aus dem Koma holen.»

Ich kann die Blase, die mich und Aaron beim Backen umgeben hat, förmlich in Fetzen zerplatzen hören. Das Bangen um Teddy geht in die nächste und hoffentlich letzte Runde.

··· ◆ ···

Fünf Minuten später sitzen wir im Auto auf dem Weg ins Krankenhaus. Aaron und ich haben alles stehen lassen und nicht mal den Teig in den Kühlschrank gestellt. ‹Teddy wird wieder gesund› und ‹Ich habe Aaron geküsst› war das Einzige, woran ich gedacht habe, nachdem Lydia uns unterbrochen hat. Aaron war immerhin geistesgegenwärtig genug, den vorgeheizten Ofen auszustellen. Aber auch ihn scheint die Situation nicht kaltzulassen. Denn ich entdecke in diesem Moment das weiß-gelbe Bändchen der Koch-schürze um seinen Nacken. Er hat vergessen, sie abzulegen, was weder mir noch Lydia aufgefallen ist. Vermutlich ist sie gedanklich schon bei Teddy.

Ich habe seit der Küche jeden Blickkontakt mit Aaron ge-mieden. Aber jetzt sitze ich auf der Rückbank hinter Lydia und kann Aaron ansehen, ohne rot zu werden. Weshalb ich die Kochschürze jetzt auch bemerke. Darauf werde ich ihn gleich aufmerksam machen. Sobald wir am Krankenhaus sind. Denn bisher hat niemand auch nur einen Ton von sich gegeben. Die ganze Fahrt über herrscht angespanntes Schweigen. Oder Hoffen. Vermutlich eine Mischung aus beidem.

Ich schließe die Augen und schicke mal wieder ein Stoß-gebet ins Universum und zu Papa. Erst als das Auto zum Stehen gekommen ist, öffne ich meine Lider wieder und blicke aus dem Fenster. Wir sind da. Aaron parkt den Wa-gen auf dem großen Parkplatz vor dem Krankenwagen. Ich schnalle mich ab.

«Du hast noch die Kochschürze um», sage ich, nachdem wir ausgestiegen sind, und hoffe, halbwegs normal zu klin-gen. So normal, wie es mir nach unserem Kuss möglich ist.

Einem ziemlich perfekten Kuss.

Hitze steigt in mir auf, und mich durchfährt ein Kribbeln. Letzteres schreibe ich meiner Aufregung wegen Teddy zu.

Aaron murmelt, ohne mich anzusehen, ein «Danke» und legt die Schürze ab. Er hat tatsächlich den Nerv, sie fein säu-berlich zu falten, anstatt sie einfach auf den Sitz zu werfen. So angespannt, wie ich dachte, ist er dann wohl doch nicht. Oder ist das seine Art, mit Überforderung umzugehen?

Lydia hakt sich bei ihm ein. Ich ertappe mich bei dem Wunsch, Aaron würde, wie vor zwei Tagen, meine Hand halten. Stattdessen sind es Lydias Finger, die nach meinen greifen. Ich lächle sie dankbar an und halte sie fest, bis man uns auf der Intensivstation in einen Raum bittet, wo uns der Oberarzt erwartet.

Nach einer kurzen Begrüßung kommt er sofort zur Sache.

«Da die Akutphase überstanden ist, gibt es keinen Grund, das künstliche Koma noch länger aufrechtzuerhalten. Bevor wir die Aufwachphase einleiten, werden wir zunächst einmal die Sedierung unterbrechen, um den Status ihres Mannes zu überprüfen. Besonders nach Schädelverletzungen ist es wichtig, neurologische Schäden frühzeitig zu erkennen. Zu diesem Zweck senken wir die Dosis der Narkotika und überprüfen, ob und wie der Patient auf Außenreize reagiert und ob er in der Lage ist, sich zu bewegen.»

«Und ... und wenn er nicht darauf reagiert ...»

«Müssen wir das neurologische Fenster wieder schließen.»

«Neurologisches Fenster?», fragt Lydia, womit sie mir zuvorkommt.

«So nennt man es, wenn das künstliche Koma für einen kurzen Zeitraum unterbrochen wird, um frühzeitig Schäden an Vaters Gehirn festzustellen. Wenn dabei Komplikationen auftreten, wird die Medikation, die ihn ins Koma versetzt, wieder gestartet», antwortet Aaron wie aus der Pistole geschossen.

«Exakt. Besser hätte ich es nicht erklären können.» Der Arzt nickt anerkennend. «Studieren Sie Medizin, oder sind Sie in diesem Bereich tätig, wenn ich fragen darf?»

«Nein ... aber ... ich habe die letzten beiden Tage viel im Internet recherchiert.»

«Verstehe.»

Mich durchzuckt ein schlechtes Gewissen, weil ich nichts dergleichen getan habe. Mich so ausführlich mit Teddys Zustand zu befassen, hätte mich nur noch mehr runtergezogen.

«Das bedeutet also, es ist noch gar nicht sicher, ob er tatsächlich aus dem Koma geholt werden kann?», fragt Lydia, und ich höre die Enttäuschung in ihrer Stimme. Sie hatte sich offenbar mehr erhofft.

Mir geht es ähnlich.

«Wir fangen heute damit an, die Medikamente zu reduzieren, und wenn alles nach Plan verläuft, leiten wir die Aufwachphase ein.»

«Das heißt, er könnte schon morgen wieder ansprechbar sein? Oder wie lange dauert diese Aufwachphase?», fragt Lydia.

«Diese Frage lässt sich nicht pauschal beantworten. Es gibt sehr viele Faktoren, die das Aufwachen aus dem künstlichen Koma beeinflussen. Wie zum Beispiel die Dauer der Sedierung. Die Art und Dosierung der eingesetzten Medikamente – manche baut der Körper schneller, andere etwas langsamer ab. Ob und welche Grunderkrankungen vorliegen. Was für Komplikationen aufgetreten sind.»

«A-aber Sie hatten doch gesagt, dass es bei meinem Mann keine Komplikationen gab.» Lydia klingt beunruhigt.

«Ich wollte Ihnen nur Beispiele nennen, die das Aufwachen beeinflussen. Sowohl negativ als auch positiv. Im Fall

Ihres Mannes beziehungsweise Vaters liegt keine Grunderkrankung vor, und es gab keine Komplikationen.»

Wir atmen alle erleichtert auf.

«Ich wollte Ihnen keine Angst machen, aber mir ist wichtig, dass Ihre Erwartungen realistisch bleiben.» Ernst sieht er in die Runde und fährt fort, als Lydia und ich nicken.

«Im Falle Ihres Mannes können wir vorsichtig optimistisch sein. Je kürzer die Zeit des künstlichen Komas, desto kürzer ist in der Regel auch die Aufwachphase. Allerdings ist er keine zwanzig mehr, und auch das Alter spielt hier eine Rolle. Wir müssen einfach abwarten. Haben Sie noch Fragen?»

«Erst mal nicht», antwortet Lydia. «Was ist mit euch?»

Sie dreht sich zu Aaron, der den Kopf schüttelt, dann sieht sie zu mir.

«Können wir irgendwas tun, um zu helfen?»

Bitte sagen Sie Ja!

«Sprechen Sie während der Besuchszeiten mit ihm. Spielen sie ihm seine Lieblingsmusik vor. Nur bitte nicht so laut, dass die ganze Station unterhalten wird», mahnt er lächelnd. «Je vertrauter seine Umgebung, desto besser.»

«Und ... was ist mit Gerüchen? Zum Beispiel sein Lieblingsessen?», fragt Lydia.

«Sprechen Sie das vorher bitte mit der Stationsleiterin ab. Aber ich denke, das wird kein Problem sein.»

Automatisch denke ich an Labskaus, Fischbrötchen, Currywurst, den Kuchen – und das Video. Auf dem Aaron und ich nicht nur backen, sondern ...

O Gott!

Blut schießt mir in die Wangen. Hoffentlich fragt mich

der Arzt nicht, ob bei mir alles okay ist, wenn er sieht, wie sehr ich glühe.

Dabei habe ich in meinem Leben schon viel Schlimmeres getan, als jemanden zu küssen. Aaron sicher auch. Deshalb sollten wir uns wie Erwachsene benehmen, darüber reden und so weitermachen wie bisher.

Wie bisher ...

Wird das überhaupt möglich sein?

12
Aaron

Wenn Gewissensbisse Spuren hinterlassen würden, wäre mein Körper übersät davon. Weil es ein Fehler war. Weil ich Leo seit der Küche wie Luft behandele. Und weil ich nicht aufhören kann, an unseren Kuss zu denken. An das Gefühl ihrer Lippen. Dieses heftige Kribbeln. Selbst jetzt, während wir in Vaters Krankenzimmer an seinem Bett sitzen, kann ich an nichts anderes denken.

Ich komme mir mal wieder wie der beschissenste Sohn aller Zeiten vor.

Mama redet auf Vater ein, erzählt ihm, dass er in wenigen Tagen schon wieder bei uns sein wird. *Sein könnte,* rutscht es mir beinahe raus. Aber ich behalte meinen Pessimismus für mich. Denn der ist gerade genauso fehl am Platz wie die Bilder in meinem Kopf. Von Leo. Ihrem Lachen. Ihren Lippen auf meinen.

«Und du bekommst auch noch deinen Geburtstagskuchen», höre ich Leo jetzt sagen und kann nicht verhindern, dass sich mein Kopf zu ihr dreht. Ich rechne damit, dass sie es gar nicht mitbekommt, dass sie auf Vater konzentriert ist. Falsch gedacht. Ihr Blick trifft auf meinen und durchfährt

mich wie ein Blitz. Mein Herz rast, während sie weiterspricht und mir dabei in die Augen sieht. «Aaron und ich
haben ihn für dich gebacken beziehungsweise vorbereitet
und stellen ihn gleich noch in den Ofen.»

Verdammt. Sie wird noch mit zu uns kommen, und ich
bin jetzt schon komplett überfordert.

«Das schaffe ich auch ohne dich.» Die Worte haben meine
Lippen verlassen, bevor ich mir Gedanken darüber gemacht
habe, wie sie bei Leo ankommen. Ihre Augenbrauen ziehen
sich zusammen, als Verwirrung über ihr Gesicht huscht. Ich
sehe die Verletztheit in ihrem Blick, bevor sie ihn wieder auf
Vater richtet.

· · · ◆ · · ·

Die Rückfahrt ist genauso schweigsam wie die Hinfahrt.
Als mir die Stille zu laut wird, schalte ich das Radio an, aber
das macht es nicht besser. Denn mir wird gerade klar, dass
ich gleich mit Mama allein sein werde, wenn Leo nicht mit
reinkommt. Und ich weiß gerade echt nicht, was schlimmer ist. Wenn ich Pech habe, spricht Mama mich darauf an.
Und obwohl es sie nichts angeht, habe ich das Gefühl, ihr
eine Erklärung zu schulden. Nur kann ich es ihr nicht erklären. Zumindest kann ich ihr nicht die ganze Wahrheit
sagen. Dieses verdammte Geheimnis zwischen Vater und
mir, das ich die meiste Zeit erfolgreich verdränge. Aber seit
Mama mich und Leo in der Küche erwischt hat, ist die Erinnerung wieder präsent. Die Bilder sind wieder da. Und
auch die Last, unter der ich als Kind fast zusammengebrochen wäre.

«Oh, ich hab den Korb noch bei euch. Da sind mein Portemonnaie und die Schlüssel drin», sagt Leo und stoppt meine Gedanken. «Ich müsste noch mal kurz rein.»

«Ich bin sowieso davon ausgegangen, dass du mit reinkommst, um den Kuchen fertig zu backen.» Mama klingt verwundert. Offenbar hat sie nicht gehört, was ich vorhin zu Leo gesagt habe. «Oder hast du keine Zeit mehr?»

Mein Körper spannt sich an.

«Ähm ... mir ... mir ist was dazwischengekommen.»

«Ach so ... Schade.» Mama klingt so enttäuscht, dass die Anspannung bis in meinen Kiefer hochwandert. Ich will etwas sagen, meine Worte von vorhin zurücknehmen, bekomme aber die Zähne nicht auseinander.

«Ja, das finde ich auch», kommt von Leo. «Aber ich ... aber wir sehen uns ja morgen im Krankenhaus wieder.» Die Heiterkeit in ihrer Stimme klingt so aufgesetzt, dass ich mich nicht umdrehen muss, um zu wissen, dass ihr Lächeln ihre Augen nicht erreicht. Leo war noch nie besonders gut darin, ihre Gefühle zu überspielen. Auch Mama scheint bemerkt zu haben, dass etwas nicht stimmt. Sie dreht sich zu Leo um und fragt vorsichtig: «Ist alles okay, Liebes?»

«Ja, klar, wieso auch nicht? Teddy wird aus dem Koma geholt. Das ist die beste Nachricht des Tages.» Ihre Stimmlage ist übertrieben hoch.

«Und warum seht ihr beide dann so besorgt aus?»

Das hat Mama jetzt nicht ernsthaft gefragt.

Ich räuspere mich, starre sie kurz von der Seite an in der Hoffnung, dass sie zu mir herüberschaut. Mein Blick dürfte deutlich genug sagen, dass sie damit aufhören soll. Doch sie betrachtet weiterhin Leo. Wahrscheinlich glaubt sie, dass ich nur einen Frosch im Hals habe. «Wenn es wegen vorhin ist … als ich in die Küche gekommen bin und euch …»

Ich verschlucke mich fast an der Luft, die ich schockiert einziehe. «Mama!»

«Ja?»

«Könntest du das bitte lassen?»

Sie seufzt. «In Ordnung.» Endlich dreht sie sich wieder nach vorn und wechselt das Thema. «Leo, wärst du denn so lieb, Theo eine Playlist mit seinen Lieblingsliedern zu erstellen?»

Ich erstarre für einen Moment, dann schließen sich meine Finger fester ums Lenkrad, während ich geräuschlos um Fassung ringe. Wieso kann sie mich nicht darum bitten? Dazu bräuchte es lediglich einen Blick in sein Handy.

«Du kennst ihn, was das angeht, so viel besser als wir», sagt Mama, aber mein Kopf macht aus *besser als wir* ein *besser als Aaron*.

Ich trete fester aufs Gas, presse die Zähne aufeinander.

«Ja klar, das mache ich», antwortet Leo.

«Und es wäre schön, wenn wir zusammen eins von seinen Lieblingsgerichten kochen würden. Ich wollte morgen mal die Stationsleiterin fragen, ob es in Ordnung ist, was zu essen in sein Zimmer zu bringen.»

«Ich helfe dir gerne beim Kochen.»

«Ich hatte an Labskaus gedacht», fährt Mama fort.

«Ich auch. Und Fischbrötchen oder Currywurst.»

«Mit Pommes», ergänzt Mama.

«Und als Getränk Weizenbier.»

Keine Ahnung, was mich gerade mehr nervt. Dass sie sich unterhalten, als ob ich nicht anwesend wäre. Oder dass ich mal wieder das Gefühl habe, meinen eigenen Vater nicht zu kennen. Wie vorhin in der Küche, als Leo von seinem Lieblingskuchen sprach und ich komplett auf dem Schlauch stand.

Das Gefühl jetzt ist noch schlimmer und gleichzeitig vertraut: Ich fühle mich ausgeschlossen. Dessen ist sich Mama vermutlich gar nicht bewusst, aber Leo ... Es wäre nicht das erste Mal, dass sie mir ihr gutes Verhältnis zu meinem Vater unter die Nase reibt.

Ich fahre schneller. Will mir dieses Gerede darüber, wann und was sie für ihn kochen wollen, nicht länger als unbedingt nötig anhören.

«Warum rast du denn so?», fragt Mama.

«Ist mir gar nicht aufgefallen», presse ich hervor und nehme widerwillig den Fuß etwas vom Gas. Ein paar Minuten später betrete ich mit Leo die Küche. Mama hat sich direkt nach oben verkrochen. Vermutlich in der Annahme, Leo und ich hätten was zu klären. Womit sie nicht ganz falschliegt. Wir sollten zumindest dafür sorgen, dass es keine Missverständnisse gibt.

Aber als Leo einfach so den Ofen anmacht, fühle ich mich provoziert. «Hatten wir uns nicht darauf geeinigt, dass ich den Rest allein übernehme?»

Sie fährt herum, sieht mich vorwurfsvoll an. «Ich wollte nur sicherstellen, dass die richtige Temperatur eingestellt ist, damit du den Kuchen nur noch reinstellen und nach einer Stunde wieder rausnehmen musst. Nach dem Auskühlen muss er zwar noch aus der Form gestürzt werden, aber dabei kann dir Lydia helfen. Das ist ein bisschen tricky. Und nur fürs Protokoll», angriffslustig stemmt sie die Hände in ihre Hüften, «*wir* hatten gar nichts vereinbart. *Du* hast einfach beschlossen, ohne mich weiterzumachen.»

«Ich dachte, dass wir nach ... der Sache vorhin ... lieber etwas auf Abstand gehen sollten.»

Leo gibt einen spöttischen Laut von sich. Eine Mischung aus Schnauben und Lachen. «Wow. Der Sache? Echt jetzt? War», sie zeichnet Gänsefüßchen in die Luft, «‹diese Sache› denn so schlimm, dass du sie nicht mal beim Namen nennen kannst, Aaron?»

Vor wenigen Tagen hätte ich ihre Frage noch mit Ja beantwortet. Nur um sie zu verletzen. Aber es wäre eine fette Lüge gewesen, weil dieser Kuss mich Dinge fühlen ließ, mit denen ich im Leben nicht gerechnet hätte. Nicht bei Leo. Überhaupt war der ganze Morgen mit ihr ziemlich ... perfekt. Aber das behalte ich für mich und antworte ausweichend: «Dieser *Kuss*», sage ich extra betont, «war keine gute Idee. Und er wäre nie passiert, wenn mein Vater nicht den Unfall gehabt hätte. Das weißt du genauso gut wie ich. Die letzten beiden Tage waren ... extrem belastend für uns beide.»

Enttäuschung blitzt in Leos Augen auf, bevor sie mich wütend anfunkelt. Sie schüttelt den Kopf, presst die Lippen zu einem Strich zusammen und atmet tief ein, als würde sie zum Gegenschlag ausholen. Ich rechne mit einem Frontalangriff, als sich ihre Lippen wieder öffnen. Doch stattdessen:

«Alles klar, Aaron.» Meinen Namen spricht sie aus, als hätte er wie eine bittere Pille auf ihrer Zunge gelegen. «Dann tun wir einfach so, als hätte es den Kuss und die letzten beiden Tage, in denen wir uns gut verstanden haben, nie gegeben.»

Ich seufze, fahre mir übers Haar. «So hab ich das nicht gesagt.»

«Aber gemeint.» Ihre Augenbraue hebt sich, und das «Oder?» hängt so schwer in der Luft, dass ich es beinahe greifen kann.

Ich könnte widersprechen. Aber was dann? So wie bisher – auch wenn es nur zwei oder drei Tage waren – kann es zwischen uns nicht weitergehen. Nicht wenn ich den Kuss vergessen und diese verdammten Erinnerungen wieder verdrängen will.

Also beantworte ich Leos stumme Frage mit Schweigen.

«Dachte ich mir ...», sagt Leo eher zu sich selbst und fängt an, die Backzutaten in den Korb zu räumen. Hastig, als hätte sie es plötzlich eilig, hier wegzukommen. Kurz denke ich darüber nach, ihr beim Zusammenpacken zu helfen, aber das würde sie vermutlich erst recht als Rauswurf deuten. Also lasse ich sie in Ruhe und frage auch nicht, ob ich beim Umfüllen des Teiges in die Backform noch auf irgendwas achten muss. Ich werde einfach Google befragen. Innerlich schüttele ich den Kopf. Über mich selbst und die ganze beschissene Situation. Wenn ich den verdammten Teig nicht von ihrem Finger geleckt hätte, wäre es nie zu diesem Kuss gekommen. Dann müsste ich mich jetzt nicht wie ein Riesenarschloch aufführen. Es ist wie damals, als ich mich nach jeder miesen Aktion, die ich bei Leo gebracht habe, beschissen gefühlt habe.

Mein schlechtes Gewissen lässt mich Leo in den Flur begleiten und die Tür für sie öffnen.

«Ich hätte auch allein nach draußen gefunden», zischt sie.

«Ich weiß.» Eine Antwort, die ich mir genauso hätte sparen können wie die Frage, die als Nächstes über meine Lippen kommt. «Was ist mit dem Video?» Erst eine Sekunde später wird mir klar, was auf dem Video zu sehen ist. Ich verpasse mir einen mentalen Arschtritt. Warum? Warum zur Hölle spreche ich Idiot das verdammte Video an. Kein Wunder, dass Leo mich ansieht, als würden mir Hörner aus dem Kopf wachsen.

«Lösch es», antwortet sie schließlich gleichgültig und geht.

13

Leona

Ich freu mich immer, meine Freundinnen um mich zu haben, aber heute ganz besonders. Nach dem gestrigen Tag kann ich es kaum erwarten, Lissa wiederzusehen. Ich habe Redebedarf. Den verkneife ich mir jedoch, bis unsere Sightseeingtour beendet ist. Ein Gutes hat es ja, dass Aaron wieder zum Arschloch mutiert ist: Ich habe mich so über ihn aufgeregt, dass ich erst um zwei Uhr nachts ruhig genug war, um ins Bett zu gehen. Die Zeit bis dahin habe ich genutzt, um eine Liste mit all den Orten zu erstellen, die Simon unbedingt sehen muss. Ich bin also bestens vorbereitet, als ich vom Busbahnhof Am Sande zum Stintmarkt laufe. Wir haben den alten Kran als Treffpunkt ausgemacht, um Simon gleich mit *dem* Wahrzeichen Lüneburgs bekannt zu machen.

Lissas lilafarbenes Haar leuchtet mir bereits aus der Ferne entgegen. Dass sie und Simon vor mir da sind, wundert mich nicht. Lissa ist immer überpünktlich, während man bei Calla mit einer akademischen Viertelstunde rechnen muss. In Sachen Pünktlichkeit bin ich von uns dreien die goldene Mitte.

Ich winke Lissa zu und setze ein Lächeln auf, das mit Sicherheit fake wirkt. Aarons Verhalten nach unserem Kuss nagt mehr an meiner Laune, als mir lieb ist. Daran ändert auch das breiteste Grinsen nichts. Vielleicht hilft Lissas Umarmung. Wir fallen uns sofort um den Hals.

«Wie geht's dir?», fragt sie und drückt mich an sich.

«Gut.« Ich drücke sie genauso fest zurück.

Als wir uns voneinander lösen, sieht Lissa mir prüfend ins Gesicht. Ihre Augenbraue wandert nach oben. «Du lügst. Ich sehe doch, dass es dir schlecht geht, Leo.»

Ertappt verziehe ich den Mund. «Wir reden später darüber, okay?»

Sorgenfalten zerfurchen ihre Stirn. «Wird Teddy doch nicht aus dem Koma geholt?»

«Doch, bei ihm sieht alles gut aus», versichere ich ihr sofort, was sie erleichtert aufatmen lässt. «Es geht um Schnösel-Aaron. Aber ich will mich jetzt nicht schon wieder über ihn aufregen. Außerdem hattest du mir Ablenkung versprochen», scherze ich.

«Wirst du bekommen. Trotzdem bin ich gespannt, womit Aaron seine Schnöseligkeit zurückerlangt hat, nachdem du ihn letztens noch als süß betitelt hast.»

«Da ging es um sein Verhalten seiner Mama gegenüber. Seine Schnöseligkeit hat er nie wirklich abgelegt», korrigiere ich Lissa und zwinge mich, nicht an die Schürze oder seine Scherze beim Kuchenbacken und schon gar nicht an unseren Kuss zu denken. Stattdessen wende ich mich ihrem Freund zu. «Hey, Simon.»

«Hi, Leo.» Auch wir nehmen uns zur Begrüßung in den Arm. «Das mit Teddy tut mir echt leid. Ich hoffe, er kommt schnell wieder auf die Beine.»

Dankbar lächele ich zu ihm auf. «Ja, das hoffe ich auch.» Ich blicke an ihm herunter, deute auf seine Sneakers und wechsele unauffällig das Thema. «Wie ich sehe, hast du festes Schuhwerk dabei. Perfekt.»

«Ja, ich hab meine Heels heute mal zu Hause gelassen», erwidert Simon trocken und bringt damit nicht nur Lissa zum Lachen.

Ich kann mir ein Schmunzeln nicht verkneifen. «Gut mitgedacht. Wir haben heute nämlich dreihundert Stufen vor uns.»

Lissa wirft mir einen panischen Blick zu. «Was? Wieso das denn?»

«Na weil man vom Wasserturm die beste Aussicht auf die Altstadt hat.»

«Die hat man auch, wenn man den Fahrstuhl nimmt.»

«Du hast einen Sportfreak als Freund, der sich über jede sportliche Herausforderung freut.»

«Allerdings», wirft Simon ein.

«Siehst du! Außerdem gehört der Gang durch den Wasserbehälter zum Erlebnis dazu. Was wären wir denn bitte für miese Reisebegleiterinnen, wenn wir ihm das vorenthalten würden. Und die Aussicht ist umso schöner, wenn man sie sich vorher erarbeiten musste. Davon mal abgesehen, muss ich unbedingt mehr Sport treiben.»

«Totschlagargument», sagt Simon und hebt grinsend seine Hand zum High Five. Ich schlage ein.

«Habt ihr euch gegen mich verschworen?» In gespielter Empörung blickt Lissa zwischen uns beiden hin und her. «Und wieso musst du ausgerechnet heute damit anfangen, gesünder zu leben, Leo?»

«Was du heute kannst besorgen, das verschiebe nicht auf morgen.»

Lissa schnaubt.

«Du solltest mir danken. Immerhin hast du jetzt einen Grund, dir heute Abend von deinem Freund die Füße massieren zu lassen.» Ich wackle mit den Augenbrauen.

«Oh. Das ist eine sehr gute Idee. Oder, Simon?» Mit einem Hundeblick, dem nicht mal Cruella widerstehen könnte, versucht sie, ihn um den Finger zu wickeln. Aber er dreht sich demonstrativ zu mir und fragt: «Hat sie wieder diesen Welpenblick drauf?»

«Aber so was von.»

«Verdammt.» Er legt schmunzelnd den Kopf in den Nacken.

Kichernd schiebt Lissa sich vor ihn und stellt sich auf die Zehenspitzen. Sie ist über einen Kopf kleiner als er und umfasst zärtlich sein Kinn, um ihn dazu zu bringen, sie wieder anzusehen. «Wie lange willst du meinem Blick noch ausweichen?»

«So lange wie nötig.» Ich höre das Grinsen in seiner Stimme, sein Kopf neigt sich immer weiter nach vorne.

«Und wenn wir uns später gegenseitig die Füße massieren?« Lissas Vorschlag lässt seinen Widerstand bröckeln.

Er sieht ihr in die Augen. «Deal.»

Sie tupft ihm einen Kuss auf den Mundwinkel und murmelt. «Über die Rückenmassage verhandeln wir, wenn du meinem Blick nicht so einfach ausweichen kannst.»

Simon lacht leise. «Ich wusste, dass es einen Haken gibt.»

«Können wir dann?», frage ich schmunzelnd. Die beiden sind einfach zu süß zusammen.

Wir machen uns auf ins Wasserviertel, den historischen Teil der Lüneburger Altstadt, und bummeln durch die vielen kleinen Gässchen. Hier braucht es keine Erklärung oder Beschreibung. Die historischen Bauten und verwinkelten Straßen versprühen auch ohne Worte ihren Charme. Etwas später, in der Waagestraße gegenüber dem Rathaus, bleiben wir vor der grünen Tür eines roten Backsteinhauses stehen. «Darf ich vorstellen?» Ich mache eine ausladende Armbewegung. «Das wohl kurioseste Gebäude Lüneburgs.»

«Auch das schwangere Haus genannt», versaut mir Lissa die Pointe.

Ich stöhne auf. «Na toll. Ich wollte Simon gerade fragen, ob ihm was auffällt.»

«Oops.» Lissa zuckt entschuldigend mit den Schultern.

«Was sollte mir denn auffallen?» fragt Simon. «Das Haus wird ja wohl kaum schwanger sein. Heißt es so, weil hier besonders viele Kinder entbunden wurden?»

Ich lächele Lissa versöhnlich an. «Gut, dass dein Freund so eine Blindschleiche ist.»

«Wieso?» Simon inspiziert das Haus nun etwas gründlicher. Bis ihm die Wölbung in der Mauer auffällt. Er hebt seine Hand und streicht über das kleine Bäuchlein der Fassade.

«Wenn du eine Frau wärst, müsstest du der Legende nach demnächst schwanger werden», scherzt Lissa.

Simon verdreht die Augen. «Erzählt mir lieber, was dieses Haus so aus der Form gebracht hat.»

Ich gebe mein Wikipedia-Halbwissen über die fassadenschädliche Wirkung von zu viel Feuchtigkeit auf zu heiß gebranntem Gips zum Besten. Was von Lissa noch ergänzt wird. Nach ein paar Fotos geht es weiter durchs Senkungs-gebiet. Lissa und ich bleiben alle zehn Meter stehen, um die wunderschön verzierten Türen und Fenster zu bewundern. Was Simon ein bisschen zu langweilen scheint. «Keine Sorge, du kommst gleich auf deine Kosten», sage ich. «Der Wasserturm ist nicht mehr weit.»

Simon grinst, während Lissa ein qualvolles Stöhnen von sich gibt. Letzteres war vollkommen angebracht, wie ich zwanzig Minuten später feststelle. Von außen wirkt das Gebäude mit seinen Türmchen, Zinnen und spitzbogigen Fenstern wie ein kleines unschuldiges Märchenschloss im Herzen der Stadt. Aber die 300 Stufen im Inneren sind die Hölle. Lissa und ich bekommen kaum noch Luft. Ich habe das Gefühl, jeden Moment zu kollabieren, als wir endlich die Plattform erreichen. Simon wartet mit einem breiten Grinsen auf uns, als hätte er den Spaß seines Lebens gehabt. Hat der Typ keine Poren? Auf seiner Stirn ist keine ein-zige Schweißperle zu sehen. Während ich komplett nass geschwitzt bin und das Gefühl habe, mich übergeben zu müssen.

«Ich ... hasse ... dich ... Leo», keucht Lissa.

«Ich ... mich ... auch!»

«Alles okay bei euch?»

Lissa und ich schütteln japsend den Kopf. Es braucht eine Weile, bis wir in der Lage sind, den Ausblick zu genießen: ein Meer von alten Backsteinhäusern, roten Dächern und Giebeln.

Ich spüre meine Beine kaum noch, als wir anschließend zurück zum Stintmarkt laufen. Eigentlich wollte ich noch zum Kalkberg, aber da ich vor Hunger sterbe, haben wir einstimmig beschlossen, jetzt schon etwas essen zu gehen. Außerdem hat Alex, der beste Freund von Simon, spontan beschlossen, uns Gesellschaft zu leisten. Er wartet bereits am alten Kran und empfängt jeden von uns mit einer Umarmung. Wobei er mich ein bisschen länger drückt als die anderen. Was er mir wohl damit sagen will? Dem gehe ich eventuell später auf den Grund.

Wir wählen ein Restaurant aus, von dem man einen schönen Blick auf den alten Kran hat, und gehen direkt nach drinnen, um an der Bar zu bestellen.

Lissa und ich nehmen unsere Getränke kurz darauf mit nach draußen und setzen uns auf eine der Bierbänke, um zu reden, während die Jungs drinnen bleiben. Wir haben freie Platzwahl, da am Stint momentan nicht viel los ist. Die Mittagszeit ist vorbei, und fürs Abendessen ist es wohl noch zu früh. Es sei denn, man hat sich – wie wir – fast drei Stunden die Füße wund gelaufen.

«Also, was hat Schnösel-Aaron angestellt?» Lissas blaue Augen sehen fragend in meine.

Da ich nicht weiß, wie und wo ich anfangen soll, lasse ich die Bombe gleich zu Anfang platzen. Dann habe ich es hinter mir. Ahnend, wie Lissa reagieren wird, verziehe ich vorsorglich das Gesicht und gestehe: «Er hat mir den besten Kuss gegeben, den ich seit Langem hatte.»

Lissas Mund klappt auf, und ihre Augen werden groß.

«Jep! Genau die Reaktion, mit der ich gerechnet habe», sage ich.

«Ihr … du und Aaron … ihr … habt euch geküsst?»
Ich nicke.

«So richtig?»

Ich nicke.

«Wart ihr nüchtern?»

Ich nicke.

«Beide?»

«Nein, ich hab mir vorher Haschkekse von Callas Vermieterin besorgt und Aaron gezwungen, sie zu essen!» Meine Stimme trieft vor Ironie. «Natürlich waren wir beide nüchtern. Das Einzige, was wir intus hatten, war Kaffee und eventuell ein bisschen von dem Rum im Kuchenteig.»

«Dann ist es also während eurer Backsession passiert?»

«Ja.»

Die Frage nach dem «Wie» steht so fett auf Lissas Stirn geschrieben, dass ich nicht drum herumkomme, zumindest ein bisschen ins Detail zu gehen. Ich erzähle ihr, wie locker und entspannt es anfangs war und warum die Stimmung dann plötzlich gekippt ist. Dann hole ich noch etwas weiter aus, berichte von meiner Panikattacke in der Werkstatt und wie Aaron sich um mich gekümmert hat. «Sonst hätte ich mich ihm niemals so geöffnet.»

Lissa nickt verständnisvoll und streicht mir tröstend übers Bein. «Erinnert mich ein bisschen an Simon und mich in unserer Kennenlernphase.»

«Nur dass ihr jetzt ein Paar seid.»

«O mein Gott, Leo! Heißt das etwa, du wärst gerne mit Aaron …»

«Auf keinen Fall», unterbreche ich sie energisch. «Schon gar nicht, nachdem er jetzt so tun will, als hätte es den Kuss und die letzten beiden Tage nie gegeben.»

Lissa sieht mich entgeistert an. «Hat er das etwa gesagt?»

«Nicht wortwörtlich, aber ja. Dabei hat *er* mit dem Flirten angefangen.» Wut steigt schon wieder in mir auf, aber auch Scham, weil ich mich von ihm zurückgewiesen fühle. Erneut. Ein drittes Mal passiert mir das garantiert nicht. «Wie aus dem Nichts hat er mich wunderschön genannt.»

«Das bist du ja auch. Von innen und außen. Vergiss das nicht. Okay?», sagt Lissa. Als würde sie die Kratzer auf meinem Ego nicht nur spüren, sondern auch sehen. Offenbar ist es mir nicht ganz gelungen, die Coole zu spielen, und eigentlich muss ich das vor meinen Mädels auch nicht. Das vergesse ich manchmal. Ich rücke näher zu Lissa und lege meinen Kopf auf ihre Schulter. «Danke für den Reminder.»

Sie streicht mir übers Haar. «Jederzeit, Leo.»

Ich seufze und merke, dass ich mich deutlich besser fühle.

«Und wie geht es jetzt weiter?»

Ich hebe meinen Kopf wieder und lasse den Blick eher unwillkürlich zum Fenster schweifen, hinter dem Simon und Alex am Tisch sitzen und sich unterhalten. Während ich Alex durch die Scheibe beobachte, denke ich daran, wie viel Spaß wir immer hatten. Wie ungezwungen und locker es mit ihm war. Und der Sex war auch nicht schlecht. «Ich hätte da eventuell eine Idee.» Mein Mund verzieht sich zu einem anzüglichen Grinsen.

Lissa folgt meinem Blick. «Verstehe ...»

«Trifft er sich aktuell mit jemandem? Weißt du das zufällig?»

Lissa lacht leise. «Witzig. Das Gleiche wollte er vor ein paar Tagen von Simon wissen.»

«Und?», frage ich nach.

«Was glaubst du, warum er hier ist. Sicher nicht, weil er

vergeben ist oder ich ihm gesteckt habe, dass du was mit Aaron am Laufen hast.»

«Können wir ihn ab sofort bitte wieder Schnösel-Aaron nennen?»

«Wie wäre es mit Schnösel-Arschloch-Aaron?»

«Hmmm … Das wäre sogar noch passender.»

Lachend greifen wir nach unseren Getränken, um auf den neuen Namen anzustoßen. Ich nehme einen großen Schluck meines Alsterwassers und lasse einen weiteren folgen. Dann setze ich das Glas wieder ab und will vorschlagen, wieder reinzugehen, als mir bewusst wird, dass wir nur über mich gesprochen haben.

Da unser Essen – soweit ich das von hier draußen erkennen kann – noch nicht da ist, wechsele ich das Thema. «Und? Bist du schon aufgeregt?»

Fragend sieht Lissa mich an, nachdem sie ihr Alsterwasser neben meins auf den Tisch gestellt hat.

«Wegen des Geburtstags deines Vaters und weil Simon ihn heute zum ersten Mal trifft», sage ich.

«Ehrlich gesagt versuche ich das, bis es so weit ist, zu verdrängen. Mir wird jedes Mal schlecht, wenn ich daran denke.»

«Oh, sorry, das wusste ich nicht. Themenwechsel?»

«Nein, ist schon okay. In zweieinhalb Stunden muss ich mich sowieso damit befassen. Wir treffen uns um sechs.»

«Ich hatte mich schon gewundert, warum du dir nichts zu essen bestellt hast, aber Simon schon. Hat er Angst, nichts zu bekommen?», scherze ich.

«Er hat einfach immer Hunger. Kein Wunder bei seinem Kalorienverbrauch.»

«Ist er denn genauso aufgeregt, deine Familie kennenzulernen, wie du?»

«Teils, teils. Er ist froh, dass wir uns wieder annähern, er ist ja selbst ein totaler Familienmensch. Wovor es ihm aber graut, ist die Begegnung mit Becka. Und mir ehrlich gesagt auch.» Missmutig verzieht Lissa ihr hübsches Gesicht.

«Macht ihr euch Sorgen, dass die Situation eskaliert? Ich dachte, die Therapie hätte was bei ihr gebracht.»

«Hat sie auch. Anfangs war ich ein bisschen skeptisch. Aber sie scheint sich wirklich geändert zu haben. Allerdings habe ich Schiss, dass das Aufeinandertreffen mit Simon alte Wunden aufreißt und ihr früheres Verhalten zum Vorschein bringt.»

Das kann ich nachvollziehen und nicke. «Hauptsache, du lässt dich nicht wieder von ihr fertigmachen oder einwickeln, sollte sie wieder Gift versprühen.»

«Definitiv nicht. Sie ist ja nicht die Einzige, die eine Therapie gemacht hat. Ich habe aus der Vergangenheit gelernt», sagt Lissa genau in dem Moment, als Simon unsere Namen ruft.

«Alissa, Leo?!» Er steht in der Tür des Restaurants. «Das Essen ist da. Kommt ihr rein, oder braucht ihr noch ein bisschen? Dann bringe ich dir dein Essen raus, Leo.»

Ich sehe zu Lissa, um ihr die Entscheidung zu überlassen. Für den Fall, dass sie noch Redebedarf hat.

«Wir kommen wieder rein. Danke.»

Simon verschwindet in den Laden, und ich seufze auf. «Wie toll ist das bitte, dass es für ihn okay gewesen wäre, ohne dich zu essen, damit wir hier draußen noch quatschen können? Die meisten Typen sind immer so besitzergreifend. Simon ist wirklich toll, Lissa.»

Ein verliebtes Lächeln umspielt ihre Lippen. Ich kann die Herzchen in ihren Augen förmlich leuchten sehen. «Ja, das ist er.»

«Mein nächster Freund soll sein wie Simon», sage ich.

«Dein *nächster* Freund?»

«Okay, mein *erster* Freund», korrigiere ich mich. «Affären zählen nicht als Beziehung – was ich übrigens superoldschool finde.»

«Affären gelten schon als eine Form der Beziehung. Nur dass man den Menschen, mit dem man eine Affäre hat, nicht als Freund oder Freundin bezeichnet. Ich wette, du wärst durchgedreht, wenn Alex damals von dir als seiner Freundin gesprochen hätte.»

«Hmmm … auch wieder wahr. Zumindest würde ich vorher gerne gefragt werden.» Wir lassen das Thema fallen und gehen wieder rein, wo mein Salat auf mich wartet. Und Alex, der mich angrinst, als würde er sich mehr auf mich als auf seine Pasta freuen.

Hallo Papa,

sicher fragst du dich was aus meinem Racheplan geworden ist, eine Käsescheibe in Aarons Tornister zu verstecken. Ich habe es mir anders überlegt weil ich und er jetzt nämlich Vogeleltern sind. Am Donnerstag hat Teddy eine kleine Babyamsel im Garten gefunden. Sie muss aus ihrem Nest gefallen sein und hatte keine Mama mehr. Teddy wollte das Küken irgendwo hinfahren wo es wieder aufgepäppelt wird. Aber als ich es in der Hand gehalten habe wollte ich es nicht mehr weggeben. Sie war so winzig und süß und warm. Ich konnte sogar spüren wie ihr kleines Herz geschlagen hat. Sogar Aaron hat gesagt das sie süß ist. Ich glaube ich habe ihn noch nie sagen hören das etwas süß ist. Er wollte auch nicht das Teddy die Babyamsel weggibt. Wir haben Teddy so lange angefleht bis wir sie behalten durften. Aber wir mussten versprechen uns gemeinsam um sie zu kümmern weil einer allein das nicht schafft. Deshalb sind Aaron und ich jetzt so was wie Kükis Eltern. So haben wir sie genannt aber der Name war meine Idee weil mir so schnell kein anderer eingefallen ist. Teddy hat gesagt dass wir jetzt die gemeinsame Verantwortung für Küki haben und wenn man sich etwas teilt, dann streitet man nicht. Dazu gehört dann wohl auch dem anderen keine Käsescheiben in die Schultasche zu tun. Aaron und ich haben uns sogar die Hand drauf gegeben das wir uns nicht mehr ärgern. Auch wenn es ja eigentlich so ist dass er immer anfängt und ich mich nur were.

Im Internet haben ich und Aaron herausgefunden was Amselkücken essen. Küki muss alle 45 Minuten gefüttert werden. Wenn wir in der Schule sind kümmert sich Teddy neben der Arbeit um Küki. Sie isst am liebsten tote Heuschrecken und Melwürmer. Man muss sie vorher zerkleinern. Das findet Aaron so ekelig das ich das immer machen muss. Er findet sogar das Insektenfutter widerlich. Er ist so ein Blödmann. Eigentlich sieht er immer nur zu wenn ich Küki füttere und gibt ihr Wassertropfen aus einer Pipette.

Übermorgen ist Küki schon eine Woche bei uns. Aaron und ich wollen ihr einen Insektenkuchen machen. Er wird warscheinlich nur wieder dabei zu sehen und angewiedert das Gesicht verziehen. Dafür kümmert er sich um ihr Nest und legt den Kartong mit neuen Blättern und Stroh aus.

Küki wird sich bestimmt ganz doll freuen.

Bis übermorgen.
Leo

14
Leona

«Deinen Koffer mit den Klamotten haben wir übrigens ins Hotel gebracht. Deine Mutter nimmt ihn nach der Arbeit mit», sagt Lissa gerade, wodurch mir der eigentliche Grund für unser Treffen wieder einfällt. Natürlich hat Lissa meine Sachen bei Mama geparkt, damit ich sie nicht die ganze Zeit mitschleppen musste.

«Daran hab ich gar nicht mehr gedacht. Danke, Lissa.» Wir haben vor wenigen Minuten die Rechnung gezahlt und stehen jetzt vor dem Restaurant, um uns zu verabschieden. Wobei ich es bin, die jetzt losmuss, um Teddy im Krankenhaus zu besuchen. Lissa und Simon wollen noch in der Stadt bleiben, um Pralinen für ihren Vater zu kaufen. Und Alex? Keine Ahnung, was er vorhat. Wir hatten beim Essen nicht wirklich Gelegenheit, uns vernünftig zu unterhalten. Insgeheim hoffe ich, dass wir in die gleiche Richtung müssen, um das nachzuholen. Aber er wird wahrscheinlich mit Lissa und Simon mitgehen. Weshalb ich alle drei zum Abschied umarme.

Als ich mich von Alex löse, fragt er: «Wenn ich dich zum Bus begleite … bekomme ich dann noch eine?»

Ich grinse. «Heißt das, du bringst mich nur zum Bus, wenn ich dich in den Arm nehme?»

Seine Mundwinkel zucken. «Zur Not würde ich mich auch mit deiner Gesellschaft zufriedengeben.»

«Zur Not? Was soll das denn bitte heißen?» Spielerisch verpasse ich ihm einen Klaps gegen den Bauch, der sich eher wie ein Brett anfühlt. Ein Waschbrett. Alex ist genauso ein Sportfreak wie Simon.

Leise lachend weicht er aus. «Erklär ich dir auf dem Weg, okay?»

«Na, auf die Erklärung bin ich gespannt.»

«Okay, Mann, wir sehen uns dann morgen im Parcours.» Simon und er geben sich die Faust, während Alissa Alex umarmt.

«Melde dich jederzeit!», rufe ich ihr nach; sie haben sich bereits zum Gehen gewandt. Sie dreht sich noch mal um und gibt mir einen Luftkuss.

«Alsooooo, Leona Mey», beginnt Alex gedehnt.

Augenrollend äffe ich ihn nach. «Alsooooo, Alexander ...» Weiter komme ich nicht. *Mist.*

«Sag jetzt nicht, du hast meinen Nachnamen vergessen.» Er klingt enttäuscht, was ich sogar verstehen kann. An seiner Stelle wäre ich es auch. Immerhin haben wir uns drei Monate lang regelmäßig gesehen. Er hat mich damals sogar während meines BMW-Praktikums in München besucht. Wieso weiß ich seinen vollständigen Namen nicht mehr? Ich überlege, durchforste jeden Winkel meines Gehirns. Vergeblich.

«Ähm ... Ich ... komme nur gerade nicht drauf», sage ich und verziehe entschuldigend das Gesicht.

«Komm schon, Leo. Dein Ernst?» Fassungslos schüttelt er den Kopf. Aber das amüsierte Funkeln seiner dunklen Augen verrät, dass er mir nicht wirklich einen Vorwurf macht. «*Ich* weiß sogar noch, wann du Geburtstag hast.»

Jetzt fühle ich mich erst recht mies. Stöhnend halte ich mir die Hände vors Gesicht und blicke aus gespreizten Fingern reumütig zu ihm auf.

«Na? Schlechtes Gewissen?» Ich höre die Schadenfreude in seiner Stimme und nicke. «Bis dir mein Nachname wieder eingefallen ist, kannst du mich gerne *Alexander der Große* nennen.»

Ich schnaube. «Der Typ war ein brutaler Eroberer. Er ließ Tausende Menschen töten und löschte ganze Städte aus.»

«Hm … Stimmt, ich bin eindeutig netter als er.»

Ich lache und mache einen Gegenvorschlag: «Wie wäre es mit zwei Umarmungen zum Abschied?»

Sein Mund verzieht sich zu einem Grinsen, das so süß ist, dass ich mein Angebot kurz darauf erweitere. Er kann mir genau das geben, was ich momentan brauche. Spaß. Ablenkung. Ein gutes Gefühl. Und er mag mich so, wie ich bin. Immerhin ist er laut Lissa nur meinetwegen nach Lüneburg gefahren. «Wie wär's, wenn ich dich auf ein Bier bei mir zu Hause einlade. Es sei denn, du hast heute Abend schon was Besseres vor.»

Sein Grinsen wird breiter. «Wann?»

«Acht Uhr?»

«Wo?»

«Bei meiner Mama, die Adresse schicke ich dir aufs Handy.»

Abrupt bleibt er stehen. «Bei deiner Mama?»

«Jep. In meinem alten Jugendzimmer.» Ich schmunzele. «Du wirst dich zur Abwechslung also mal benehmen müssen.» Mein Spruch war eher als Scherz gemeint, aber Alex kratzt sich am Hinterkopf, als hätte ich ihm eine unlösbare Matheaufgabe gestellt. Nervosität flackert in seinen Augen auf.

Daher gebe ich schnell Entwarnung. «Keine Sorge, meine Mutter ist locker drauf.»

Seine Gesichtszüge entspannen sich wieder. Er sieht mich herausfordernd an. «Und wie willst du mich ihr vorstellen?»

Ich weiß genau, worauf er anspielt, und antworte trocken: «Ganz sicher nicht als *Alexander der Große*. Und jetzt komm, sonst verpasse ich meinen Bus.»

Ich habe mir fest vorgenommen, mir den schönen Tag mit Lissa, Simon und Alex nicht von Schnösel-Aaron kaputtmachen zu lassen. Aber als er später bei meiner Ankunft im Krankenhaus durch mich hindurchsieht, als wäre ich Luft, krampft sich in meiner Brust etwas zusammen. Es tut so weh, dass ich es nicht schaffe, mir weiter einzureden, dass er mir egal ist. Und das macht mich wütend. Auf ihn, aber vor allem auf mich selbst. Wie konnte ich nur so naiv sein zu glauben, diese beiden Tage würden irgendwas an unserem Verhältnis ändern? Dass es was bedeuten würde, einander Trost zu spenden, gemeinsam zu weinen und zu lachen? Ich hätte es von früher wissen müssen. Denn sobald es zwischen uns mal gut lief, folgte kurz darauf ein

Streit. Harmonie war immer trügerisch. Wie die Ruhe vor dem Sturm. Wenn sich die Wolken formatieren, um im nächsten Moment das Gewitter zu entfesseln. Wir, Aaron und ich, sind wie die Stille vor dem Donner. Zwischen uns wird es immer krachen. Damit sollte ich mich allmählich mal abfinden.

Ich straffe meine Schultern, recke das Kinn in die Höhe und gehe auf Lydia zu. Vor Teddys Zimmer begrüßen wir uns mit einer Umarmung. Hoffentlich fällt ihr nicht auf, dass sich Aarons und meine Begrüßung auf ein kühles «Hi» beschränkt, bei dem wir uns nicht mal ins Gesicht sehen. Was er kann, kann ich schon lange.

«Ich habe die Playlist erstellt und Kopfhörer mitgebracht», sage ich.

«Großartig, Leo. Ich war mir nicht sicher, ob du daran denkst.»

Ich schiebe sie sanft von mir, um sie verständnislos anzusehen. «Es geht um Teddy. Natürlich habe ich dran gedacht.» Aus dem Augenwinkel bemerke ich, dass Aaron sich mehrmals durchs offene Haar fährt. Er geht vor Teddys Zimmer auf und ab, wirkt rastlos. Vermutlich weil sich heute entscheidet, ob die Aufwachphase wirklich eingeleitet wird. Oder aber es nervt ihn einfach, meine Stimme zu hören. Wieso schenke ich ihm überhaupt so viel Beachtung? Die hat er gar nicht verdient, weshalb ich meine Aufmerksamkeit wieder zu hundert Prozent Lydia widme.

«Gibt es Neuigkeiten? Konntet ihr schon mit einem der Ärzte sprechen?»

«Nein, wir sind auch erst vor fünf Minuten gekommen.

Aber ich habe die Stationsleiterin wegen des Essens gefragt. Sie meinte, das wäre kein Problem.» Lydia lächelt zufrieden.

Ich hingegen muss meine Mundwinkel nach oben zwingen, weil ich versprochen habe, beim Kochen zu helfen. Was bedeutet, dass ich Aaron nicht nur hier, sondern auch bei ihnen zu Hause begegnen werde. Wobei ich mir ziemlich sicher bin, dass er mir aus dem Weg gehen wird.

«Wollen wir dann rein?», frage ich und hole mein Handy mit der Playlist aus meiner Tasche hervor.

«Ja. Vielleicht ... vielleicht wacht er ja heute noch auf», sagt Lydia hoffnungsvoll.

Leider tat er das nicht. Ich habe Teddys Lieblingsmusik leise laufen lassen. Wir haben mit ihm geredet. Auch Aaron. Ich habe Teddy von der Sightseeingtour erzählt, vom Wasserturm, und vorgeschlagen, dass wir da unbedingt alle mal zusammen raufmüssen, sobald er wieder fit ist. Lydia hat sein Gesicht gestreichelt, ihm die Lippen mit Balsam eingecremt. Auf all das hat Teddy – zumindest augenscheinlich – kein bisschen reagiert. Nicht mal mit einem Blinzeln oder winzigen Zucken. Die Ärzte, als sie kamen, haben uns vertröstet. Nun hoffen wir auf morgen und die Untersuchungsergebnisse.

Ich bin inzwischen wieder zu Hause und bringe Mama in der Küche auf den neuesten Stand. Sie ist heute extra früher von der Arbeit gekommen, damit wir zusammen den Abend verbringen können. Vermutlich hat sie gestern gemerkt, dass es mir nicht gut ging, und will mich heute ein bisschen ablenken. Mit einem Filmabend.

«Warum hast du denn nichts gesagt, Mama?» Ich rutsche

stöhnend tiefer auf meinem Stuhl am Esstisch. «Jetzt habe ich mich schon verabredet.»

«Weil sich das spontan ergeben hat.» Enttäuscht schiebt sie die Unterlippe vor. «Schade. Oder hat deine Verabredung vielleicht zufällig Lust auf einen Filmabend?»

Allein um zu sehen, wie doof Alex aus der Wäsche guckt, müsste ich ihm diesen Vorschlag machen. Aber das kann ich ihm nicht antun. Und mir ehrlich gesagt auch nicht. Weil Mama keinen Film ansehen kann, ohne alle fünf Minuten die Handlung zu kommentieren. Mit dem Ergebnis, dass man nur ein Drittel des Films mitbekommt.

«Ich glaube eher nicht, Mama. Wir haben uns länger nicht gesehen und wollten zum Quatschen in mein Zimmer gehen.» *In mein Zimmer gehen.* Das klingt, als wäre ich wieder sechzehn und würde wie damals um Erlaubnis bitten, einen Jungen mit nach oben zu nehmen.

«Kenne ich sie oder ihn?»

«Nein. Alex wohnt in Hamburg und studiert auch da.»

«Übernachtet er hier?»

Okay, jetzt fühle ich mich tatsächlich wie sechzehn und verdrehe die Augen.

«Ich frage nur, damit ich morgen früh keinen Herzinfarkt bekomme, wenn in unserem Bad plötzlich ein halb nackter junger Mann steht.»

So wie Alex vorhin reagiert hat, würde er sich hier vermutlich nicht mal aufs Klo wagen, nur um meiner Mama nicht zu begegnen. Man könnte meinen, er hätte eine Art Elternphobie. Anscheinend hat er keine Ahnung, wie charmant er sein kann. Ich bin mir ziemlich sicher, dass Mama ihn mögen würde.

«Keine Sorge. Wenn er wach wird, bist du längst aus dem Haus. Alex ist Langschläfer.»

«So gut kennt ihr euch also?» Ein wissendes Lächeln umspielt ihre Lippen.

Ich gebe mir keine Mühe, so zu tun, als hätten wir keine Vorgeschichte. «Ist schon eine Weile her. Und es war nichts Festes», schiebe ich noch hinterher. Damit sie sich nicht fragt, warum ich ihn nie erwähnt oder ihr vorgestellt habe.

«Geht mich ja auch nichts an, solange er dich gut behandelt.»

Meine Gedanken fliegen zu Aaron, bevor ich sie einfangen kann.

«Wann kommt er denn?»

«In einer halben Stunde, ich muss mich noch umziehen. Übrigens danke, dass du meinen Koffer mitgebracht hast.» Ich habe ihn beim Reinkommen schon im Flur gesehen. «Rufst du mich, wenn's klingelt?»

«Ich wollte mir eigentlich ein Bad einlassen, es mir mit einem Buch und einem Glas Rotwein gemütlich machen und mich danach schlafen legen.»

«Schon?» Verwundert hebe ich die Augenbrauen. Sie geht selten so früh ins Bett. «Was ist mit dem Filmabend?»

«Alleine?» Sie schüttelt den Kopf. «Ich überlasse gerne euch das Wohnzimmer.»

Jetzt habe ich das Gefühl, sie vertrieben zu haben. Mist. «Wir holen den Filmabend nach, ja?»

«Das machen wir.»

Ich streiche ihr über die Schulter, bevor ich in den Flur gehe und meinen Koffer die Treppe hochtrage. Obwohl ich meine Latzhosen über alles liebe, kann ich es kaum erwarten, endlich wieder in normale Klamotten zu schlüpfen. Ich öffne den Koffer und ... Gott, ich liebe meine Freundinnen. Alissa hat natürlich genau die Kleidungsstücke eingepackt, die ich am liebsten trage.

Und Alex dürfte sich über die Auswahl auch nicht beschweren.

15

Aaron

Ich liege in meinem Bett und tue es schon wieder. Kann es einfach nicht lassen. Ich sehe mir erneut das Backvideo an, anstatt es endlich zu löschen. Ich schaffe es einfach nicht. Denn jedes Mal, wenn ich mir vornehme, es nur noch ein letztes Mal anzuschauen, bevor ich es lösche, komme ich nicht davon los. Von der Art, wie sie sich bewegt. Ihrer Mimik. Ihren Sprüchen. Und ihrem Lachen.

Verdammt, dieses Lachen.

Sie sieht so verflucht schön aus, wenn sie lacht, dass ich gestern einen Screenshot machen musste. Keine Ahnung, ob ich damit eine Grenze überschreite. Vermutlich schon, da sie das sicher nicht wollen würde. Aber wer weiß, wann und ob ich dieses Lachen jemals wieder zu Gesicht bekomme, nachdem ich mal wieder so ein Arsch zu ihr war. Inzwischen kann ich fast jedes Wort in diesem Video mitsprechen. Wenn meine Laune wegen der ganzen beschissenen Situation nicht komplett im Keller wäre, würde ich die ganze Zeit vor mich hin grinsen. Und dann ist da noch der Kuss – auch den habe ich mir etwa tausend Mal angesehen. Tue es in diesem Moment wieder und bekomme wie jedes

Mal Herzrasen. Das Gefühl ihrer Lippen, das heftige Verlangen nach ihr … All das ist sofort wieder da. Hitze schießt durch meinen Körper. Ich stoppe das Video und werfe das Handy neben mich auf die Matratze. Als hätte ich mir die Finger verbrannt.

Fuck.

Was zur Hölle mache ich hier?

Ich springe aus dem Bett, gehe zum Fenster und reiße es beinahe gewaltsam auf. Tief Luft holend, fahre ich mir durchs Haar und versuche innerlich wieder abzukühlen. Wie erbärmlich ist es bitte, sich an einem Video aufzugeilen, in dem man eine Frau küsst, die absolut nichts mehr mit einem zu tun haben will? Denn genau das hat Leo mir heute Nachmittag im Krankenhaus deutlich zu verstehen gegeben. Sie hat mich nicht mal mit dem Arsch angesehen. Was kein Wunder ist. Ich habe sie schließlich auch wie Luft behandelt. Aber nur weil ich sie nicht ansehen kann, ohne an diesen Kuss zu denken. Da macht es natürlich Sinn, mir immer wieder das Video reinzuziehen. Ich muss es löschen – zumindest die letzten zehn Minuten davon.

Ein Klopfen lässt mich zur Tür blicken, durch die Mamas gedämpfte Stimme dringt. «Aaron, kann ich reinkommen?»

Leise stöhne ich auf. Ganz mieses Timing. «Klar, komm rein.»

Die Tür öffnet sich. Mama betritt mein Zimmer, und die Art, wie sie mich ansieht, lässt mich sofort bereuen, mich nicht tot gestellt zu haben.

«Ich wollte was mit dir besprechen.»

Mein Herz pumpt schneller. Weil es garantiert um Leo

geht, und das ist wirklich das Letzte, worüber ich mit ihr sprechen will.

Mama geht zu meinem Bett, schiebt die Decke zur Seite und nimmt Platz. «Komm.» Sie bedeutet mir, mich neben sie zu setzen.

Schluckend komme ich ihrer Bitte nach. «Was gibt es denn?» Ich stelle mich dumm, doch meine Befürchtung bestätigt sich.

«Leona.»

Ich verdrehe die Augen.

«Es tut mir leid, Aaron. Und ich will mich auch gar nicht einmischen.»

«Warum tust du es dann?» Ich klinge schroffer als beabsichtigt, kann es aber nicht verhindern.

«Weil ich das Gefühl habe, schuld daran zu sein.»

Meine Augenbrauen ziehen sich zusammen. «Schuld woran?»

«Daran, dass zwischen dir und Leona schon wieder dicke Luft herrscht, obwohl ihr euch doch so gut verstanden habt.» Ihre blauen Augen sehen mich entschuldigend an, obwohl sie überhaupt nichts gemacht hat.

«Nein, Mama. Wie kommst du denn auf so einen Unsinn? Du bist an rein gar nichts schuld.» Im Gegensatz zu mir. Ich habe das Gefühl, von meinem schlechten Gewissen erdrückt zu werden. Von der Lüge. Diesem verfluchten Geheimnis. Weil ich die Wahrheit darüber, warum der Kuss mit Leo ein Fehler war, für mich behalten muss.

«Dann hat die schlechte Stimmung zwischen euch also nichts damit zu tun, dass ich in die Küche geplatzt bin?»

Ein Bild blitzt vor mir auf. Wie ich mit zehn erstarrt dastehe. Geschockt. Mit weit aufgerissenen Augen. Wie ich nicht fassen kann, was sich vor mir abspielt. Ich schüttle die Erinnerung aus meinem Kopf, was Mama als Antwort auf ihre Frage versteht.

Zum Glück. Dann muss ich sie nicht anlügen.

Sie seufzt. «In Ordnung.»

Ich seufze ebenfalls – vor Erleichterung.

«Leo ist so eine tolle Frau. Es war schön zu erleben, wie ihr füreinander da wart. Ich hatte gehofft, dass … dass es … anhalten würde.»

Ich auch, schießt es durch meinen Kopf. «Tut mir leid», sage ich stattdessen. Weil ich mit meinem Verhalten offenbar nicht nur Leo, sondern auch Mama verletzt habe. Scheiße.

«Das muss dir nicht leidtun, Aaron. Es war ja keine Absicht.»

Wenn sie wüsste.

«Ihr beide wart schon immer … so.» Das Wörtchen «So» klingt wie ein Platzhalter für ein Adjektiv, das ihr nicht einfallen will. «Na ja.» Sie lächelt, ohne dass es ihre Augen erreicht. «Vielleicht rauft ihr euch eines Tages ja doch noch zusammen.»

«Ja, vielleicht …»

Sie tätschelt meinen Oberschenkel, und ich streiche ihr über den Rücken, ringe mir ein Lächeln ab, damit sie beruhigt ist.

«Dann will ich dich mal nicht weiter stören.»

Du störst nicht, will ich sagen. Aber ich wäre jetzt tatsächlich lieber alleine. Um ihre Worte sacken zu lassen und zu überlegen, ob es nicht vielleicht doch einen Mittelweg für

Leo und mich gibt. Als Mama fort ist, sinke ich rücklings auf die Matratze, starre an die Decke und denke ernsthaft darüber nach, mich bei Leo zu melden. Nur habe ich keine Ahnung, was ich schreiben soll. Ich kann nicht so tun, als wäre nichts gewesen. Es müsste auf jeden Fall eine Entschuldigung her. Oder eine vergleichbare Geste. Fehler zuzugeben zählt allerdings nicht gerade zu meinen Stärken. Schon gar nicht vor Leo.

Aber wenn ich ihr die Kuchenform vorbeibringe, wird sie wissen, was ich damit sagen will. Oder sie wird sie mir wütend aus der Hand nehmen und mir die Tür vor der Nase zuschlagen. Es sei denn … Ich übergebe sie ihr zusammen mit Smarties. Dann würde es vermutlich sogar reichen, ihr beides vor die Tür zu stellen.

Ich verdammter Feigling.

16
Leona

Es ist kurz vor acht, als es an der Tür klingelt. Ich eile die Treppe runter und zupfe mir vor dem Spiegel im Flur noch schnell das kurze Jeanskleid zurecht, ziehe den Gürtel etwas enger um meine Taille und fahre mir mit den Fingern durchs Haar. Da es den ganzen Tag über zu einem Knoten zusammengebunden war, fällt es in großen Wellen über meine Schultern. Als hätte ich geahnt, dass ich heute noch ein Date haben würde. Wobei ich mir gar nicht sicher bin, ob das hier überhaupt ein Date ist. Als ich Alex eine Sekunde später jedoch die Tür öffne, beantwortet sich die Frage von selbst. Er steht mit zurückgestyltem Haar, einem weißen Hemd und dunklen Jeans vor mir. Er hat nicht nur sein Outfit gewechselt, sondern sich offensichtlich auch schick gemacht.

«Guten Abend, Frau Mey.»

Mit einer Begrüßung dieser Art habe ich gerechnet und bin natürlich bestens vorbereitet. «Guten Abend, Herr Groß.»

«Ich bin beeindruckt.» Er nickt anerkennend. «Da hat jemand seine Hausaufgaben gemacht. Oder hast du meinen Wink mit dem Zaunpfahl Stunden später doch noch kapiert?»

Bis dir mein Nachname wieder eingefallen ist, kannst du mich gerne Alexander der Große *nennen.*

O Gott. Ich Idiotin.

Dass ich den Hinweis bis jetzt tatsächlich nicht verstanden hatte und vorhin bei Lissa recherchieren musste, behalte ich für mich. «Besser spät als nie. Schön, dass du da bist. Möchtest du reinkommen?»

«Klar.» Er schließt hinter sich die Tür, dann zieht er mich in eine Umarmung, die ich genauso fest erwidere. Ich spüre seinen Atem auf meiner Kopfhaut.

«Hab deinen Erdbeerduft vermisst, Leo.»

Ich will etwas erwidern. Aber aus irgendeinem Grund fällt mir nichts Passendes ein. Also drücke ich ihn noch ein bisschen enger an mich und spüre ein Rumpeln in seiner Brust, als er leise lacht.

«Und *du* hast offensichtlich meine Umarmungen vermisst.»

Auch das lasse ich unkommentiert und löse mich von ihm. «Wohnzimmer oder Jugendzimmer?», frage ich.

«Definitiv Jugendzimmer. Ich will schließlich sehen, wie du als Teenie drauf warst und welche Boybands du angehimmelt hast.»

Wenig später betrachtet er überrascht die vielen Auto-Poster an den Wänden.

«So viel zum Thema Boybands», sage ich grinsend.

«Hätte ich mir eigentlich denken können.»

«Ist das jetzt positiv oder negativ gemeint?» Ich hebe skeptisch eine Augenbraue, während er zu meinem Bett geht und sich das eingerahmte Motorrad-Foto darüber ansieht.

«Positiv natürlich. Ist das deine Maschine?»

Ich schüttle den Kopf und hole tief Luft, um die plötzliche Enge in meiner Brust wegzuatmen. «Die gehörte meinem Vater.»

«Gehörte?», fragt er vorsichtig nach und sieht mich an.

«Ja.»

«Das tut mir leid, Leo.» Betroffenheit überschwemmt sein Gesicht. Die typische Reaktion, auf die ich immer mit dem gleichen Satz antworte.

«Schon okay. Es ist Jahre her.» Als ob das den Schmerz schmälern würde.

Alex nickt, während ich mit aller Macht versuche, nicht an Papa zu denken. Oder daran, dass Teddy vielleicht nicht wieder aufwacht und was das für Aaron bedeuten würde. Aaron, der in meinen Armen geweint hat, für mich da war, als ich meine Panikattacke hatte, mich beim Kuchenbacken zum Lachen gebracht hat und …

«Erde an Leo», höre ich Alex hinter mir sagen und spüre im nächsten Moment, wie sich seine Arme um mich legen. «Jemand zu Hause?»

Ich zucke zusammen. Vor Schreck. Das rede ich mir zumindest ein und umfasse seine Unterarme. «Ja. Sorry … ich war nur kurz in Gedanken.»

«Du warst nicht nur in Gedanken, sondern auf einem anderen Planeten.»

Seine Stimme, so dicht an meinem Ohr, lässt mich erschauern. Jedoch nicht auf die Weise wie früher bei Alex. Nicht so, wie mich Aarons Stimme erschauern ließ.

Kurz schließe ich die Augen, zwinge mich, nicht an ihn zu denken. «Sorry, hattest du was gesagt?»

«Ich hab dich gefragt, ob es etwas gibt, das ich tun kann.»

Ich habe keine Ahnung, was er meint. Kurz überlege ich, worüber wir zuletzt gesprochen haben. Über Papa, ich habe ihm erzählt, dass er vor Jahren gestorben ist.

«Was hättest du denn im Angebot?» Ich bin mir meiner Stimmlage und der Aufforderung, die darin mitschwingt, sehr bewusst. Ich will diese Gedanken aus meinem Kopf rauskriegen. Unbedingt.

«Ich hätte da eine Idee, bin mir aber nicht sicher, ob sie dir gefällt», flüstert er. Dann dreht er mich langsam zu sich um, sieht mir erst in die Augen und dann auf den Mund. Er befeuchtet seine Lippen. Und als sich sein Blick wieder hebt, steht eine Frage darin, die ich mit einem Nicken beantworte. Ich nähere mich seinem Gesicht, seinen Lippen. Bin nur einen Herzschlag davon entfernt, Alex zu küssen. Bis er mir eine Strähne hinters Ohr streicht. Eine vertraute, winzig kleine – eigentlich harmlose – Geste. Die mich aber innehalten lässt. Weil sie mich an Aaron erinnert, an diesen Moment, kurz bevor wir uns geküsst haben.

So ein Mist.

Schnösel-Aaron scheint sich wie ein verdammter Parasit in meinem Kopf eingenistet zu haben. Nicht mal mit Alex gelingt es mir, ihn da rauszubekommen. Eine Erkenntnis, die mich so frustriert, dass ich genervt aufstöhne. Ich senke den Blick, schüttle über mich selbst verärgert den Kopf und starre auf meine Füße.

«Hey.» Alex' Daumen unter meinem Kinn bringt mich auf sanfte Weise dazu, den Kopf wieder zu heben. Allerdings nur langsam und widerwillig. Ich habe Angst, Verwirrung oder Verletztheit in seinem Gesicht zu lesen. Ich mag Alex. Sehr. Und das Letzte, was ich will, ist, ihn vor den Kopf zu stoßen. Ich habe das Gefühl, ihm eine Erklärung zu schulden. Die Entschuldigung liegt mir bereits auf der Zunge, doch er kommt mir zuvor.

«Steht das Angebot noch, ins Wohnzimmer zu gehen? Hätte Lust, 'nen Film zu gucken. Habt ihr Netflix oder so?»

Überrascht sehe ich ihm in die Augen. Keine Spur eines Vorwurfs. Nur minimale Enttäuschung, die er mit einem Grinsen zu kaschieren versucht. Als wollte er mir das schlechte Gewissen nehmen. Und erst dadurch wird mir klar, dass ich gar keins haben muss. Weil es okay ist, einen Rückzieher zu machen. Es ist okay, sich umzuentscheiden. Festzustellen, dass man doch keinen Kuss oder Sex möchte. Und dafür, dass Alex mir exakt dieses Gefühl vermittelt, möchte ich ihn eigentlich schon wieder umarmen.

Stattdessen erwidere ich sein Lächeln und nicke. «Haben wir.»

«Perfekt. Ich suche den Film aus.»

«Auf keinen Fall. Ich suche den Film aus.»

«Es war meine Idee, also darf ich auswählen.»

Ich verschränke die Arme vor der Brust. «Und wessen Idee war es, sich überhaupt zu treffen?»

Schnaubend gibt er sich geschlagen. «Na schön. Dann will ich aber ein Vetorecht, falls du mir mit *Titanic* oder so was um die Ecke kommst.»

Mein Lachen erfüllt den Raum.

$\cdots \Diamond \cdots$

Vier Stunden und zwei Filme später fallen mir auf dem Sofa fast die Augen zu. Wir haben uns, ohne dass Alex ein Veto einlegen musste, für *Der Tinder-Schwindler* und *Don't Look Up* entschieden. Dazu gab es Smarties und Bier. Als Alex einen weiteren Film vorschlägt, schüttle ich gähnend den Kopf.

«Bin zu müde», sage ich und nehme meinen Kopf von seiner Schulter.

«Schlafenszeit?», fragt er.

Ich nicke. Im Gegensatz zu mir scheint er noch topfit zu sein. Liegt vermutlich an den 300 Stufen und dem ganzen Rumgelaufe, das ich heute schon hinter mir habe. Alex ist erst nach unserer Sightseeingtour zu uns gestoßen.

Er richtet sich auf und hält mir seine Hand ihn. Ich ergreife sie und lasse mich von ihm hochziehen.

«War ein schöner Abend, Frau Mey.» Sein Lächeln ist aufrichtig und echt, obwohl er sich vermutlich etwas anderes von unserem Date erwartet hatte.

Zumindest geht es mir so. Trotzdem hatte ich meinen Spaß und konnte abschalten. Dank ihm. «Finde ich auch, Herr Groß.»

«Das freut mich.» Er nimmt sein Handy vom Beistelltisch. «Schaffst du es aufzubleiben, bis mein Taxi da ist?»

Ich runzele die Stirn. «Welches Taxi?»

«Das ich mir jetzt rufe.»

«Du brauchst kein Taxi, du kannst hier schlafen. Beziehungsweise oben bei mir im Zimmer.»

«Ähm … bist du sicher? Ich hab absolut kein Problem damit, nach Hause zu fahren. Der Zug fährt um zehn vor eins.»

«Und ich habe kein Problem damit, mir das Bett mit dir

zu teilen. Was übrigens nicht das erste Mal wäre», erinnere ich ihn. «Also komm. Sonst schlafe ich im Stehen ein, und du musst mich hochtragen.»

Sein Mund verzieht sich zu einem fiesen Grinsen. «Ich würde dich einfach hier unten auf dem Sofa schlafen lassen. Dann hätte ich dein Bett für mich allein.»

Meine Gehirnzellen sind zu müde, um sich einen Konter zu überlegen. Deshalb kratze ich das letzte bisschen Energie, das ich aufbringen kann, zusammen und verpasse ihm einen Hieb gegen den Oberarm. So halbherzig, dass er ihn vermutlich kaum gespürt hat. Wir nehmen die Stufen nach oben.

«Was sagt deine Mutter eigentlich dazu, wenn du einen Freund bei dir im Bett schlafen lässt?»

Freund. Ich lächele, weil Alex genau das heute für mich war. Ein richtiger Freund.

«Nichts. Du kannst also ganz beruhigt sein.»

17

Aaron

Trotz der guten Neuigkeit, dass Vater aus dem Koma geholt werden soll, war diese Nacht genauso beschissen wie die zuvor. Weil ich permanent daran denken musste, dass Leo und ich zerstritten sind. Was an sich eine gewohnte Situation ist, wenn es nicht diesen Kuss gegeben hätte. Diesen verdammt perfekten Kuss, der jeden verfluchten Winkel meines Schädels beherrscht. Selbst jetzt um ... irgendwas vor sieben Uhr morgens. Ich ertaste mein Handy auf der Kommode, tippe mit dem Zeigefinger aufs Display und muss mich korrigieren. Es ist gerade mal halb sechs. Ich schließe die Augen, versuche irgendwie wieder einzuschlafen, indem ich mit aller Gewalt verdränge, dass ich Leo geküsst habe und wie es sich angefühlt hat, von Mama dabei erwischt worden zu sein.

Du darfst mit niemandem darüber reden, Aaron. Vor allem nicht mit Mama. Das bleibt unser Geheimnis.

Meine Schläfen fangen an, heftig zu pochen, als die Erinnerungen und das schlechte Gewissen sich meinem Befehl widersetzen, aus meinem Kopf zu verschwinden.

Schließlich gebe ich mich geschlagen, bevor mir noch

der Schädel platzt. Ich öffne meine Augen und setze mich auf, mein Stöhnen zerreißt die morgendliche Stille – die gar nicht so still ist wie gedacht. Denn ich höre Schritte im Haus. Mama ist also schon wach. Seit dem Kuss versuche ich, Situationen, in denen sie mich auf Leo ansprechen könnte, zu meiden. Indem ich in meinem Zimmer bleibe, bis wir wieder ins Krankenhaus fahren. Allerdings fällt mir schon nach einem Tag die Decke auf den Kopf. Ich kann förmlich fühlen, wie die Wände näher kommen.

Ich muss hier raus, muss auf andere Gedanken kommen, und ich weiß auch schon wie.

Ich will Mama nicht zu lange allein lassen, aber ich denke, es ist okay, wenn ich mich für zwei Stunden zum Golfen in die Südheide verziehe. Kurz spiele ich mit dem Gedanken, Ben zu schreiben. Es wäre nicht das erste Mal, dass wir uns gegenseitig aus dem Bett klingeln, um uns noch vor Sonnenaufgang ein Match zu liefern. Aber um ehrlich zu sein, will ich heute lieber allein sein und, abgesehen von meinen Selbstgesprächen, mit niemandem reden müssen.

Eine Viertelstunde später sitze ich in Golfklamotten – Stoffhose, Polohemd und einer Cap auf dem Kopf – im Auto.

«Fahr vorsichtig!», hat Mama mir mit auf den Weg gegeben, aber als ich die freien Straßen vor mir habe, kann ich nicht anders, als etwas fester aufs Gas zu treten. In der Ferne blitzen lilafarbene Flecken auf, Heideflächen, die rechts und links an mir vorbeiziehen. Meine Gedanken lassen sich leider nicht so leicht abhängen. Aber als ich den Platz erreiche und mein Golfbag aus dem Kofferraum auf meinen Rücken hieve, spüre ich ein leichtes Kribbeln in den Fingerspitzen. Ein Anflug von Vorfreude. Die Bahnen links und rechts des

Weges liegen in sattem Grün da. Außer mir scheint noch niemand da zu sein. Perfekt. Ich atme tief ein, flute meine Lungen mit der kühlen Morgenluft und atme einen Teil meiner Anspannung wieder aus. Als ich meinen Blick über die nahezu ebene Golfanlage mit ihren ausgedehnten Roughs und Fairways streifen lasse, wird das Kribbeln in meinen Fingern stärker. Es wandert in meine Arme und Schultern, breitet sich auf meinen Oberkörper aus und beschleunigt meinen Herzschlag. Gott, das habe ich gebraucht.

Im Osten kriechen die ersten Sonnenstrahlen über die Baumwipfel, als ich auf der Bahn ankomme. Ein Kuckuck ruft zu mir herüber, als wollte er mich begrüßen. Oder aber den Fuchs, der hinter dem Weg die Bahn kreuzt. Meine Hand zuckt automatisch zu meiner Hosentasche. Aber als ich mein Handy hervorholen will, um ein Foto zu machen, hat sich der Fuchs bereits ins Unterholz der Bäume geflüchtet.

Ich bin wieder allein. Abgesehen von den Vögeln, die auf dem nahen Feldrain um die Wette trällern. Vor zehn Jahren hätte ich allein dadurch die Vogelarten bestimmen können. Denn Bens Opa hat uns damals nicht nur das Golfen beigebracht, sondern uns auch alles Mögliche über die verschiedenen Tiere der Lüneburger Heide erzählt. Ob wir wollten oder nicht. Wofür ich ihm im Nachhinein dankbar bin, auch wenn ich die Hälfte davon vergessen zu haben scheine.

Aber ich bin ja nicht hier, um Hobby-Ornithologe zu spielen, sondern Golf. Vorsichtig lege ich den kleinen weißen Ball auf ein Tee, bereite mich mental auf den ersten Abschlag vor und hole aus. Mein Blick folgt dem Ball, der über den Weg hinwegfliegt und mitten auf dem Fairway landet. Der perfekte Start. Auf dem Weg zum nächsten Schlag durchströmen mich Stolz und Genugtuung. Gefolgt von Übermut. Vielleicht sollte ich den nächsten Schlag über die Bäume wagen. Wenn der Ball neben der Fahne landet, könnte ich mit einem Putt einen Eagle schaffen. Eventuell rollt der Ball sogar direkt ins Loch zu einem Albatros.

Der Nervenkitzel verdoppelt meinen Puls. Ich kann den zweiten Schlag kaum erwarten, versuche aber, konzentriert und ruhig zu bleiben. Doch ... «Fuck!» Meine Ausholbewegung ist viel zu schwungvoll und reißt ein tiefes Loch in den Rasen. Der verdammte Ball hoppelt lediglich vier Meter weiter.

Egal, dann schaffe ich den Eagle eben mit dem dritten Schlag auf das Grün. Aber auch dieser geht komplett in die Hose. Schlag Nummer vier landet im Rough, der fünfte im Bunker. Hitze steigt in mir auf. Aus Ärger ist inzwischen Wut geworden.

Der Schlag aus dem Bunker ist eine totale Katastrophe; der Ball fliegt so weit über das Grün hinaus, dass ich ihn nicht mehr wiederfinde. Ich sollte auf Minigolf umsteigen und dieses erbärmliche Spiel abbrechen. Stattdessen schlucke ich meinen Frust hinunter und bringe einen neuen Ball auf die Bahn, weil ich nicht aufhören kann. Dieser kleine weiße Ball hat die Fähigkeit, mich komplett in Beschlag zu nehmen. Das liebe ich an diesem Sport. Das Auf- und Abwallen der Glücksgefühle, den Wechsel aus Konzentration und Entspannung, Frust und Freude. Also spiele ich die Bahn zu Ende und gehe weiter zur nächsten. Nach neun Löchern mit einigen weiteren katastrophalen, aber auch ein paar brillanten Schlägen spaziere ich schließlich zurück zum Parkplatz. Und erst als ich meine Golftasche zurück in den Kofferraum lade, fällt mir auf, dass ich seit meiner Ankunft weder an Leo noch an Vater gedacht habe. Als hätte ich sie mir buchstäblich aus dem Kopf geschlagen. Aber jetzt sind die Gedanken – besonders die an Leo – wieder da.

Der Kuss.

Mein arschiges Verhalten.

Unser Streit.

«Fuck.»

· · · ◆ · · ·

«Das macht dann siebzig Euro und zwanzig Cent, bitte», sagt der glatzköpfige Mann hinter der Supermarktkasse. Ich bezahle mit Karte und räume den Rest meiner Einkäufe in den Einkaufswagen. Inklusive der Smarties für Leo. Sie sind der eigentliche Grund, warum ich gerade im Rewe bin. Aber da Mama heute eh noch einkaufen wollte, habe ich angeboten, das gleich mitzuerledigen. Im Einkaufswagen liegen auch die Zutaten, die Mama und Leo später zum Kochen brauchen. Ich will mich vorher unbedingt noch mit Leo vertragen, weshalb ich ihr die Backform und die Smarties direkt vorbeibringen werde. Persönlich. Getreu dem Motto: ganz oder gar nicht.

Ich verstaue kurz darauf eine vollgepackte Einkaufstasche im Kofferraum und fahre los. Im Radio läuft gerade ein Rocksong. Ich drehe die Lautstärke runter. Als ob sich dadurch auch mein Puls verlangsamen würde. Doch je näher ich Leos Straße komme, desto schneller wird er. Und als ich das Haus ihrer Eltern sehe, kann ich ihn auf meiner

Zunge spüren. Obwohl ich Leo seit Ewigkeiten kenne, kann ich null einschätzen, wie sie reagieren wird. Und das macht mich nervös. Ich gehe vom Gas, parke neben dem großen Busch. Aus irgendeinem Grund habe ich das Gefühl, eine Deckung zu brauchen. Die Kuchenform, in der sich drei Smartie-Rollen befinden, nehme ich vom Beifahrersitz und steige aus. Ich gehe noch mal den Text durch, den ich mir zurechtgelegt habe.

Gerade als ich losgehen will, öffnet sich die Haustür, und – ich erstarre. Denn ein Typ tritt heraus. Groß, dunkelhaarig, in Leos oder meinem Alter. Sie taucht hinter ihm auf, und sofort löst sich meine Starre. Ich hechte zurück hinter den Busch, damit sie mich nicht entdeckt. Ich hingegen sehe von hier aus alles. Erkenne, dass Leo ein Nachthemd trägt, während er in Jeans und Hemd vor ihr steht.

Verdammt, was geht da ab?

Er drückt sie an sich. Auf Zehenspitzen sieht sie zu ihm auf, den Kopf in den Nacken gelegt. Er blickt auf sie herab.

Ich blinzele ungläubig.

Tausende Fragen wirbeln in einer Geschwindigkeit durch meinen Kopf, dass ich nur drei davon zu fassen bekomme: Wer ist der Typ? Hat er bei ihr geschlafen? Läuft da was?

Mein Herz donnert protestierend gegen meinen Brustkorb. Ich habe mit allem gerechnet, bin jedes mögliche Szenario in meinem Kopf durchgegangen. Dass Leo mich anschreit oder überhaupt nichts sagt. Mich zum Teufel jagt oder reinbittet. Dass wir in Ruhe über alles reden, uns vertragen oder nur noch heftiger streiten. Dass sie gar nicht zu Hause ist. Oder mir bewusst nicht aufmacht. Ich dachte, ich wäre auf alle Eventualitäten vorbereitet. Aber das hier …

dass ein Typ bei ihr sein würde, ist wirklich das Letzte, womit ich gerechnet hätte. Ein Eimer Eiswasser hätte mich nicht kälter erwischen können.

Ich schüttle den Kopf, rede mir ein, dass das nichts bedeuten muss. Aber die Art, wie sie sich vor einer Sekunde umarmt haben, die Vertrautheit zwischen ihnen … All das lässt nur eine Erklärung zu: Sie haben die Nacht zusammen verbracht. Jetzt gibt Leo ihm auch noch einen Kuss. Nicht auf die Wange. Sondern auf seinen verdammten Mund. Eifersucht – glühend heiße, ekelhafte Eifersucht – schießt durch meine Adern, bringt das Blut darin zum Kochen. Meine Finger bohren sich in die Kuchenform. Ich will und kann mir das nicht länger ansehen und kneife die Augen zusammen. Dafür höre ich Leo jetzt aber lachen. Herzhaft und laut. Der Typ stimmt ein. Und das fühlt sich wie ein Tritt in die Eier an, weil ich derjenige sein will, der mit ihr lacht. Ich will Leos Gesicht zum Strahlen bringen.

Keine Ahnung, wann ich mich das letzte Mal so gefühlt habe. Ich kann die Eifersucht sogar in meinem Mund schmecken. Pelzig und bitter. Ergänzt durch ätzende Wut. Wut auf mich selbst, weil ich mich so dermaßen lächerlich verhalte. Ich hätte mit meinem Arsch zu Hause bleiben sollen. Stattdessen hocke ich stalkermäßig hinter diesem beschissenen Busch und beobachte, wie Leo exakt das tut, worum ich sie gebeten habe. Vergessen, was zwischen uns war. Und genau das werde ich jetzt auch tun. Ich steige wieder ins Auto, starre gegen das Wagendach und sammle mich einen kurzen Moment.

Im Augenwinkel sehe ich diesen Typen an mir vorbeigehen. Aus Reflex hätte ich mich beinahe geduckt. Was absolut lächerlich ist, schließlich weiß er überhaupt nicht, wer ich bin. Ich schüttle über mich selbst den Kopf. Was mache ich hier eigentlich? Ich bin zu Leo gefahren, um ihr die Kuchenform zu geben und mich zu entschuldigen. Nicht um ihr einen Heiratsantrag zu machen. Ob sie die Nacht mit diesem Typen oder sonst wem verbracht hat, geht mich nichts an. Und es ändert vor allem nichts daran, dass ich scheiße zu ihr war. Ich will aussteigen, um zu tun, weswegen ich gekommen bin, aber mein Ego ist gerade zu groß für die Tür. Leo nur zwei Tage nach unserem Kuss mit diesem Typen zu sehen, stört mich mehr, als es sollte. Außerdem könnte sie mich immer noch anbrüllen. Und mein Bedarf an Tiefschlägen ist für heute gedeckt.

Also bleibe ich sitzen und starte den Wagen – aber er springt nicht an. Ich versuche es noch mal. Nichts. Auch nicht, nachdem ich den Schlüssel rausgezogen und wieder reingesteckt habe. Der verdammte Motor kommt einfach nicht in Gang, obwohl er völlig normal klingt. Was zum Teufel soll das? Vor zehn Minuten war doch noch alles in Ordnung. Der Wagen ist vollgetankt. Und an der Batterie kann es auch nicht liegen – soweit ich das als Laie einschätzen kann. Jemand, der wirklich Ahnung davon hat, befindet sich keine zehn Meter von mir entfernt.

Ich müsste nur klingeln und Leo um Hilfe bitten. Aber der Schatten, über den ich dazu springen müsste, erscheint mir gerade unüberwindbar. Weil ich mich noch nicht bei ihr entschuldigt habe und das Timing echt beschissen ist. Das rede ich mir zumindest ein und begebe mich erst mal selbst auf Fehlersuche. Was ziemlich dämlich ist. Aber das hält mich nicht davon ab, den Hebel im Fußraum zu ertasten und die Motorhaube zu entriegeln. Ich steige aus und öffne sie, spüre den Dreck an meinen Fingern. Es fühlt sich schmierig und staubig an. Angeekelt betrachte ich die dunklen Schlieren an meinen Händen. Am liebsten würde ich sie mir sofort waschen. Stattdessen werfe ich einen genervten Blick in den Motorraum.

Von außen sieht alles unauffällig aus. Der Motor, die Batterie, der Kühler. Ich schaffe es sogar, die Behälter für die Brems- und Scheibenwaschflüssigkeit auseinanderzuhalten. Aber das war's dann auch schon mit meinen Kenntnissen. Mein Interesse an Autos beschränkt sich aufs Fahren. Ich reibe mir ratlos über die Stirn. Wenn Vater mich so sehen könnte, würde er stöhnend die Hände über dem Kopf zusammenschlagen.

Verdammt.

Wieso muss das ausgerechnet jetzt passieren? Als wollte eine höhere Macht verhindern, dass ich hier wegkomme. Kurz spiele ich mit dem Gedanken, den Wagen einfach stehen zu lassen und mit den Einkäufen zu Fuß nach Hause zu laufen. Nur wäre das Problem dadurch nicht gelöst, sondern nur auf später verschoben. Ich schiele zum Haus von Leos Eltern. Die Alternative wäre der Pannendienst – oder Mo. Einen Versuch ist es wert. Ich pule mein Handy aus der Hosentasche und wähle seine Nummer. Nach dem vierten Freizeichen knackt es endlich in der Leitung. «Hey, Aaron. Alles klar?»

«Geht so. Mein Auto springt plötzlich nicht mehr an. Bist du zufällig in der Nähe und könntest dir das mal ansehen?»

«Ähm … Bin gerade auf dem Sprung. Wo genau stehst du denn?»

«Fünf Minuten von mir zu Hause entfernt.»

«Warum fragst du nicht Leo?» Ich unterdrücke ein Stöhnen. «Die wohnt doch bei euch um die Ecke. Oder ist sie schon wieder im Hamburg?»

Das ist nicht die Antwort, auf die ich gehofft hatte, aber – ob es mir passt oder nicht – die logischste.

«Ja, hast recht … dann versuche ich es mal bei ihr.»

«Alles klar. Die kriegt den Wagen sicher wieder fit. Grüß sie von mir.»

«Sicher. Richte ich aus.»

Wir legen auf, und ich starre ein paar Sekunden lang das Auto an, als würde es durch pure Willenskraft wieder anspringen. Ein Wunder, auf das ich leider vergeblich warte. Leo ist meine einzige und vermutlich auch beste Option. Leise seufzend schiebe ich das Handy zurück in meine Hosentasche und mache mich auf den Weg zu ihr. Zehn Schritte, die sich wie der Weg zum Galgen anfühlen. An der Haustür angekommen, wappne ich mich mit einem tiefen Atemzug und drücke auf die Klingel.

Hallo Papa,

*gestern war der zweittraurigste Tag in meinem Leben seit
du nicht mehr da bist Papa. Küki ist gestorben. Als ich sie
gestern morgen füttern wollte lag sie in ihrem Nest und
hat sich nicht bewegt. Sie hat sich in meiner Hant ganz
kalt angefühlt. Wie ein Stein. Ich konnte ihren Herzschlag
nicht spüren. Jetzt frage ich mich was ich falsch gemacht
habe. Vileicht hat Aaron recht und ich hätte sie nicht mit
in die Werkstat nehmen sollen. Er denkt das es meine
Schuld ist das in der Werkstat irgendwelche Gase sind an
denen kleine Vögel sterben. Dabei war ich doch nur ganz
kurz da weil ich Küki dein Mortorad zeigen wollte. Ich
hab sie extra ganz vorsichtig in die Werkstat getragen.
Abends bei der Fütterung hat sie genauso viel gegessen
und getrunken wie sonst auch. Alles war normal. Aber
was ist wenn Aaron recht hat? Wenn ich Küki umge-
bracht habe. Genauso hat er es gesagt und mich dabei an-
geschrien. Ich habe so geweint das ich nichts sagen konnte.
Teddy und Mama meinten das Aaron es nicht so gemeint
hat. Wenn Menschen traurig sind kann es passieren das
sie gemeine Sachen sagen hat Lydia mir erklärt. Teddy
meinte das Kükis Tot nicht die Schuld von niemandem
ist und das Babyamseln großzuzien nicht leicht ist. Aber
ich fühle mich trotzdem schuldig. Weil Küki vileicht noch
leben würde wenn ich sie nicht durch die Gegent getragen
hätte. Ich bin eine schlechte Vogelmama.*

18
Leona

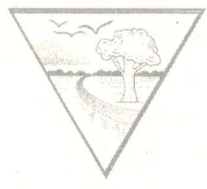

Ich bin in der Küche und räume die Überreste des Frühstücks weg, das ich hauptsächlich für Alex gemacht hatte. Ich selbst bekomme vor zwölf Uhr mittags außer Kaffee nichts runter. Es sei denn, ich war am Vortag feiern und habe Alkohol getrunken. Dann könnte ich gefühlt ein halbes Büfett verdrücken.

Nachdem die Spülmaschine eingeräumt ist, nehme ich die Treppe nach oben, um zu duschen und mich umzuziehen. Doch so weit komme ich erst gar nicht. Die Klingel der Haustür lässt mich auf der vierten Stufe innehalten.

Verwundert werfe ich einen Blick über meine Schulter. Ein Paketbote kann es nicht sein, da Mama alle Sendungen ins Hotel liefern lässt und ich nichts bestellt habe. Freunde oder Bekannte von Mama wissen, dass sie um diese Uhrzeit schon bei der Arbeit ist. Daher kommt eigentlich nur eine Person infrage: Alex.

Vermutlich hat er was vergessen. Oder ihm ist unterwegs aufgefallen, dass sein Zug doch erst später losfährt. Ich gehe zur Tür und öffne sie mit den Worten «Na, hast du was …»

Der Rest meiner Frage bleibt mir im Hals stecken, weil

Aaron vor mir steht. Mit Schmutz im Gesicht. Drei dunkle, fingerbreite schwarze Flecken laufen quer über seine Stirn und ein weiterer über seine Augenbraue. Erinnert ein wenig an Kriegsbemalung für Amateure. Stößt er gleich einen Schrei aus und geht auf mich los?

Er sieht so dermaßen bescheuert aus, dass ich am liebsten losprusten würde. Das Lachen kriecht bereits meine Kehle hoch, aber ich halte es mit aller Macht zurück. Ich bin immer noch sauer auf ihn. Weshalb ich einen Teufel tun werde, ihn, auf was auch immer er da im Gesicht hat, aufmerksam zu machen. Es sei denn, er überrascht mich mit einer ernst gemeinten Entschuldigung. Ist er deswegen hier? Um zuzugeben, dass er sich wie ein Riesenarsch benommen hat? Das wäre eine Premiere.

Ich verberge meine Hoffnung auf eine Entschuldigung hinter einer Maske der Gleichgültigkeit.

«Hast du dich verlaufen?» Fragend hebe ich eine Augenbraue. Keine Ahnung, wie ich es schaffe, in sein Gesicht zu sehen und dabei vollkommen unbeteiligt zu bleiben.

«Nein, hab ich nicht.» Aaron hat tatsächlich den Nerv, die Augen zu verdrehen. Was hat er denn erwartet? Dass ich ihn mit Luftschlangen und Konfetti empfange? «Sorry, dass ich einfach so hier auftauche», fährt er fort. Überraschenderweise ziemlich kleinlaut. Er tritt von einem Bein aufs andere. «Ich weiß, dass du gerade nicht besonders gut auf mich zu sprechen bist, aber ...»

«Aber?»

«Ich komme gerade vom Einkaufen, und das Auto springt plötzlich nicht mehr an. Ich hab einen Blick unter die Motorhaube geworfen ...» Daher also die Flecken. An der Vorderseite der Motorhaube sammelt sich gerne mal Dreck an. So sehr, wie er sich vor Schmutz ekelt, muss es ihn ganz schön Überwindung gekostet haben. «Aber wie du weißt, sind Autos nicht gerade mein Spezialgebiet.»

Entschuldigungen offenbar auch nicht, rutscht mir fast heraus. Aber ich schlucke den Vorwurf hinunter. Den hebe ich mir für einen späteren Zeitpunkt auf, weil er jetzt meine Hilfe braucht, auch wenn er das nicht direkt gesagt hat.

«Wo steht das Auto?», frage ich.

«Neben eurem Haus …» Ich folge dem Fingerzeig zum Busch, von dem der Wagen verdeckt wird.

Mich durchzuckt die Frage, warum er ausgerechnet da steht. Hier kommt er gar nicht vorbei, wenn er vom Einkaufen direkt nach Hause fährt. «Okay, ich sehe ihn mir mal an», sage ich stattdessen.

«Echt?» Seine Augenbrauen treffen sich fast mit seinem Haaransatz. Er wirkt so überrascht, dass ich das nicht unkommentiert lassen kann.

«Als ob dir nicht klar war, dass ich dir helfen würde.»

Er zuckt mit den Schultern. «Ehrlich gesagt habe ich erwartet, dass du es mir schwerer machst.»

«Ich hatte tatsächlich kurz darüber nachgedacht, dich auf Knien rumrutschen zu lassen. Aber das hätte nur neugierige Blicke der Nachbarn auf sich gezogen und womöglich noch Gerüchte entfacht, du hättest mir einen Antrag gemacht. Darauf kann ich gut verzichten», scherze ich und ärgere mich in der nächsten Sekunde. Fast hätte ich vergessen, dass ich ihm böse bin. Aaron soll bloß nicht auf die Idee kommen, es wäre alles beim Alten. Wobei das eigentlich der Fall ist, wenn wir uns streiten.

«Dann hab ich ja noch mal Glück gehabt.» Aarons Mund-winkel zucken, als würde auch er sich ein Lachen verkneifen.

Schnell reiße ich den Blick von ihm und den Flecken in seinem Gesicht los. Ich binde den Gürtel meines Morgen-mantels zu und schlüpfe in Mamas Hausschlappen. «Dann los.»

Aaron blinzelt irritiert. Als ihm klar wird, dass ich vor-habe, in diesem Outfit aus dem Haus zu gehen, sieht er mich an, als würde mir soeben eine zweite Nase wachsen.

Wenn Aaron nur wüsste, wie *er* gerade rumläuft. Hätte er sich vor zwei Tagen nicht so scheiße verhalten, würde ich es ihm sagen und anbieten, sich in unserem Badezimmer das Gesicht zu waschen. Aber das kann er vergessen. Au-ßerdem finde ich die Vorstellung, dass er sich später so im Spiegel sieht, viel zu amüsant.

Ich ziehe die Haustür hinter mir zu und begleite Aaron zu seinem beziehungsweise Teddys Wagen. Im Kopf gehe ich bereits die häufigsten Gründe für Startprobleme durch. Leere Batterien und fehlender Kraftstoff stehen ganz weit oben auf der Ursachen-Liste. Da ist es nur logisch, Aaron zu fragen, ob er getankt hat.

«Natürlich, was denkst du denn?», antwortet er und sieht mich entrüstet an. Als hätte ich seine Intelligenz beleidigt.

«Und du hast auch nicht versehentlich Diesel anstatt Benzin getankt?»

«Nein, hab ich nicht», nun klingt er eindeutig genervt.

Ich schnaube. Weil diese Reaktion auf eine harmlose Frage so typisch für Männer ist. Besonders wenn sie die von einer Frau gestellt bekommen. Wann immer ich Teddy in der Werkstatt aushelfe, muss ich mich mit sexistischen

Idioten abgeben, die entweder meinen, alles besser zu wissen, oder sich allein von der Tatsache provoziert fühlen, dass ihr Wagen von einer Frau repariert wird. Teddy hat mir immer freigestellt, ob ich solche Kunden annehme oder sie wegschicke. Bis auf ein oder zwei Mal habe ich mich zusammengerissen und meinen Job gemacht. Und das hab ich auch jetzt vor, weshalb ich Aarons lächerliches Verhalten ignoriere.

«Okay. Dann höre ich mir mal den Motor an.» Das Geräusch beim Anlassen lässt oft schon Rückschlüsse auf das Problem zu. «Es könnte an der Batterie liegen.»

«Obwohl die Lampen am Armaturenbrett leuchten?», fragt Aaron.

«Eine leere Batterie kann durchaus noch ausreichend Spannung für das Armaturenbrett haben.»

«Ach so ... Okay.»

«Hat der Anlasser denn eher langsam beziehungsweise schwerfällig gearbeitet oder überhaupt keine Umdrehungen mehr geschafft?» Ich setze mich hinters Steuer und schließe die Tür.

Aaron nimmt auf der Beifahrerseite Platz. «Er hat sich ganz normal angehört. Glaube ich zumindest.»

Um mir selbst ein Bild zu machen, drehe ich den bereits – oder noch – steckenden Schlüssel im Zündschloss. Die Lämpchen des Armaturenbretts leuchten auf, und der Motor klingt ganz normal. Dennoch springt das Auto nicht an. Erneut gehe ich im Kopf meine Checkliste durch: «Die Batterie kann es nicht sein. Vielleicht der Anlasser? Aber der verliert nicht von jetzt auf gleich seine Funktionalität. Der Verschleiß hätte sich angekündigt. Zum Beispiel mit klackernden Geräuschen, die mir bei den Fahrten ins Krankenhaus definitiv aufgefallen wären. Außerdem braucht ein kaputter Starter mehrere Anläufe, bis der Motor anspringt und dann irgendwann gar nicht mehr geht. Auch das wäre mir aufgefallen. Die Elektrik und das Zündschloss funktionieren. Die Zündkerzen oder die Kraftstoffpumpe könnten defekt sein. Wenn die Kraftstoffpumpe keinen Kraftstoff in den Brennraum befördert oder der Zündfunke für die benötigte Explosion fehlt, würde der Motor zwar versuchen zu starten, es aber nicht schaffen. Dabei hört sich der Zündvorgang normal an.»

«Das klingt nicht, als ließe sich das hier und jetzt beheben», sagt Aaron, und ich zucke heftig zusammen. Ich war so in meine Gedanken vertieft, dass ich ihn komplett vergessen habe.

«Gott, hast du mich erschreckt.»

«Sorry, ich dachte ... Hast du gerade Selbstgespräche geführt?» Er klingt verwundert.

«Anscheinend.»

In seinen Augen glimmt etwas auf, das ich im ersten Moment für Belustigung halte, bis ... «Ich hatte ganz vergessen, *wie* gut du dich tatsächlich mit Autos auskennst.»

Verlegenheit bringt meine Wangen zum Glühen. «Das sind doch nur Vermutungen. Vielleicht liege ich mit meiner Diagnose auch komplett falsch», sage ich und hasse mich dafür. Warum tue ich das? Warum mache ich auf Imposter und spiele meine Fähigkeit herunter, anstatt zu sagen: *Ja! Ja, ich bin gut. Ich bin sogar verdammt gut!* Denn das bin ich, und es gibt keinen Grund, an meinen Fähigkeiten zu zweifeln. «Aber ich bekomme den Motor schon wieder hin», fahre ich selbstbewusster fort. «Es sei denn, du willst, dass sich Mo und ...»

«Gerne», unterbricht er mich. «Wenn's dir keine Umstände macht.»

Im Gegenteil. Mir fehlt die Arbeit in der Werkstatt, das Schrauben an Autos, dieses befriedigende Gefühl, etwas, das zuvor kaputt war, wieder zum Laufen gebracht zu haben. Es gibt kaum etwas Schöneres. Aber das behalte ich für mich und antworte nur: «Nein. Ist schon okay.» Ich zucke mit den Schultern. Gebe mich ungerührt, obwohl sein Lächeln und die Art, wie er mich dabei ansieht, meinen Herzschlag kurz aus dem Takt bringen. Daran können selbst die Schmutzstriemen auf seiner Stirn nichts ändern.

«Danke, Leo. Danke, dass du mir hilfst. Trotz allem.» Sein hinterhergeschobenes «Trotz allem» ist wie ein Weckruf. Ein schrilles Klingeln, das mich wachrüttelt und an unseren Streit erinnert. Daran, wie mies er mich behandelt hat und dass ich noch immer jedes Recht habe, sauer auf ihn zu sein.

«Da ich sowieso vorhabe, in Teddys Werkstatt auszuhelfen, bist du ein Kunde wie jeder andere. Und ich bin durchaus in der Lage, Privates von Beruflichem zu trennen.»

Aarons Kiefer spannt sich an. Der Seitenhieb hat wohl gesessen. Zumindest hat es ihm die Sprache verschlagen. Der perfekte Moment für mich, um zu gehen. «Am besten lässt du das Auto in die Werkstatt abschleppen. Ich melde mich, wenn du es abholen kannst.» Mit diesen Worten drehe ich mich zur Tür und fasse nach dem Griff, aber Aaron hält mich auf.

«Warte!»

Ich halte in der Bewegung inne, spüre, wie mein Puls in die Höhe schnellt. «Worauf?»

«Ich ... muss ... will mich noch entschuldigen.» Er atmet aus, als hätte er hundert Kilo gestemmt.

Meine Finger gleiten vom Türgriff, ich drehe mich wieder zu ihm um. Langsam und voller Skepsis, als müsste ich auf der Hut sein, begegne ich seinem Blick. Doch der reumütige Ausdruck in seinen Augen klärt jeden Zweifel, ob er es wirklich ernst meint. Schnösel-Arschloch-Aaron scheint sich zum ersten Mal in meinem Leben bei mir entschuldigen zu wollen.

19
Aaron

Ich kann Leo nicht gehen lassen, ohne ihr zu sagen, dass es mir leidtut. Nicht nachdem sie mir, ohne zu zögern, geholfen hat, obwohl sie anscheinend immer noch sauer auf mich ist.

Du bist ein Kunde wie jeder andere.

Zu behaupten, der Spruch hätte mich nicht getroffen, wäre gelogen – aber das war ja auch der Sinn der Sache. Leo wollte mir mein Verhalten mit gleicher Münze heimzahlen. Wenn ich es dabei belasse, wären wir quasi quitt. Aber das reicht mir nicht.

Leo sieht mich abwartend an. Ihr Körper ist angespannt, als würde sie damit rechnen, jeden Moment vor mir flüchten oder sich verteidigen zu müssen. Das komplette Gegenteil von vor zwei Tagen, als sie sich an mich geschmiegt und sich in meinen Armen so verdammt weich und perfekt angefühlt hat.

«Wofür möchtest du dich entschuldigen?» Leos Frage reißt mich aus meinen Erinnerungen.

«Dafür, dass ich dich nach unserem Kuss wie Luft behandelt habe.»

Leos Haltung entspannt sich ein wenig, ihre Gesichtszüge werden weicher.

«Mein Verhalten war kindisch. Und scheiße. Tut mir leid.» Ich drehe mich zur Rückbank, greife mir die Kuchenform mit den Smarties und halte sie ihr hin. «Hier … als kleine Wiedergutmachung.»

Ein Lächeln huscht so schnell über ihr Gesicht, dass es mir fast entgangen wäre. Als hätte sie sich ermahnt, ihre Freude nicht zu zeigen. Wobei ich mir nicht sicher bin, ob sie sich überhaupt freut, so skeptisch, beinahe misstrauisch, wie sie jetzt von mir zur Form und wieder zurück blickt.

«Wenn du von Wiedergutmachen sprichst … was genau heißt das, Aaron?»

Ich runzele die Stirn.

«Ich meine: Wie lange hält diese Entschuldigung an? Denn wenn du in drei Tagen schon wieder scheiße zu mir bist oder irgendeine Belanglosigkeit als Aufhänger nimmst, um einen Streit anzuzetteln, bin ich raus. Dann werde ich deine Entschuldigung zwar an-, aber ganz sicher nicht ernst nehmen.»

«Was?» Verständnislos starre ich sie an. «Wieso sagst du so was?»

«Weil es zwischen uns nun mal so läuft. Wir vertragen uns, nur um dann wieder zu streiten. Was in neunzig Prozent der Fälle von dir ausgeht, Aaron. Und … und das belastet mich.» Der letzte Satz kommt nur noch leise über ihre Lippen. Aber die sanfte Wucht dahinter nimmt mir den Wind aus den Segeln. Leo hat sich mir gegenüber noch nie so verletzlich gezeigt. Nicht freiwillig. «Also bitte entschuldige dich nur, wenn du es auch wirklich so meinst, Aaron.»

«Wenn ich es nicht ernst meinen würde, wäre ich nicht hier, oder?»

«Du wärst doch längst zu Hause, wenn das Auto angesprungen wäre. Hattest du überhaupt vor, dich zu entschuldigen?»

Die Angriffslust ihrer Worte geben meinen Segeln neuen Auftrieb. Ich spüre Hitze in meinem Hals aufsteigen, fühle mich ertappt und ungerecht behandelt zugleich. Ja, ich habe einen Rückzieher gemacht. Aber nur weil ich sie mit diesem Typen gesehen habe. Doch das kann ich ihr nicht vorwerfen, ohne wie ein eifersüchtiger Idiot rüberzukommen. Also umgehe ich ihre Frage, indem ich den Spieß umdrehe. Angriff war bei Leo schon immer die beste Verteidigung.

«Warum kannst du nicht einfach Danke sagen, anstatt anzuzweifeln, dass meine Entschuldigung ernst gemeint ist.»

Wie auf Knopfdruck verziehen sich ihre Lippen zu einem Lächeln aus scharfen Linien und Bissigkeit. «Danke für die Smarties.»

«Wow, das kam ja so richtig von Herzen.» Meine Stimme trieft vor Ironie. Keine Ahnung, was mich gerade mehr anpisst. Dass Leo es mir so schwer macht oder dass sie mit ihrem Vorwurf voll ins Schwarze getroffen haben könnte.

«Siehst du?» Sie gibt einen spöttischen Laut von sich, der meine Halsschlagader nur noch mehr pulsieren lässt.

«Siehst du ... was?»

«Du bekommst nicht mal eine Entschuldigung hin, ohne dich mit mir zu streiten.»

«Du hast den Streit doch angefangen. Ich wollte mich lediglich entschuldigen.»

«Nur ist deine Entschuldigung nichts anderes als ein getarnter Waffenstillstand, den du kurze Zeit später ohne Vorwarnung brichst, um auf mich loszufeuern.»

«Wer feuert hier denn gerade auf wen los?», fahre ich sie empört an.

«Ich feure nicht, ich versuche, dir zu erklären, warum ich deinem Wiedergutmachungsversuch skeptisch gegenüberstehe. Eine Wiedergutmachung oder Entschuldigung, der keine Taten folgen, ist nämlich nichts als heiße Luft.»

«Taten?» Nun bin ich es, der spöttisch auflacht. «Was denn für Taten? Was erwartest du? Dass wir beste Freunde werden, die regelmäßig zusammen abhängen und Kuchen backen?»

«Dass wir uns wie Erwachsene benehmen, Aaron! Man muss sich nicht mögen, um respektvoll miteinander umzugehen. Oder gibt es bei dir nur Freundschaft oder Feindschaft?»

Ich schüttle stumm den Kopf.

Leo seufzt. «Findest du es denn nicht auch furchtbar anstrengend, sich ständig zu streiten? Die letzten Tage haben doch gezeigt, dass wir auch anders können, und das war ... schön. Findest du nicht auch?»

Viel zu schön, rutscht es mir fast heraus. Weil ich schon wieder an unseren Kuss denken muss. Aber das ist wohl kaum der richtige Moment, um dieses Thema anzusprechen. Falls überhaupt. Leo scheint, was das angeht, jedenfalls keinen Redebedarf zu haben. «Ich kann es nicht ausstehen», antworte ich schließlich.

«Was? Harmonie?»

«Wenn du recht hast.» Ich versuche ernst zu bleiben, muss aber schmunzeln.

Ihre Mundwinkel zucken ebenfalls. «Kannst du das wiederholen?»

«Was?»

«Dass ich immer recht habe.»

«Wooow!» Ich hebe den Zeigefinger. «Nun werd mal nicht größenwahnsinnig, ja? Das Wort *immer* ist nie gefallen.»

«Du bist ganz schön kleinlich, weißt du das? Aber...», sie zögert einen kurzen Moment, bevor sie die Worte sagt, die ich so unbedingt hören will, «...ich verzeihe dir trotzdem.» Sie lächelt vorsichtig, aber versöhnlich.

Ich nicke erleichtert. «Du hast mich ganz schön zappeln lassen.»

«Du hast dich ja auch wie ein Arschgesicht benommen.»

Mein Mund öffnet sich zu einem Protest, den ich mir dann aber verkneife, weil Leo recht hat. Schon wieder. Aber auch das behalte ich für mich.

«Apropos Gesicht...» Kichernd klappt sie die Sonnenblende auf der Beifahrerseite runter und bedeutet mir, in den Spiegel zu sehen.

«Wieso, was...?» Der Rest meines Satzes bleibt mir im Hals stecken, als ich den Dreck auf meiner Stirn entdecke. «Urghhh...» Angewidert verziehe ich den Mund. «Hab ich das Zeug etwa schon die ganze Zeit im Gesicht?»

«Seit ich dir die Tür aufgemacht habe.» Sie gibt sich nicht mal Mühe, ihre Schadenfreude zu verbergen.

«Und dir ist nicht in den Sinn gekommen, mich darauf aufmerksam zu machen?»

«Doch.» Sie zuckt gleichgültig mit den Schultern. «Aber da war ich noch sauer auf dich, und du hattest dich noch nicht entschuldigt. Strafe muss sein.»

«Wie hinterhältig kann man bitte sein? Dir ist schon klar, dass du das zurückbekommst, oder?»

«Dir ist schon klar, dass es ziemlich unklug ist, der Person zu drohen, die dir als einzige unmittelbar Wasser und Seife zur Verfügung stellen kann.»

Verdammt. Die Vorstellung, auch nur eine Minute länger diesen Schmutz im Gesicht zu haben, lässt mich verstummen. Ich habe jetzt schon Gänsehaut am ganzen Körper und würde am liebsten duschen. Mir bleibt also nichts anderes übrig, als meine Zunge zu zügeln und meine Rachegelüste für mich zu behalten. Stattdessen setze ich ein übertrieben breites Grinsen auf. «Ich wäre dir sehr verbunden, wenn ich mir bei euch das Gesicht waschen dürfte.»

«Du darfst es dir danach sogar mit einem Handtuch abtrocknen.»

Ich lasse mich von dem amüsierten Funkeln in ihren Augen nicht provozieren. *Wer zuletzt lacht,* denke ich nur und nehme ihr Angebot schmunzelnd an.

20
Leona

«Brauchst du ein Peeling, oder reichen dir Wasser und Seife?»

Aaron antwortet mit einem Augenrollen, bevor er ins Gäste-WC verschwindet.

Leise lachend schlüpfe ich aus den Schlappen und lange nach dem Festnetztelefon, das auf der Kommode im Flur steht. Mit der Kuchenform und den Smarties in der anderen Hand gehe ich in die Küche. Ich habe nämlich spontan beschlossen, Smarties zu frühstücken. Die gehen immer. Auch vormittags um zehn. Nachdem ich drei kleine Schüsseln aus dem Schrank geholt und auf die Kücheninsel gestellt habe, hieve ich mich auf die Arbeitsplatte. Dann wähle ich Karls Nummer beziehungsweise die seines Abschleppdienstes. Dass er mich auf Anhieb erkennt, überrascht mich. Zum Glück fragt er nicht nach Teddy. Aber er scheint von dem Unfall gehört zu haben und bittet darum, ihm gute Besserung zu wünschen.

«Richte ich aus.» Ob er weiß, dass Teddy im Koma liegt? Ich frage nicht nach und komme wieder zum ursprünglichen Thema zurück: «Wann bist du ungefähr hier?»

«In einer Dreiviertelstunde bis Stunde. Ich klingele durch, wenn ich da bin.»

Wir verabschieden uns, und ich lege das Telefon auf den Tresen. Neben die Schüsseln, die darauf warten, mit Smarties befüllt zu werden. Natürlich nach Farben sortiert. Auch wenn Lissa und Calla nicht da sind, um die blauen und gelben zu essen. Ich werde sie für meine Freundinnen aufbewahren. Zumindest so lange, wie mein Vorrat an grünen Smarties ausreicht.

Mein Mund verzieht sich zu einem Lächeln, weil ich Aarons Geste *trotz allem* unglaublich süß finde. Bisher hat mir noch kein Typ Smarties geschenkt. Die wenigsten wissen überhaupt, dass ich diese Dinger liebe, weil sie es nicht bewusst wahrnehmen. Aaron hingegen schon. Und obwohl das vermutlich keine große Sache ist, rührt es mich. Vorhin im Auto wollte ich ihm das nur nicht zeigen. Weil ich ihm die Entschuldigung anfangs nicht abgekauft habe – und sie im Nachhinein nicht so schnell hätte annehmen sollen. Oder? Vielleicht wäre es besser gewesen, über den Kuss zu reden, anstatt ihn totzuschweigen. Immerhin war er der Grund für ... was auch immer danach mit ihm los war.

«Hallo?» Aaron hat seine Gesichtsbehandlung anscheinend beendet.

«Küche!», rufe ich.

Die Erleichterung ist ihm förmlich auf die frisch gesäuberte Stirn geschrieben, als er den Raum betritt.

«Oh, hi, ich hätte dich fast nicht erkannt», scherze ich, um die lockere Stimmung von eben aufrechtzuerhalten.

«Ich mich auch nicht, als ich eben in den Spiegel gesehen habe.» Die Arme vor der Brust verschränkt, lehnt er sich neben mich an den Küchentresen und hebt eine Augenbraue. Sein Blick ist anklagend, aber das Funkeln in seinen Augen hebt die Strenge wieder auf. «Das war überhaupt nicht nett.»

«Dafür war ich jetzt so nett, schon mal den Abschleppdienst zu rufen.»

«Danke. Aber du glaubst nicht ernsthaft, dass ich das als Wiedergutmachung akzeptiere.»

«Ich hätte noch Smarties im Angebot.»

«Die ich dir gekauft habe.»

Klackernd schütte ich sie in die Schüssel. «Du bekommst noch einen Kaffee dazu.»

«Nehm ich. Quitt sind wir trotzdem noch nicht.»

«Für mich bitte einen Latte macchiato. Tassen findest du in der Schublade rechts neben der Kaffeemaschine», erwidere ich grinsend. Ich liebe es, meine Grenzen auszutesten – besonders bei Aaron, der einen Laut irgendwo zwischen Lachen und Schnauben von sich gibt.

«Na warte ...», murmelt er vor sich hin. Dass er sich dabei in der Küche umschaut, entgeht mir nicht. Dabei steht der Kaffeeautomat genau in seinem Blickfeld.

«Wonach suchst du?»

Keine Antwort. Nur ein vielsagendes Schmunzeln und der Schalk, der in seinen Augen aufblitzt.

Er führt eindeutig was im Schilde. «Was auch immer du vorhast, Aaron. Lass es lieber bleiben.»

«Ist das eine Drohung?»

«Eher eine Warnung.»

«Okay ...» Er tritt betont beiläufig zur Spüle.

«Okay ... was?»

«Okay, ich lasse es darauf ankommen.»

Wie meint er das? Und warum sieht er so selbstzufrieden dabei aus? Ich greife vorsichtshalber nach dem Küchenhandtuch. Was ich damit anrichten will, weiß ich ehrlicherweise selbst nicht genau. Ich könnte nicht mal richtig nach ihm werfen und lege es wieder weg.

«Was hattest du vor?» Amüsiert deutet Aaron auf den blau karierten zusammengeknüllten Stoff. «Wolltest du mich damit vermöbeln?»

Ich kämpfe gegen das Zucken meiner Mundwinkel an, während ich von ihm wegrutsche und mit der Hand über die Anrichte taste. Aber alles, was meine Finger erfühlen, ist eine überreife Tomate in der Obstschale, während sich Aarons Hand der herausziehbaren Brause des Wasserhahns nähert.

Ach du Scheiße.

Meine Augen weiten sich. «Aaron! Nein!»

«O doch!» Er nimmt die Brause aus der Halterung und richtet sie auf mich.

«Du setzt die ganze Küche unter Wasser.»

«Nicht wenn ich nur mal kurz auf dich ziele.»

Verdammt. Er meint es tatsächlich ernst. «Ich … ich hab aber ein weißes Nachthemd an und nichts drunter.»

Kurz lässt Aaron seinen Blick tiefer rutschen. Dann sieht er mir wieder in die Augen und grinst wissend. «Netter Versuch. Aber dein dunkler BH schimmert durch den Stoff. Abgesehen davon wäre das fast ein Grund mehr, dich nass zu machen.»

«Das wagst du nicht.»

«Wollen wir wetten?»

Auf der Suche nach einem erfolgversprechenderen

Wurfgegenstand als der Tomate sehe ich mich hilflos in der Küche um. Jedoch vergeblich, weshalb ich sie seufzend zurück in die Obstschale lege und kapitulierend beide Hände hebe. «Okay. Du hast gewonnen.»

Aaron grinst triumphierend, die Brause noch immer auf mich gerichtet.

«Tu das nicht, Aaron.»

«Was bekomme ich dafür?»

«Ich lasse dich leben», drohe ich trocken.

Er schüttelt nur mitleidig den Kopf.

«Aaron? Ich warne dich!» Keine Ahnung, wieso ich dabei lachen muss. Vermutlich, weil ich mir nicht wirklich vorstellen kann, dass er seine Drohung wahr macht. Dazu ist Aaron viel zu schnöselig. Viel zu vorhersehbar. Viel zu … langweilig. Oder? Sicherheitshalber rutsche ich von der Anrichte. «Nimm sofort das Ding runter.»

«Sonst was?»

«Sonst räche ich mich schlimmer, als du es dir in deinen Albträumen ausmalen kannst.»

«Kann es kaum erwarten.»

Und bevor ich irgendwie reagieren kann, stellt der Mistkerl das Wasser an.

21

Aaron

Mein Lachen ist so laut, dass mich vermutlich die ganze Nachbarschaft hört. Ich habe das Wasser nur kurz angestellt, Leo dafür aber mitten ins Gesicht getroffen. Sie wedelt mit den Armen und schnappt wie ein an Land gespülter Fisch nach Luft. Stotternd versucht sie mir nun etwas mitzuteilen. »Du … du … du …«

»Ich was …? Sprich dich aus.«

Sie wischt sich mit der Hand übers Gesicht und blinzelt Wasser aus den Augen. »Das bekommst du so was von zurück, Aaron!« Den ersten Schock scheint sie überwunden zu haben. «Doppelt und dreifach!» Plötzlich macht sie einen Satz zum Kühlschrank und öffnet ihn.

Als ich sehe, dass sie ein Ei herausholt, lasse ich sofort die Brause los und flüchte ins Wohnzimmer. Ich öffne die Glastür zur Terrasse und eile in den angrenzenden Garten. Taktisch wäre es vermutlich klüger gewesen, drinnen zu bleiben und mich auf eines der beiden Sofas zu setzen. Denn ich glaube kaum, dass Leo in Kauf genommen hätte, die Polster mit rohem Ei vollzuschmieren. Und vermutlich könnte ich Leo das Ei ohne große Mühe auch einfach wegnehmen, aber wo bliebe denn dann der Spaß?

»Mit Essen spielt man nicht«, rufe ich ihr von der anderen Seite des Blumenbeets zu, als sie lachend den Garten betritt.

»Das hier ist kein Spiel, sondern bitterer Ernst!«

Ich bin trotzdem entschlossen zu gewinnen. Jedes Mal, wenn sie mir auf ihren nackten Füßen entgegentippelt, wechsele ich die Richtung, was sie irgendwann ganz schön außer Puste bringt. Leos Wangen glühen, und ihr Brustkorb hebt und senkt sich schwer.

»Ich krieg dich schon«, japst sie – und rutscht im nächsten Moment aus. Sie rudert mit den Armen, kann einen Sturz jedoch nicht verhindern und landet unsanft auf dem Hintern. *Autsch.*

»Bist du okay?« Ich eile zu ihr, gehe in die Hocke. »Hast du dir wehgetan?«

»Glaub, ja … Mein Fuß.« Schmerz verzerrt ihr Gesicht. »Kannst du mir hochhelfen?«

»Klar, komm her.« Nicht sicher, ob Leo überhaupt laufen oder richtig auftreten kann, will ich sie in meine Arme heben, doch sie winkt ab.

»Gib mir einfach deine Hand, das geht schon.«

Vorsichtig ziehe ich sie hoch – und habe im nächsten Moment ein zermatschtes Ei im Haar. Glibber läuft zäh an meiner Schläfe hinunter. Ich erschauere.

»Haha! Reingelegt«, höre ich Leo voller Schadenfreude trällern.

Irgendwie schaffe ich es, meinen Ekel abzuschütteln und nach ihr zu greifen. Aber sie windet sich so geschickt um ihre eigene Achse, dass ich statt ihres Arms plötzlich nur noch den Stoff ihres Bademantels in der Hand halte. Nun bin ich es, der sie verfolgt. Zurück ins Wohnzimmer. In den Flur. Die Treppe hinauf. Und ins Badezimmer – wo sie unter die Dusche springt. Schwer atmend und mit einem teuflischen Grinsen auf den Lippen, richtet sie den Duschkopf wie eine Pistole auf mich. Bereit, sie jederzeit abzufeuern.

Angriffslust und Entschlossenheit funkeln in ihren Augen. «Jetzt bist du fällig.»

«Nur zu.» Ich gebe mich ungerührt und zucke mit den Schultern. Wenn sie glaubt, dass es mich nicht stört, von ihr nass gemacht zu werden, verliert sie vielleicht das Interesse. «Nach deiner hinterhältigen Aktion brauche ich eh eine Haarwäsche.»

Mein Bluff scheint aufzugehen, so wie sich ihre Augenbrauen zusammenziehen. Es ist nur ein kurzes Zucken. Ein Aufflackern von Verunsicherung, das erlischt, als sie mich durchschaut.

Doch anstatt mich nass zu spritzen, tut sie etwas völlig Unerwartetes.

«Worauf wartest du dann noch?» Sie hängt den Duschkopf über sich in die Halterung und lässt tatsächlich das Wasser laufen. Während sie selbst noch druntersteht. Ich bin so perplex, dass es mir die Sprache verschlägt. Ich starre Leo einfach nur an. Wasser verfängt sich in ihren langen Wimpern, rinnt über ihre Wangen, ihre Lippen, ihren Körper. Das kupferrote Haar wird dunkel und schwer von Feuchtigkeit. Der Stoff ihres Nachthemds saugt sich voll und klebt an Leos Haut. Als mir klar wird, dass ich sie ungeniert angaffe, reiße ich den Blick von ihren Hüften los und schaue ihr wieder in die Augen. Kein Funkeln mehr. Sondern ein Leuchten. Sie schluckt. Genau wie ich, als ich gegen das Verlangen ankämpfe, mich zu ihr zu stellen. Aber meine Beine setzen sich wie von selbst in Bewegung. Die Anziehung ist zu groß und die Erinnerungen an unseren Kuss zu gut. Ohne den Blick abzuwenden, ziehe ich mir lediglich Schuhe und Socken aus, bevor ich die Dusche betrete. Mein Hemd, meine Hose und die Boxershorts sind binnen Sekunden durchnässt. Aber das ist mir egal. Wie so vieles, wenn ich mit ihr zusammen bin. Ich baue mich dicht vor ihr auf und sehe auf sie hinab.

«Unentschieden.» Ein Lächeln, das ich am liebsten von ihren feuchten Lippen küssen würde, bringt diese süßen kleinen Fältchen in ihren Augenwinkeln zum Vorschein. «Jetzt sind wir beide nass.»

«Wie scharfsinnig beobachtet von dir.»

«Liegt die Betonung auf ‹scharf› oder ‹sinnig›?»

Leise lachend schüttle ich den Kopf. So eine Frage kann auch nur von Leo kommen. «Auf beidem natürlich.»

«Gute Antwort.» Sie spricht ganz leise, und … war ihr Gesicht meinem eben auch schon so nah?

Ich neige den Kopf, nähere mich langsam ihren halb geöffneten Lippen – und halte inne.

Leo bemerkt mein Zögern. Verlegenheit spiegelt sich in ihren Zügen, und sie weicht zurück.

Gott, was machst du?, dröhnt es in meinem Kopf. Das Letzte, was ich will, ist, sie schon wieder zu verunsichern oder zu verletzen. Aber genau das hält mich davon ab, sie zu küssen.

«Verdammt, Leo.» Meine Stimme gleicht einem frustrierten Knurren. «Warum kannst du es mir nicht schwerer machen?»

«Dir was schwerer machen?»

«Dich zu mögen», gestehe ich.

«Du hast gerade nicht ernsthaft die M-Bombe geworfen, oder?» Sie würde vorwurfsvoll klingen, wenn nicht dieser Hauch von Ironie in ihrem Ton mitschwingen würde. «Heißt das etwa, dass Aaron Sanders mich mag?»

«Tu nicht so, als ob es dir nicht aufgefallen wäre.»

«Dann tu *du* nicht so, als ob du in den letzten fünfzehn Jahren nicht alles gegeben hättest, um mich vom Gegenteil zu überzeugen.»

Ich schlucke mein schlechtes Gewissen hinunter. Ein unbekömmlicher Kloß aus Reue, Neid und Eifersucht.

Leo verschränkt die Arme und sieht mir ins Gesicht. Ihr Ausdruck ist ernst. Keine Spur mehr von Ironie oder Spaß. Weder in ihren Zügen noch in ihrer Stimme, als sie fragt: «Warum sagst du mir das jetzt?»

«Damit du weißt, dass du mir wichtig bist, und dich daran erinnerst, wenn ...» *Scheiße.* Die Richtung, die ich hier gerade einschlage, gefällt mir nicht. Aber ich befinde mich bereits mitten in der Kurve und kann unmöglich noch den Rückwärtsgang einlegen. Jedenfalls nicht, ohne Leo komplett zu verwirren.

«Wenn was?», fragt sie.

«Wenn ich irgendwann wieder etwas tue oder sage, das dich verletzt.»

«Wenn du irgendwann wieder etwas tust oder sagst, das mich verletzt?» Ihre Augenbraue hebt sich. «Versuchst du hier gerade einen *Arschloch-Freifahrtschein* zu lösen?»

«Nein, ich … ähm …» *Doch, verdammt.* Genau das habe ich versucht. Weil ich mir selbst nicht über den Weg traue. Weil ich nicht in ihrer Nähe sein kann, ohne dass mich dieser eine verfluchte Moment in der Vergangenheit einholt. Und doch kann ich bei Leo ich selbst sein. Bei ihr kann ich meinen Emotionen freien Lauf lassen. Kann weinen und lachen. Sie holt mich aus meiner Komfortzone, bringt mich dazu, mit bloßen Fingern in Teig rumzumanschen und mich in voller Montur unter die Dusche zu stellen. Ich glaube, dass ich mich deshalb so zu ihr hingezogen fühle. Weil ihre Nähe mir guttut. Nur ändert das nichts an der Vergangenheit.

«Das sage ich nicht, um einen *Arschloch-Freifahrtschein* zu bekommen. Ich … stelle lediglich ein Warnschild auf», erkläre ich und verziehe das Gesicht. *Wie scheiße klingt das bitte?*

Kein Wunder, dass Leo die Stirn runzelt; offenbar denken wir gerade exakt das Gleiche. «Ein *Achtung-Arschloch!-Betreten-auf-eigene-Gefahr*-Warnschild?»

Treffender hätte ich es nicht formulieren können. «So was … in der Art. Trotzdem fände ich es schade, wenn du von nun an einen Bogen um mich machst.»

Sie seufzt. «Wie wäre es, wenn du einfach *kein* Arschloch bist? So wie jetzt – auch wenn du gerade echt schräge Sachen von dir gibst. Oder versuch, ein … ein nettes Arschloch zu sein. Wie vorhin, als du mich nass gespritzt hast. Mit Arschlöchern, die nur bellen und nicht beißen, kann ich umgehen.»

Mein Lachen vermischt sich mit dem leisen Plätschern des Wassers, das noch immer lauwarm auf uns herabregnet.

Ich streiche ihr eine feuchte Strähne hinters Ohr. Als ich spüre, wie sie unter dieser sanften Berührung erschauert, verstummt mein Lachen, und der Drang, sie zu küssen, ist wieder da. Ich beuge mich zu ihr hinunter. Nur ein bisschen, um ihr in die Augen sehen zu können. Tief und herausfordernd. «Wie kommst du darauf, dass ich dich nicht beißen würde, Leona?»

«Würdest du?»

«Wenn du mich darum bittest.»

Sie schnaubt leise. «So einfach bist du also gestrickt. Ich bitte, und du lieferst? Hätte ich das mal eher gewusst.»

Trotz der zunehmenden Hitze, die in mir aufwallt, muss ich schon wieder lachen. «In gewissen Situationen bin ich tatsächlich ziemlich pflegeleicht.»

«In Situationen wie diesen?»

«Besonders in Situationen wie diesen.»

Leo beißt sich auf die Unterlippe. Ihr Blick gleitet zu meinem Mund und verweilt dort. Mein Herz schlägt hart und schnell in meiner Brust. Als würde es anstatt Blut pures Verlangen durch meine Adern pumpen. Ich warte darauf, dass sie wieder näher kommt, auf irgendetwas, das mir signalisiert, dass sie das hier auch will. Als sie mir stattdessen den Rücken zukehrt, durchfährt mich Enttäuschung – bis sie mir einen auffordernden Blick über die Schulter zuwirft.

«Dann kommt hier meine erste Bitte: Zieh mich aus!»

O Gott, meint sie das ernst? Sie hebt herausfordernd die Augenbrauen, und ich muss den Impuls unterdrücken, sie an mich zu reißen. Mein Gehirn setzt aus. Ich weiß grad nicht, was mich mehr anmacht: der Gedanke, sie gleich nackt zu sehen, oder ihre unverblümte Art, mir zu sagen, was sie will. Ich hebe meine Hand zu ihrem Rücken, streiche ihr Haar zur Seite und die Träger ihres Nachthemds von den Schultern. Dann schiebe ich den feuchten Stoff langsam, Stück für Stück, hinunter bis über ihre Hüften. Von dort erledigt die Schwerkraft den Rest. Mit den Fingern am Verschluss ihres BHs halte ich inne und suche wieder ihren Blick. Leo nickt, und einen Augenblick später landet auch der BH auf dem Boden der Dusche.

Nackt bis auf den Slip dreht sie sich zu mir um. Ich lasse meinen Blick über ihren feucht schimmernden Körper gleiten – verharre kurz bei dem Tattoo zwischen ihren Brüsten, drei feine Linien, verbunden zu einem Dreieck mit einem Baum und drei Vögeln darin –, bevor ich ihn wieder zu ihrem Gesicht zurückkehren lasse. Mein Herz springt mir fast aus der Brust. Und so wie Leo mich unter halb gesenkten Lidern ansieht, scheint sie sich ihrer Wirkung auf mich mehr als bewusst zu sein.

«Den Slip auch», befiehlt sie nun leise. Drei kleine Worte. Mehr braucht es anscheinend nicht, um jeden Nerv in meinem Körper explodieren zu lassen. Ohne den Blick von ihrem zu lösen, gehe ich in die Knie und schiebe ihr den Slip von den Hüften. Sie stützt sich auf meinen Schultern ab, hebt erst das rechte, dann das linke Bein an, damit ich ihn von ihren Füßen streifen kann. Mein Blick rutscht tiefer. Über Leos Bauch, ihre Hüften und Schenkel. Zu ihrer Mitte. So dicht vor meinem Gesicht, dass ich ihren Duft wahrnehme.

Ich ziehe scharf die Luft ein, beiße die Zähne aufeinander. Weil ich sie so dringend berühren, sie so dringend mit meinem Mund verrückt machen will. Nur bin ich mir nicht sicher, wie weit sie hier und jetzt mit mir gehen möchte. Bislang haben wir uns nur ein einziges Mal geküsst. Also zwinge ich mich zur Beherrschung, richte mich langsam wieder auf. Doch kaum dass ich aufrecht stehe, presst sich Leos nackter Körper gegen meinen. Unsere Lippen und Zungen treffen sich hektisch. Weil es diesmal kein vorsichtiges Herantasten gibt. Kein sanftes Erkunden oder spielerisches Necken. Wir küssen uns, als wäre es schmerzhaft, es noch länger hinauszuzögern. Zumindest geht es mir so, weil ich seit dem Kuss in der Küche an nichts anderes mehr denken kann. Und Leo scheint es ähnlich zu gehen. Ihr Mund verschlingt mich förmlich, sie umklammert meinen Hals, vergräbt ihre Finger in meinem Haar und wölbt sich mir entgegen. Ich stöhne und presse sie noch enger an mich und meine Erektion. Und als sie anfängt, sich an mir zu reiben, küsse ich sie härter, tiefer.

Gott, ich brauche mehr. Ich brauche alles. Ohne den Kuss zu unterbrechen, lasse ich meine Hände die sanften Kurven ihrer Taille hinabfahren. Dann langsam wieder rauf. Über ihren Rippenbogen. Ich spüre Gänsehaut unter meinen Fingern, Schauer, die sie durchzucken, und ihren wummernden Herzschlag. Meiner geht mindestens genauso schnell, während meine Lippen über ihren Kiefer streichen, dem Schwung ihres Kinns folgen. Bis zu der Stelle, die ich mir gemerkt habe: der weichen Kuhle zwischen Kiefer und Ohrläppchen. Als ich dort leicht an ihrer Haut sauge, keucht Leo auf und erschaudert erneut. Heftiger diesmal. Ich ziehe eine heiße Spur zu ihrem Hals, während meine Hände zu ihren Brüsten gleiten. Meine Daumen streicheln über ihre steifen Nippel. Nur kurz, aber die Berührung lässt sie erbeben. Die Art, wie Leo ... wie ihr Körper auf jede meiner Liebkosungen reagiert, ist nicht nur unfassbar heiß, sondern auch absolut süchtig machend. Ich will mehr. Mehr von ihrer Gänsehaut. Mehr von diesen kleinen, erstickten Lauten aus ihrem Mund. Ich senke den Kopf zu den harten Spitzen ihrer Brüste. Eine nach der anderen nehme ich in den Mund – sauge, lecke und beiße. Mal sanft, mal grob, was Leo immer hektischer nach Luft schnappen lässt. Stöhnend greift sie nach meiner Hand. Ich erwarte, dass sie unsere Finger miteinander verschränkt. Doch stattdessen führt sie meine zu ihren Schenkeln und sieht mich dabei mit einem Ausdruck an, der mich Dinge fühlen lässt, für die es normalerweise mehr als einen Blick braucht. Der Druck in meiner Hose ist inzwischen beinahe unerträglich schmerzhaft.

Ich lasse meine Hand zwischen ihre Beine gleiten. Nähere mich langsam ihrer Mitte. Fahre mit zwei Fingern durch ihre Hitze, tauche in sie ein. Vorsichtig. Tiefer und tiefer. Dann halte ich inne, will den Moment noch etwas hinauszögern, sie reizen.

«Aaron ...» Leo drängt sich stöhnend meiner Hand entgegen. «Nicht ... aufhören.»

«Ich fange gerade erst an», knurre ich an ihren Lippen und gebe ihr, was sie braucht. Ich streichle und massiere ihr Innerstes, beobachte dabei das Spiel ihrer Mimik. Lust. Erregung. Genuss. Hingabe. Sanfte Röte überzieht ihre Wangen. In ihren Augen schimmert das Verlangen nach mehr. Sie wiegt die Hüften im gleichen Rhythmus, in dem sich meine Finger in ihr bewegen. Und als mein Daumen ihre Klitoris berührt, sie sanft stimuliert, gibt Leo den heißesten Laut von sich, den ich je gehört habe. Kein Schrei. Kein Stöhnen. Kein Winseln. Es ist ein pures Flehen.

Mit meinem Mund und meiner Zunge beginne ich, jede Kurve und Linie ihres mit Gänsehaut und Wasser überzogenen Körpers nachzuzeichnen. Die ihres Schlüsselbeins, ihrer Brüste und ihres Bauches. Ich sinke auf die Knie, meine Zähne schaben über ihre Hüfte. Wie vorhin trifft mich brutales Verlangen, als ich ihren Duft einatme. Ich umfasse ihren Hintern, bringe sie in eine für uns beide perfekte Position. Und Leo sieht mir unter halb gesenkten Lidern zu. Wie ich ihr Bein anhebe und es angewinkelt auf meine Schulter lege. Wie ich sie erst betrachte und dann den Mund an sie presse. Wie meine Zunge durch ihre Hitze und über ihre Klitoris gleitet. Sie langsam umkreist. Ein sanftes Saugen lässt Leos Becken zucken. Sie fängt an zu zittern. Stöhnt und wimmert. Immer lauter. Mein eigenes Stöhnen wird von ihrer Mitte gedämpft, die sich gegen meinen Mund und meine Zunge drängt. Ich sauge fester, lecke schneller. Ihre Finger graben sich in mein Haar, meine in ihre angespannten Pobacken. Dann verstummt sie. So plötzlich, dass ich verwirrt den Blick hebe. Aber als ich diesen gelösten Ausdruck auf ihrem Gesicht entdecke, ihren weit geöffneten Mund, aus dem kein einziger Laut dringt, weiß ich, dass sie gerade gekommen ist. Und – fuck – sie sieht so verdammt schön aus. Ich weiß ohne jeden Zweifel, dass ich sie wieder so sehen will.

22
Leona

Aaron richtet sich auf. Er zieht mich an sich und hält mich fest, womit er verhindert, dass ich zu Boden sinke. Meine Knie fühlen sich noch immer ganz weich an. Denn – mein Gott – das eben war absolut wundervoll und so überraschend intensiv, dass mein Herzschlag noch immer auf der Suche nach dem richtigen Takt ist. Ich brauche eine kurze Atempause, bevor es weitergehen kann. Auch wenn ich keine Ahnung habe, wie ich mich auf den Beinen halten soll, wenn der Sex mit ihm genauso gut ist wie das, was er eben mit mir angestellt hat.

«Alles okay?», fragt er mit einer Stimme, rau wie Schmirgelpapier. Ich bekomme schon wieder eine Gänsehaut. Oder wie nennt man das, wenn sich Gänsehaut auf Gänsehaut bildet?

«Ja, alles gut … Ich habe nur einen Moment gebraucht, um mich zu erholen.» Wie zum Beweis dafür, dass ich nun erholt bin, fange ich an, sein Hemd aufzuknöpfen. «Wie kommt es überhaupt, dass du noch angezogen bist?»

«Ich hatte … Interessanteres zu tun, als mich auszuziehen.»

Ich nehme eine Faustvoll des nassen Stoffes und ziehe Aaron für einen Kuss, der noch etwas nach mir schmeckt, zu mir. Unsere Lippen treffen sanfter aufeinander, aber nicht weniger leidenschaftlich. Ich öffne die letzten Knöpfe seines Hemdes und streife es von seinen Schultern. Von erstaunlich breiten Schultern, die in gewölbte Oberarme übergehen. Keine aufgepumpten Bizepse, sondern dezent definierte Muskeln. Tastend gleiten meine Hände weiter zu seiner festen Brust.

«Wo kommen die denn her? Ich dachte, du spielst Golf. Oder machst du neuerdings auch richtigen Sport?» Um die Provokation etwas abzumildern, tupfe ich einen Kuss auf seinen Mundwinkel.

«Bitte was? Golf *ist* richtiger Sport.» Er klingt ein bisschen entrüstet und beißt mir spielerisch in die Unterlippe. Als wollte er mich auf sanfte Weise für meine Bemerkung bestrafen. Ihm scheint nicht klar zu sein, dass mich das nur noch mehr anstachelt.

«Das behaupten manche Leute auch von Schach.»

Sein Atem streift heiß mein Gesicht, als er genervt aufstöhnt. «Du hast offensichtlich keine Ahnung, wovon du da redest.»

«Klär mich gerne auf.»

«Golf kann man nicht erklären. Golf muss man erleben.» Ich sehe das Funkeln in seinen Augen. Höre die Begeisterung und Leidenschaft für diesen Sport in seiner Stimme.

«Alles klar, wir haben ein Date.» Worte, die aus meinem Mund purzeln, bevor ich darüber nachgedacht habe, wie sie bei Aaron ankommen könnten. Mist. Das Letzte, was ich will, ist, dass es zwischen uns wieder krampfig oder kompliziert wird, nur weil er sich zu etwas verpflichtet fühlt, an dem ich nicht mal Interesse habe. Ich will nichts Verbindliches. Alles, was ich möchte, ist das, was wir gerade haben. Spaß.

«Wenn ich Date sage, meine ich natürlich kein datemäßiges Date», rudere ich schnell zurück.

«Sondern?» Seine Augenbraue hebt sich.

«Ich meine damit ein ... lockeres Treffen ... ohne ... dass man datemäßige Dinge tut.»

Seine Augenbraue wandert noch ein Stück höher. «Was verstehst du unter datemäßigen Dingen?»

«Na datemäßige Dinge eben ... romantische Dinge. Wie ... wie Händchenhalten und so.» Ich merke selbst, dass ich totalen Unsinn von mir gebe, was Aaron sichtlich zu belustigen scheint. «Hör auf zu grinsen. Du weißt genau, was ich meine.»

Abwartend sieht er mich an.

«Ich möchte einfach nur ...»

«Nicht meine Hand halten?»

Ich lache. «Nichts gegen deine Hand, aber ... ja. Vor allem will ich, dass wir entspannt miteinander umgehen und ...» Ich deute zwischen unseren nackten beziehungsweise halb nackten Körpern hin und her. «Nicht zu viel in das hier hineininterpretieren. Verstehst du?»

«Schätze schon: Ich darf dich zum Orgasmus bringen, aber nicht deine Hand halten.»

«Exakt. Irgendwelche Beschwerden?»

Leise lachend schüttelt er den Kopf. «Keine Sorge, ich weiß, was das hier ist ... und wir wollen beide das Gleiche. Aber ich finde es gut, dass wir das geklärt haben.»

Ich nicke erleichtert.

«Wo wir gerade beim Thema sind ... Ich habe dich vorhin mit einem Typen gesehen, kurz bevor der Wagen meines Vaters den Geist aufgegeben ...»

«Karl!», platzt es aus meinem Mund. «Oh mein Gott. Den hab ich ja total vergessen. Er hat bestimmt schon hundert Mal versucht anzurufen.»

«Wer?» Aaron wirkt ein wenig überrumpelt, als ich mich aus seinen Armen winde und hastig das Duschwasser abstelle.

«Der Abschleppdienst!»

«Ach so.» Aaron ist die Ruhe selbst, während ich eilig aus der Dusche springe. Mist. Mist. Mist. Es wäre mir superunangenehm, wenn ich Karl versetzt hätte und er umsonst hergefahren wäre.

«Und der Typ, mit dem du mich gesehen hast, war ein Freund», erkläre ich schnell, weil ich seine Frage nicht vergessen habe. Aber ich kann sehen, dass meine Antwort Aaron nicht wirklich befriedigt.

«Ein Freund, mit dem du *Spaß* hast?»

«Hatte», stelle ich knapp richtig, womit Aaron sich zumindest für den Moment zufriedengibt. Nicht dass ihm etwas anderes übrig bleibt. Ich bin ihm schließlich keine Rechenschaft schuldig, was einer der Hauptgründe dafür ist, dass ich lockere Affären einer echten Beziehung vorziehe.

Ich reiße mein Handtuch von der Heizung neben der Tür und wickle mich darin ein. Für Aaron, der sich gerade aus seiner nassen Hose und seinen Boxershorts schält, hole ich ein sauberes aus dem Badschrank. Ich werfe es ihm zu, widerstehe der Versuchung, ihn eingehender zu betrachten, und flitze aus dem Bad, die Treppe nach unten in die Küche. Das Haustelefon liegt noch immer auf der Anrichte neben den Smarties. Als ich einen Blick aufs Display werfe, um zu sehen, ob ich Karls Anruf verpasst habe, klingelt es.

Perfektes Timing. Ich hebe sofort ab. «Hallo, Karl.»

«Da bist du ja. Ich hab schon zwei Mal versucht, dich zu erreichen. Wenn du jetzt nicht abgehoben hättest, wäre ich weitergefahren.»

Ich verziehe entschuldigend das Gesicht «Tut mir leid. Bist du schon da?»

«Jap. Seit zehn Minuten. Ich stehe hinter dem grauen Mercedes. Kommst du?»

Ich blicke an mir runter. *Nope.* So kann ich unmöglich raus, und Aaron, der sich im Bad gerade abtrocknet, ist auch noch nicht fertig.

«Gib mir eine Minute.»

··· ◆ ···

Kurzes Update: Schnösel-Aaron ist ab sofort Giver-Aaron.

Ich bin auf dem Weg zu Lydia, während ich diese Nachricht in mein Handy tippe. In der anderen Hand halte ich die Einkaufstüte, die ich aus Aarons beziehungsweise Teddys Wagen geholt habe, bevor er abgeschleppt wurde. Aaron ist – warum auch immer – mit in die Werkstatt gefahren. Vielleicht um Lydia nicht erklären zu müssen, warum er Klamotten von mir trägt. Sein Blick war einfach zu köstlich, als ich ihm meine weiteste Latzhose und mein größtes T-Shirt zum Anziehen gegeben habe. Vermutlich wird er sich später ins Haus und direkt auf sein Zimmer schleichen, damit Lydia keine Fragen stellt. Was mir nur recht ist. Die Situation neulich im Auto, als sie uns auf den Kuss in der Küche angesprochen hat, war peinlich genug.

Ich schicke die Nachricht ab und muss nicht lange auf eine Antwort warten. Calla ist die Erste, und sie scheint ein bisschen auf dem Schlauch zu stehen.

> Giver? Was hat er dir denn gegeben?

> Einen Orgasmus, antworte ich gerade-heraus. Einen GROßARTIGEN Or-gasmus. Er hat sich Zeit gelassen, sich komplett auf mich konzentriert, darauf geachtet, was mir gefällt. Ohne im Gegenzug etwas zu fordern. Eigentlich ist es ja ein Geben und Nehmen, aber dazu sind wir nicht mehr gekommen. Und er hat sich nicht mal beschwert.

> Warte ... Was? Aber vor Kurzem wolltest du ihn doch noch ins Jenseits befördern.
> PS: Ich wusste bis gerade eben nicht, was ein Giver ist und dass ich einen zum Freund habe 🤩!

Zum Glück hab ich ihn leben lassen. Mir wäre echt was entgangen.
PS: Und ich wusste bis gerade eben nicht, dass es solche Typen tatsächlich gibt. Das Patriarchat ist schuld!

Ich bin vor allem froh, dass Lissa und ich dich nicht im Knast besuchen müssen.
PS: Und die Porno-Industrie!!

Aber wie finde ich jetzt in Zukunft heraus, ob der Typ ein Giver ist, BEVOR ich was mit ihm habe? Werde, glaube ich, nie wieder was anderes haben wollen.

Ich könnte einen Fragebogen entwickeln, den du dann in einer empirischen Feldstudie anwendest 😂. Oder du lässt dich auf Aaron ein. Da weißt du ja jetzt, was du bekommst 😌. Wie ist es überhaupt dazu gekommen, dass er dich von seinen Giver-Qualitäten überzeugen konnte?

Hahahaha. Ein Giver-Receiver-Fragebogen. Kannst du das nicht als Thema für deine Bachelor-Arbeit nehmen? Dann könnten wir zwei Fliegen mit einer Klappe schlagen.

Aaron und ich haben einfach nur Spaß. Und auf rein sexueller Ebene wäre ich nicht abgeneigt, es weiterlaufen zu lassen. Aber mal sehen, ob wir es schaffen, uns eine Woche nicht zu streiten. Auf die andere Frage antworte ich später ausführlich, okay? Bin grad bei Lydia angekommen. Wir wollen Teddys Lieblingssalat machen und ihn später mit ins Krankenhaus nehmen. Die Ärztin meinte, dass vertraute Gerüche seine Genesung fördern könnten.

Wie wäre es, wenn wir morgen bei einem Stück Kuchen in Anna's Café quatschen? Ich war die letzten Tage viel zu wenig für dich da. Aber ich denke jeden Tag an dich und drücke ganz fest die Daumen, dass Teddy schnell wieder gesund wird.

Kuchen im Anna's klingt super. Bist du dabei, Lissa? Es ist viel zu lange her, dass wir zu dritt dort Kuchen essen waren. Oder überhaupt zu dritt was unternommen haben.

Allein die Vorstellung zaubert ein Lächeln auf meine Lippen. Außerdem hat Lissa noch gar nicht erzählt, wie der Geburtstag ihres Vaters gelaufen ist. Mich durchzuckt ein schlechtes Gewissen, weil ich sie nicht gefragt habe. Aber das könnte ich morgen ja nachholen.

> Dir muss nichts leidtun, Calla. Wir
> haben gerade alle viel um die Ohren.
> Und ich weiß, dass du sofort herge-
> fahren wärst, wenn ich dich darum ge-
> beten hätte 🫣. Tatsächlich würde ich,
> wenn das Treffen morgen klappt, lieber
> darüber reden, was bei euch so los ist.
> Bin für jede Ablenkung dankbar.

Ich muss automatisch an Aaron und all die Dinge denken, mit denen er mich unter der Dusche abgelenkt hat. Hitze wallt in mir auf.

> Alles, was du brauchst 🖤. Sobald Lissa
> antwortet, machen wir eine Uhrzeit aus.
> Ich komme auf jeden Fall.

> Ich freu mich!

Kaum habe ich die Worte getippt und abgeschickt, bekomme ich nur eine Sekunde später einen Dämpfer.

> Hey, Leo. Es wäre mir ganz recht, wenn
> meine Mutter nicht bemerkt, dass
> zwischen uns was gelaufen ist. Aaron.

Als ob ich nichts Besseres zu tun hätte, als Lydia brühwarm zu erzählen, dass ich mit ihrem Sohn rumgemacht habe. Ich kann das nicht unkommentiert lassen und bleibe vor der Haustür stehen, um ihm zu antworten.

> Dabei wollte ich ihr gerade bei einer Tasse Kaffee erzählen, wie oft ich gekommen bin. Mach ich immer so, weißt du? Leo, dein kleines schmutziges Geheimnis

Ich schicke noch einen Zwinkersmiley hinterher, damit meine Antwort nicht zu zickig rüberkommt. Warum habe ich nicht einfach «Okay» geschrieben? Vermutlich weil sich seine Nachricht zwischen den Zeilen so liest, als ob ich ihm peinlich oder nicht gut genug für seine Mutter wäre. Was albern ist. Ich weiß genau, dass Lydia mich gernhat. Ich rege mich gerade grundlos auf. Anscheinend macht sich ein Teil von mir ziemlich Sorgen, dass er sich jetzt plötzlich genauso abweisend wie nach unserem ersten Kuss verhält. Aarons Nachricht und die Tatsache, dass er meine zu ignorieren scheint, drückt sogar eine halbe Stunde später noch so auf meine Stimmung, dass Lydia mich darauf anspricht.

«Ist alles in Ordnung, Leona?», fragt sie und ist dabei, die Heringe zu schneiden.

Ich halte mit dem Messer über dem rot verfärbten Holzbrettchen, auf dem ich die Rote Bete schneide, inne und nicke. «Ja, alles in Ordnung.»

«Du wirkst so still und nachdenklich. Ist was passiert?»

«Nein, alles gut.» Ich ringe mir ein Lächeln ab.

Das wohl nicht sehr überzeugend ist, denn Lydia mustert mich skeptisch. «Ich muss mir also keine Sorgen machen?»

«Musst du nicht. Versprochen.» Gott, ich hasse es, dass man mir immer ansieht, wenn mich was beschäftigt. Wie zum Beispiel die Frage, ob Aaron bereut, was zwischen uns war, oder sich sogar dafür schämt. Warum sollte es ihm sonst so wichtig sein, dass Lydia nichts mitbekommt? Zumal sie uns vor drei Tagen eh schon beim Küssen überrascht hat. Hat er sich danach deshalb so scheiße benommen? Damit Lydia bloß nichts Falsches in den Kuss interpretiert. Und wird er sich, wenn er von der Werkstatt zurück ist, wieder so benehmen? Mich wieder wie Luft behandeln?

Eine Befürchtung, die sich eine Stunde später zu bewahrheiten scheint. Lydia hat gerade eine Nachricht von Aaron bekommen und teilt mir nun mit, dass wir ohne ihn ins Krankenhaus fahren.

«Okay …» Ich muss mir fast auf die Zunge beißen, um nicht nach dem Grund zu fragen. Aber Lydia kann wohl Gedanken lesen.

«Er ist noch in der Werkstatt beschäftigt und kommt eventuell nach.»

Eventuell?

Würde er meinetwegen einen Besuch bei seinem Vater verpassen? Nur um mir aus dem Weg zu gehen? Das kann ich mir kaum vorstellen. Nach unserem ersten Kuss ist er schließlich auch mit ins Krankenhaus gefahren. Okay, da hatte er auch nicht wirklich Gelegenheit, einen Rückzieher zu machen.

«Hmmm ...» Lydia schüttelt nachdenklich den Kopf. «Er hat gar nicht geschrieben, was genau er noch in der Werkstatt macht. Ich dachte, er lässt nur den Wagen dorthin abschleppen. An einem Samstag ist doch niemand da, um ihn sich anzusehen.»

Exakt die gleichen Gedanken gehen auch mir durch den Kopf. Aber ich behalte sie für mich, um Lydia nicht zu beunruhigen.

«Hat Aaron überhaupt einen Schlüssel für die Werkstatt?»

Ich nicke. «Den hat er von mir bekommen.» Genauso wie trockene Wechselklamotten. Will er etwa verhindern, dass sie ihn in meinen Sachen sieht und eins und eins zusammenzählt? Will er deswegen nicht mit?

«Dann habt ihr euch also wieder vertragen?», fragt Lydia genauso überrascht wie erfreut.

«Ja, wir ... haben uns ausgesprochen.» Hoffentlich ist mein Gesicht nicht so rot, wie es sich anfühlt.

«Wie schön. Ich hatte schon die Sorge, dass er nicht mitkommen will, um dir aus dem Weg zu gehen.»

Dass ihre Sorge berechtigt sein könnte, versuche ich mit einem Lächeln zu kaschieren. «Nein, zwischen uns ist alles in Ordnung. Aaron ist vermutlich nur noch in der Werkstatt, weil ... weil er Mo getroffen hat. Die sehen sich so selten und haben sich bestimmt einiges zu erzählen.»

«Ja ... Ja, da könntest du recht haben.»

Ich streiche beruhigend über ihren Arm. «Mach dir keine Sorgen. Sollte er nach unserem Krankenhausbesuch noch nicht zurück sein, kann ich nach ihm sehen. Ich wollte später sowieso noch mal in die Werkstatt», behaupte ich. Denn falls es zwischen mir und Aaron schon wieder ein Problem geben sollte, will ich es diesmal sofort aus der Welt schaffen.

23
Leona

Für den Weg ins Krankenhaus nehmen wir Lydias Auto. Ich gebe mein Bestes, mir die Anspannung nicht anmerken zu lassen. Vor allem wegen Teddy. Denn wenn er unterbewusst den säuerlichen Geruch des Heringssalates oder den rockigen Sound von Bruce Springsteen wahrnehmen kann, dann womöglich auch negative Gefühle. Nur kann ich leider nichts dagegen tun, dass der Gedanke, zwischen Aaron und mir könnte wieder Eiszeit ausbrechen, mich belastet. Ich will es nicht bereuen, ihm so schnell verziehen zu haben. Oder mit ihm rumgemacht zu haben.

Damit du weißt, dass du mir wichtig bist, und dich daran erinnerst, wenn ich irgendwann wieder etwas tue oder sage, das dich verletzt.

Ist dieser Moment jetzt gekommen? Nur wenige Stunden nachdem er mich gewarnt hatte?

Während wir an Teddys Bett sitzen, schaue ich immer wieder zur Tür. In der Hoffnung, dass Aaron das Krankenzimmer betritt. Aber das passiert nicht. Und als wir um halb sieben wieder zu Hause sind, fehlt von ihm jede Spur.

«Ich ruf ihn an.» Lydia holt ihr Handy aus der Handtasche

hervor und atmet auf, als sie einen Blick aufs Display wirft. «Er schreibt, dass er gleich nach Hause kommt. Wenigstens ist ihm nichts zugestoßen.» Der Ausdruck, der sich in Lydias blauen Augen spiegelt, ist mir allzu vertraut: Verlustangst. Nach Papas Tod war sie mein ständiger Begleiter. «Fährst du trotzdem noch in die Werkstatt?» Eine leise Bitte schwingt in dieser Frage mit. Die Bitte, nach ihrem Sohn zu sehen.

«Ich mache mich direkt auf den Weg. Könnte ich vielleicht deinen Wagen haben?»

«Natürlich.» Sie übergibt mir die Autoschlüssel und umarmt mich zum Abschied, als würde ich eine Weltreise antreten. «Fahr vorsichtig, ja?»

«Na klar.»

Zehn Minuten später parke ich Lydias Auto vor dem Rolltor der Werkstatt. Es steht offen. Also ist Aaron noch da. Teddys abgeschleppter Wagen steht vor der Hebebühne. Und – verdammt. Sofort habe ich Bilder von dem Unfall vor Augen. Ich habe mir diesen schrecklichen Moment so oft in meinen Gedanken ausgemalt, dass es mir wie eine Erinnerung vorkommt. Als hätte ich hautnah miterlebt, wie Teddy ...

Die Vibration meines Handys stoppt den schrecklichen Film in meinem Kopf. Ich hole es aus meiner Tasche auf dem Beifahrersitz und sehe, dass Lissa in die Gruppe geschrieben hat.

> Sorry, dass ich mich jetzt erst melde. Ich
> hatte den ganzen Tag mein Handy aus,
> weil Papa, Becka und ich heute einen

Ausflug in die Heide gemacht haben. So
wie früher mit Mama. Es war wirklich
schön.

«Awww, wie schön», sage ich, obwohl Lissa mich gar nicht
hören kann. Zu lesen, dass Lissa und ihre Familie sich annähern, ist die wohl beste Nachricht des Tages. Mit einem
Lächeln auf den Lippen lese ich weiter:

Eigentlich wollte ich morgen mit Simon
zurück nach Hamburg fahren, aber zu
einem Treffen mit euch bei einem Stück
Kuchen sag ich natürlich nicht Nein ♥
. Bin schon gespannt zu erfahren, wie
aus Schnösel-Aaron Giver-Aaron wurde,
@Leona. Und dich habe ich auch schon
viel zu lange nicht gesehen, @Calla.
Wollen wir uns dann um 12 am alten
Kran treffen? Dann hättest du bis zu
deinem Besuch bei Teddy noch genug
Zeit, Leo.

Perfekt, denke ich. Weil ich Teddy dann Currywurst von
Jim Curry mitbringen kann.

Ich freue mich so, dass du eine schöne
Zeit mit deiner Familie hattest ♥. Und
12 klingt super!

Ich spüre das Lächeln auf meinen Lippen. Weil Lissa nicht nur in Sachen Liebe, sondern nun auch mit ihrer Familie ihr Happy End zu finden scheint. Vor zwei Jahren hätte ich einen Vulkanausbruch auf dem Stintmarkt für wahrscheinlicher gehalten als eine Versöhnung mit ihrem Vater und ihrer Schwester.

Ich lege mein Handy zurück in die Tasche und steige aus dem Auto. Während der fünf Schritte zum Rolltor wappne ich mich mit tiefen Atemzügen. Dann betrete ich die Werkstatt, den Blick fast schon zwanghaft nach vorn gerichtet. Weil ich unbedingt vermeiden will, den Blutfleck zu sehen. Auch wenn ich mich den Spuren des Unfalls irgendwann werde stellen müssen. In diesem Moment entscheide ich, den Blutfleck wegzuputzen, bevor ich mich Montag an die Reparatur des Wagens mache. Damit ich mich hier wieder wohlfühlen kann. Aber jetzt bin ich aus einem anderen Grund hier und halte Ausschau nach Aaron. Bis auf die Kaffeenische und den Bereich, in dem sich Teddys Büro befindet, ist die Werkstatt gut einsehbar. Trotzdem kann ich ihn auf Anhieb nicht finden. Ich gehe weiter, nach hinten, wo sich die Tür zum Reifenlager befindet. Vorbei an Papas Motorrad, das ich im Vorbeigehen wie immer berühre. Direkt daneben steht Teddys roter Ford Mustang.

«Hey.»

Abrupt bleibe ich stehen. Es braucht zwei Atemzüge, bis ich kapiere, dass diese Stimme – Aarons Stimme – aus dem Mustang kam. Ich beuge mich vor und entdecke ihn auf der Beifahrerseite mit einer Flasche in der Hand. Teddys Lieblingsrum, den er sich manchmal zum Feierabend gönnt.

«Was machst du hier, Leo?» Da ist sie wieder. Diese

raue, kratzige … fast schon brüchige Stimme, mit der mir Aaron am Telefon von Teddys Unfall erzählt hat. Das «Hey» von eben war zu kurz, um zu bemerken, dass etwas nicht stimmt.

«Das Gleiche wollte ich dich auch gerade fragen.» Ich setze mich neben ihn hinters Steuer. Der noch leicht chemische Geruch der neuen Sitzbezüge steigt mir in die Nase. Es ist noch nicht lange her, dass ich mit Teddy den Stoff dafür ausgesucht habe, um nach der gemeinsamen Vollrestaurierung für den letzten Schliff zu sorgen. Die Vorstellung, dass Teddy vielleicht nie wieder in diesem Auto sitzen wird, krampft mein Herz zusammen. «Ich bin hier … weil du nicht im Krankenhaus warst und Lydia mich gebeten hat, nach dir zu sehen. Sie macht sich Sorgen.» Zu Recht, wie es scheint. Denn statt etwas zu sagen, führt Aaron die Flasche an seine Lippen und nimmt einen kräftigen Schluck. Er lässt zwei weitere folgen. Ich bezweifle, dass es die ersten sind. Keine Ahnung, wie viel Aaron schon intus hat. Ist er überhaupt imstande, ein vernünftiges Gespräch zu führen? Über uns? Oder darüber, was er hier macht? Er hätte sich genauso gut in sein Zimmer verkriechen und dort betrinken können.

«Bist du meinetwegen nicht ins Krankenhaus gekommen?», frage ich geradeheraus. «Gehst du mir aus dem Weg?»

Aarons Kopf dreht sich, und er sieht mir in die Augen. Seine sind glasig, wirken leicht gerötet. Als hätte er sie gerieben. Oder geweint. Aber das könnte auch einfach am Alkohol liegen.

«Wieso glaubst du, dass ich dir aus dem Weg gehe?»

Seine Stirn kräuselt sich. Als wäre meine Frage tatsächlich abwegig.

«Wegen dem, was ... vorhin zwischen uns war? Weil du es bereust? Und aus welchen Gründen auch immer jetzt Panik schiebst? Falls das so ist, lass mich eins noch mal klarstellen: Ich erwarte rein gar nichts von dir. Außer dass du mich nicht wieder wie Luft behandelst und wir normal miteinander umgehen. Für mich ist es absolut okay, wenn das unter der Dusche eine einmalige Sache war.»

Aaron sieht mich eingehend an. Ich erwarte ein Aufatmen oder irgendeine andere Geste der Erleichterung. Doch stattdessen bilde ich mir ein, so was wie Bedauern zu erkennen. «Das fände ich schade.»

Ich blinzele überrascht. Das war keine Einbildung.

«Denn wenn ich ehrlich bin ... dann ...» Er schluckt den Rest des Satzes buchstäblich runter.

«Dann was ...?»

«Dann hatte ich gehofft, dass wir das irgendwann wiederholen. Ich geh dir nicht aus dem Weg, Leo.»

«Okay.» Jetzt atme ich erleichtert auf. Nach einem Moment deute ich auf die Flasche in seiner Hand. «Und was hat es damit auf sich? Du hier in Teddys Mustang? Wolltest du einfach nur allein sein?»

Aaron nimmt einen weiteren Schluck aus der Flasche, bevor er antwortet: «Eigentlich nicht. Ich wollte dir einen Gefallen tun und danach mit euch ins Krankenhaus.»

Ich kann die Fragezeichen über meinem Kopf förmlich aufploppen hören.

«Der Blutfleck. Ich wollte ihn entfernen, damit er nicht das Erste ist, was du siehst, wenn du kommst, um den

Wagen zu reparieren. Deshalb bin ich mit Karl mitgefahren und hab dich nach dem Schlüssel gefragt.»

«Gott, Aaron ...», entkommt es mir so leise, dass er es nicht gehört zu haben scheint. Er geht zumindest nicht drauf ein.

«Aber während ich den Boden gewischt habe, musste ich immer wieder daran denken, wie Vater da gelegen hat. Eingeklemmt. Hilflos. Blutend. Und ohnmächtig.»

Mein Magen verknotet sich. Ich schließe kurz die Augen, um zu verhindern, dass der Film von eben weiterläuft.

«Und jetzt ... jetzt liegt er im Koma, und ich ... ich hab eine Scheißangst, dass ich nie mehr die Chance bekomme, ihn richtig kennenzulernen.» Kopfschüttelnd starrt er die Flasche in seiner Hand an. Die Lippen zu einem spöttisch-verbitterten Lächeln verzogen. «Ich wusste nicht mal, dass er gerne Rum trinkt, geschweige denn welchen er am liebsten mag. Oder welchen Kuchen. Und es hat mich all die Jahre auch nicht interessiert.»

«Einen Menschen zu kennen, heißt so viel mehr, als zu wissen, was er am liebsten trinkt oder isst», widerspreche ich.

«Dieses ‹so viel mehr› gibt es bei uns aber nicht. Mein Vater und ich sind uns fremd, Leo. Wir haben nichts gemeinsam. Wenn ich ihm nicht so verflucht ähnlich sehen würde, hätte ich Zweifel, dass er überhaupt mein leiblicher Vater ist.»

«Aaron ...» Ich kann nicht verhindern, dass meine Stimme vor Entsetzen in die Höhe geht. «Warum sagst du das?»

«Weil es die Wahrheit ist. Die traurige Wahrheit.» Die letzten Worte spricht er etwas leiser, wie zu sich selbst. Er sieht sich um. «Selbst hier in seiner heiß geliebten Werkstatt, während ich in seinem heiß geliebten Mustang sitze … spüre ich keine Verbindung zu ihm. Nichts.»

Ist das der Grund, warum er hiergeblieben ist? Um sich seinem Vater näher zu fühlen? Das kann ich nachvollziehen. Am Tag seines Unfalls, als wir vom Krankenhaus kamen und ich unbedingt in die Werkstatt wollte, ging es mir genauso. Es gibt keinen Ort, an dem Teddy präsenter ist. Nur scheint Aaron nichts von dieser Aura gespürt zu haben.

«Ich kapier nicht mal, was er an dieser alten Karre so faszinierend findet. Was es ihm gibt, stundenlang daran rumzuschrauben. Und sie nur ein- oder zweimal im Jahr zu fahren.»

«Ich schon», murmele ich unbewusst vor mich hin.

«Klar. Wer, wenn nicht du?» Ich höre die Verbitterung in seiner Stimme und bekomme sofort ein schlechtes Gewissen. Weil ich, ohne es zu wollen, Salz in seine Wunde gestreut habe. Eine Wunde, von der ich nicht mal wusste, dass sie überhaupt existiert. So viele Dinge, aber vor allem Aaron, erscheinen dadurch plötzlich in einem ganz anderen Licht.

Erinnerungen an unsere Kindheit driften an mir vorbei. Ich sehe mich mit Teddy in der Werkstatt und Aaron, der meistens abseitsstand oder mit dem Werkzeug spielte und so viel Lärm machte, bis Teddy ihn wegschickte. Einmal hatte er sich so gut im Reifenlager versteckt, dass wir ihn den ganzen Tag, bis in den Abend hinein, gesucht haben. Lydia und Teddy waren kurz davor, die Polizei einzuschalten. Und ich habe in meinem Zimmer geweint. Aus Angst, dass Aaron für immer verschwunden sein könnte, und aus

Schuld, weil ich mir genau das nach jedem Streit mit ihm gewünscht habe. Schluckend starre ich Aaron an und sehe so viel mehr als diesen attraktiven Schnösel. Ich sehe einen kleinen Jungen, der um die Aufmerksamkeit seines Vaters gebettelt hat. Das erklärt so vieles. Macht ihn so viel nahbarer. Er hat mir freiwillig etwas von sich gezeigt, das ihn verletzlich ... das ihn angreifbar macht.

Als wäre ihm soeben bewusst geworden, wie sehr er sich mir geöffnet hat, weicht er meinem Blick nun hastig aus. Seiner huscht umher, als würde er lieber überall anders hinsehen als in mein Gesicht. Er scheint zu bereuen, mir all das erzählt zu haben. Hat er überhaupt schon mal mit jemandem darüber geredet? Die Vorstellung, dass ich die Einzige sein könnte, macht mich ... demütig. Und verlegen. Ich weiß nicht, was ich sagen soll. Außer:

«Soll ich's dir zeigen?»

«Mir was zeigen?»

«Was an diesem Mustang so faszinierend ist?»

«Muss ich dafür einen Blick auf den Motor werfen?», fragt er seufzend. «Für mich sehen die nämlich alle gleich aus.»

«Alles, was du tun musst, ist, die Augen zu schließen.»

«Hm ... Okay.» Er klingt skeptisch.

«Warte kurz. Bin sofort wieder zurück.» Ich steige aus dem Wagen und gehe ins Büro, um den Autoschlüssel aus dem Tresor zu holen. Die Kombination ist immer noch dieselbe. Und sie erinnert mich daran, dass Aaron in vier Tagen sechsundzwanzig wird. Ob er das weiß? Nicht wann sein Geburtstag ist. Sondern dass Teddy dieses Datum als Zahlenkombination für den Safe gewählt hat? Könnte ich Aaron damit aufheitern? Oder würde es ihn nur daran erinnern, dass er diesen Geburtstag nicht mit seinem Vater feiern kann?

Hoffentlich ist Teddy bis dahin wieder wach. Ich zwinge mich, positiv zu denken, und kehre mit dem Autoschlüssel zu Aaron zurück. Genau in dem Moment setzt Aaron die Flasche ab, aus der er vor zwei Sekunden noch getrunken hat. Aber das lasse ich unkommentiert und nehme wieder hinterm Steuer Platz.

«Bereit?», frage ich und stecke den Schlüssel ins Schloss.

«Bin mir ehrlich gesagt nicht sicher.»

«Keine Sorge. Das Auto hat keinen Schleudersitz, mit dem ich dich ins Weltall befördern könnte», scherze ich, aber Aaron bleibt ernst.

«Na schön.»

«Augen zu», befehle ich, und er gehorcht.

Ich zünde den Motor, trete aufs Gas und … «Spürst du das?»

«Was genau?»

«Wie der Motor seine Kraft entfaltet? Der, der hier eingebaut ist, wird auch in Nutzfahrzeugen beziehungsweise Lkws benutzt. Und das spürt man.»

«Aha.»

«Fühl mal hier.» Ich nehme seine Hand, führe sie zum Armaturenbrett. Meine Hand lasse ich ebenfalls dort ruhen und senke die Lider, als mich dieses einzigartige Gefühl durchströmt. Ich will, dass auch er es spürt. «Jetzt achte auf die Vibration.» Ein Lächeln legt sich auf meine Lippen. «Wie sie sich auf deinen Körper überträgt. Als würdest du auf einem Pony sitzen und den kräftigen Herzschlag spüren. Den regelmäßigen Puls.» Meine Stimme wird leiser, fast zu einem Flüstern. «Ganz leicht. Ganz sanft. Das macht diesen Mustang so besonders. Und schön. Und echt ... Ich bekomme jedes Mal Gänsehaut.»

«Das sehe ich.»

Ich spüre seine Finger auf meinem Unterarm. Eine federleichte Berührung, die mich erschauern und die Augen wieder öffnen lässt. Mein Kopf dreht sich, und ich treffe auf blaue, leicht glasige Augen, die mich nicht bloß ansehen. Aarons Blick gleicht einer Inspektion.

«Du hattest auch Gänsehaut, als wir unter der Dusche waren.»

Mir entkommt ein Lachen, das zur Hälfte ein Schnauben ist. «Mann, Aaron! Du solltest deine Augen zulassen und einfach nur hinhören.»

«Das hab ich. Ich habe die Faszination und Begeisterung in deiner Stimme gehört. Und wollte sie dann auch sehen ... in deinem Gesicht. Deiner Mimik.» Seine Mundwinkel zucken, und ein anzügliches Grinsen bringt das Funkeln in seinen Augen zurück. «Kann es sein, dass dich das hier anmacht, Leo?»

Ein gespielt schockiertes Lachen kommt über meine Lippen. «Kann es sein, dass wir hier gerade total vom Thema abkommen? Und wann ist aus dem Sad-Boy-Aaron der Rude-Boy-Aaron geworden?»

«Na ja ... Du hast vom Reiten und Vibrationen am ganzen Körper gesprochen.»

«Ein Pony, Aaron. Keinen Penis.»

«Was auch immer. Es hat sich jedenfalls in deinen Gesichtszügen widergespiegelt. Du hast entspannt, glücklich und ... erfüllt ausgesehen.»

«Weil ich genau das bin. In einem Auto zu sitzen, das Teddy und ich mit unseren eigenen Händen zusammengebaut haben, zählt zu meinen Top-drei-Lieblingsgefühlen.»

Aaron nickt. «So eine Leidenschaft hätte ich auch gerne.»

Golf kann man nicht erklären, Golf muss man erleben.

«Hast du das denn nicht beim Golfen? Du warst doch mal Trainer, hast sogar Turniere gespielt und auch ein paar davon gewonnen.»

«Ja, das stimmt. Ich liebe das Golfen, aber das ist keine Leidenschaft, die ich mit meinem Vater teilen könnte. Für ihn ist es Zeitverschwendung. Deshalb hat er sich auch kein einziges meiner Turniere angesehen.»

«Etwas, das dich glücklich macht und dein Leben bereichert, kann keine Zeitverschwendung sein. Du solltest es in jeder freien Minute tun, wenn dich schon der Gedanke daran zum Lächeln bringt, dein Herz schneller schlagen und dich deine Sorgen vergessen lässt.»

«Hmmm ...» In seinem Blick blitzt etwas auf, das wieder verschwindet, bevor ich es deuten kann.

«Hmmm ... was?»

«Nichts, schon okay.»

«Du kannst es ruhig sagen, Aaron.»

«Was sagen?»

«Dass ich wie immer recht habe.»

Leise lachend schüttelt er den Kopf. «Lieber laufe ich eine Woche lang in diesen Klamotten rum.»

Ich hätte fast vergessen, dass er Latzhosen und ein T-Shirt von mir trägt. Genau genommen ist es eins meiner Schlafshirts, die ich immer zwei Nummern größer kaufe. «Also ich finde ja, du hast noch nie so stylish ausgesehen.»

«Weil T-Shirts von den *drei Fragezeichen* und verwaschene Latzhosen mit Löchern ja auch voll im Trend liegen.»

«Erstens: Das nennt sich destroyed oder used Look, aber davon hast du als Chino-Stehkragen-Träger keine Ahnung.»

Aarons Mund öffnet sich bereits zu einem Widerspruch, aber ich fahre schnell fort. «Zweitens: Beleidige nie wieder mein *Justus-Peter-Bob-&-Ich*-Shirt. *Die drei Fragezeichen* sind so was von Kult.»

«Kult, ja. Ich hab die früher auch gehört. Aber das macht sie noch nicht zum Trend.» Er hebt zweifelnd eine Augenbraue.

«Warte … Du hast früher *Die drei Fragezeichen* gehört? Das sagst du doch nur, um cool zu wirken.»

«Ich *bin* cool und kannte *Die drei Fragezeichen* schon, da hast du noch in die Windeln gemacht.»

«Wooow. Du bist nur zwei und nicht zehn Jahre älter als ich. Außerdem hab ich die schon mit sechs gehört.»

«Ich auch. Tu ich teilweise heute noch, um vor einer wichtigen Prüfung oder so besser einschlafen zu können.»

Ungläubig schüttele ich den Kopf, weil ich das manchmal auch noch mache. «Und wer ist dein Liebster von den *drei Fragezeichen*?»

«Justus!», antwortet Aaron wie aus der Pistole geschossen und liefert auch gleich die Begründung. «Weil er über einen genialen Verstand verfügt und wir uns da ziemlich ähnlich sind.»

«O mein Gott!», pruste ich. «Du hast entweder zu viel von dem Rum getrunken oder leidest an einer schweren Form der Selbstüberschätzung.»

«Bitte, was?!»

«Das Einzige, was du mit Justus gemeinsam hast, ist die Fähigkeit, mich genauso auf die Palme zu bringen wie er Bob und Jonas.»

Wir müssen beide lachen. Dann fragt er mich nach meiner Lieblingsfolge. «Puh ... Da gibt es viele. Aber tendenziell mag ich die neueren Folgen lieber.»

«Die alten sind doch legendär. Allein schon wegen der Titelmusik.» Beinahe enttäuscht schüttelt er den Kopf. «Und ich dachte, ich hätte endlich jemand Gleichgesinnten gefunden.»

Meine Mundwinkel zucken. «Gib das doch als Suchkriterium bei irgendeiner Datingseite an.»

«Bei Tinder geht das nicht.»

Ich kann nicht verhindern, dass mein Gehirn sofort die Info abspeichert, dass Aaron bei Tinder angemeldet ist. Dass er andere Frauen datet, mit denen er das Gleiche anstellt wie mit mir unter der Dusche. Warum zur Hölle mache ich mir über so was Gedanken? Auch ich bin bei Tinder. Auch ich könnte morgen jemand anderen daten – und dann womöglich, wie neulich bei Alex, einen Rückzieher machen.

«Oh ... ich glaube, Mama wird ungeduldig.» Aaron hebt seinen Hintern ein Stück vom Sitz an, um sein vibrierendes Handy aus der Hosentasche zu pulen. Ich atme einmal geräuschlos tief durch und schüttle das Thema Tinder und Aaron gedanklich ab.

«Ja, es ist alles in Ordnung», sagt er mit sanfter Stimme. «Wir kommen jetzt.» Eine Pause, dann antwortet Aaron: «Ich frag sie, okay?» Er legt auf und sieht mich an. «Hast du Lust, mit uns zu Abend zu essen?»

Mein Herz schreit ein Ja, aber der Kopf flüstert Nein.

Das Flüstern ist durchsetzungsstärker, weshalb ich den Kopf schüttele. «Ich wollte mit meiner Mama essen. Wir sehen uns ja nur abends, wenn sie vom Hotel kommt.» Eine Wahrheit, die zugleich eine Lüge ist. Weil ich nicht weiß, wohin das mit Aaron führen würde, wenn wir auch noch die Abende zusammen verbringen. Wo hört der Spaß, auf den wir uns geeinigt haben, auf?

Hallo Papa,

weißt du was? Ich muss überhaupt keine Bäkerin oder Kindergärtnerin oder wie Mama eine Hotelbesizerin werden wenn ich mal groß bin. Das nur Männer in einer Werkstat arbeiten können stimmt nämlich garnicht. Das muss Mama falsch verstanden haben. Teddy hat mich heute gelobt und gesagt das ich Talent habe und für meine elf Jahre schon sehr viel von Autos verstehe. Viel mehr als Aaron. Und dann hat Teddy noch gesagt wenn ich in der Werkstat immer schön aufpasse und gute Schulnoten nach Hause bringe kann aus mir eine richtig gute Automechanikerin werden. Ist das nicht toll? Deshalb werde ich mich ab jetzt ganz doll anstrengen damit ich so werden kann wie Teddy. Hoffentlich ist Mama nicht sauer wenn ich ihr davon erzähle. Sie schimpft immer mit mir wenn ich aus der Werkstat komme. Weil meine Anziesachen dann immer schmuzig sind. Sie hätte es glaube ich viel lieber das ich im Hotel mithelfe aber die Tische zu decken ist langweilig. Mit Teddy dein Mortorad zu reparieren macht viel mehr Spaß. Wenn Mama das wüsste wäre sie glaube ich ganz schön traurig. Es ist villeicht besser ihr erst zu erzählen dass ich Mechanikerin werde wenn ich fast so gut wie Teddy bin. So lange mache ich einfach beides. Mama im Hotel helfen und Teddy in der Werkstatt. Oder was meinst du?

Bis bald.
Deine Leo

24

Leona

Im Wasserviertel, umgeben von Lüneburgs historischen Bauten, betreten Calla, Lissa und ich *Anna's Café*: hohe Decken, von denen üppige Kronleuchter hängen, plüschige Sofas und alte Holzmöbel, die nur insofern zusammenpassen, dass sie alle cozy und hübsch aussehen. Lissa, Calla und ich sind uns auch ohne Worte darüber einig, wo wir sitzen wollen. Zielstrebig marschieren wir zu unserem Lieblingsplatz, dem Dreiersofa am Fenster. Vorbei an Studentengrüppchen, Familien und Paaren. Kurz darauf versinken wir endlich in den lila-beigen Samtpolstern und ziehen unsere Beine hoch aufs Sofa. Die Schuhe haben wir ausgezogen, was hier niemanden stört. Denn «Schuhe aus und Füße hoch» gehört genauso zu *Anna's Café*, wie sich von den köstlichen Zuckerbomben ins Kuchen-Koma befördern zu lassen.

«Wer ist diese Frau?», frage ich Lissa ein paar Minuten später in gespielt schockiertem Ton, als Calla sich ohne ewig langes Hin-und-her-Überlegen für einen Kuchen entscheidet. «Und was hat sie mit unserer unentschlossenen Freundin gemacht?»

«Müssen Leo und ich uns Sorgen machen?», fragt Lissa mit übertrieben aufgerissenen Augen.

Calla schnaubt. «Und ich dachte, ihr wärt stolz auf mich. Hab extra während der Zugfahrt die Speisekarte studiert und meine Wahl getroffen, damit wir sofort bestellen können.»

Hellhörig hebe ich eine Augenbraue. «Warte ... Hast du etwa die gesamte Zugfahrt dafür gebraucht?»

Ertappt senkt Calla den Blick auf ihr Knie und murmelt: «Kein Kommentar.»

«Gott sei Dank.» Ich seufze und fasse mir theatralisch an die Brust. «Du bist also doch nicht von einem Dämon besessen.»

Calla und Lissa lachen, während ich ihnen schmunzelnd dabei zusehe.

Es dauert nicht lange, bis uns unsere Kellnerin, eine junge Frau mit raspelkurzem Haar, drei Kuchenstücke bringt. Serviert auf Oma-Porzellantellern, die genauso zusammengewürfelt sind wie das Mobiliar. Nacheinander reicht sie uns den Erdbeerkuchen für Lissa, Marzipan-Apfel-Kuchen für Calla und den Schoko-Walnuss-Kuchen für mich. Dazu eine Flasche Wasser und drei Latte. Meiner ist beinahe kalt, als ich den ersten Schluck nehme. Essen, Reden, Zuhören, Lachen und dabei auch noch Trinken überfordert mich anscheinend.

«Dann seid ihr jetzt also so was wie Feinde mit gewissen Vorzügen?», fragt Lissa, nachdem ich sie und Calla auf den neuesten Stand gebracht habe. Dass sich die beiden währenddessen wissende Blicke zugeworfen haben, ist mir nicht entgangen.

«Ja, so was in der Art. Wobei ich ihn nie wirklich als Feind angesehen habe. Der Streit ging meist von ihm aus.»

«Bis auf die unzähligen Male, in denen du uns geschrieben hast, dass du ihn umbringen willst, meinst du?» Lissas Stimme trieft vor Ironie.

«Aber immer nur, wenn er mal wieder gemein zu mir war. Aktion – Reaktion», rechtfertige ich mich. «Momentan verstehen wir uns gut. Mal sehen, wie lange das anhält.»

Wieder tauschen die beiden über den Tisch hinweg Blicke. Es ist so auffällig, dass ich diesmal nicht so tun kann, als würde ich es nicht mitbekommen. «Ihr könnt eure stumme Unterhaltung auch ruhig laut führen.»

«Du wirst es sowieso abstreiten», antwortet Calla.

«Was? Dass ich ihn mag? Oder gerne Zeit mit ihm verbringe? Daraus mache ich doch gar kein Geheimnis. Man kann einen Menschen mögen *und* ihn gleichzeitig verfluchen.»

«Wir denken, dass du dich nicht nur körperlich zu Aaron hingezogen fühlst», behauptet Lissa und pickt mit ihrer Gabel eine Walnuss von meinem Teller, die sie sich zusammen mit einer Erdbeere in den Mund steckt.

Calla nickt zustimmend.

«Wieso? Weil ich ihn mag?»

«Weil du anders von ihm als von jedem Typen sprichst, mit dem du bisher was hattest.»

«Ist mir auch aufgefallen. Als du von den Smarties, die er dir geschenkt hat, erzählt hast oder davon, dass er den Blutfleck weggewischt hat, haben deine Augen gefunkelt, Leo.»

«Aber nur weil ich diese Art der Aufmerksamkeit von Typen nicht gewohnt bin. Und schon gar nicht von Aaron.

Nicht jede Frau kann einen Simon oder Jasper haben, der einem jeden Wunsch von den Augen abliest.»

«Du könntest schon, wenn du wolltest», murmelt Lissa in ihren Latte macchiato, bevor sie von ihm trinkt.

«Klar könnte ich. Ich bin der Hammer.» Ich zucke mit den Schultern. «Aber ich will eben nicht.»

«Hmmm ...»

«Hmmm ... was, Calla?»

«Nichts. Schon okay.» Sie steckt sich ein auffällig großes Stück Kuchen in den Mund.

Was für ein lahmer Versuch, sich vor einer Antwort zu drücken! Ich warte geduldig, bis ihr Mund wieder leer ist. «Nun sag schon.»

Unbehagen huscht über ihr hübsches Gesicht, was mich nur noch neugieriger macht. Ich lege meine Gabel neben das letzte Stückchen Kuchen auf den Teller und sehe sie abwartend an.

«Ich weiß nicht, ob das der richtige Moment ist, um ... das anzusprechen.»

«Was anzusprechen?»

Callas Blick wandert Hilfe suchend zu Lissa, die für sie das Wort übernimmt.

«Dass du ernste Beziehungen ganz bewusst abblockst ...»

«Wegen deiner Verlustangst», fährt Calla vorsichtig fort.

«Meine Verlustangst bezieht sich aber nur auf Menschen, die ich liebe.»

«Eben. Deshalb lässt du ja auch niemand Neuen in dein Leben. Und mit niemand Neuen meine ich Männer. Du stellst quasi schon bei der Begrüßung klar, dass du nur Spaß willst, damit es bloß nicht zu echten Gefühlen kommt.»

Diesmal bin ich es, die ertappt ihren Blick senkt. Alles in mir drängt danach, Calla zu widersprechen. Aber sie ist eine Meisterin darin, Menschen zu lesen und vor allem zu interpretieren. Das war bereits vor Beginn ihres Psychologiestudiums der Fall. Besonders, wenn es Lissa und mich betrifft. Ich weiß, dass die beiden mich bedingungslos unterstützen. Sie kämen nie auf die Idee, mich zu verurteilen, weil ich Sex nur zum Spaß habe. Darum geht es hier nicht. Es geht um den Grund für diese Entscheidung. Aber ich glaube nicht, dass ich bereit bin, den zu überdenken.

«Was ist so schlimm daran, sein Herz zu schützen?»

«Nichts», antwortet Lissa sofort. «Solange du deinem Glück nicht im Weg stehst, nur weil du Angst hast, dich in jemanden zu verlieben.»

«O mein Gott!» Ungläubig blicke ich zwischen meinen Freundinnen hin und her. «Ihr versucht mir gerade aber nicht einzureden, dass ausgerechnet Aaron so ein Jemand sein könnte, oder?»

«Was sich neckt, das liebt sich», trällert Calla.

Ich verdrehe die Augen und lange nach meiner Kuchengabel. «Okay, das war dein Stichwort, Lissa.»

«Wofür?»

«Uns zu erzählen, wie der Geburtstag deines Vaters gelaufen ist.»

«Was für eine schlechte Überleitung war das denn bitte? Du könntest niemals Moderatorin werden», witzelt Lissa.

«Deshalb wird sie ja auch Junior-Montage-Leiterin bei BMW.»

«Die beste, die es bei BMW je gegeben hat.»

Calla und Lissa strahlen mich stolz an, während meine

Mundwinkel nach unten sacken. Mir dreht sich der Magen um, und Übelkeit steigt in mir auf. Plötzlich habe ich das Gefühl, anstatt Kuchen Steine im Bauch zu haben.

Das Lächeln meiner Freundinnen verblasst schlagartig.

«Was ist los?», fragt Calla besorgt.

Stöhnend schiebe ich meinen Teller von mir; der Appetit auf den letzten Bissen ist mir vergangen. «Momentan fühlt es sich nicht so an, als könnte ich den Master überhaupt packen.»

«Nur weil du gerade eine kleine Pause einlegst, heißt das doch nicht, dass du dein Studium nicht schaffst», versucht Lissa, mich aufzubauen. «Dann hängst du eben ein Semester dran.»

«Nur kann ich mir das nicht leisten, wenn ich nächstes Jahr die Stelle antreten will. Die Teamleiterin, bei der ich das Praktikum gemacht habe, lässt mir die Stelle freihalten. Aber wenn ich den Master nicht schaffe, kann ich mir den Job abschminken und vermutlich auch jeden weiteren bei BMW», gestehe ich zum ersten Mal auch mir selber ein. Bisher habe ich das Thema erfolgreich verdrängt, weil ich wegen Teddys Unfall total unter Schock stand und alles, was mich zusätzlich belastet hätte, ausgeblendet habe. Aber jetzt wird mir unmissverständlich klar, dass meine Karriere bei BMW auf dem Spiel steht.

«Kannst du denn nicht mit denen reden? Wenn die Teamleiterin so begeistert von dir war, wird sie sicher Verständnis für deine Situation haben und eine Ausnahme machen.»

«Ich möchte aber keine Ausnahme sein», widerspreche ich Lissa energischer als beabsichtigt. «Wenn das die Runde macht, werden alle sagen, dass ich den Job nur durch Bevorzugung bekommen habe. Weil mich die Teamleiterin mag. Ich will den Job aber, weil ich gut bin.»

Lissa nickt verständnisvoll. «Ich weiß genau, was du meinst. Ich hatte im *INKnovation* auch ständig das Gefühl, mich beweisen zu müssen.» Alissa arbeitet neben ihrem Kunststudium als Tätowiererin und hat leider viel zu oft mit Arschlöchern zu tun, die meinen, dass Tätowieren reine Männersache sei. «Aber um Hilfe oder Verständnis zu bitten, ist keine Schwäche, Leo. Wir sind der Männerwelt keine Rechenschaft schuldig. Du bist gut! Und das hast du während des Praktikums unter Beweis gestellt. Sonst hätten sie dir wohl kaum eine Stelle angeboten.»

«Genau! Und bei dem aktuell herrschenden Fachkräftemangel warten Unternehmen gerne auf hoch qualifizierte Masterabsolvierende. Wenn es mit BMW nichts wird, dann startest du eben etwas später bei einer anderen Firma durch. Du bekommst deinen Traumjob.»

Traumjob.

Wäre es danach gegangen, hätte ich nach dem Abi Vollzeit in Teddys Werkstatt angefangen und würde auf meine eigene kleine Werkstatt hinarbeiten. Am liebsten hier in Lüneburg. Aber ich habe mich von Mama überreden lassen: *Du musst studieren, Leona. Ohne einen Uniabschluss wirst du in dieser Männerdomäne niemals Karriere machen.*

Mamas Worte dröhnen in meinen Ohren, während ich missmutig aufseufze. «Ihr habt ja recht, aber … aber ich weiß nicht, ob ich noch so lange studieren kann. Beziehungsweise möchte. Ich will den Master unbedingt in der Regelzeit hinter mich bringen, um endlich arbeiten zu können. An richtigen Maschinen und echten Projekten. Dieser ganze Theoriekram ist so nervig, dass ich manchmal sogar mit dem Gedanken spiele, unsere Waschmaschine kaputt zu machen. Nur um sie wieder reparieren zu können.»

Lissa schmunzelt. «Soll das heißen, es ist gar kein Zufall, dass unsere Spülmaschine gefühlt jeden Monat den Geist aufgibt und von dir repariert werden muss?»

Ich lache auf. «Könnte man meinen. Aber das Ding ist einfach Schrott, damit habe ich nichts zu tun.»

«Okay. Zurück zum Thema.» Calla lehnt sich vor und blickt mich ernst an. «Sag uns, was du brauchst, um dein Studium in der Regelzeit zu schaffen.»

«Ein Wunder?» Stöhnend verziehe ich das Gesicht.

«Wie wäre es fürs Erste mit einem Lernbuddy», schlägt Calla vor. «Ich muss für gefühlt hundert Klausuren lernen, weil ich so viel Stoff nachzuholen habe, und könnte eine Leidensgenossin brauchen.»

«Same!» Lissa hebt ihre Hand. «Ich will dieses Semester auf jeden Fall den Abschluss machen.»

«Dann lasst uns gemeinsam lernen. Uns zu dritt motivieren. So wie früher. Bevor der Ernst des Lebens uns auseinandergerissen hat.»

«Du klingst, als wären wir in die Schlacht gezogen, Calla.»

«Das Leben besteht ja auch aus Schlachten. Aus großen und kleinen. Manche gewinnt und andere verliert man», sagt sie, und ich verstumme.

Ihre Worte erinnern mich daran, wie viel Calla und Lissa in der Vergangenheit durchmachen mussten. Das vergesse ich oft, wenn sie so vor mir sitzen. Stark, lebensbejahend, positiv, offen – trotz all der Schlachten, die sie schlagen

mussten. Dagegen sind meine Probleme ein Kindergeburts-
tag. Abgesehen von Teddys Unfall natürlich.

Ich greife nach meinem Latte macchiato und halte ihn in
die Höhe: «Auf alle Schlachten, die wir schon erfolgreich
geschlagen haben.»

Lissa und Calla tun es mir gleich und erheben ihre Was-
sergläser. «Und auf alle, die wir noch schlagen werden», ergänzt Lissa und blickt lächelnd in unsere kleine Runde.

«Wann und wo wollen wir denn eigentlich unsere Lern-
schlacht starten?», frage ich und stelle meinen Latte zurück
auf den Tisch. «Direkt morgen? Ich hätte immer von neun
bis zwölf Zeit.»

«Passt!», sagen Lissa und Calla gleichzeitig.

Wir verabreden uns auf *Zoom*, und ich nehme mir fest
vor, keine unserer Lernsessions ausfallen zu lassen. Es sein
denn, meine Gebete werden erhört und Teddy erwacht
endlich aus dem Koma.

«Ich hatte so Schiss, dass die Therapie vielleicht gar nichts
gebracht hat», sagt Lissa leise. Wir spazieren inzwischen
durch die Innenstadt und unterhalten uns über ihr Famili-
entreffen. «Oder dass es noch zu früh ist und die Wunden
noch zu frisch sind, aber ... Becka hat solche Fortschritte
gemacht. Sie hat sich sogar entschuldigt. Teilweise auch für
Dinge, an die ich mich gar nicht mehr erinnern konnte, weil
ich einige ihrer Aktionen anscheinend verdrängt habe.»

«Okay, wow! Das klingt wirklich richtig gut...»

«Fast schon zu gut», führe ich Callas Satz fort und kann

meine Skepsis nicht verbergen. Nicht wenn es um Becka geht. «Es wäre nicht das erste Mal, dass sie dich in Sicherheit wiegt, nur um dir, wenn du am wenigsten damit rechnest, ein Messer ins Herz zu rammen.»

«Um ehrlich zu sein ... bin ich auch misstrauisch», gesteht Calla und sieht Lissa entschuldigend an. «Sorry, wenn das jetzt so rüberkommt, als würden wir uns nicht unendlich für dich freuen. Das tun wir!»

Ich bekräftige ihre Worte mit einem heftigen Nicken. «Und wir wünschen dir so sehr ein normales und vor allem gesundes Verhältnis zu deiner Schwester, aber ...»

Lissa unterbricht mich. «Habt ihr euch mit Simon abgesprochen, oder was? Das waren fast exakt seine Worte – bis er mit eigenen Ohren gehört hat, wie Becka am Esstisch vor Papa und mir», Lissa zeichnet Gänsefüßchen in die Luft, «‹die Wahrheit› über Mamas Unfall erzählt hat.»

Meine Augen werden groß. «Du meinst, was in jener Nacht wirklich geschah?»

«Ja.»

«Alles?», fragt Calla genauso ungläubig wie ich.

«Alles. Jedes Details. Und ... es war so verdammt schmerzhaft, das alles noch mal zu hören.»

Calla greift nach Lissas Hand.

Ich streiche sanft über ihren Rücken und lege so viel Vorsicht wie möglich in meine Stimme, als ich frage: «Und wie hat euer Vater reagiert?»

Lissa holt tief Luft. «Ich habe ihn zum ersten Mal seit Mamas Beerdigung wieder weinen sehen. Er hat nichts gesagt. Einfach nur geweint und meine Hand genommen. Dann musste ich natürlich auch weinen. Und sogar Simon sind die Tränen gekommen. Wir haben alle geweint.» Lissas Stimme klingt so belegt, als wäre sie kurz davor, hier und jetzt, mitten Am Sande, zwischen Cafés, Restaurants und vorbeilaufenden Menschen, in Tränen auszubrechen.

Auch ich kämpfe mit meinen Emotionen.

«Gott, Lissa», schluchzt Calla.

Keine Ahnung, von wem der Impuls ausgeht, stehen zu bleiben. Oder wer wen zuerst umarmt. Aber wir liegen uns in den Armen, halten einander fest und freuen uns für Lissa. Weil Becka es wirklich ernst zu meinen und ihr Papa seine Eisschicht endlich abzulegen scheint.

Als wir uns wieder voneinander lösen, haben wir alle feuchte Augen. Obwohl es gute Tränen sind, will ich verhindern, dass die Stimmung kippt. Ich sehe mich um und weiß auch schon, wie ich uns alle wieder zum Lächeln bringe.

«Wisst ihr eigentlich, wo wir gerade sind?»

Meine Freundinnen blicken sich um, und es dauert keinen Herzschlag, bis bei Lissa der Groschen fällt. «O mein Gott, ja!»

Calla dreht sich einmal um ihre eigene Achse und wirkt total verloren. Sie hat den schlimmsten Orientierungssinn der Welt.

Ich schnaube belustigt. «Dein Ernst, Calla? Komm schon.»

«Wer oder was soll denn hier Am Sande sein?»

«Immerhin weißt du, auf welchem Platz wir sind», witzele ich.

Als Lissa auf den Friseurladen mit der Hausnummer 31 deutet, blitzt Erkenntnis in den dunklen Augen unserer

Freundin auf. «Awww. Unser geheimer Ort. Wie cool.» Freudig klatscht sie in beide Hände. «Ob unsere Sitzecke wohl noch existiert?»

«Lasst uns nachgucken», sage ich und hake mich bei Lissa und Calla unter.

Uns trennen keine fünf Schritte vom Durchgang, der uns in eine andere Welt führt. So fühlt es sich zumindest an, als wir den Hinterhof betreten. Diesen Ort, der voller Historie ist und gleichzeitig diese ländliche Idylle ausstrahlt. Mit seinen restaurierten Fachwerkgiebeln und einer Mauer mit Rundbogen, an dem Stockrosen emporranken. Zwischen alten Bäumen und Pflanzen blitzt die St. Johanniskirche hervor. Ein geheimer Blick auf Lüneburg von hinten, den selbst viele Einheimische nicht kennen und Touris noch weniger. Kurz vor unserem Abi entdeckten Calla, Lissa und ich diesen Hinterhof eher durch Zufall und waren sofort verzaubert von diesem niedlichen Winkel Lüneburgs.

«Es hat sich nichts verändert.» Meine Stimme ist ein Flüstern. Weil ich mir einbilde, andere auf unser Geheimversteck aufmerksam zu machen, wenn ich zu laut bin. Und das will ich auf keinen Fall riskieren. Denn die kleine, gemütliche Sitzecke, die sich einer der Hausbewohner eingerichtet hat, bietet nur Platz für drei.

«Als wären die Stühle für uns reserviert», spricht Calla aus, was ich gedacht habe.

Wir lassen uns auf den Holzstühlen nieder und lauschen der Stille, obwohl das Getümmel nur ein paar Schritte entfernt ist. Aber hier, an diesem ruhigen kleinen Glücksort, bekommt man von Stimmen und Gelächter der Leute, die auf den Terrassen der Restaurants und Cafés sitzen, nichts mit. Als würden sämtliche Geräusche an den Mauern, die uns umgeben, abprallen. Wie eine geheime Welt, in der die Zeit stehen geblieben ist. Genau das, was ich jetzt brauche, bevor mich später im Krankenhaus die Realität einholt.

25
Aaron

Lieber Herr Sanders,
ich freue mich, Ihnen mitteilen zu können, dass unsere
Wahl auf Sie gefallen ist. Wir glauben, dass Sie die ideale
Besetzung zur Verstärkung unseres Trainer-Teams sind,
und freuen uns, Ihnen ab dem 1. Oktober …

Ich lese nicht weiter. Ich freue mich, aber irgendwie …
kommt mir dieses Gefühl hohl vor. Vielleicht weil ich niemanden habe, der sich mit mir freut. Klar könnte ich ein
paar Kollegen und Kommilitonen aus München oder auch
Ben davon erzählen. Aber sie würden nicht verstehen, was
es mir bedeutet, in einem der renommiertesten Golfclubs
Deutschlands Kindern und Jugendlichen das Golfspielen
beibringen zu dürfen. Sie würden mir lediglich gratulieren
und mich im nächsten Satz fragen, ob ich eine kostenlose
Mitgliedschaft klarmachen könnte.

Und Mama wäre zwar stolz, aber vermutlich auch traurig
darüber, dass ich nicht nur in München studieren, sondern
nach meinem Abschluss auch dortbleiben werde. Weit weg
von zu Hause. Von ihr und Vater, mit dem ich sie allein

lassen werde. Denn so fühlt sich diese Zusage gerade an. Als würde ich Mama mit einem kranken Ehemann hängen lassen. Oder – falls er wieder gesund wird – die Chance verpassen, ihn kennenzulernen und all die unschönen Dinge, die zwischen uns stehen, aus dem Weg zu räumen. Wobei ich keine Ahnung habe, wie das gehen soll, ohne dass er mich von dieser verfluchten Bürde befreit und endlich reinen Tisch macht. Je mehr Zeit vergeht, desto mehr macht sich die Angst in mir breit, dass es niemals dazu kommen wird. Weil Vater einfach nicht aufwacht.

Seit über einer Woche liegt er nun im Koma. Und obwohl die Narkosemittel inzwischen komplett abgesetzt wurden und es angeblich keine Komplikationen gab, wird er einfach nicht wach. Das ärztliche Personal weiß nicht, woran es liegt. Selbst die leitende Oberärztin ist ratlos.

«Das kann vorkommen», hat sie uns erklärt. «Sein Körper braucht eventuell länger, um die Narkosemittel vollständig abzubauen.» Wir sollen weiterhin für ihn da sein und Geduld haben. Aber ich habe einfach nur eine Scheißangst. Angst, dass die Ärzte was übersehen haben oder dass Vater bleibende Schäden davontragen könnte. Dennoch zwinge ich mich, mit Leo und Mama ins Krankenhaus zu fahren, an seinem Bett zu sitzen und mit ihm zu sprechen. Wobei ich Letzteres eher Leo überlasse, weil sie von der Arbeit in der Werkstatt und ihrem Studium erzählt. Dinge, von denen ich keine Ahnung habe. Im Gegensatz zu ihr muss ich mir immer Themen aus den Fingern saugen. Schon während der Fahrt ins Krankenhaus zerbreche ich mir den Kopf darüber, was ich ihm erzählen könnte. Viel hatten wir uns noch nie zu sagen.

Wir fahren jeden Tag ins Krankenhaus, reden mit ihm, bringen ihm Essen und Musik mit und hoffen, dass die Vertrautheit unserer Stimmen und der Klänge und Gerüche dazu führt, dass er endlich wach wird. Aber all das hat bislang nichts gebracht. Und das Schlimmste daran? Es wird langsam zur Normalität. Mama geht seit Montag wieder Teilzeit arbeiten, was bedeutet, dass ich seit drei Tagen allein mit meinen viel zu lauten Gedanken in diesem Haus bin. Zumindest bis sie um eins wiederkommt, um für ihn zu kochen. Zusammen mit Leo, der ich seit Montag ein Dutzend unterschiedliche Nachrichten geschrieben habe, ohne sie abzuschicken. Nachrichten, in denen ich sie nach Treffen frage. Um was trinken zu gehen. Für ein nicht datemäßiges Golfdate. Eine Fahrt in die Heide. Oder eine Fortsetzung unter der Dusche. Aber ich mache jedes Mal einen Rückzieher.

Wenn ich das nicht täte, könnte ich nach ihr süchtig werden, fürchte ich. Weil ich mit ihr fast alles, was mich belastet, vergessen kann. Vor allem meine Angst um Vater. Sogar dass er im Koma liegt. Sogar mein schlechtes Gewissen Mama gegenüber. Neulich in der Werkstatt hat sie es nicht bloß geschafft, mich aufzubauen. Sie brachte mich sogar dazu, mich an diesem Ort wohlzufühlen. Niemand sonst hat das bisher geschafft. Und ich weiß nicht, ob mir das gefällt. Ob es schlau ist, sie so nah an mich ranzulassen. Wer weiß, was für einen Seelenstriptease ich beim nächsten Mal hinlege? Vielleicht sollte ich es bei den Nachmittagen, die wir uns im Krankenhaus sehen, belassen und sie danach, wie bisher auch, in der Werkstatt absetzen. So war es zumindest die letzten vier Tage. Seit gestern geistert die Frage, ob sie mir aus dem Weg geht, in meinem Kopf herum. Und es gäbe einen einfachen Weg, das herauszufinden, aber als ich mein Handy entsperre, um Leo zu schreiben, erscheint eine Nachricht von Ben:

> Nimm dir morgen Abend nichts vor. Hab ein paar Leute zusammengetrommelt, und die Anwesenheit des Geburtstagskindes ist Pflicht. Also komm ja nicht auf die Idee, mir kurzfristig abzusagen.

Ich verdrehe genervt die Augen und antworte:

> Um kurzfristig abzusagen, müsste ich zunächst mal zusagen.

Abgesehen davon, dass ich Überraschungen nicht ausstehen kann, ist mir absolut nicht danach, meinen Geburtstag zu feiern. Um ehrlich zu sein, hatte ich komplett vergessen, dass morgen der 25. August ist. Der erste Geburtstag, zu dem Vater mir nicht gratulieren wird.

Ich schlucke.

Wird er mir jemals wieder zu meinem Geburtstag gratulieren?

Ich schüttele den Kopf, um den Gedanken zu vertreiben, und lese Bens Antwort auf meine Nachricht.

> Erstens: Wenn du glaubst, dass ich dich deinen Geburtstag – unter diesen Umständen – alleine verbringen lasse,

scheinst du mich entweder verdammt
schlecht zu kennen oder vergessen zu
haben, was für ein grandioser Freund
ich bin. Also leg dir besser schon dein
Geburtstagsoutfit zurecht und fang
frühzeitig an, dich fertig zu machen,
damit du morgen um Punkt 20 Uhr
startklar bist, wenn ich dich abhole.

Ich schnaube genervt. Hoffentlich geht die Zeit morgen schnell rum.

Zweitens: Wie sieht es mit deiner
Fitness aus? Ich wollte um 11 ins
Fitnessstudio und mal wieder ein paar
Golf-Work-outs machen. Lust und Zeit?
Danach wollte ich auf gut Glück in
eurer Werkstatt vorbeischauen wegen
des Oldtimers meines Opas. Weißt du
zufällig, ob wer auch immer heute dort
arbeitet was von Oldtimern versteht?

Bei seiner Frage, ob ich mit ins Fitnessstudio kommen will, war ich noch unschlüssig. Bis ich das Wort Oldtimer las. Ich muss sofort an Leo denken. An ihre Begeisterung für alles, was alt ist und einen Motor hat. Sie würde sich garantiert freuen, Ben beraten zu können. Und ich hätte einen guten Grund, dabei zu sein, wenn ich vorher mit ihm unterwegs bin. Bleibt nur die Frage, ob Leo überhaupt in der Werkstatt sein wird.

Zu erstens: Ich mag's zwar nicht, unter
Druck gesetzt zu werden, aber danke
trotzdem, dass du was organisiert hast.
Ich werde vor Aufregung die ganze
Nacht nicht pennen können 😴. Und zu
zweitens: Das wird dir beim nächsten
Spiel gegen mich zwar nichts bringen.
Aber klingt gut. Bin dabei. Holst du
mich ab? Und ich frag mal bei Leo nach,
ob sie Zeit für das Auto hat.

Perfekt. Dann bis gleich. Meinst du
Karottenkopf-Leo?

Ich spüre, wie sich mein Kiefer anspannt, weil er sie schon
wieder Karottenkopf nennt.

Ja, ich meine damit die Leo.

Es juckt mich in den Fingern, ihren Namen links und rechts
mit einem Sternchen zu versehen, um ihn mit Fettschrift
hervorzuheben. Aber den Wink würde er vermutlich nicht
checken. Es ist eindeutiger, wenn ich ihm einfach sage, dass
er sie bei ihrem richtigen Namen nennen soll. Also schicke
ich noch eine unmissverständliche Nachricht hinterher.

Hör bitte auf, sie Karottenkopf zu
nennen.

Klar. Kann ich machen. Wollte nur
sichergehen, dass wir von derselben
Frau sprechen. Ich erinnere mich, dass
Leo ab und zu in der Werkstatt deines
Dads gearbeitet hat, aber hat sie auch
Ahnung von Oldtimern?

Leo ist ein Oldtimer-Nerd, glaub mir.

Wenn das so ist, frag gerne, ob sie Zeit
hat. Oder gib mir ihre Nummer, dann
frag ich sie selber.

Ich rede mir ein, dass es Leo nicht recht wäre, wenn ich ihre
Nummer an irgendwelche Typen weitergebe. Auch wenn
es sich in diesem Fall um einen meiner besten Freunde handelt.

Schon okay. Ich schreib ihr direkt und
sag dir dann Bescheid. Bis gleich.

Bens Antwort warte ich gar nicht erst ab und wechsele direkt zum Chat von mir und Leo. Unsere letzte Unterhaltung
war an dem Tag, als ich sie unter der Dusche zum Orgasmus
gebracht habe. Wir haben uns seitdem kein einziges Mal gestritten. Jetzt, da alles wieder mehr oder weniger okay zwischen uns ist, können wir Vater irgendwann vielleicht doch
noch die geschnittene Version unseres Backvideos zeigen.
Vorausgesetzt, ich gestehe Leo, das Video niemals gelöscht
zu haben. Nur würde mich das nicht gerade in ein gutes

Licht rücken. Und ich will nicht riskieren, deswegen einen unnötigen Streit anzuzetteln. «Was sie nicht weiß, macht sie nicht heiß», murmele ich vor mich hin und schreibe Leo eine Nachricht, die ich diesmal wirklich abschicke.

Hallo Papa,

heute erzähle ich dir eine Sache über die ich mit niemandem außer dir sprechen kann. Nicht mal Calla und Lissa wissen davon. Weil es mir so peinlich ist. Und weil sie es nicht verstehen würden. Ich verstehe es ja selbst nicht. Es geht mal wieder um Aaron. Er hat seit ein paar Wochen eine Freundin. Was mir bis gestern ziemlich am Arsch vorbeigegangen ist, weil ich mir nicht vorstellen konnte, dass es wirklich stimmt und dass Aaron überhaupt in der Lage ist, nett zu einem Mädchen zu sein. Gestern, als ich auf dem Weg zu Lissa war, habe ich sie an der Bushaltestelle zum ersten Mal zusammen gesehen und heimlich beobachtet. Das Mädchen hat pechschwarzes, langes Haar und ist echt schön. Sie saß auf Aarons Schoß und sie haben sich geküsst. Er hat dabei ihr Bein gestreichelt. Als der Bus kam, hat er sie ganz fest an sich gedrückt, sie noch mal geküsst und gewunken, bis der Bus weggefahren war. Das Lächeln auf seinen Lippen konnte ich sogar von meinem Versteck aus, hinter dem Baum, erkennen. So habe ich Aaron noch nie gesehen. Und das hat mich wütend gemacht. So sehr, dass ich weinen musste. Warum, weiß ich selbst nicht genau. Vielleicht, weil er mich vor fünf Monaten nicht küssen wollte. Vielleicht weil er zu mir immer scheiße ist, obwohl er anscheinend ja auch anders kann. Vielleicht auch, weil seine Freundin so perfekt aussieht. In ihrem bunten Kleid, den weißen Ballerina

Schuhen und mit dem langen glänzenden Haaren. So
werde ich niemals aussehen. Ich habe ja nicht mal Brüste.
Kein Wunder, dass Aaron mich nicht küssen wollte. Oder
sonst wer aus meiner Stufe.
Und während ich das hier schreibe, könnte ich schon
wieder heulen, obwohl ich Aaron nicht mal leiden kann.
Was ist denn nur los mit mir, Papa?

Bis bald.
Hab dich lieb,
Deine Leo

26
Leona

«Dann bis morgen.» Ich winke zur Verabschiedung in die Webcam meines Laptops, bevor Lissa, Calla und ich das Zoom-Meeting verlassen. Tag drei unserer Lernsessions war sehr viel produktiver als die letzten beiden Tage. Ich habe endlich meine Konzentration wiedergefunden und alles, was ich mir zum Lernen vorgenommen habe, auch geschafft. Dank meiner Mädels. Ihnen am Bildschirm beim Lernen beziehungsweise Lissa beim Malen zuzusehen, war absolut motivierend. So motivierend, dass ich nach einer kurzen Toilettenpause direkt weitermachen werde. Ich nehme mein Handy vom Gartentisch und deaktiviere auf dem Weg zum Klo den Flugzeugmodus, den ich ehrlicherweise nur aus einem Grund aktiviert habe: Aaron und der Versuchung, ihm zu schreiben. Oder alle zehn Minuten nachzusehen, ob er *mir* geschrieben hat. Seit Samstag haben wir uns nur in Anwesenheit seiner Mutter gesehen. Und da ich penibel darauf achte, nichts zu sagen oder zu tun, das Lydia auf den Gedanken bringen könnte, zwischen uns wäre was gelaufen, fällt unsere Konversation entsprechend … kühl aus. Was man von unseren Blicken nicht gerade behaupten kann. Sie sind nie besonders lang, dafür aber tief und von einer Intensität, die jedes Mal meinen Puls beschleunigt.

Genauso wie seine Nachricht:

Hey, Leona …

Allein schon weil er mich Leona nennt.

Bist du so ab eins zufällig in der Werkstatt? Ein Freund von mir hätte ein paar Fragen zu einem Oldtimer. Und du hast doch sicher Lust, mit deinem Fachwissen anzugeben? 😉

Hahahaha … Ich fasse das mal als Kompliment auf. Ich kann ihn gerne beraten. Was will er denn wissen?

War ja auch als Kompliment gemeint. So genau weiß ich das nicht, aber es geht um den Oldtimer seines Opas. Eventuell eine Restaurierung oder so.

Oh, das klingt spannend. Danke, dass du an mich gedacht hast, Aaron.

Das tu ich in letzter Zeit öfter.

Ich kann ein leises Seufzen gerade noch zurückhalten. Aber gegen das plötzliche Herzklopfen bin ich machtlos. Auf meiner Haut beginnt es zu kribbeln, als hätte Aaron mir diese Worte geradewegs ins Ohr geraunt. Lächelnd tippe ich eine Antwort – die nicht ganz so unschuldig und süß ist wie seine.

> Geht mir auch so ... besonders unter
> der Dusche.

Ich grabe die Zähne in meine Unterlippe, knabbere auf ihr herum, während ich auf der Kloschüssel sitze und Aarons Reaktion abwarte. Wird er drauf eingehen? Ich starre aufs Display, als würde gleich die Liveübertragung einer Ufo-Landung gezeigt werden. Ich ertappe mich sogar dabei, den Atem anzuhalten. Was total übertrieben ist. Weil ich schon viel krassere und eindeutigere Nachrichten an Typen geschickt habe. Aber Aaron ist eben Aaron. Den diese harmlose Andeutung so zu überfordern scheint, dass er gar nicht antwortet. Er ist nicht mal mehr online. Ist das sein Ernst? Warum lässt er mich so auflaufen? Verärgert über mich selbst stöhne ich auf. Ich hätte den Part mit der Dusche weglassen sollen und würde meine Nachricht am liebsten aus unserem Chat löschen. Aber das geht nicht, weil er sie offenbar schon gelesen, aber auch zehn Minuten später nicht darauf reagiert hat. Zehn Minuten sind nicht die Welt. Aber sie reichen aus, um an meinem Ego zu kratzen.

Inzwischen sitze ich wieder im Garten und versuche zu lernen. Aber wie soll ich mich auf irgendeine Formel konzentrieren, wenn ich alle zehn Sekunden auf mein Handy starre. Und dann … dann tue ich etwas, was ich bei anderen Leuten immer so absolut lächerlich und albern fand: Ich stelle unseren Chat auf stumm und archiviere ihn – nur um fünf Minuten später wieder nachzusehen und festzustellen, dass er noch immer nicht zurückgeschrieben hat. So bescheuert habe ich mich noch nie benommen. Zumindest nicht wegen eines Typen. Was ist nur los mit mir? Mittlerweile rege ich mich mehr über mich selbst als über Aaron auf. Wo zur Hölle ist die entspannte Leo hin?

Das mit dem Lernen hat sich damit auch erledigt. Ich werfe meine Karteikarten auf den Terrassentisch und gehe in die Küche. Mein Handy habe ich bewusst im Garten zurückgelassen und spiele tatsächlich mit dem Gedanken, es auch nicht mit in die Werkstatt zu nehmen. Ich beschließe spontan, jetzt sofort hinzugehen – auch wenn der Freund von Aaron erst in zwei Stunden kommt.

Hauptsache, ich komme auf andere Gedanken. Gedanken, die mich keine Minute später unter der Dusche wieder einholen, als Bilder aufblitzen.

Von Aaron. Auf Knien. Mein Bein auf seiner Schulter. Und sein Kopf zwischen meinen Beinen.

Hitze und Lust schießen durch meinen Körper, der sich mit jeder Faser nach Aarons Berührungen sehnt.

Mist.

Ab morgen ist definitiv Katzenwäsche angesagt.

Ich spüle mir rasch die Seife von der Haut, trockne mich ab und schlüpfe in meinem Zimmer in eins meiner Lieblingsoutfits. Boyfriend-Jeans und weißes Crop-Top. Wieder unten, lasse ich mein Handy natürlich nicht im Garten liegen. Ich will wegen Teddy erreichbar sein und noch mal die Wetter-App checken, bevor ich aus dem Haus gehe. Die Gewitterwarnung gilt nach wie vor nur für morgen. Zumindest für den Moment beruhigt, werfe ich mein Handy in den Shopper. Dann ziehe ich mir im Flur meine Sneakers an, öffne die Haustür – und bremse abrupt ab. Weil Aaron in T-Shirt und Sporthose vor mir steht und mich ansieht, als wäre er erleichtert. Ich starre überrascht zurück, darauf wartend, dass er mir erklärt, was er hier macht.

«Ich hatte gehofft, dass du zu Hause bist.»

Und ich hatte gehofft, dass du zurückschreibst.

«Das hatte ich vor … Aber ich saß gerade im Auto und hatte plötzlich keinen Akku mehr.»

Erst Aarons Antwort macht mir bewusst, dass ich meinen Gedanken laut ausgesprochen haben muss. Und dass ich mich völlig umsonst so aufgeregt habe. Ich reiße mich zusammen, um nicht genervt von mir selbst die Augen zu verdrehen.

«Und … warum bist du hier?», frage ich stattdessen.

«Um dir zu sagen, was ich vorhin eigentlich schreiben wollte.»

«Das da wäre?»

Er beugt sich vor und flüstert: «Dass ich ständig daran denken muss, was wir unter der Dusche getan haben.»

Mir wird warm. Ich umfasse den Henkel meiner Tasche fester und spüre, wie sich die Haut über meinen Knöcheln spannt. Meine Nägel bohren sich beinahe schmerzhaft in die Innenfläche der Hand. Ich bin nur einen Herzschlag davon entfernt, meine Tasche loszulassen und mich auf ihn zu stürzen.

«Warum stehen wir dann noch hier rum?» Meine Stimme ist nicht mehr als ein Flüstern. Ausgedünnt von der plötzlichen Trockenheit in meiner Kehle. Ich schlucke.

Aarons Blick verdunkelt sich. Er taxiert mich von Kopf bis Fuß und wieder zurück. Als er mir schließlich in die Augen sieht, glimmt in seinen etwas auf, und sein Brustkorb dehnt sich in einem tiefen Atemzug. Er sieht aus, als würde es ihm ähnlich schwerfallen, sich zu beherrschen, wie mir. «Weil hinter dem Busch vor eurem Haus ein Kumpel im Auto darauf wartet, dass wir ins Fitnessstudio fahren», antwortet Aaron. «Wir waren schon fast da, als mein Akku schlappgemacht hat. Ich habe ihn überredet, noch mal umzudrehen … und zu dir zu fahren.»

Trotz der Enttäuschung muss ich lächeln. «Das ist ziemlich süß, Aaron.»

«Ich find's eher beschissen. Weil ich versprochen habe, in fünf Minuten zurück zu sein.»

«Hmm … Das reicht nicht mal für einen Quickie. Aber hierfür schon.» Ich trete über die Türschwelle, um ihn zu küssen.

«Nicht!»

Ich zucke zurück.

«Nicht hier draußen», knurrt er und drängt mich mit seinem großen Körper ins Haus. «Ist deine Mutter da?»

Mein Nein verklingt an seinem Mund, als er mein Gesicht zwischen seine Hände nimmt und mich küsst, als würde er verhungern, wenn er es nicht täte. Ich lasse meine Tasche achtlos zu Boden fallen, damit ich meine Arme um seinen Hals legen kann. Unsere Zungen berühren, umschmeicheln und massieren sich. Ich spüre meine Unterlippe zwischen

Aarons Zähnen, einen wohltuenden Schmerz, als er zubeißt – und seinen Penis, der sich hart gegen meinen Bauch drängt.

Ich stöhne auf. Lust und Hitze jagen wie Blitze durch meinen Körper. Ich schiebe die Finger unter sein T-Shirt. Aarons Haut glüht unter meinen Fingern; sein Brustkorb hebt und senkt sich immer rascher. Genauso wie meiner, während meine Hand über seinen Bauch und tiefer gleitet. Ich sauge an seiner Unterlippe, knabbere an ihr, bis er keuchend wieder die Führung übernimmt. Der Kuss wird fordernder, tiefer. Aber als ich mich seinem Schritt nähere, unterbricht er ihn und stoppt meine Hand.

Die Stirn gegen meine gelehnt, gibt er einen frustriert klingenden Laut – irgendwo zwischen Knurren und Stöhnen – von sich. «Verdammt. Wenn wir jetzt nicht aufhören, werde ich meinen Freund versetzen müssen, und das kann ich nicht machen.»

«Aufhören? Oder deinen Freund versetzen?» Ich weiß gerade nicht, ob ich Aarons Selbstbeherrschung sexy oder einfach nur supernervig finden soll.

«Beides», raunt er.

«Das klingt nach einem Dilemma.»

«Es *ist* ein Dilemma.»

Ich reiße mich zusammen und ignoriere die Hitze zwischen meinen Beinen. «Sei ein guter Freund und geh.» Ich stemme meine Hände gegen seine Brust und schiebe ihn von mir weg.

Er tritt einen Schritt zurück und blickt aus glasigen Augen auf mich herab. «Bis später, Leona.»

Schmunzelnd deutete ich auf seine Erektion. «Du solltest

vielleicht noch einen Moment hier warten, bevor du zu ihm ins Auto steigst.»

«Das mache ich draußen. Denn wenn du vor mir stehst, dauert das garantiert länger als einen Moment.» Er öffnet die Tür und wirft mir von draußen den heißesten Blick zu, den ich je von einem Mann bekommen habe. Mein Herz reagiert mit einem heftigen Pochen, das sich in ein seltsames Ziehen verwandelt, nachdem er die Tür geschlossen hat.

27

Aaron

Ein Krafttraining ist mir noch nie so lang vorgekommen. Die anderthalb Stunden im Fitnessstudio haben sich gezogen wie drei. Aber jetzt sind wir endlich auf dem Weg in die Werkstatt. Ich habe mich sogar überwunden, im Gym zu duschen, was ich sonst zu Hause mache. Aber für Leo bin ich über meinen Schatten gesprungen. Ich will nicht nach Schweiß stinken, wenn ich sie wiedersehe. Auch wenn ich in Bens Anwesenheit die Finger von ihr lassen muss. Er weiß nichts von unserer Frenemies-mit-Benefits-Absprache oder wie auch immer man das, was Leo und ich haben, nennen soll. Er scheint auch keinen Verdacht zu schöpfen, obwohl ich das Gefühl hatte, mich vorhin alles andere als unauffällig verhalten zu haben.

Als ich beim Betreten der Werkstatt Leo in ihren verdreckten Latzhosen und dem eng anliegenden Trägertop entdecke, geht mein Puls plötzlich wieder genauso schnell wie eben beim Training. Die Klamotten würde ich ihr am liebsten vom Körper reißen und diese Klammer aus ihrem kupferroten Haar lösen. Sie unterbricht ihre Arbeit an Vaters Auto, als sie uns sieht, und kommt auf uns zu. Ihre

Wangen sind gerötet, und ich frage mich, ob es an mir liegt. Ob auch sie gerade daran denken muss, an die Dusche, an diese fünf Minuten im Flur. Unsere Blicke treffen sich, und das Funkeln ihrer Augen sagt mehr als tausend Worte. Wir denken gerade exakt das Gleiche.

Ben, der von unserer nonverbalen Kommunikation nichts mitbekommt, marschiert geradewegs an ihr vorbei zu Vaters Mustang. Ohne Leo gegrüßt zu haben.

«Woooww! Was haben wir denn da?» Mit großen Augen bewundert er den Wagen. «Ist das etwa ein Mustang Bullitt?»

Und zack – richtet Leo ihre ganze Aufmerksamkeit auf ihn.

«Nicht ganz», sagt Leo.

«Doch klar», widerspricht Ben, der anscheinend zum Oldtimer-Experten mutiert ist. Kannte er sich schon immer so gut aus? «Der sieht original aus. Wie der Mustang Bullitt von Steve McQueen.»

«Es gab nie ein Modell Bullitt. Es gab nur einen Polizisten namens Frank Bullitt, gespielt von Steve McQueen, der in dem Film *Bullitt* einen Ford Mustang gefahren ist. Und daraus ist der ganze Bullitt-Mythos entstanden», klärt Leo Ben auf. «Der erste Ford Mustang Bullitt kam erst 2001 als Sondermodell raus. Aber das Original war eben kein Bullitt, diese Schönheit hier ist ein Ford Mustang.»

Ich grinse vor mich hin, weil Leo so eine Klugscheißerin sein kann und ich das in diesem Fall sogar irgendwie heiß finde.

«Okay. Aaron hat nicht übertrieben, als er meinte, dass du ein Oldtimer-Nerd bist», sagt Ben.

«Was als Kompliment gemeint war!», werfe ich sicherheitshalber ein.

Leo wirft mir einen amüsierten Blick zu. «Das will ich auch hoffen!» Sie wendet sich wieder Ben zu. «Dann bist du also der Typ, der den Wagen seines Opas restaurieren will.»

«Ja, der bin ich. Ben. Sorry, dass ich mich nicht vorgestellt habe, aber dieser Mustang hat mich quasi magisch angezogen.»

Leo winkt lachend ab. «Alles gut. Ich bin Leo und habe dafür volles Verständnis. Wie genau kann ich dir denn helfen, Ben?»

«Also ... um ehrlich zu sein ... hätte ich nichts dagegen, vorher noch ein bisschen mehr über diesen Wagen zu erfahren. Dürfte ich vielleicht einen Blick auf den Motor werfen?»

Obwohl ich etwas abseitsstehe, könnte ich schwören, Leos Augen leuchten zu sehen, als sie Bens Bitte nachkommt und die Motorhaube öffnet. Eigentlich wäre das der Moment, in dem ich mich ausklinken und mit meinem Handy beschäftigen würde. Aber selbst wenn ich noch Akku hätte: Leo zu beobachten ist hundertmal unterhaltsamer. Obwohl ich keine Ahnung habe, wovon die beiden sprechen, könnte ich ihr ewig zuhören beziehungsweise zusehen. Sie redet so begeistert über den Mustang.

«Ich kann dich übrigens noch über einen weiteren Mythos aufklären: Dass jede Mustang-Generation mit einem V8-Motor angefangen hat, stimmt nämlich nicht. Wegen der Ölkrise wurden Anfang der Siebzigerjahre auch kleinere Motoren eingebaut. Wie zum Beispiel – was kaum jemand weiß – der Köln-Motor, eine etwas günstigere Alternative zum V8er.»

Ben nickt interessiert. «Und was ist das hier für ein Motor?»

«Ein Bigblock. GT 390. Mit 390 Kubikzoll beziehungsweise 6,4 Liter Hubraum.» Ich höre das Lächeln in Leos Stimme und wette, dass sie auch eins auf den Lippen hat. Aber sie steht gerade mit dem Rücken zu mir. «So wie in dem Mustang aus dem Film. Wobei dieser Motor hier mit Besonderheiten ausgestattet ist, von denen die Ford-Ingenieure damals nicht mal zu träumen gewagt hätten, aber … wenn ich erst mal damit anfange, stehen wir heute Abend noch hier», gesteht sie etwas verlegen. «Ich könnte stundenlang von jedem einzelnen Teil an diesem Auto erzählen.»

Und ich könnte dir stundenlang dabei zusehen, schießt es durch meinen Kopf.

«Vielleicht machen wir dafür mal einen Extratermin», sagt Ben, der sichtlich beeindruckt ist. «Bietet ihr auch Probefahrten an? Ich würde den ja gern mal in Aktion erleben.»

«Nein, tun wir leider nicht. Aber wenn du die Gelegenheit hast, so einen Mustang zu fahren, dann nutze sie unbedingt. Man verliebt sich schon in den Sound, wenn er noch steht. Viele Autos klingen erst dann so, wenn du sie richtig forderst. Beim Mustang reicht es schon, wenn er im Stand läuft. Was vor allem an der Zündtaktung und dem speziellen Crossplane-Kurbelwellen-Motor liegt, der …» Lachend unterbricht Leo sich selbst. «O Gott, ich gerate schon wieder ins Schwärmen. Sorry.»

«Kein Problem. Allerdings übersteigen solche Einzelheiten dann doch mein Wissen. Wie kommt es, dass jemand wie du sich so gut auskennt?»

«Jemand wie ich?»

Oh, oh. Ganz dünnes Eis, Ben. Ich kann mir lebhaft vorstellen, wie Leo Ben gerade mit angehobener Augenbraue ansieht. «Du meinst dafür, dass ich eine Frau bin?»

«Nein!» Ben zuckt beinahe zurück und hebt abwehrend die Hände. «Ich meine nur, dass sich Leute in unserem Alter normalerweise nicht für alte Autos interessieren. Bei mir selbst liegt das nur an meinem Opa.»

Gut gerettet, denke ich und atme auf. Wobei es sicher lustig gewesen wäre, wenn Leo Ben in die Mangel genommen hätte. Wie es weitergeht, bekomme ich nicht mehr mit, weil Mo auftaucht und mich in ein Gespräch verwickelt. Als wir uns verabschieden, tritt Ben mit einem zufriedenen Lächeln im Gesicht zu mir. «Ich mach's!»

«Was?», frage ich.

«Opas Wagen restaurieren lassen.»

«Hier?»

«Kommt auf das Angebot an. Leo will mir die Tage eins zuschicken. Danke für den Tipp, Mann!»

«Gerne», sage ich und lasse meinen Blick auf der Suche nach Leo durch die Werkstatt schweifen. Sie ist gerade dabei, mit Mo ins Reifenlager zu verschwinden, und winkt mir zum Abschied zu.

28
Leona

> Hi, Leo. Hier ist Mo. Bin in der Werkstatt
> und hab im Büro einen Brief für dich
> gefunden. Scheint von Theo zu sein.
> Keine Ahnung, ob er wichtig ist. Ich lege
> ihn auf den Schreibtisch.

Stirnrunzelnd starre ich diese Nachricht an. Was ist das für ein Brief? Was steht drin? Und wieso hat Teddy mir den Brief nicht einfach per Post geschickt? Oder wollte er ihn mir persönlich geben und ist nicht mehr dazu gekommen?

Mir läuft es eiskalt den Rücken runter.

Die Nachricht hätte mich nicht zu einem schlechteren Zeitpunkt erreichen können. Lydia hat mich vor drei Minuten zu Hause abgesetzt, und ich wollte eigentlich auf keinen Fall noch mal nach draußen. Weil ein Gewitter vorhergesagt ist. Ich sollte bald überprüfen, ob alle Fenster geschlossen sind, und sämtliche Rollläden runtermachen. Nervennahrung und was zu trinken bereitstellen und für alle Fälle die Taschenlampe rauslegen. Die Playlist muss gecheckt und mein Handy und die Kopfhörer aufgeladen werden. Das Letzte, womit ich mich jetzt befassen möchte, sind potenziell belastende Dinge. Wie diesen Brief. Aber vielleicht steht auch was Gutes drin. Etwas, das mir ein wenig die Anspannung nimmt. So oder so, ich muss ihn lesen. Und zwar noch heute.

Es ist kurz vor sechs, und das Gewitter ist für heute Nacht angekündigt. Wenn ich mich jetzt auf den Weg mache, bin ich gegen halb sieben wieder zu Hause. Kurz entschlossen schlüpfe ich wieder in meine Sneakers und verlasse das Haus.

Weil es bis acht noch immer hell draußen ist und der Bus nur alle zwanzig Minuten fährt, beschließe ich, mir Mamas Fahrrad zu borgen.

Es lehnt noch exakt dort an der Mauer in der Garage, wo ich es vor Monaten abgestellt habe, als ich es das letzte Mal benutzt habe. Mit der Hand befreie ich das Lenkrad von Spinnenweben und den Sattel von Staub. Die Reifen scheinen noch genug Luft zu haben. Und auch die Klingel funktioniert. Das leichte Klappern wird seit dem letzten Mal vermutlich nicht besser geworden sein, aber die kurze Strecke zur Werkstatt und wieder zurück war noch nie ein Problem. Bevor ich mich draufsetze, hole ich mein Handy aus der Hintertasche meiner Shorts und sehe zum gefühlt hundertsten Mal in die Wetter-App. Die Luft ist im wahrsten Sinne des Wortes rein. Trotzdem schaue ich während der Fahrt immer wieder zum Himmel hoch, um beim kleinsten Anzeichen eines Wetterumschwungs wieder umzudrehen und nach Hause zu radeln. Es wäre nicht das erste Mal, dass sich die Meteorologen täuschen.

Ich will an einem sicheren Ort sein, wenn es draußen blitzt und donnert. Nur so kann ich die Panikattacken verhindern. Je eher ich wieder zu Hause bin, desto besser. Also strampele ich schneller, was ich zehn Minuten später schmerzlich bereue.

Denn meine Lungen brennen wie Feuer. Und als ich vom Sattel steige, fühlen sich meine Oberschenkel an, als hätte ich eine Bergetappe der Tour de France hinter mir. Ich bin gerade dabei, das Fahrrad über den Schotterboden zum Rolltor zu schieben, als es mit dem typischen metallischen Quietschen von innen geöffnet wird. Mo tritt heraus und wirkt überrascht, mich zu sehen. Hoffentlich verwickelt er mich nicht in ein allzu langes Gespräch. Ich will mich nicht länger als nötig hier aufhalten. Davon abgesehen, kann ich den Sauerstoff, nach dem ich schnappe, gerade echt nicht fürs Reden aufbringen.

«Hey, Leo.»

Ich nicke und ringe mir zumindest ein halbes Lächeln ab.

«Hattest du gestern nicht gesagt, dass du es heute nicht schaffst?» Seine dunklen Brauen ziehen sich zusammen, und seine Augen werden etwas schmaler, während er mir ins vermutlich hochrote Gesicht sieht. «Geht's dir gut?»

«Ja ... ich bin nur etwas ... zu schnell gefahren ... und ein bisschen außer Atem», antworte ich schwer atmend. Das waren viel zu viele Worte. Ich nehme mir einen Moment, um mich zu erholen, bevor ich etwas ruhiger fortfahre: «Ich bin nur hier, um den Brief abzuholen. Dann muss ich auch sofort wieder weiter.» Den letzten Satz versteht er hoffentlich als Wink mit dem Zaunpfahl.

«Ach so. Dann hast du meine Nachricht also gelesen?» Ich bilde mir ein, einen leisen Vorwurf in seiner Stimme zu hören. Ups. Ich habe vergessen, ihm zu antworten.

Als eine Art Wiedergutmachung und weil ich ihn nicht einfach so stehen lassen will, lasse ich mich doch auf eine kurze Unterhaltung ein. Außerdem fällt mir gerade ein, dass Mo den Termin mit der Gutachterin wahrgenommen hat, die für die Versicherung den Unfallhergang und die Ursache prüfen soll, während Lydia, Aaron und ich bei Teddy waren. Auch das habe ich komplett vergessen.

«Wie war das Treffen mit der Gutachterin?»

Er seufzt und fährt sich mit der Hand übers Gesicht. «Beschissen.»

«Warum? Wird die Versicherung nicht zahlen?»

«Doch schon, aber bei Weitem nicht das, was Theo zustehen würde, wenn wir in den USA wären und er den Hersteller der Hebebühne verklagen könnte.»

Meine Augen werden groß.

In seinen blitzt Wut auf. «Das verdammte Ding hatte einen Defekt und war eine tickende Zeitbombe. Die Hebebühne hätte genauso gut über mir, Paul oder dir zusammenbrechen können.»

Entsetzt starre ich ihn an.

«Stell die nur mal vor, Theo hätte nicht druntergestanden, sondern -gelegen …»

Mir läuft es trotz der schwülen Luft eiskalt den Rücken hinunter. Ich erschauere so heftig, dass Mo es mitbekommt.

«Sorry, ich wollte nicht …»

«Schon gut. Es ist nur … Ich habe nie darüber nachgedacht, dass Teddy sogar Glück im Unglück hatte.»

«Ich bis vor einer halben Stunde auch nicht. Er hatte einen verdammten Schutzengel.»

«Dann sollten wir die Hebebühne so schnell wie möglich entsorgen, oder? Und was ist mit den anderen beiden?» Mir dreht sich der Magen um, wenn ich daran denke, dass ich gestern noch Teddys Wagen aufgebockt habe, um einen Blick drunterzuwerfen. «Sind die vom gleichen Hersteller?»

«Ja. Ich hatte eh überlegt, sie prüfen zu lassen.»

«Gute Idee. Dafür könntest du ja noch mal die Gutachterin kontaktieren. Dich kennt sie ja bereits.»

«Ja, stimmt. Ich kümmere mich gleich morgen darum.» Er wirft einen Blick auf seine Armbanduhr. «Muss dann auch mal los, Leo. Meine Familie fragt sich bestimmt schon, wo ich bleibe.»

«Ja …» Mein Blick huscht kurz zum Himmel, wo zum Glück noch keine einzige Gewitterwolke hängt. «Ich … muss auch wieder nach Hause.»

Mo geht zu seinem Auto und ich in die Werkstatt, wo mein Herz zu rasen anfängt, als ich den Brief auf Teddys Schreibtisch entdecke. Ich habe ganz vergessen, Mo zu fragen, wo er ihn überhaupt gefunden hat. Vermutlich zwischen irgendwelchen Unterlagen.

Ich nehme ihn an mich und sehe, dass er nicht mal zugeklebt ist. Was eindeutig dafür spricht, dass Teddy ihn mir persönlich geben wollte. Würde er überhaupt wollen, dass ich ihn auf diesem Weg erhalte? Gedanken, für die es inzwischen zu spät ist. Nichts und niemand kann mich jetzt noch davon abhalten, den Brief zu lesen. Ich ziehe ihn aus dem Umschlag. Er ist nicht nur gefaltet wie ein förmliches Schreiben, sondern es *ist* auch eines. Und als ich beginne zu lesen, klappt mir der Mund auf. Mit rasendem Puls fliegen meine Augen über das Schreiben. Eine von Lydia notariell beurkundete Überschreibung der Werkstatt an mich und Aaron. Es fehlen nur unsere Unterschriften. Teddy und Lydia – in der Funktion seiner Notarin – haben bereits unterzeichnet.

Das muss ein Scherz sein.

Das *kann* nur ein Scherz sein.

· · · ◆ · · ·

Es ist leider kein Scherz, wie ich gerade erfahren habe.

Ich bin sofort zu Lydia gefahren, weil ich Antworten brauchte. Dieser Brief hat meine Gedanken so durcheinandergewirbelt, dass ich zuerst den Sturm in meinem Kopf bändigen musste, bevor ich mich auf das bevorstehende Gewitter vorbereiten kann. Nun sitze ich Lydia gegenüber am Esstisch, vor mir eine Tasse Tee, die ich nicht einmal angerührt habe. Weil ich keinen Schluck hinunterbekommen würde. Mein Magen fühlt sich wie zugeschnürt an, während ich von dem Brief in meiner Hand zu Lydias Gesicht blicke. Kopfschüttelnd. Ungläubig.

Entschuldigend sieht sie mich an. «Tut mir leid, dass du es auf diese Weise erfahren hast. Theo wollte es an seinem Geburtstag ansprechen, aber dann … hatte er den Unfall.»

Auf meiner Stirn müssen gefühlt tausend Fragezeichen stehen. «A-aber warum? Ich … ich verstehe das nicht. Die Werkstatt bedeutet Teddy alles. Wieso will er sie denn plötzlich nicht weiterführen?»

«So plötzlich ist sein Entschluss gar nicht. Die Arbeit bringt ihn schon seit zwei, drei Jahren körperlich an seine Grenzen. Er dachte, es würde Glück bringen ... wenn er sie an seinem Sechsundsechzigsten an euch überschreibt. Wegen der ...» Ihre Stimme bricht, und sie flüstert: «Schnapszahl.» Tränen schimmern in Lydias Augen, ihr Kinn fängt an zu beben.

Ich greife nach ihrer Hand, drücke und halte sie, während sie weiterspricht.

«Er wollte sich mit seinem Ruhestand selbst ein Geburtstagsgeschenk machen, und für euch Kinder sollte es eine Überraschung werden.»

Das ist ihm gelungen. Nur weiß ich nicht, ob es ein Grund zur Freude ist, weil in meinem Kopf zig Gedanken gleichzeitig explodieren.

Gehört die Werkstatt nun offiziell mir und Aaron?

Können wir sie in Teddys Sinne weiterführen?

Will ich das?

Obwohl die Vorstellung, Teddys Werkstatt zu übernehmen, auch ein bisschen Panik und Versagensangst in mir auslöst, spüre ich gleichzeitig so was wie Freude in mir hochkriechen. Weil sich damit ein Traum erfüllen würde, den ich schon als kleines Mädchen hatte und Mama zuliebe all die Jahre unterdrückt habe.

Aber was ist mit Aaron? Kann er sich das vorstellen? Würde er das überhaupt wollen?

Ich war vorhin kurz davor, ihm einen Screenshot des Schreibens zu schicken. Aber er ist mit Freunden unterwegs, um seinen Geburtstag zu feiern. Das will ich ihm auf keinen Fall vermiesen. Zumal es wirklich keinen Unterschied macht, ob er es heute oder übermorgen erfährt. Außerdem sollte definitiv seine Mutter die Überbringerin dieser Neuigkeit sein. Als ich sehe, wie sich Lydia Tränen von den Wangen wischt, stehe ich auf und ziehe sie an mich. Ich tröste sie, tröste mich. Denn in meiner Brust ist es jetzt so eng, dass ich kaum noch Luft bekomme. Trotzdem presse ich Lydia fester an mich, während sie weint. Mir selbst verbiete ich es, aus Angst, nicht mehr aufhören zu können, wenn ich meinen Gefühlen erst mal freien Lauf lasse.

Sanft drückt Lydia mich schließlich von sich und sieht aus feucht schimmernden Augen zu mir auf.

«Kannst du mir einen Gefallen tun und Aaron nichts davon sagen?»

In der Annahme, dass sie das selbst übernehmen möchte, nicke ich, doch Lydia hat das gar nicht vor.

«Ich hoffe sehr, dass Theo bald wach wird. Dass er Aaron den Brief dann persönlich übergeben und ihm alles erklären kann.»

Etwas, das ich mir selbst gewünscht hätte, anstatt zufällig davon zu erfahren. «Steht in Aarons Brief das Gleiche wie in meinem?»

«Ja. Nur dass wir ihn hier aufbewahren. Theo wollte euch getrennt von seinen Plänen erzählen. Dir in der Werkstatt und Aaron zu Hause. Damit ihr zumindest eine Nacht darüber schlafen könnt, bevor ihr euch darüber streitet, wie es mit der Werkstatt weitergehen soll.» Ob Lydia so zynisch klingen würde, wenn sie wüsste, wie gut Aaron und ich uns neuerdings verstehen?

«Wissen denn Mo und Paul Bescheid?»

«Nein, und das soll auch vorerst so bleiben, solange

nicht sicher ist, wie es mit der Werkstatt weitergeht. Theo wollte ... will auf keinen Fall, dass ihr euch verpflichtet fühlt, den Betrieb wegen der Mitarbeiter weiterzuführen. Es liegen bereits großzügige Abfindungen für die beiden bereit. Falls ihr euch also für den Verkauf oder die Vermietung der Werkstatt entscheidet, dann ...»

«Auf keinen Fall!», poltert es meinem Mund. «Die Werkstatt ist Teddys Lebenswerk und war immer mein zweites Zuhause. Das ist sie auch heute noch. Ich würde sie niemals an jemanden verkaufen oder vermieten.» Schon bei dem Gedanken dreht sich mir der Magen um. «Ohne Teddys Hilfe und die Arbeit in der Werkstatt wäre ich damals an Papas Tod zerbrochen.» Meine Stimme wackelt, und Tränen drohen mir die Kehle zuzuschnüren. Ich blinzele, atme ein paarmal tief ein und wieder aus.

«Das ist nur eine der Möglichkeiten, Leona. Die Entscheidung darüber liegt ganz bei dir und Aaron. Theo will nur, dass ihr euch ohne Schuldgefühle seinen Mitarbeitern gegenüber überlegen könnt, was für euch das Beste ist. Was er ... was wir auf keinen Fall möchten, ist, dass ihr euer Studium oder andere Zukunftspläne über Bord werft oder dafür auf Eis legt.»

Dass Letzteres eigentlich schon der Fall ist, scheint Lydia nicht klar zu sein. Aaron wäre längst wieder in München und ich in Hamburg, wenn Teddys Unfall nicht gewesen wäre. Und wir wären uns niemals nähergekommen, schießt mir als Nächstes durch den Kopf. Wir würden uns nach wie vor nicht ausstehen können. Ist das die positive Seite an der Tragödie? Es heißt ja immer, dass alles aus einem bestimmten Grund passiert. Aber wenn ich den Unfall dadurch ungeschehen machen könnte, hätte ich Aaron lieber ein Leben lang zum Feind.

«Ich möchte aber tun, was für Teddy das Beste ist, Lydia. Und die vertraute Umgebung der Werkstatt wird ihm bestimmt Kraft und Hoffnung geben. Sie wird ihm helfen, schneller wieder auf die Beine zu kommen, wenn er wach ist. So wie sie mir damals nach Papas Tod geholfen hat.»

«Theos Arm ist zertrümmert, Leona. Selbst mit der besten Physiotherapie der Welt wird er nie wieder in der Werkstatt arbeiten können. Zumindest nicht so wie früher. Und so wie ich Theo einschätze, wird ihn das eher frustrieren als motivieren.»

Ich schlucke. Lydias Worte machen mir bewusst, wie sehr ich darauf fixiert bin, dass Teddy wieder wach wird. Dass er danach körperlich und im schlimmsten Fall auch geistig eingeschränkt sein könnte, habe ich bislang immer verdrängt.

«Wenn er wieder wach ist, was hoffentlich bald der Fall sein wird, wird er sich ganz auf die Wiederherstellung seiner Gesundheit konzentrieren müssen.»

«Und du glaubst nicht, dass es ihn beruhigen würde, die Werkstatt in vertrauten Händen zu wissen? Statt im Besitz einer total fremden Person?»

«Mag schon sein. Aber das ist keine Entscheidung, die man leichtfertig fällen sollte. Denk in aller Ruhe darüber nach, wäge jedes Szenario ab. Ich würde vorschlagen, dass wir das Thema jetzt erst mal ruhen lassen – bis Theo wieder wach ist und Aaron Bescheid weiß. Ohne ihn wirst du sowieso keine Entscheidung treffen können. Und ohne eure Unterschriften gehört die Werkstatt immer noch Theo.»

Liegt hier vielleicht der höhere Sinn? Denn ich hätte vor dem Unfall meine Hand dafür ins Feuer gelegt, dass Aaron die Werkstatt allein schon deswegen verkaufen würde, um mir eins auszuwischen. Wir hätten vermutlich nicht mal darüber reden können, ohne uns anzuschreien.

Ich wünschte nur, ich müsste all das nicht vor ihm verheimlichen.

Trotzdem bin ich froh, mit Lydia gesprochen zu haben. Bei unserer Verabschiedung bin ich wesentlich entspannter als bei unserer Begrüßung. Jetzt muss ich nur noch die Gewitternacht hinter mich bringen.

29
Aaron

«Du schleppst mich ins *Pons*?» Entgeistert starre ich das Kreideschild des roten Backsteinhauses an.

«Wann, wenn nicht heute? Wir waren seit 'ner Ewigkeit nicht mehr hier. Ich dachte, wir lassen mal wieder alte Zeiten hochleben.»

Eigentlich keine schlechte Idee. Im *Pons* haben wir unsere halbe Abizeit verbracht. Mal mehr, mal weniger nüchtern. Gut war's aber eigentlich immer. Warum also nicht auch heute?

«Na dann …» Ich werde zumindest versuchen, Spaß zu haben, und muss dabei unweigerlich an Leo denken. Mit ihr muss ich mir das nicht vornehmen. Mit ihr fühlt sich alles leicht an. Ich ertappe mich bei dem Gedanken, mir einfach vorzustellen, sie wäre dabei. Was absolut lächerlich ist, zumal ich noch komplett nüchtern bin. Vielleicht sollte ich heute lieber auf Alkohol verzichten. Dabei hatte ich eigentlich vor, mich zu betrinken. Zumindest genug, um nicht ständig daran denken zu müssen, dass Vater mir nicht zum Geburtstag gratulieren kann.

«Das wird lustig, wirst schon sehen», sagt Ben mit einem verschwörerischen Grinsen auf den Lippen und geht voraus. Ich folge ihm in die älteste Kneipe Lüneburgs, und schon beim Betreten steigt mir der typische Currygeruch in die Nase. Mein Blick schweift durch den Raum, vollgestopft mit Studenten- und Touri-Gruppen. Und einem Junggesellinnen-Abschied. Hoffentlich quatscht mich die Frau mit dem Schleier nicht an. Schnell wende ich den Blick ab. Ich will auf keinen Fall in eins dieser albernen Spiele verwickelt werden, bei denen man entweder einen trinken oder die angehende Braut küssen muss.

Drei Schritte weiter ist die Gefahr fürs Erste gebannt. Wir bleiben vor einem der massiven Biertische stehen, und ich starre überrascht in fünf vertraute Gesichter inklusive dem meiner Ex, Indira. Sie war meine erste Freundin, mit ihr war ich ein halbes Jahr zusammen. Bens Satz – *wir lassen mal wieder alte Zeiten hochleben* – bekommt dadurch eine ganz neue Bedeutung, als meine alten Schulbekanntschaften Oli, Lucas, Malika und Ali plötzlich anfangen *Happy Birthday* zu singen. Ben gibt mit dirigierenden Handbewegungen den Takt vor. Ich wette, dass diese im wahrsten Sinne des Wortes schräge Nummer auf seinem Mist gewachsen ist, und bin froh, als es vorbei ist.

Ich hasse es, im Mittelpunkt zu stehen.

«Danke, Leute!», rufe ich in die Runde und bringe schnell die Begrüßung hinter mich, indem ich alle einmal umarme.

Dann nehme ich Platz und frage mich, ob es Zufall ist, dass der Platz neben Indira noch frei ist. Und so erwartungsvoll, wie sie mich ansieht, kann ich gar nicht anders, als mich auf den Stuhl zu setzen. Ben kommt neben mich und grinst, als hätte er mir einen Riesengefallen getan.

«Cool, dass ihr alle hier seid!», sage ich und meine es auch so.

«Ist doch klar», sagt Ali. «Als Ben erzählte, dass du in Lüneburg keine Freunde mehr hast und deinen Geburtstag ganz allein in deinem alten Kinderzimmer verbringen musst, hat es mir das Herz gebrochen.»

Ben versucht, Ali mit einem Bierdeckel abzuschießen, und verfehlt ihn nur knapp. «Was laberst du für einen Scheiß, Mann? Ich hab niemals gesagt, dass Aaron keine Freunde hat. Sondern ...» Seine Mundwinkel zucken. «... dass ihn keiner leiden kann.»

Alle am Tisch, ich eingeschlossen, müssen lachen.

«Ich hab schon immer gespürt, dass du nur aus Mitleid mit mir befreundet bist.» Ich seufze gespielt.

«Nicht mal das», wirft Oli ein. «Mir hat er neulich erst gesteckt, dass deine Ma ihn bezahlt, damit er mit dir abhängt.»

«Aufwandsentschädigung!», scherzt Malika.

«Oder Schmerzensgeld!», brüllt Luca, woraufhin ein Raunen durch die Runde geht.

«Weiß ich längst, wir teilen uns die Kohle», kontere ich.

Wieder lachen alle, und es fühlt sich an, als wären wir immer noch achtzehn. Als wäre die Zeit stehen geblieben. Die erste Runde Bier geht auf mich. Wir trinken und reden. Über damals. Und heute. Über Pläne, aus denen nichts geworden ist, und Träume, die sich erfüllt haben.

Zum Beispiel für Indira, die mir gerade erzählt, dass sie an ihrer eigenen Modekollektion arbeitet. Stolz und Glück bringen ihre großen dunklen Augen zum Funkeln.

«Herzlichen Glückwunsch. Das ist großartig! Ich hab dir schon damals gesagt, dass du es schaffst.»

Ihre Augenbrauen verschwinden unter dem kurzen schwarzen Pony ihres Bobs. «Daran erinnerst du dich noch?»

«Klar. Warum auch nicht? Schließlich hast du gefühlt den ganzen Tag von nichts anderem geredet. Und meine Antwort war immer: Du schaffst das!»

Ihr Strahlen verblasst ein wenig, und sie verzieht entschuldigend das Gesicht. «Ich war wohl ziemlich nervig, was?»

Diese Frage kommt so überraschend, dass ich im ersten Moment nicht weiß, was ich sagen soll, was bei ihr völlig falsch ankommt.

«Also ja.»

«Nein! Du warst nicht nervig, Indira. Auf keinen Fall», widerspreche ich vehement und versuche, irgendwie wieder die Kurve zu kriegen. «Ich werde ab jetzt sämtliche Modezeitschriften im Auge behalten, damit ich nicht verpasse, wenn Indira Sharmas Modekollektion die Titelbilder ziert.»

«Oh, das wäre wirklich ein Traum.»

Zwinkernd wiederhole ich meine Worte von damals. «Du schaffst das.»

«Mit dir als Covermodel bestimmt.»

Ich hebe zweifelnd eine Augenbraue. Das kann sie unmöglich ernst meinen.

«Hättest du Interesse?» Doch, tut sie.

Ich rümpfe die Nase. «Nee, lass mal. Ich bin kamerascheu.»

«Schade.» Sie taxiert mich vom Kopf bis zur Hüfte und wieder zurück. «Dein neuer Look, mit den etwas längeren

Haaren und dem Half Bun, würde so gut zu meiner Mode-
linie passen. Steht dir.»

«Danke. Aber so neu ist der Look gar nicht.»

«Was heißt, dass wir uns viel zu lange nicht gesehen haben, Aaron.» Ihr Blick wird tiefer. «Wie geht's dir?»

«Gut», antworte ich knapp und hoffe, dass sie nicht nach-
bohrt. Denn irgendetwas sagt mir, dass sie auf etwas Bestimmtes hinauswill. Ihre nächste Frage gibt meinem Gefühl recht.

«Und ... wie geht es deinem Vater?», fragt sie vorsichtig.
«Ich hab von seinem Unfall gehört.»

«Es ging ihm schon mal besser», antworte ich und höre
selbst, wie bissig ich klinge. Ich weiß, sie meint es nicht
böse. Vermutlich ist sie sogar besorgt, schließlich kennt
sie meinen Vater noch von früher. Aber muss sie mich ausgerechnet jetzt darauf ansprechen?

«Sorry, Aaron ... Ich wollte nicht ...»

«Schon gut. Danke fürs Fragen, und entschuldige meinen
Tonfall. Aber ich versuche gerade, auf andere Gedanken zu
kommen, Indira, und darüber zu reden, dass mein Vater im
Koma liegt, ist nicht gerade förderlich.»

Die Gespräche und das Gelächter der anderen sind leiser
geworden. Ich habe das Gefühl, angestarrt zu werden. Aber
vielleicht bilde ich mir das auch nur ein. Denn als ich von
Indira in die Runde sehe, trifft mich kein einziger Blick.
Auch der von Ben nicht. Er ist mit seinem Handy zugange
und scheint sich auf Instagram rumzutreiben.

Ich wende mich wieder Indira zu. Sie starrt mit hängenden Mundwinkeln ihr leeres Bierglas an. Und mich durchfährt sofort ein schlechtes Gewissen, weil ich ihr die Laune

verdorben habe. Ich hätte nicht so gereizt reagieren sollen. «Hey ...» Ich rücke mit dem Stuhl etwas näher zu ihr. «Womit stößt man eigentlich auf die erste eigene Kollektion an?»

Stirnrunzelnd begegnet sie meinem entschuldigenden Blick.

«Mit Sekt? Oder Prosecco? Champagner wird es hier wohl nicht geben.» Mein Mund verzieht sich zu einem versöhnlichen Lächeln, das sie erwidert.

«Und in so einem Saftladen feierst du deinen Geburtstag? Ich hätte mehr erwartet.»

«Beschwer dich bei ihm. War nicht meine, sondern seine Idee.» Alle Schuld von mir weisend, deute ich auf Ben, der damit beschäftigt ist, Fotos von den anderen und Selfies zu machen.

«Ist sowieso egal. Ich habe vor, bei Bier zu bleiben. Sonst bereue ich das morgen.»

«Alles klar. Dann bestell ich noch eine Runde.»

Indira winkt ab. «Nein, die übernehme ich.»

«Aber ...»

«Als Geburtstagsgeschenk», sagt sie und vereitelt damit jeden weiteren Widerspruch.

Ich gebe mich geschlagen und stoße kurze Zeit später mit ihr an. Genau in dem Moment, als Ben ein Foto von uns macht.

Weil Indira meint, dass es verwackelt ist, posieren wir für ein neues Bild. Sie legt einen Arm um mich, und wir grinsen mit unseren Bieren in den Händen in Bens Handykamera.

Sie bittet Ben, ihr das Ergebnis zu zeigen, und scheint zufrieden zu sein. «Awww, das ist süß.»

«Kann's dir schicken, wenn du magst.»

«Ja, gerne. Dann poste ich das gleich. Wenn das okay für dich ist?», fragt sie, an mich gewandt. «Oder bekommst du Ärger von deiner Freundin?» Das Zwinkern lässt darauf schließen, dass die Frage nicht ganz ernst gemeint ist.

Trotzdem runzele ich die Stirn. «Welche Freundin?»

«Leo.»

Mein Herzschlag legt eine Vollbremsung hin, nur um anschließend loszurasen.

«Ben meinte, dass ...»

«Was meinte ich?», fällt er ihr ins Wort und schiebt sich von hinten zwischen unsere Oberkörper. «Wird hier etwa gerade über mich gelästert?»

«Du hast Indira von ...» Ich lege eine bedeutungsschwere Pause ein. «... *meiner Freundin* Leo erzählt?»

«Ich sagte *eine* Freundin. Oder seid ihr inzwischen zusammen?» Er starrt mich mit weit aufgerissenen Augen an.

«Nein!», stoße ich energischer als beabsichtigt hervor.

«Sondern ...?» Indiras Augen funkeln mich neugierig an.

«Ja, erzähl mal, Aaron ...» Der provokante Unterton in Bens Stimme ist nicht zu überhören. «Was genau seid ihr denn nun eigentlich? Du und deine eine Freundin, Leo?»

Geht dich nichts an, würde ich am liebsten antworten. Aber das würde erst recht die Gerüchteküche anheizen. Also beschließe ich, die Flamme im Keim zu ersticken, und antworte so neutral wie möglich. «Nichts. Sie ist eine Nachbarin und Bekannte.»

«Gut zu wissen», sagt Indira leise. Aus dem neugierigen Funkeln in ihren Augen ist eindeutig ein erwartungsvolles Leuchten geworden. Keine Ahnung, was ich davon halten oder wie ich darauf reagieren soll. Letzteres ist zum Glück gar nicht nötig, weil sie sich abwendet, um den Gesprächen der anderen zu folgen. Sie erzählen sich irgendwelche Anekdoten aus der Abizeit, während ich mich immer noch frage, wieso Ben und Indira über Leo gesprochen haben.

Ich rücke mit meinem Stuhl etwas von Indira ab und frage nur für Ben hörbar: «Was hast du ihr über Leo und mich erzählt?»

«Nichts. Sie wollte wissen, wer alles zu deinem Geburtstag kommt. Und da ich Leo gefragt habe...»

«Du hast was?», zische ich.

«Entspann dich, okay?» Er hebt abwehrend beide Hände, als hätte er Angst, ich würde auf ihn losgehen. Dass ich mich insgeheim freuen würde, wenn Leo kommt, lasse ich mir nicht anmerken. Weil ich selbst überrascht davon bin, wie schnell mein Herz plötzlich schlägt. Wie eben, als Indira nur ihren Namen erwähnt hat. «Ich dachte mir, je mehr Leute kommen, umso lustiger der Abend. Und da du dich ja so gut mit ihr verstehst...»

«Dachtest du, du lädst sie, ohne mich zu fragen, ein?»

«Das ist der Sinn einer Überraschung. Bei den anderen habe ich dich vorher auch nicht um Erlaubnis gefragt.»

Der Unterschied zu den anderen ist nur, dass sie meinen Herzschlag nicht komplett aus dem Takt bringen.

«Wo hast du überhaupt Leos Nummer her?» Okay, jetzt klinge ich tatsächlich fast wie ihr Freund. Wie ihr eifersüchtiger Freund, was doppelt lächerlich ist. Leo kann ihre Nummer geben, wem sie will. Genauso wie sie tindern kann, wen sie will. Es macht mir nichts aus – das versuche ich mir zumindest mit aller Macht einzureden.

«Die hab ich gar nicht», antwortet Ben. «Hab Leo auf Instagram angeschrieben, aber sie hat eben geantwortet, dass sie keine Zeit hat. Also kannst du dich wieder entspannen, okay?»

«Ich *bin* entspannt», sage ich betont gleichgültig. «Sogar tiefenentspannt.» Bis auf diesen Stich, den ich verspüre. Enttäuschung, die sich unter meiner Haut wie ein Splitter anfühlt. Weil Leo vermutlich einfach keine Lust hat, mit mir auf meinen Geburtstag anzustoßen. Denn soweit ich weiß, hatte sie heute Abend keine Pläne. Zumindest keine, von denen ich weiß. Oder wissen soll? Die Vorstellung, dass sie sich mit einem anderen treffen könnte, drückt den Splitter noch ein bisschen tiefer unter meine Haut. Ich könnte eine Runde Kurze bestellen, mich betrinken – bis es mir komplett egal ist. Stattdessen spiele ich ernsthaft mit dem Gedanken, Leo zu schreiben und mir einzureden, dass es mir nicht darum geht herauszufinden, ob sie allein ist.

«Wie sieht's aus, Leute?», ruft Ben nun in die Runde. «Sollen wir hierbleiben oder weiterziehen?»

«Wollten wir nicht zum Moonlight-Minigolfen?», fragt Oli.

Ich verschlucke mich fast an meinem letzten Schluck Bier. Das letzte Mal, als ich vorschlug, *just for fun* minigolfen zu gehen, hat Ben mich ausgelacht. «*Du* willst freiwillig minigolfen?»

«Danke, Oli! Wie gut, dass Moonlight-Minigolfen ins Wasser fällt, sonst hättest du gerade die Überraschung ruiniert.»

«Ups», murmelt Oli in sein Glas. «Sorry, Ben.»

«Die Geste zählt», sage ich und versuche, nicht allzu erleichtert zu klingen. Prinzipiell finde ich die Idee gut.

Aber nicht heute. Ich will den Abend beziehungsweise die Nacht – und damit auch meinen Geburtstag – einfach nur hinter mich bringen.

«Wieso fällt es ins Wasser?», fragt Indira. «Ich hatte mich schon darauf gefreut.»

«Und ich habe nur deswegen zugesagt.» Malikas Stimme trieft vor Ironie.

«Es wurde vom Veranstalter abgesagt, weil es wegen des angekündigten Gewitters zu gefährlich gewesen wäre. Hab leider nicht aufs Wetter geachtet, als ich ...»

Das Wort *Gewitter* dröhnt wie ein Donnerschlag in meinen Ohren. Ich höre gar nicht mehr richtig hin. Während die anderen darüber debattieren, wo es als Nächstes hingehen soll, blitzen in meinem Kopf Bilder auf.

Von Leo.

In der Werkstatt.

Zusammengekauert unter Vaters Schreibtisch.

Am ganzen Körper zitternd.

Mit verheultem Gesicht.

Total verängstigt.

Panisch.

So wie dir mit Wespen geht es mir mit Gewittern. Ich bekomme jedes Mal totale Panik ...

Mein Puls beschleunigt sich, und mein Körper spannt sich an. Weil alles in mir danach drängt, von meinem Stuhl aufzuspringen und zu Leo zu fahren. Um nach ihr zu sehen. Für sie da zu sein, falls sie jemanden braucht. Falls sie *mich* braucht. Keine Ahnung, ob Frenemies mit Benefits das so machen. Vermutlich nicht. Aber das ist mir egal.

«Was sagt denn das Geburtstagskind?», höre ich Ben

sagen. Ich lange nach meinem Handy, richte mich auf und deute zum Ausgang. «Muss mal eben dringend telefonieren.»

Hallo Papa!

*Kennst du das Gefühl, jemanden zu mögen, den du
eigentlich nicht ausstehen kannst. So geht es mir schon
eine ganze Weile mit Aaron. Ich wollte es nur nicht
wahrhaben. Aber der gestrige Tag hat mir die Augen
geöffnet. Ich habe gestern meine Periode bekommen und
rate Mal, wem es zuerst aufgefallen ist? Aaron. Er saß
bereits im Bus, als ich eingestiegen bin. Und normalerweise grüßen wir uns nur. Uns nebeneinandergesetzt
und ein Gespräch angefangen haben wir noch nie. Doch
diesmal kam er zu mir und hat neben mir Platz genommen. Das allein hat mich schon verwirrt, aber ich hab
so getan, als wäre es mir egal, und habe nichts gesagt.
Auch nicht, als er plötzlich seinen Pulli ausgezogen hat.
Ich dachte, dass ihm einfach nur heiß ist – wir haben ja
schon Juni. Doch statt den Pulli in seinen Rucksack zu
packen, hat er ihn mir hingehalten und leise gesagt, dass
ich ihn um meine Hüften knoten soll, weil ich bluten
würde. Das habe ich erst gar nicht kapiert. Ich hatte keine
Ahnung, was er von mir wollte. Bis er noch näher kam
und mir ins Ohr flüsterte, dass ich meine Periode habe
und man das Blut durch meine Hose sieht. Im ersten
Moment dachte ich, er würde mich verarschen. Es
wäre nicht das erste Mal. Aber als ich zwischen meine
Beine fasste, fühlte sich der Stoff meiner weißen Jeans
feucht an.*

*Ich erstarrte, ich bekam Herzrasen, ich wusste nicht,
was ich tun sollte. Mein Gesicht wurde ganz heiß, meine
Wangen brannten und ich wollte mich am liebsten in Luft
auflösen.*

»Ist das deine erste Periode?«, fragte Aaron leise.

Er muss es an meiner Reaktion gemerkt haben.

*Ich konnte nur nicken. Es war mir so peinlich, dass ich
kein Wort über die Lippen bekam. Weil bestimmt jeder in
diesem Bus und wahrscheinlich auch schon vorher den
Blutfleck gesehen hat.*

*»Ist doch nicht schlimm«, sagte Aaron, als hätte er meine
Gedanken belauscht. Vor ihm hätte es mir eigentlich am
peinlichsten sein müssen, aber aus irgendeinem Grund
war ich in diesem Moment einfach nur froh, dass er da
war. Er hielt mir immer noch seinen Pulli hin. Es schien
ihm egal zu sein, dass ich ihn mit meinem Blut ruinieren
würde. Also legte ich seinen Pulli um meine Hüften und
machte einen Knoten in die Ärmel.*

*Obwohl Aaron erst eine Station nach mir rausmuss, ist er
mit mir ausgestiegen und hat mich nach Hause gebracht.
Als wäre es das Normalste auf der Welt. Ich war ihm so
dankbar, weil Mama noch im Hotel war und ich nicht
allein sein wollte. Außerdem fühlte ich mich nicht so gut.
Eigentlich hatte ich schon den ganzen Tag Kopfschmerzen
und so ein Ziehen im Unterleib, jetzt wusste ich auch,
warum. Zu Hause machte Aaron mir Tee und füllte mir
die Wärmflasche auf, während ich mich sauber gemacht
und eine von Mamas Binden gesucht habe.*

*Ich sagte Aaron, dass ich ihm seinen Pulli gewaschen
wiedergeben würde, aber es schien ihm nicht so wichtig*

zu sein. Was echt komisch ist. Normalerweise reicht ja schon ein Krümel auf seinen Klamotten, um seine Weltordnung auf den Kopf zu stellen. Aber er war ganz anders als sonst. Richtig nett. Wir haben zusammen ferngesehen und uns über allen möglichen Kram unterhalten. Ich weiß jetzt, dass er wegen seiner Freundin so gut mit der Perioden-Sache umgegangen ist. Und als ich ihn fragte, wieso er sich um mich kümmert, sagte er nur: »Ich werde dir immer helfen, Karottenkopf.«

Das war das erste Mal, dass es mir nichts ausgemacht hat, von ihm Karottenkopf genannt zu werden. Von mir aus kann er das immer tun, wenn wir uns dafür so gut verstehen wie gestern. Vermutlich werde ich von nun an immer an ihn denken müssen, wenn ich meine Tage habe. Nicht nur wegen meiner ersten Periode, sondern weil ich Aaron seit gestern irgendwie gernhabe. Ich hoffe so sehr, dass er nächste Woche nicht wieder scheiße zu mir ist. Und dass wir es vielleicht sogar hinbekommen, Freunde zu sein.

Hab dich lieb.
Deine Leo

30
Leona

Laut der Wetter-App sind es noch etwa zwei Stunden bis zum Gewitter. Trotzdem liege ich in meinem Bett und erwarte jeden Moment, dass ein gewaltiges Donnergrollen den Himmel erfüllt und monströse Blitze ihre Glieder wie Kraken nach all denjenigen ausstrecken, die sich nicht in Sicherheit gebracht haben. Keine Ahnung, was gerade schlimmer ist. Die Angst vor dem Gewitter selbst oder darauf zu warten, dass es losgeht. Alle fünf Minuten die Wetter-App zu aktualisieren, steigert meine Anspannung nur noch, aber ich kann einfach nicht anders. Weil es manchmal hilft, mich abzulenken, checke ich anstatt des Wetterberichts Instagram. Ich war seit Teddys Unfall nicht mehr online und habe entsprechend viele Benachrichtigungen. Darunter auch neue Follower-Anfragen von Männern, die ich nicht kenne und aus dem Grund auch nicht akzeptiere.

Lissa und Simon haben mich auf diversen Bildern unserer Sightseeingtour markiert; von Calla wurde ich auf einem perfekten Kuchenfoto getaggt. Wenn sich mein Magen nicht so flau anfühlen würde, könnte ich schon wieder Appetit bekommen. Nachdem ich alle Bilder gelikt und teilweise auch kommentiert habe, überkommt mich schon wieder der Drang, den Wetterbericht zu prüfen. Als wäre meine innere Uhr darauf konditioniert, einen Fünfminutentakt einzuhalten. Ich reiße mich zusammen und trotze dem Zwang. Indem ich auf Instagram bleibe und Oma Lotte – dem ältesten und bezauberndsten Tattoo-Model, das ich kenne – einen virtuellen Besuch abstatte. Simons supercoole Großmutter ist nicht wirklich ein Model. Aber sie lässt sich regelmäßig von Lissa Tattoos stechen und nimmt ihre inzwischen sage und schreibe dreißigtausend Follower im Livestream mit. Es gibt nichts Unterhaltsameres, als diese Videos anzusehen. Leider ist seit meinem letzten Besuch auf ihrem Account kein neues hinzugekommen, weshalb ich ihre Seite wieder verlasse und einen Abstecher zu meinem Postfach mache. Ich entdecke eine Nachrichtenanfrage und bin überrascht, dass sie von Ben ist. Dem Freund von Aaron mit dem Oldtimer. Die Nachricht ist von heute Nachmittag, und er schreibt:

Hey, Leo,
hier ist Ben, der Typ, mit dem du dein Nerd-Wissen über den Ford Mustang geteilt hast 😊. Danke noch mal für die kompetente Beratung. Ich schreibe dich hier an, weil Aaron heute Geburtstag hat und ich dafür ein paar Leute zusammengetrommelt habe. Vielleicht hast du ja Lust vorbeizukommen. Wir treffen uns um 19:30 Uhr im Pons.
Liebe Grüße
Ben

PS: Wir kennen uns übrigens von früher. Ich bin der Typ, mit dem Aaron auf dem Schulhof immer rumgehangen hat. Damals war ich halb so groß, aber genauso schwer wie jetzt und hab 'ne dicke Brille getragen. Wahrscheinlich hast du mich deshalb nicht wiedererkannt.

Stirnrunzelnd versuche ich mich an den Ben von damals zu erinnern. Ohne Erfolg, was mir ein bisschen unangenehm ist. Vielleicht helfen ältere Bilder auf seinem Profil meinem Gedächtnis auf die Sprünge. Bevor ich nachsehe, tippe ich eine Antwort, die unter anderen Umständen anders ausgefallen wäre. Aber heute würde ich das Haus nicht mal dann verlassen, wenn eine Horde Zombies dabei wäre, die Fassade hochzuklettern, um in mein Zimmer zu gelangen. Ich würde es lieber mit Untoten als mit einem Gewitter aufnehmen. Auch wenn mich das zum einzigen Menschen dieses Planeten macht, der sich vor Donner und Blitzen mehr als vor Zombies fürchtet.

Nachdem ich Ben eine freundliche Absage geschickt habe, nehme ich seine Anfrage – eine von denen, die ich heute bekommen habe – an. Ich hatte eigentlich vor, mich durch seine Beiträge zu scrollen, aber das ändert sich schlagartig, als ich das erste Foto sehe. Eins, das – der Umgebung nach zu urteilen – heute Abend im *Pons* entstanden sein muss. Der Post ist keine zehn Minuten alt. Aaron springt mich förmlich an, obwohl er nicht mal direkt in die Kamera schaut und sich im Hintergrund befindet. Die anderen auf dem Bild sind viel größer und deutlicher zu erkennen. Trotzdem nehme ich nur ihn wahr. Ihn – und eine Frau mit schwarzem Bob, die neben ihm sitzt. Sie wäre mir vielleicht gar nicht aufgefallen, wenn sie nicht so schön wäre. Als ich zum nächsten Foto swipe, vollführt mein Magen einen Übelkeit erregenden Hüpfer. Denn auf diesem Bild klettert sie fast auf Aarons Schoß und grinst mit ihm in die Kamera. Wange an Wange, ihren Arm um seine Schulter gelegt, als wollte sie ihr Revier markieren. Und plötzlich wünsche ich mir, dass Aaron heute einen Döner mit extraviel Zwiebeln und Knoblauchsoße gegessen hat. Gott, wie unglaublich lächerlich von mir. Noch während ich über mich selbst den Kopf schüttele, verselbstständigen sich meine Finger. Ich bin jetzt auf ihrem Account und scrolle mich durch ihre Bilder. Bis ich bei einem hängen bleibe. Ein Foto, auf dem sie langes Haar hat. Bis zur Hüfte. Und ohne Pony.

O Gott.

Die Erinnerung trifft mich wie ein Schlag in die Magengrube. Dieses Mädchen, mit dem Aaron mal zusammen war. Sie ist es. Aaron wird den restlichen Abend, vielleicht auch die Nacht und eventuell sogar den nächsten Morgen mit seiner superheißen Ex verbringen. Mein Herz fängt wild zu pochen an, und durch meine Eingeweide wühlt sich ein Gefühl, das ich bisher nur einmal verspürt habe. Damals mit dreizehn. Als ich, hinter einem Baum versteckt, heimlich beobachtet habe, wie Aaron mit einem Mädchen rumknutscht. Ich hole tief Luft, schließe die Augen und versuche dieses ekelhafte Gefühl wegzuatmen, als mein Handy vibriert. Meine Lider öffnen sich, ich sehe Aarons Nummer … und drücke ihn aus einem panischen Reflex heraus weg. Im nächsten Moment schießt mir Blut in die Wangen. Obwohl er gar nicht hier ist, fühle ich mich ertappt. Weil ich seine Ex gestalkt und wegen gefühlt nichts eifersüchtig bin.

Was ist denn nur los mit mir?

Ich richte mich etwas auf und warte, ob er noch mal anruft. Oder schreibt. Was er auch tut.

> Hey, ich wollte nur fragen, wie es dir geht. Es soll ja gleich ein Gewitter geben. Bist du okay?

Keine Ahnung, ob ich mich schon mal so über die Nachricht eines Typen gefreut habe wie jetzt. Eine wohlige Wärme vertreibt dieses unschöne Gefühl von eben.

> Wirklich lieb, dass du fragst. Ich bin zu Hause und komme klar. Sorry, dass ich dich weggedrückt habe, das war keine Absicht. Und du? Genießt du deinen Geburtstag?

> Dann ruf ich noch mal an, okay?

> Okay.

Bei jedem anderen hätte ich Nein gesagt. Weil ich diese Seite von mir, die ängstliche Leo, vor den meisten Menschen unter Verschluss halte. Es gibt nur vier Personen, die mich so erlebt haben. Lissa, Calla, meine Uni-Professorin und Aaron, dessen Nummer jetzt auf meinem Display erscheint.

Diesmal hebe ich ab. «Hi.»

«Hey.» Tief und rau dringt seine Stimme an mein Ohr. «Bist du wirklich okay, Leo?»

«Hätte ich das sonst geschrieben?»

«Du hast geschrieben, dass du klarkommst. Nicht dass du okay bist. Das ist ein Unterschied.»

Ich schlucke, weil es ihm aufgefallen ist. Nicht zuzugeben, wenn es mir nicht gut geht, zählt wohl zu meinen größten Schwächen. Und Aaron bald auch, wenn er nicht aufhört, so unglaublich fürsorglich und süß zu sein.

«Also frag ich dich noch mal, Leo: Bist du okay?»

«Ich ... ich bin ...» Das ‹nicht okay› will mir – warum auch immer – nicht über die Lippen kommen. «Ich liege in meinem Bett, versuche meine Nerven zu beruhigen und mich abzulenken, damit ich nicht alle fünf Minuten in die Wetter-App schaue und mich nur noch mehr verrückt mache, weil ...»

«Soll ich vorbeikommen?», unterbricht Aaron meinen Redeschwall.

Ich hole Luft, weil ich vergessen habe zu atmen. «Du ... du hast aber doch Geburtstag.»

«Den ich eh nicht feiern wollte. Und den ich außerdem nicht genießen kann, wenn ...» Er seufzt. «Wenn ich weiß, dass es dir nicht gut geht.»

Mein Mund öffnet und schließt sich wieder. Ich weiß nicht, was ich sagen soll, bin sprachlos, zu gerührt, zu überrascht, um darauf zu antworten.

«Ich kann in zwanzig Minuten bei dir sein. Wenn du das möchtest.» Der zweite Satz dringt etwas leiser an mein Ohr. Ich höre die Verunsicherung in seiner Stimme und nehme nun auch die Geräusche seiner Umgebung wahr. Menschen, die sich unterhalten. Gelächter. Und meinen heftigen Herzschlag.

«Leo, bist du noch da?»

«Ja ... Ja, das bin ich, und ... ich fände es schön, wenn du vorbeikommen würdest. Aber nur, wenn es dir wirklich nichts ausmacht.»

«Es macht mir nichts aus. Soll ich klingeln oder schreiben, wenn ich da bin?»

«Schreiben.»

31
Aaron

Leo hat mein Bin gleich da zwar gelesen, jedoch nicht darauf geantwortet. Aber als ich vor ihrem Elternhaus aus dem Taxi steige, steht sie schon in der Tür. In dem Drei-Frage-zeichen-Shirt, das sie mir letztens noch geliehen hat. Ihr ist es mindestens zwei Nummern zu groß, es reicht ihr bis zu den Knien. Nur vermag auch das gemütliche Outfit ihre Anspannung nicht zu verbergen.

Vor ihr bleibe ich stehen. «Hey.»

«Hi.» Ihre Finger spielen mit dem Anhänger ihrer Kette.

Prüfend schaue ich in ihre Augen und bin erleichtert, dass sie weder gerötet noch geschwollen sind. Aber ich erkenne die Furcht in ihrem Blick, bevor sie verlegen den Kopf senkt und mich hineinbittet.

Nachdem ich im Flur meine Schuhe ausgezogen habe, gehen wir hoch in ihr Zimmer, das zu meiner Überraschung hell erleuchtet ist. Ich hätte gedämpftes Licht erwartet, aber außer der kleinen Schirmlampe an der Wand hinter ihrem Bett sind auch das Deckenlicht und die Schreibtisch-lampe angeschaltet. Dort an der Wand hängen auch zahl-reiche Fotos. Auf den meisten Bildern ist Leo mit Calla und Lissa zu sehen – oder mit meinem Vater. Ich hasse das Gefühl, das mich beim Anblick dieser Fotos durchfährt. Dass ich sie mir nicht ansehen kann, ohne einen Stich zu verspüren. Und dass ich in meinem Kopf automatisch überschlage, wie viele Bilder es von mir und Vater gibt, mit dem Ergebnis, dass es nicht mal halb so viele sind. Und die, auf denen ich erwachsen bin, lassen sich an einer Hand abzählen. Schnell reiße ich den Blick von der Wand los und betrachte das postergroße Bild mit dem Motorrad über ihrem Bett. Ich widerstehe dem Impuls, Leo zu fragen, ob es sich um die Maschine ihres Vaters handelt. Weil ich es mir denken kann und Leo nicht unnötig belasten will. Wobei sie nicht mehr ganz so angespannt wie eben an der Tür wirkt. Sie sitzt auf der Bettkante und krabbelt jetzt unter eine Decke, die sie sich bis zur Brust zieht. Unschlüssig, ob es okay wäre, mich neben sie zu legen, sehe ich mich nach einer anderen Sitzgelegenheit um. Aber auf dem Schreibtischstuhl liegt ein Haufen voller Klamotten. Ich bin unsicher, was ich tun soll, weil Leo gerade nicht die Sprüche klopfende vor Selbstbewusstsein strotzende Frau ist, die ich gestern noch geküsst habe. Ich habe das Gefühl, erst noch herausfinden zu müssen, wie ich mit dieser verletzlichen Version von ihr umgehe und wie nah ich ihr kommen darf.

«Das hier ist keine Stehparty, Aaron. Mein Bett ist groß genug für zwei.»

Als hätte sie meine Gedanken belauscht. Der Spruch mit der Stehparty lässt mich kurz schmunzeln und auch ein bisschen aufatmen. Sie scheint also immer noch die Alte zu sein, nur eben etwas stiller.

Ich geselle mich zu ihr, wobei mein Blick den kleinen runden Nachttisch streift. Er ist komplett zugestellt. Mit zwei Flaschen Wasser, einer Schüssel nur mit grünen Smarties, einer Taschenlampe und Batterien, und dann liegen da noch zwei dicke Dochtkerzen, eine Zehnerpackung Teelichter sowie Streichhölzer und ein Feuerzeug rum.

«Das sind nur Vorkehrungen...» Leo muss meinem Blick gefolgt sein und hat vermutlich auch die Fragezeichen in meinem Gesicht gesehen.

Die Getränke und Süßigkeiten sind für mich noch nachvollziehbar. Aber der Rest? Ich drehe mich auf die Seite, um sie besser ansehen zu können. Den Kopf auf meine Hand gestützt, hake ich vorsichtig nach. «Und was hat es mit den Kerzen und der Taschenlampe auf sich?»

Ihre Finger ertasten schon wieder den Anhänger ihrer Kette und fummeln an dem kleinen silbernen Motorrad rum. «Für den Fall, dass es während des Gewitters zu Stromausfällen kommt. Was ziemlich unwahrscheinlich ist, aber... zu wissen, dass ich dann nicht im Dunkeln sitzen würde, beruhigt mich.»

«Okay.» Es ärgert mich, dass mir nicht mehr als dieses eine Wort dazu einfällt. Ich will nicht gleichgültig oder desinteressiert wirken. Aber ich möchte ihr auch nicht das Gefühl geben, eine große Sache daraus zu machen oder ihr Verhalten komisch zu finden. Dummerweise scheine ich genauso das erreicht zu haben.

Denn ich sehe die Verunsicherung in ihren Zügen. «Jetzt findest du mich seltsam, oder?»

«Nicht mehr als sonst», scherze ich und werde sofort wieder ernst. «Dass du eine Schüssel nur mit grünen Smarties hast, finde ich tatsächlich tausendmal seltsamer. Sortierst du die raus, oder gibt es die so zu kaufen?»

«Ich sortiere sie selbst. Die grünen mag ich am liebsten.»

«Okay, ja, das ist seltsam. Aber wir sind alle auf die eine oder andere Art seltsam. Und nichts, was dir hilft, besser mit deiner Angst klarzukommen, könnte je schlecht sein.»

Leo schluckt. «Nicht allein zu sein hilft aber auch schon sehr.»

Ich werde hellhörig. «Ist deine Mutter noch im Hotel?»

«Nein. Sie hat sich schon schlafen gelegt, und ... sie weiß nichts von meiner Phobie.»

Mein Versuch, nicht allzu überrascht zu wirken, geht komplett in die Hose. «Wie kommt das? Ich meine ... du konntest sie selbst vor mir nicht verbergen.»

«In Situationen wie in der Werkstatt gerate ich in der Regel auch nicht. Bevor ich rausgehe, checke ich immer die Wetter-App. Teilweise auch mehrmals täglich. Aber an dem Tag war ich wegen Teddy total neben der Spur und hab's einfach vergessen. Und wenn das Gewitter mich kalt erwischt, dann bin ich so, wie du mich an dem Tag vorgefunden hast ... Ein panisches Häufchen Elend.»

«Dann willst du also gar nicht, dass sie davon erfährt?»

Sie schüttelt den Kopf. «Inzwischen nicht mehr. Früher als Kind hat sie meine Angst vor Gewittern nicht ernst genommen und geglaubt, das wäre nur eine Phase. Etwas, das irgendwann verschwinden würde, sobald ich Papas Tod überwunden hätte.»

Ich nehme mir einen Moment Zeit, um meine nächste Frage so feinfühlig wie möglich zu formulieren. Denn auch wenn sie mit dem Thema angefangen hat, will ich auf keinen Fall den falschen Ton treffen. «Dann hat deine Phobie was mit seinem Tod zu tun?»

Sie nickt. «Er ... er hatte den Motorradunfall, als es gewittert hat. Der Sturm war so heftig, dass Bäume entwurzelt sind. Und beim Versuch, einem Stamm auf der Fahrbahn auszuweichen, ist er ...» Leos Stimme verliert sich, und sie flüstert: «Gestorben.»

Eine plötzliche Enge in meiner Brust lässt mich tief Luft holen. Weil ich mich noch ganz genau daran erinnern kann, wie meine Eltern mir damals unter Tränen von Ludwigs Unfall erzählt haben. Während ich darüber nachdenke, was ich tun kann, außer betroffen in Leos Augen zu blicken, räuspert sie sich und fährt fort.

«Seitdem fürchte ich mich vor Gewittern. Diese Angst, dass dabei etwas Schlimmes passiert – so wie damals mit Papa – hat sich so festgesetzt, dass ich sie nicht loswerde. Aber meine Mama denkt bis heute, dass ich mich lediglich unwohl fühle, wenn es draußen blitzt und donnert.»

«Und warum sagst du ihr nicht, wie es dir wirklich geht? Ich meine ... soweit ich das mitbekomme, habt ihr doch ein gutes Verhältnis zueinander.»

«Ja, das stimmt.» Leo zuckt mit den Schultern. «Aber ... das war nicht immer so. Nachdem Papa gestorben ist, war sie ... sehr schnell reizbar, und ich hab sie – besonders nachts, wenn ich selbst nicht einschlafen konnte – oft weinen hören. Sie trauerte selbst und musste plötzlich allein für uns sorgen. Das muss ein enormer Druck gewesen sein. Ich schätze, ich wollte sie nicht noch zusätzlich belasten, indem ich ihr das Gefühl gebe, Papas Tod nicht überwunden zu haben. Also hab ich immer so getan, als würde es mir gut gehen. Dazu zählte eben auch, meine Phobie vor ihr zu verbergen.»

«Krass, dass sie nichts davon weiß, obwohl ihr euch so nahesteht.» Viel näher als Leo und ich uns stehen. Mir wird gerade bewusst, wie sehr sie sich mir gerade geöffnet hat und wie viel auch ich ihr schon anvertraut habe. Wenn auch unter dem Einfluss von Vaters Rum.

«Menschen, die einem nahestehen, sind nicht immer die, denen man seine Geheimnisse anvertraut.»

Besonders ihnen nicht, denke ich.

«Ist bei einer Therapie ja auch so», stellt sie fest.

«Machst du eine?»

Sie schüttelt den Kopf. «Aber ich stehe bereits auf einer Warteliste. Ich habe mich erst dazu durchgerungen, nachdem ich wegen eines Gewitters zwei Klausuren unentschuldigt nicht mitschreiben konnte und vor meiner Professorin einen kleinen Zusammenbruch hatte. Da wusste ich, dass es so nicht weitergehen kann. Auch wenn ich ehrlich gesagt ein bisschen Respekt vor einer Therapie habe. Und Angst.»

«Vor der Konfrontation mit deiner Phobie?»

«Eher davor, mit der Ursache konfrontiert zu werden. Ich weiß auch jetzt nicht, ob ich die Kraft haben werde, mich so intensiv mit Papas Tod auseinanderzusetzen. Und ob ich stark genug bin.»

«Du bist einer der stärksten Menschen, die ich kenne, Leo.» Eindringlich sehe ich sie an. «Dass du Angst vor der Therapie hast, macht dich nicht schwach.»

Die Andeutung eines Lächelns zupft an ihren Mundwinkeln. «Das hast du schön gesagt.»

«Und auch genauso gemeint.»

«Danke. Auch fürs Hiersein. Die anderen waren bestimmt nicht begeistert, dass du so früh von deiner eigenen Party verschwunden bist.»

«Und wenn schon.»

«Aber...»

«Du bist mir wichtiger, Leo.» Mein unbeabsichtigt bestimmter Tonfall lässt Leo verstummen.

Sie schluckt, und ich kann förmlich hören, wie es in ihrem Kopf arbeitet. Wie sie jeden Winkel nach einer möglichen Antwort durchforstet und versucht, meine Worte einzuordnen. Was ich, um ehrlich zu sein, selbst nicht kann. Oder will?

Denn selbst wenn es später kein Gewitter geben würde, wäre ich jetzt lieber hier bei Leo, anstatt mit Freunden meinen Geburtstag zu feiern. Weil ich mich bei ihr nicht verstellen und gut gelaunt sein muss, nur weil heute ein bestimmtes Datum ist.

«Ich sollte dir nicht so wichtig sein, dass du deine Freunde versetzt, Aaron...», gibt sie mir nun leise die Antwort, nach der sie so lange gesucht hat.

«Warum nicht?»

«Weil... ich nicht weiß, ob... ob es das wert ist.»

Das erneute Warum spare ich mir. Genauso wie ich mir verkneife zu fragen, ob sie das hier, was auch immer das ist, wirklich für unwichtig hält. Bin ich nur wegen des Gewitters hier? Weil ich verfügbar war? Wäre jede andere Person genauso gut gewesen? Bei der Vorstellung, austauschbar zu sein, durchzuckt mich Enttäuschung. Aber auch Verärgerung über mich selbst, weil ich gerade grundlos ein Fass aufmache. Leo hat mir eben Dinge anvertraut, die kaum jemand weiß. Es besteht also echt kein Grund, sich aufzuregen und wieder das Arschloch raushängen zu lassen. Das Letzte, was ich will, ist, einen Streit zu provozieren. Schon gar nicht jetzt. Vielleicht nehme ich das aber auch nur als Ausrede, um mich nicht mit der Tatsache auseinandersetzen zu müssen, dass ich sie offensichtlich mehr mag, als ich sollte. Und mehr, als sie mich. Also wechsele ich das Thema und kaschiere meine eigene Unsicherheit mit einem Scherz. «Okay, ich gestehe.»

«Du gestehst was?» Leo reißt die Augen auf und starrt mich fast schon panisch an. Vermutlich befürchtet sie ein Liebesgeständnis.

«Ich hab dich als Alibi missbraucht.» Ich grinse. «Damit ich hier ungestört *Die drei Fragezeichen* hören kann.»

Ihre Gesichtszüge entspannen sich wieder.

«Hast du Lust?»

«Oh, dafür lasse ich mich gerne ausnutzen.» Freude flackert in ihren Augen auf. Könnte aber auch die Erleichterung darüber sein, dass wir die Kurve bekommen haben.

Während ich mein Handy aus der Hosentasche pule, nimmt sie ihres in die Hand. Im Augenwinkel sehe ich, dass sie die Wetter-App aufruft und dabei auf ihrer Unterlippe kaut. Kurz spiele ich mit dem Gedanken, sie zu fragen, wann das Gewitter losgehen soll. Aber vermutlich ist es besser, sie, solange es geht, abzulenken. Und so tun wir kurze Zeit später etwas, das für mich eine absolute Premiere ist: Ich liege mit einer Frau im Bett, starre an die Decke und höre *Die drei Fragezeichen*.

«Bitte sag mir, dass ich der Erste bin, mit dem du so was

machst.» Ich bin mir der Doppeldeutigkeit meiner geflüsterten Frage bewusst.

«Du bist mein Erster, Aaron. Und ich werde das hier niemals vergessen.» Ich höre die unterdrückte Belustigung in ihrer Stimme und drehe mich schmunzelnd auf die Seite, um ihr ins Gesicht sehen zu können.

Sie tut es mir gleich, und wir sehen uns in die Augen, während Justus, Bob und Peter ihren Fall lösen. Noch nie habe ich etwas derart Unspektakuläres so sehr genossen. Und noch nie habe ich so sehr den Drang verspürt, eine Frau in meine Arme zu ziehen und sie einfach zu halten. Wobei in Leos grüne Augen zu blicken, auch schön ist.

«Aaron?» Ihre Stimme ist ein Flüstern.

«Ja?»

Ihr Blick rutscht zu meiner Brust. «Darf ich mit meinem Kopf dahin?»

«Klar.» Mein Herz fängt heftig an zu pochen. Sie wird es hören, aber das ist mir egal.

Ich rücke näher, damit sie sich an mich schmiegen kann. Dann lege ich den Arm um sie, und es fühlt sich gut an. So verdammt gut, dass ich sie etwas fester an mich drücke. Ich nehme ihren Duft wahr, atme ihn ein. Erdbeershampoo und Leo, die einen Laut irgendwo zwischen Seufzen und Schnurren von sich gibt. Sie scheint sich gerade genauso wohlzufühlen wie ich. Bis uns irgendwann das Prasseln von Regentropfen gegen die Fensterscheibe an das vorhergesagte Gewitter erinnert. Ich kann förmlich spüren, wie sich die Furcht in ihrem Körper ausbreitet. Wie sie ihre Atmung und ihr Herzschlag beschleunigt. Alles, was sich vor einer Minute noch weich und anschmiegsam angefühlt hat, ist nun hart vor Anspannung. Das Heulen des Windes wird lauter, und der Regen hörbar stärker. Kein sanftes Prasseln mehr, sondern Trommelschläge, die von einem ohrenbetäubenden Donnergrollen verschluckt werden. Leo zuckt so heftig zusammen, dass ich mich selbst kurz erschrecke. Ich spüre, wie sie anfängt zu zittern.

«Hey, sieh mich an.» Sanft streiche ich über ihren von einer Schweißschicht überzogenen Arm und suche ihren Blick. Ich treffe auf grüne Augen, in denen Panik schwimmt.

«Was kann ich tun? Wie kann ich dir helfen?», frage ich.

«Halt … halt mich fest, bis es vorbei ist.»

32
Leona

Ein ungewohnter Geruch steigt mir in die Nase. Ein ungewohnt guter Geruch, der mir vertraut, aber auch irgendwie fremd ist. Fruchtig, aber nicht süß. Herb, aber nicht schwer. Ich vergrabe meine Nase tiefer in dem herrlich duftenden Kissen, in das ich am liebsten hineinbeißen würde, als sich etwas von hinten um meinen Bauch schlingt. Etwas Warmes, Schweres. Ein Arm … Aarons Arm. Ich reiße die Augen auf und kneife sie geblendet vom Tageslicht, das durch die Fenster meines Zimmers dringt, sofort wieder zu. Meine vom Schlafen noch vernebelte Erinnerung lichtet sich langsam. Stück für Stück, wie ein Puzzle, das ein immer komplexeres Bild ergibt. Von Aaron, der mich im Arm hält, während mich seine sanfte Stimme ans Atmen erinnert. Ich sehe ihn mein Bett neu beziehen, weil es nass von meinem Schweiß war. Wie ich die Rollläden wieder hochmache, um sicherzustellen, dass die Welt da draußen noch steht. Und wie wir irgendwann eingeschlafen sind.

Um mich zu vergewissern, all das nicht bloß geträumt zu haben, drehe ich langsam den Kopf und blicke hinter mich – zu Aaron. Einem ziemlich real aussehenden Aaron.

Er schläft noch und ist mir so nah, dass ich seinen warmen, gleichmäßigen Atem auf meinem Gesicht spüre. Ich habe seinen Atem schon an ganz anderen Stellen meines Körpers gespürt. Trotzdem bekomme ich Gänsehaut, und mein Herz rast beinahe genauso schnell wie nachts während des Gewitters.

Nicht gut. Gar nicht gut.

Den ungewohnten Drang, noch etwas liegen zu bleiben, schiebe ich auf die Tatsache, dass ich nach Panikattacken immer total fertig bin. Aber das geht nicht. Allein schon weil sich meine Zunge so pelzig anfühlt, dass ich bestimmt den Mundgeruch des Todes habe. Den will ich Aaron auf keinen Fall antun. Doch als ich seinen Arm vorsichtig von mir runterschiebe, gibt die Matratze unter mir nach, weil Aaron sich bewegt hat. Ein raues, träges, unglaublich sexy klingendes «Hey» dringt an mein Ohr. Die Vibration seiner Stimme sendet ein Prickeln über meinen Rücken, das mich erschaudern lässt.

«Hey», gebe ich zurück und winde mich hastig aus seinem Arm, was bei Aaron völlig falsch ankommt.

Er rückt sofort von mir ab und entschuldigt sich. Noch immer mit dieser Schmirgelpapier-Stimme. «Sorry, ich wollte dich nicht bedrängen oder so.»

«Das hast du nicht», schießt es aus meinem Mund. Weil ich ihm auf keinen Fall das Gefühl geben will, mich in seiner Gegenwart unwohl zu fühlen. Tatsächlich ist das Gegenteil der Fall. Ich muss gegen den Drang ankämpfen, mich wieder an seine Brust zu schmiegen.

«Okay.» Erleichterung huscht über sein Gesicht, und er betrachtet mich eingehend. «Wie fühlst du dich?»

Kurz horche ich in mich hinein und nicke dann. «Gut. Und du?»

«Gut.»

Wir lächeln einander an, und ich bin froh, dass er nicht vorhat, die gestrige Nacht mit mir durchzukauen. Es ist nicht so, dass ich es bereue, mich ihm geöffnet zu haben. Aber je länger ich ihn ansehe, desto bewusster wird mir, wie viel Aaron von mir weiß. Und das gibt ihm die Macht, mich zu verletzen. Auf eine Weise, wie es ihm vorher nie möglich gewesen wäre. Vielleicht schon bei der nächsten Meinungsverschiedenheit. Wie zum Beispiel die Zukunft der Werkstatt. Mein Lächeln verblasst. «Aaron?»

«Ja?»

Am liebsten würde ich ihm von dem Brief und Teddys Plänen erzählen. Aber ich habe Lydia ein Versprechen gegeben. Zumal ich selbst der Meinung bin, dass er es am besten von Teddy selbst erfahren sollte. So wie es eigentlich auch bei mir hätte laufen sollen. «Kannst du mir was versprechen, Aaron?»

«Was?», fragt er ernst.

«Egal, was zwischen uns passiert. Egal, wie sehr wir uns in Zukunft streiten, hassen oder verfluchen sollten ...» Falten zerfurchen seine Stirn. «Verwende bitte niemals Dinge, die ich dir anvertraue, gegen mich.»

Er zieht die Augenbrauen zusammen, und sein Blick wird finster – fast schon böse. «So schätzt du mich ein?»

Mich durchzuckt ein schlechtes Gewissen. «Ich ... ich bin mir nicht sicher.»

«Du bist dir nicht sicher? Leo!» Ungläubig schüttelt er den Kopf. «So was würde ich dir niemals antun. Abgesehen davon, dass ich dich nicht mal hassen könnte, selbst wenn ich es wollte. Was ich eine Zeit lang sogar versucht habe.» Den letzten Satz sagt er so beiläufig, als wäre es das Normalste der Welt. «Alles, was du mir anvertraust, ist bei mir sicher. Versprochen.»

Ich nicke und komme mir zugleich total mies vor. Weil ich trotz all des Streits wirklich keinen Grund für diese Zweifel habe. Denn egal wie sehr wir uns in der Vergangenheit auch gezofft haben ... unter die Gürtellinie hat er noch nie gezielt.

«Außerdem», fährt Aaron fort. «Ob du es glaubst oder nicht: Ich habe mir fest vorgenommen, mich nie wieder mit dir zu streiten.»

Ich muss unweigerlich lachen. «Fang lieber klein an und nimm dir erst mal nur 'nen Monat vor.»

Er zuckt mit den Schultern. «Ich denke eben groß.»

«Okay. An mir soll es nicht scheitern», sage ich genau in dem Moment, als es unter meinem Hintern vibriert.

Ich hebe meine Pobacke an, um mein Handy hervorzuholen. Stattdessen halte ich aber seines in der Hand und starre, ohne es zu wollen, eine Nachricht an, die eindeutig von seiner Ex stammt.

«Hey! Wenn du schon so dreist bist, meine Nachrichten zu lesen, dann les sie wenigstens laut vor.» Aarons Empörung ist gespielt, ich höre die Belustigung in seiner Stimme. Er reagiert gelassener als erwartet, während das Blut in meinen Adern zu einer ätzenden, brodelnden Flüssigkeit wird, die dabei ist, meinen Magen zu perforieren.

«Sorry, ich ... ich dachte, es wäre meins.» Meine Stimme klingt hohl und tonlos, so gar nicht nach mir.

«Ist alles okay?»

«Klar.» Ich räuspere mich und lege diesmal so viel Entspanntheit wie möglich in meine Stimme, während ich ihm die Nachricht seiner Ex vorlese: *«Du bist gestern viel zu schnell verschwunden. Darf ich heute Abend bei dir vorbeikommen? Damit wir weiter über alte Zeiten und über uns reden können.»*

Jedes einzelne Wort, das über meine Lippen kommt, fühlt sich wie eine Attacke auf mein Herz an. Ich kann Aaron nicht anschauen, als ich sein Handy zwischen uns aufs Bett lege. Ich schaffe es nicht mal, es ihm zu geben. Weil ich nicht will, dass er checkt, was mit mir los ist. Um ehrlich zu sein, verstehe ich das gerade selbst nicht so ganz.

«Ich geh mal eben Zähne putzen», sage ich knapp und springe vom Bett auf.

Dass von Aaron kein einziges Wort kommt, ist fast noch schlimmer als die Nachricht selbst. Vermutlich ist er gerade dabei, seiner Ex zu antworten, während ich mir – wütend über mich selbst – die Zahnbürste in den Mund ramme. Nachdem ich mir beim Zähneputzen fast einen Zahn rausbreche, zerbreche ich mir kurz darauf unter der Dusche den Kopf darüber, wie ich mit diesem ungebetenen Gast Namens Eifersucht umgehen soll. Bisher haben sich unsere Wege nie gekreuzt. Es war mir immer total egal, ob die Typen, mit denen ich was hatte, auch noch andere Frauen daten. Bisher ist mir aber auch noch kein Mann emotional so nahegekommen wie Aaron …

Aaron, der in diesem Moment von hinten meine Taille umfängt. Ich zucke im ersten Moment zusammen, da ich mit dem Rücken zur Tür stehe und ihn nicht habe kommen sehen. Er ist ebenfalls nackt. Und mein Herz reagiert prompt auf seine Nähe, auf die Art, wie er mich sanft an sich presst und meinen Namen flüstert.

«Leona.» Ich erschauere. «Wenn das hier exklusiv sein soll, musst du es nur sagen.»

Hitze schießt mir in die Wangen. Ertappt grabe ich die Zähne in meine Unterlippe, was Aaron wenigstens nicht sieht, weil ich mich noch nicht zu ihm umgedreht habe. Ich denke kurz darüber nach, mich dumm zu stellen, aber mir ist nicht nach solchen Spielchen. Und Aaron offenbar auch nicht. Denn er hätte auch ganz anders auf meine Eifersucht reagieren und mich damit aufziehen können.

«Hängt von dem, was ich jetzt sage, ab, was du ihr antwortest?»

«Ich hab ihr schon geantwortet.»

«Und was?» Ich halte vor Anspannung den Atem an.

«Dass meine Abende verplant sind und wir mal einen Kaffee trinken können.»

Der nächste Atemzug füllt meine Lungen mit Erleichterung. «Mit wem oder was sind sie denn verplant?»

«Das kommt ganz drauf an, was du so vorhast. Aber an einem dieser Abende würde ich dir gerne zeigen, dass Golf eine ziemlich anspruchsvolle Sportart ist.»

Seine Antwort hätte nicht perfekter sein können. Ich löse seine Arme weit genug von meinem Bauch, um mich umdrehen zu können. Beim Anblick seines mit Wasser überzogenen Körpers stockt mir fast der Atem.

«Und damit keine Missverständnisse aufkommen: Ich meine damit ein nicht datemäßiges Golfdate.»

Es kostet mich meine ganze Selbstbeherrschung, um ihm den Tropfen an seiner vollen Unterlippe nicht sofort wegzuküssen.

«Unter diesen Umständen sage ich Ja.»

«Ja zum Date oder ... Ja zur Exklusivität?» Tief sieht mir Aaron in die Augen. Und plötzlich pocht mein Herz, als würde ich mich im freien Fall befinden.

«Ja zu beidem.»

Zärtlich nimmt er mein Gesicht in seine Hände und nähert sich meinem halb geöffneten Mund. «Was für mich gilt ...», er drückt mich an sich, «... gilt dann aber auch für dich, Leona.»

«Ich weiß.» Diese Worte hauche ich halb in seinen Mund, bevor wir unsere Lippen und Hände endlich dort weitermachen lassen, wo wir letzten Samstag aufhören mussten.

Ich presse mich an ihn, verliere mich in unserem Kuss. Keine Ahnung, ob ich schon mal so geküsst worden bin. So hingebungsvoll, dass mein ganzer Körper vor Lust pocht. Ich will Aaron. Ich will ihn so sehr spüren, ihn überall berühren, dass meine Hände planlos und total unkoordiniert an ihm herumtasten. Über seine Brust, seinen Hintern, seinen Bauch, seine Schenkel, seine Erektion und wieder von vorn. Als ob sich meine Hände nicht entscheiden können, wo sie anfangen sollen. So unbeholfen hab ich mich noch nie angestellt und lasse kurz von ihm ab, um wieder einen klaren Gedanken zu fassen. Keuchend sehen wir einander an. Seine Hand löst sich von meinem Nacken und schiebt sich sanft unter mein Kinn. Zärtlich lässt er seinen Daumen über meinen Mund gleiten und fragt: «Willst du es langsamer angehen lassen?»

Ich schüttle den Kopf – auch in dem Versuch, meine Benommenheit loszuwerden. Aber je länger ich in Aarons Augen schaue und die Hitze darin sehe, desto mehr verabschiedet sich mein Verstand. Denn sein Blick ist sengend. Ich habe jetzt schon das Gefühl, innerlich zu verglühen. Also ... was soll's. Dann bin ich eben unkoordiniert und unbeholfen.

Auf Zehenspitzen nähere ich mich wieder seinem Mund. «Langsam ...» Ich knabbere an seiner Unterlippe. «Ist nicht so mein Ding.» Zärtlich lasse ich meine Hand seinen nassen Bauch hinabgleiten, bis meine Finger seinen harten Penis umschließen, und gestehe: «Wenn ich etwas so unbedingt will.»

Ich spüre das Zucken seiner Erektion in meiner Faust. Aarons Lider werden schwer, ein unterdrücktes Stöhnen löst sich von seinen Lippen. «Und was willst du so unbedingt?» Die Heiserkeit seiner Stimme, der Ausdruck, mit dem er mich unter halb gesenkten Lidern ansieht, als würde er sich jeden Moment auf mich stürzen ... All das jagt einen weiteren Hitzeschub durch meinen Körper. Dabei hat er mich noch kaum berührt.

Ich schiebe meine Hand an seinem Penis nach unten. Dann wieder langsam rauf. Aarons Augen schließen sich, und sein Kopf kippt nach hinten, während ich ihn weiter massiere. Sein Kiefer, sein Bauch, sein ganzer Körper spannt sich an. Und diesmal gelingt es ihm nicht, das Stöhnen zu unterdrücken. Es ist ein rauer, lang gezogener Laut, der mich so sehr anmacht, dass sich alles in mir zusammenzieht. Als er mich wieder ansieht, kann ich mich nicht länger beherrschen. Ich umfasse seinen Nacken, ziehe ihn zu mir herunter und küsse ihn. Hungrig, ungezügelt. Vielleicht auch ein bisschen verzweifelt. Aber das ist mir egal, weil Aaron den Kuss genauso gierig erwidert. Ich hebe mein Bein, schlinge es um seine Hüfte und reibe mich an ihm. Aarons Finger graben sich in mein Haar, meinen Schenkel. Er wiegt sein Becken, bis ich ihn zwischen meinen Beinen spüre. Ich keuche auf, als seine breite Spitze gegen meine Schamlippen drängt. Es fühlt sich so verdammt gut an, dass ich mich enger an ihn drücke. Hitze gegen Hitze. Eine kurze Bewegung von mir, ein kleiner Stoß von ihm, und Aaron wäre in mir. Alles, was uns davon abhält, ist eine unsichtbare Barriere aus Vernunft und Selbstbeherrschung.

«Gott, Leona …» Aaron stöhnt meinen Namen nicht. Er fleht ihn.

«Ich will dich, Aaron. Ich will dich jetzt sofort.» Sätze, die ich abgehackt in seinen Mund keuche.

Seiner verzieht sich zu einem lasziven Grinsen. «Leona Mey sagt, dass sie mich will.» Er saugt an meiner Unterlippe und murmelt: «Das ist ab sofort mein neuer Lieblingssatz von dir. ‹Zieh mich aus!› wurde soeben vom Thron gestoßen.»

Obwohl ich bis in die Haarspitzen erregt bin, muss ich lachen. «Und was sagst du zu: Ich hole ein Kondom?»

«Kommt in die Top drei», knurrt er und gibt mir einen Kuss, der mich mein Vorhaben fast wieder vergessen lässt. Ich ringe nach Atem, als ich auf wackeligen Beinen, den Fliesenboden volltropfend, ein Kondom aus dem Badschrank hole. Das Glas der Duschkabine ist so beschlagen, dass ich Aaron erst wieder erkenne, als ich zurück in die Dusche steige. Durch den Nebel, der uns umgibt, finden sich unsere

Blicke. Die lockere Stimmung von eben ist einer Anspannung gewichen, die die Luft förmlich knistern lässt. Wir sind beide ernst. Und still. Es ist nur das leise Plätschern des Wassers und unser schwerer Atem zu hören. Schluckend starren wir uns an. Völlig konzentriert auf den anderen und diesen Moment. Meine Finger sind ungewohnt zittrig, als ich das Kondom aus dem Päckchen hole. Was ihm anscheinend nicht entgeht.

Ich spüre seine Finger auf meiner Wange und begegne seinem fragenden Blick. «Willst du das hier wirklich?»

«Nein …» Aarons Hand zuckt zurück. «Ich *brauche* das hier.»

In seinem Blick blitzt Erleichterung auf, bevor sie von Verlangen und Lust verschluckt wird.

Kaum dass ich ihm das Gummi über die Erektion gezogen habe, ist sein Mund wieder auf mir. Auf meinem Gesicht, meinem Hals, arbeitet sich abwärts zu meinen Brüsten, saugt und leckt an den Spitzen. Stöhnend ziehe ich ihn wieder zu mir hoch. «Ich brauche es jetzt, Aaron. Sofort. Bitte», schiebe ich ungeduldig hinterher, und im nächsten Moment hebt er mich hoch.

Meine Beine winden sich um seine Hüften, und er gleitet wie von selbst in mich hinein. Aaron gibt mir einen Kuss auf die Stirn und verharrt, damit ich Zeit habe, mich an ihn zu gewöhnen. Als ich schließlich nicke, zieht er sich zurück, stößt in mich – und ich zucke heftig zusammen. Nicht vor Schmerz, sondern weil der Winkel so perfekt ist. Es ist vermutlich Zufall, aber er hat auf Anhieb die Stelle in mir gefunden, wo sich meine Lust sammelt.

«Fuck. Hab ich dir wehgetan?», fragt er besorgt.

«Nein ... Es ist nur ...», viel zu intensiv, denke ich und ringe um Atem. «Mach weiter.» Langsam fange ich an, mich zu bewegen, kreise mein Becken.

Gott, fühlt er sich gut an.

Ich schlinge meine Arme um seinen Hals, klammere mich an ihn. Will mehr, aber Aaron gibt es mir nicht. Nicht so, wie ich es brauche, weil er sich zügelt.

«Bitte ...», flehe ich an seinem halb geöffneten Mund.

«Bitte was?» Er knabbert an meiner Unterlippe. Aber als ich den Kuss vertiefen will, zieht er sich zurück und sieht mir in die Augen. «Sag mir, was du willst, Leona.» Seine Stimme ist kaum mehr als ein heiseres Kratzen.

«Fick mich, Aaron!»

Seine Augen weiten sich, er wirkt überrascht – und angeturnt zugleich. Ich kann spüren, wie er in mir zuckt und pulsiert. Sein Blick verdunkelt sich.

«Ich vergesse manchmal, *wie* direkt du bist.»

«Zu direkt?»

«Niemals», raunt er und fängt endlich an, sich zu bewegen. «Hab übrigens schon wieder einen neuen Lieblingssatz.»

«Dann hab ich einen weiteren für dich.» Ich lasse meinen Mund zu seinem Ohr gleiten und flüstere: «Küss mich, während du mich fickst.»

Unser Atem vermischt sich, als Aaron gehorcht und meinen Rücken gegen die Fliesen presst. Unsere Lippen verschmelzen, werden eins, während er noch ein bisschen tiefer in mich dringt. Dann steigert er langsam das Tempo, bis seine Stöße meinen ganzen Körper erschüttern.

Stöhnend bäume ich mich seinen rhythmischen Bewegungen entgegen. Bis ich ihn spüre. Diesen sanften Druck, der die erste Welle ankündigt. Blitze jagen durch meinen Körper. Mir wird kalt, dann wieder heiß. Gänsehaut. Herzrasen. Zähne, die sich in Lippen graben. Nägel, die sich in Haut bohren. Mein Atem geht stoßweise, und seiner ist nur noch ein Knurren und Stöhnen. Meine Muskeln ziehen sich um ihn zusammen. Immer enger. Immer fester. Ich zittere. Bebe. Wir sehen uns in die Augen, darauf lauernd, wer sich zuerst verliert.

«Gott, Leona ...» Aarons Blick wird immer unfokussierter. «Du fühlst dich viel zu gut an.»

«Du ...» Das «dich auch» wird von den Wellen, die über mich hinwegschwappen, verschluckt. Mein Mund öffnet sich zu einem lautlosen Schrei, als mich Erlösung durchflutet. Gefolgt von Aarons lusterfülltem Stöhnen, als auch er kommt.

33
Leona

Fünf Tage sind vergangen, seit Aaron und ich uns auf Exklusivität geeinigt haben. Davon haben wir drei Nächte zusammen verbracht. Und ich fühle mich ... high. High vom vielen Lachen, high von seinen Küssen, high von Aaron Sanders. Ich habe seinetwegen Dauerherzrasen und chronischen Schlafmangel, weil wir quasi die Nächte durchmachen. Mir sind während einer der Lernsessions mit Calla und Lissa sogar fast die Augen zugefallen, was meinen Mädels natürlich nicht entgangen ist. Ich kam also nicht drum herum, ihnen zu erzählen, dass Aaron der Grund für meine schlaflosen Nächte ist.

So kann es nicht weitergehen ... Nicht nur wegen des Schlafmangels, sondern vor allem weil ich Angst habe, mich so sehr an dieses Gefühl, an diesen Rauschzustand zu gewöhnen, dass ich irgendwann nicht mehr ohne kann. Aber sobald ich versuche, Aaron auf Distanz zu halten, lassen mich seine Blicke beim Kochen mit Lydia oder während unserer Besuche bei Teddy wieder schwach werden. So auch heute.

Wir sind zum Golfen verabredet und waren deswegen

statt der üblichen zwei Stunden nur eine Stunde bei Teddy. Ich sitze nun neben ihm in Teddys Wagen, den ich endlich repariert habe. Wenn Aaron mich nicht so abgelenkt hätte, wäre ich viel schneller mit der Reparatur fertig gewesen. Unser Trip zum Golfplatz ist eine Art Testfahrt. Und sie führt uns mitten in die Heide. Aaron hat mir gerade voller Stolz erzählt, dass die Lüneburger Heide eine der Regionen mit der höchsten Dichte an Golfplätzen in Deutschland ist. Als hätte er persönlich irgendeinen Anteil daran. Aber das zeigt einfach nur seine Begeisterung für den Sport. Was ich sehr süß finde. Wie so einiges, das ich in den letzten Wochen an ihm kennengelernt habe.

Eine schmale Straße, an deren Ende ein Klubhaus thront, führt uns zu den Parkplätzen. Als Aaron den Motor abgestellt hat, höre ich ihn leise seufzen. Es ist ein zufriedenes, dankbares Seufzen. Ich muss ihn nicht fragen, was los ist. Es liegt an der Umgebung, der Weite der Anlage. Sattes Grün, dichte Bäume und sanfte Hügel, unterbrochen durch vereinzelte Sandgruben – die vermutlich anders heißen. Der gepflegte und perfekt getrimmte Rasen erinnert mich ein bisschen an Aarons akkurate Art, sich zu kleiden und zu frisieren. Weil auch hier nichts dem Zufall überlassen ist. Vermutlich ist das ein weiterer Grund, warum er sich auf dem Golfplatz so wohlfühlt.

Er hievt unsere Golfbags aus dem Kofferraum. Ja, auch ich habe eins – mit ein paar alten, ausgedienten Schlägern, die er aus dem Keller geholt hat. Als ich darauf bestehe, meins selbst zu tragen, sieht Aaron mich zweifelnd an.

«Bist du sicher? Die ist nicht so leicht.»

«Ein Grund mehr, dich nicht beide tragen zu lassen. Außerdem bin ich stärker, als du denkst. Her damit.» Mit ausgestreckter Hand fordere ich mein Golfbag.

Aaron zögert einen Moment, bevor er es mir gibt. «Wir haben ein bisschen Weg vor uns. Sag Bescheid, wenn es dir zu schwer wird, okay?»

Ich nicke, und … verdammt! Als ich die Tasche über die rechte Schulter schwinge, breche ich fast unter dem Gewicht zusammen. Sie wiegt deutlich mehr als erwartet. Kein Wunder, dass Aarons Oberkörper aussieht, wie er aussieht. Allein das Tragen dieser Tasche gleicht einem Workout. Aber ich gebe mein Bestes, nicht schon nach den ersten zwanzig Metern auf sein Angebot zurückzukommen.

«Müssen wir uns denn vorher gar nicht anmelden?» Ich deute in Richtung des Klubhauses. «Nicht dass wir wegen unbefugten Zutritts verhaftet werden.»

Aaron lacht. «Keine Sorge. Die Anlage gehörte Bens Opa. Wir haben schon als Kinder hier Golf gespielt. Außerdem war ich hier auch mal Trainer. Man kennt mich.»

Dann hätte ich anstatt Mamas spießigem Rock und dem weißen Tanktop auch eins meiner Lieblingskleider anziehen können. «Heißt das, ich kann auf die Golfetikette scheißen und muss trotzdem nicht befürchten, vom Platz geworfen zu werden?»

Ein winziges Lächeln huscht über Aarons Gesicht. «Benimm dich einfach so wie immer, Leo. Wäre nur schön, wenn du dich drauf einlässt.»

Okay, ihm scheint das hier wirklich wichtig zu sein. Und ich will ihm auf keinen Fall das Gefühl geben, seine Leidenschaft zu belächeln. Das kann ich nämlich selbst nicht ausstehen, wenn es um meine Faszination für Oldtimer geht.

Also nehme ich mir vor, konzentriert zu bleiben. Egal, wie sehr ich mich auch langweilen sollte. Ihm zuliebe.

Ihm zuliebe.

Ich schlucke. Einem Typen *zuliebe* habe ich noch nie etwas getan. Zumindest nicht so bewusst. Und gerne. Ich schiebe diesen Gedanken in die hinterste Ecke meines Verstandes zu all den anderen, die meine Gefühle für Aaron betreffen. Wir bleiben schließlich stehen, und ich kann meinen Rücken endlich von der Last des Golfbags befreien. Bewaffnet mit einem sogenannten 9er Eisen, lasse ich mir von Aaron nun einen Crashkurs geben. Es kostet mich ganz schön Mühe, mich auf die Flut an Anweisungen und Tipps zu konzentrieren. Besonders als Aaron sich dicht hinter mich stellt, um mit mir den Bewegungsablauf des Golfschwungs zu üben.

«Beide Füße parallel zueinander, etwa schulterbreit auseinander. Zuerst die linke Hand etwas angewinkelt an den Schläger, dann die rechte sanft darauf. Leicht in die Knie und den Rücken gerade durchdrücken. Etwas nach vorn beugen und die Hüfte rotieren lassen. Erst einmal ohne Ball, dann mit. Und das Allerwichtigste nicht vergessen: schwingen, nicht schlagen!» Seine Stimme so dicht an meinem Ohr lässt mich erschauern. Überall dort, wo sich unsere Körper berühren, beginnt meine Haut zu kribbeln. Auf meinem Rücken, meinen Armen, meinen Beinen. Ich spüre jeden seiner Atemzüge, die Wärme seines Oberkörpers und das Spiel seiner Muskeln, wann immer er mit mir den Schläger schwingt. Ich bin nur einen Herzschlag davon entfernt, mich zu ihm umzudrehen und eine Anzeige wegen öffentlichen Ärgernisses zu riskieren.

Aber ich reiße mich zusammen und versuche kurz darauf beim Abschlag auf jede Kleinigkeit meiner Haltung und Bewegungen zu achten. Vergeblich. Es dauert gefühlt hundert Abschläge, bis ich endlich einen passablen Ball spiele.

«Hast du das gesehen?» Stolz drehe ich mich zu Aaron um, der mit verschränkten Armen dasteht, ohne eine Miene zu verziehen. «Das ist die Stelle, an der du so was sagen solltest wie ‹Mega›, ‹Wow›, ‹Du bist ein Naturtalent› oder so was.»

Seine Mundwinkel zucken. «Das war ein Glückstreffer. Du bekommst Lob *und* eine Massage, wenn du das dreimal hintereinander hinkriegst.».

Ich gebe ein «Pffff» von mir. «Nichts leichter als das». Dachte ich zumindest. Doch der nächste Abschlag misslingt kläglich. Genauso wie die darauffolgenden. So ein Mist. Ich will mich auf keinen Fall mit diesem Glückstreffer zufriedengeben. Aber mit jedem weiteren Versuch merke ich die ungewohnte Belastung in den Handgelenken, meinen Oberschenkeln und dem Rücken mehr.

«Scheiße, ist das anstrengend.» Ich verziehe stöhnend das Gesicht und sehe, wie sich auf Aarons ein selbstzufriedenes Grinsen ausbreitet.

«So viel zum Thema ‹Golf ist kein Sport›.»

Ich hebe eine Augenbraue. «Darauf wolltest du also hinaus?»

«Worauf sonst? Den Vergleich mit dem Schach konnte ich nicht so stehen lassen.»

Schnaubend verdrehe ich die Augen. Männer und ihre Eitelkeit. Das wäre eigentlich Grund genug, um jetzt das

Handtuch zu werfen und aufzugeben. Aber ich will diese Massage – und Aaron stolz machen. Letzteres sogar ein bisschen mehr.

«Nachdem du mir sehr eindrucksvoll bewiesen hast, dass Golf eine komplexe, ernst zu nehmende Sportart ist, werde ich dir jetzt beweisen, dass ich den Schlag von eben zumindest ein zweites Mal hinbekomme.»

«Das musst du nicht. Du hast dich fürs erste Mal super geschlagen, Leo.»

Ich werfe ihm schmunzelnd einen Blick zu. «Und das sagst du nicht nur, damit ich später mit dir schlafe?»

Lachend schüttelt Aaron den Kopf. «Solche fragwürdigen Tricks habe ich gar nicht nötig.»

«Stimmt», gebe ich zu, woraufhin Aaron meine Taille umfängt und mich an sich zieht.

«Huch.» Ich stoße überrascht den Atem aus. «Verstößt so viel Körperkontakt nicht gegen irgendeine Golfetikette?»

«Nur wenn du deine Hand noch etwas tiefer rutschen lässt.»

«Meinst du diese Hand hier?» Demonstrativ langsam lasse ich sie von seinem Rücken zu seinem Hintern wandern und packe zu.

«Du bist unmöglich», presst er grinsend hervor.

Ich erwidere sein Grinsen mit einem unschuldigen Lächeln, das verblasst, als sich sein Blick auf meinen Mund senkt und dort verweilt. Wird er mich küssen? Hier draußen? In der Öffentlichkeit? Es wäre das erste Mal. An seinem Kiefer zuckt ein Muskel, als würde er mit sich ringen. Und dann … wirft er einen Blick auf seine Armbanduhr und fragt: «Willst du nach Hause, oder hast du Lust auf ein weiteres einmaliges Erlebnis?»

Mich streift Enttäuschung, aber ich schüttele sie ab und tue so, als hätte es die letzten fünf Sekunden nicht gegeben. «Gibt es Menschen, die zu einem ‹einmaligen Erlebnis› Nein sagen würden?»

«Vermutlich. Aber mit solchen Leuten würde ich niemals freiwillig Zeit verbringen.» Wir packen zusammen, und ich lasse ihn diesmal ohne Protest mein Golfbag tragen. Zurück am Parkplatz, hält er mir die Wagentür auf, und ich steige ein.

Eine kurze Fahrt später halten wir auf einem anderen Parkplatz. Auf der Suche nach Hinweisen darauf, wo wir uns gerade befinden, schaue ich aus dem Fenster und entdecke ein Schild mit der Aufschrift «Parkplatz Niederhaverbeck». Wenn mich meine Ortskenntnis nicht täuscht, müsste das in der Nähe von Bispingen sein.

Wir steigen aus. Aaron zückt sein Portemonnaie, um ein Parkticket zu lösen. Nachdem er es gut sichtbar auf der Ablage des Armaturenbretts platziert hat, holt er einen Pulli aus dem Kofferraum und verriegelt dann erst das Auto.

«Gibt es einen Dresscode für dieses ‹einmalige Erlebnis›? Oder wozu brauchen wir den?»

«*Du* könntest den brauchen, falls dir kalt wird.»

«Es sind noch locker fünfundzwanzig Grad. Wieso sollte mir kalt werden?» Die Sonne geht zwar bald unter, aber so schnell wird die Temperatur nicht fallen.

«Wie gesagt: Ist nur eine Vorsichtsmaßnahme.» Er bindet sich den Pullover ernsthaft um die Schultern. Und ich habe wirklich keine Ahnung, wie er es hinbekommt, damit auch noch gut auszusehen. Vermutlich habe ich mich so sehr an seinen spießigen Klamottengeschmack gewöhnt, dass ich anfange, ihn gut zu finden.

«Wo, sagtest du, gehen wir noch mal hin?» Ich versuche, so beiläufig wie möglich zu klingen, in der Hoffnung, dass er sich verplappert.

Doch er durchschaut meine billige Manipulationstaktik. «Netter Versuch. Lass dich einfach überraschen.»

Ich schnaube.

Aarons Geheimniskrämerei führt uns auf einen Wanderweg. Durch weißen Heidesand. Über einen geschlängelten Pfad, der in sanften Kurven mal bergab und dann wieder bergauf verläuft. Meine nackten Waden streifen raue Sträucher, die eine dichte Fläche bilden. Als ich mir vorstelle, wie es darin kreucht und fleucht, wechsele ich auf Aarons rechte Seite.

«Alles okay?»

«Bis auf meine unbefriedigte Neugierde, ja.»

Aaron grinst verschwörerisch und wirft einen Blick auf seine Uhr. «Noch etwa fünfzehn Minuten, dann sind wir da.»

Mit dieser Info kann ich was anfangen. Ich bringe Aaron dazu, einen Zahn zuzulegen, indem ich etwas zügiger gehe, damit wir vielleicht nur zehn Minuten brauchen.

Keine zweihundert Meter später zwingt mich meine miese Kondition, wieder langsamer zu werden.

«Sollen wir eine Pause einlegen?», fragt er und klingt aufrichtig besorgt. Vermutlich weil ich atme, als bräuchte ich ein Sauerstoffzelt.

«Nein, es geht schon.»

Irgendwann zweigt eine Art Allee nach Osten ab, und man blickt gleichzeitig in den grünen Wald und die violette Heide. Der Weg führt uns an einem Schafstall vorbei und querfeldein in die Heide. Immer weiter, immer tiefer. Bis wir von Grün-, Lila-, Brauntönen verschluckt und vor einer hölzernen Aussichtsplattform wieder ausgespuckt werden.

«Die Überraschung wartet oben auf dich», sagt er und lässt mir auf der Holztreppe den Vortritt, obwohl sie breit genug für uns beide ist. Aaron steigt unmittelbar nach mir auf die Plattform. Eine Bank lädt dazu ein, kurz zu verschnaufen. Aber die Aussicht lässt mich an der hüfthohen Brüstung stehen bleiben. Mein Blick gleitet über die Heide, die sich wie eine große violette Daunendecke vor uns ausbreitet. Und dort, wo der Boden den Horizont berührt, tupfen Bäume grüne Kleckse in den lila-rot getränkten Himmel. Eine Explosion aus Farben, die erst hier oben so richtig zur Geltung kommt. Es ist unglaublich, sieht beinahe unwirklich aus.

«Perfektes Timing», höre ich Aaron neben mir sagen. Er klingt fast ein bisschen stolz. Als wäre er höchstpersönlich für dieses Naturschauspiel verantwortlich.

Ich sehe ihn von der Seite an. «Woher wusstest du, wann wir hier sein müssen?»

«Google. Aber ich war mir nicht sicher, ob wir es rechtzeitig schaffen. Das Zeitfenster ist nicht besonders groß. Deshalb habe ich so ein Geheimnis daraus gemacht. Um keine falschen Erwartungen zu schüren.»

«Verstehe.»

«Ich will dich nicht enttäuschen, Leona.» Diese Worte kommen etwas bedächtiger und leiser über Aarons Lippen.

Er schaut mich an, als wäre ihm das wirklich wichtig. Als würde er sich auf was ganz anderes beziehen. Mein Herz pocht ein bisschen schneller, weil ich Angst davor habe, dass er mich irgendwann trotzdem enttäuschen könnte. Auch ohne es zu wollen.

«Das hast du nicht, Aaron», sage ich ernst. «Die Überraschung ist dir gelungen.»

«Das freut mich.» Aarons Blick ruht noch zwei oder drei Sekunden lang auf meinem Gesicht, bevor er ihn in die Ferne gleiten lässt.

Ich folge seinem Beispiel, damit ich nicht verpasse, wie die Sonne langsam hinter den Baumkronen verschwindet, die sich wie Scherenschnitte vom purpurnen Horizont abheben. Eine kühle Brise weht eine holzig süße Note zu uns herüber. Ich hole ganz tief Luft und lasse sie langsam wieder entweichen.

«Weißt du, was das Beste an dieser Aussicht ist?», fragt Aaron, noch immer in die Ferne schauend.

«Das Farbspiel am Himmel?»

«Die Weite. Wenn man den Blick über die endlosen Heideflächen schweifen lässt, scheinen die Gedanken zu fliegen. Sie werden schwerelos und hören auf, einen zu belasten.»

Die unerwartete Tiefgründigkeit seiner Worte lässt mich den Kopf drehen. Ich weiß genau, was er meint, und will ihn fragen, wie lange dieser Zustand anhält, nachdem man den Ort wieder verlassen hat. Aber Aaron scheint so vertieft in die Aussicht, dass ich ihn nicht stören will. Die untergehende Sonne schimmert in einem Mix aus Rot- und Violetttönen in Aarons blondem Haar. Ein leichtes Lächeln umtanzt seine vollen Lippen. Dann trifft sein Blick auf meinen. So unvermittelt und mit einer Intensität, die einen Rausch aus … etwas, das ich noch nie zuvor gespürt habe, über mich hinwegspült. Hier mit ihm zu stehen ist viel zu schön. Beängstigend schön und weit von dem entfernt, was ich erwartet habe.

«Das hier … du, ich, die Heide und der Sonnenuntergang … ist schon sehr datemäßig.» Ich versuche, es nicht wie einen Vorwurf klingen zu lassen. Und versage kläglich.

Verunsicherung blitzt in seinen Augen auf. «*Zu* datemäßig?»

«Haarscharf an der Grenze.»

Er atmet übertrieben erleichtert auf. «Glück gehabt.»

«Aber komm ja nicht auf die Idee, meine Hand halten zu wollen, Aaron.» Wir teilen ein Lächeln, doch seins verblasst fast sofort wieder.

«Warum eigentlich nicht? Im Krankenhaus hat es dir nichts ausgemacht.»

«Das war eine Ausnahmesituation. Und eher eine Geste der gegenseitigen Unterstützung. Jetzt wäre das etwas anderes.»

«Inwiefern etwas anderes?»

Ich zögere. Das ist schwer zu erklären. Aber Aaron sieht mich so interessiert an, dass ich es zumindest versuchen möchte. «Für mich ist Händchenhalten was ziemlich … Intimes. Etwas Besonderes. Als mein Papa noch gelebt hat, habe ich immer beobachtet, wie er und Mama Händchen gehalten haben. Wie glücklich sie dabei aussahen. Obwohl ich viel zu klein war, um zu verstehen, was Zuneigung und Verbundenheit bedeuten, konnte ich sie ganz deutlich spüren. Ich habe gespürt, welch große Bedeutung – zumindest für meine Eltern – in dieser kleinen Geste steckte, und mir gewünscht, später, wenn ich groß bin, auch jemanden zu haben, der meine Hand hält. So wie mein Papa die Hand meiner Mama gehalten hat.»

Aarons Miene wirkt nachdenklich. «Dieser Jemand wird sich glücklich schätzen können.»

Ich zucke mit den Schultern. «Falls es so jemanden überhaupt gibt.»

«Jemanden wie deinen Papa?»

«Jemanden, bei dem ich keine Angst haben muss, dass er sie wieder loslässt.»

Ich höre, wie er schluckt. «Nur ein Idiot würde dich freiwillig loslassen. Und der hätte dich gar nicht verdient.»

Verlegenheit bringt meine Wangen zum Glühen. «Lieb, dass du das sagst, Aaron.»

«Ich bin nur ehrlich.»

«Ehrlich lieb.»

Wir schauen uns in die Augen, und ich ertappe mich bei der Frage, ob Aaron dieser Jemand sein könnte. Trotz unserer Streitereien und Diskussionen in der Vergangenheit verstehen wir uns momentan besser denn je. Besser, als mir lieb ist, weil in mir die Angst schlummert, dass es nicht so bleiben wird. Dass diese Harmonie zwischen uns nur wieder die Stille – eine ziemlich lange Stille – vor dem Sturm ist und wir...

Platsch.

Ich schreie erschrocken auf, mache einen Satz zur Seite.

Aaron stößt einen überraschten Laut aus. «Was ist los?»

Weil ich das selbst noch nicht genau weiß, werfe ich

einen Blick auf meine Schulter und entdecke einen weiß-grauen, glibberigen Flatschen. Es braucht ein paar Atem-züge, bevor ich begreife, was das ist.

«Urgh ... Ich wurde gerade angekackt.»

«Was? Im Ernst?»

«Ja ...» Der Schrei eines Vogels lenkt meine Aufmerk-samkeit in den Himmel. «Von dem da oben!?» Ich richte anklagend meinen Zeigefinger auf den Übeltäter.

«Soll ich ihn mit meinem Schuh für dich vom Himmel holen?» Ironie färbt Aarons Stimme ein.

«Als ob du so weit werfen könntest.»

«Als ob ich ein Tier verletzen würde, nur weil es sein Ge-schäft verrichtet hat.»

«Auf mir! Es hat sein Geschäft – sein großes Geschäft – auf *mir* verrichtet, Aaron.»

«Wusste gar nicht, dass es bei Vögeln einen Unterschied zwischen klein und groß gibt.» In seinen Augen leuchtet unterdrückte Belustigung. Er beißt sich in dem lahmen Versuch, ein breites Grinsen zu unterdrücken, auf die Unterlippe. Und dann prustet er los. Sein Lachen ist laut und dreckig und schadenfreudig. Ich sollte ihm eigentlich eine verpassen, damit er aufhört, sich über mich lustig zu machen. Aber dann würden seine Augen nicht mehr wie Sterne funkeln und sein Gesicht nicht mehr zum Strahlen bringen. So habe ich ihn noch nie gesehen.

«Gott, Leo ... Dein Gesichtsausdruck ...» Lachend ver-sucht er, mich nachzuäffen, und sieht dabei so bescheuert aus, dass ich nicht anders kann, als ebenfalls loszukichern. Der Wind trägt unser Gelächter über die Heide – bis wir all-mählich verstummen und wieder zu Atem kommen.

Aaron streckt seinen Arm nach mir aus. «Komm her. Ich mach's weg.»

«Hast du Taschentücher dabei?»

«Nein, aber … eine kleine, umwerfende Frau mit roten Haaren und Sommersprossen hat mich mal daran erinnert, dass es Waschmaschinen gibt.» Er zieht sich den Pullover von den Schultern, um damit über meine Haut und den Stoff des Tanktops zu wischen.

Ich bin zu gerührt und überrascht darüber, dass Aaron Sanders seine Schnöseligkeit und seinen Ekel – vor gefühlt allem – abgelegt hat, um mich von Vogelkacke zu befreien.

«Besser?» Er fährt mit den Fingerspitzen über meine Wange.

Ich nicke nur, bekomme kein Wort über die Lippen. Weil ich mit meinem Mund plötzlich etwas völlig anderes tun will, als zu reden.

«Gut, dann …» Mit einem Kuss falle ich Aaron ins Wort und presse meinen Mund fest auf seinen. Mein Überfall scheint ihn so überrumpelt zu haben, dass er für den Bruchteil einer Sekunde, vielleicht sind es auch drei, erstarrt. Doch dann umfangen seine Arme meine Taille, und sein Körper wird weicher, anschmiegsamer. Er drückt mich an sich, unterbricht den Kuss aber und fragt leise lachend: «Wo kam das denn plötzlich her? Wir reden über Vogelkacke, und plötzlich springst du mich an.»

«Weil ich eben nicht über Vogelkacke reden will.» Ich tupfe einen Kuss auf seine Unterlippe, beiße sanft hinein. «Jetzt gerade will ich überhaupt nicht reden, Aaron.»

«Was willst du dann?», murmelt er an meinem Mund.

«Ich will, dass wir uns vor dieser datemäßigen Kulisse küssen.»

«Du bittest mich also um einen datemäßigen Kuss?»

«Den datemäßigsten, den du draufhast.»

Hallo Papa!

Weißt du noch, wie ich dir beim letzten Mal erzählt habe, wie lieb sich Aaron um mich gekümmert hat, als ich zum ersten Mal meine Periode hatte? Danach war er einen ganzen Monat lang richtig nett zu mir. Wir haben im Bus nebeneinandergesessen und uns unterhalten. Manchmal ist er sogar eine Station vorher ausgestiegen, um mich nach Hause zu bringen. Sogar Calla und Lissa ist aufgefallen, dass Aaron anders zu mir war. Wir haben uns noch nie so gut verstanden. Ich war sogar zum Mittagessen bei ihm zu Hause. Wir saßen alle gemeinsam am Tisch, haben mehr gelacht als gegessen. Ich hatte zum ersten Mal das Gefühl, dass Aaron mich mag. Mich so richtig gernhat. Genauso wie ich ihn. Aber irgendwann musste ich auf die Toilette, und auf dem Weg zurück ins Wohnzimmer habe ich zufällig ein Gespräch aufgeschnappt. Ich wollte gar nicht lauschen. Aber als mein Name fiel, bin ich stehen geblieben. Teddy hat Aaron vorgeschlagen, mich dieses Jahr mit in den Sommerurlaub nach Griechenland zu nehmen. Ich hätte vor Freude fast gequiekt. Weil es so lange her ist, dass ich Urlaub gemacht habe. Mama hat ja in der Ferienzeit so viel im Hotel zu tun, dass ich ihr manch- mal sogar aushelfen muss. Ein Urlaub in Griechenland wäre ein absoluter Traum. Ein Traum, der wie eine Seifenblase zerplatzt ist, als ich Aaron »Auf keinen Fall«

sagen hörte. So als würde ihn die bloße Vorstellung anwidern.

Und jetzt ist Aaron wieder ... Aaron. Abweisend. Kalt. Distanziert. Ich glaube, ich hasse ihn.

34

Leona

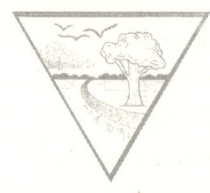

Wie jeden Mittag seit Teddys Unfall stehe ich mit Lydia in der Küche und koche. Heute gibt es Labskaus. Wir sind gerade dabei, die Kartoffeln zu schälen.

Da Aaron mit Ben im Fitnessstudio ist, nutze ich einen der seltenen Momente, in denen ich mit seiner Mutter allein bin. «Du, Lydia?»

«Ja?»

«Ich würde gerne einen Auftrag im Namen der Werkstatt annehmen. Wäre das in Ordnung?»

«Was für einen Auftrag?»

Ich lege das Messer neben die Kartoffel aufs Schneidebrett und hole etwas aus. «Ein Freund von Aaron möchte den Oldtimer seines Opas restaurieren lassen. Mit diesem Auftrag könnten wir sämtliche Einnahmen, die seit Teddys Unfall weggebrochen sind, wieder ausgleichen und noch offene Rechnungen begleichen.»

«Das klingt doch gut. Aber schaffst du das denn neben dem Studium?»

«Ich würde ihm vorschlagen, erst nach der Prüfungsphase anzufangen. Und Mo hat schon zugesagt, mir zu helfen.» Lissa und Calla haben mich während einer unserer Lernsessions auf den Gedanken gebracht, die Werkstatt an Mo zu vermieten oder ihn als Geschäftsführer eintragen zu lassen. Es ist nur eine Idee, die ich mir aber sehr gut vorstellen kann, falls Aaron und ich uns einigen können. Aber so gut, wie wir uns verstehen, bin ich sehr zuversichtlich. Meine Bedenken liegen ganz woanders. «Aber solange Aaron nichts von Teddys Plänen weiß, bin ich mir nicht sicher, ob es okay ist, ohne seine Zustimmung einen Auftrag in dieser Größenordnung anzunehmen. Der wird mindestens drei Monate Zeit in Anspruch nehmen.»

Lydia nickt nachdenklich. «Ja, er könnte sich übergangen fühlen. Wobei ich mir auch gut vorstellen kann, dass er dir solche Entscheidungen oder vielleicht sogar die Werkstatt komplett überlässt, damit er sich voll und ganz auf seinen neuen Job in München konzentrieren kann.»

Ich war gerade dabei, die Kartoffel wieder in die Hand zu nehmen, und erstarre. «Was denn für einen Job in München?»

«Nach seinem Abschluss. Er hat eine Zusage als Golftrainer bekommen und fängt am ersten Oktober an.» Ein stolzes Lächeln legt sich auf Lydias Lippen, das nur einen Augenblick später verblasst. «Hoffentlich ist Theo dann wieder bei uns.»

«Ja, das hoffe ich auch», sage ich leise, während in meinem Kopf die Gedanken umherwirbeln. Aaron hat also einen Job in München. Als Golftrainer. Wieso hat er mir nichts davon erzählt? Zum Beispiel gestern, als er mir Golfspielen beibringen wollte. «Seit wann weiß er das mit dem Job?»

«Seit seinem Geburtstag.»

«Das perfekte Geschenk.» Ich zwinge meine Mundwinkel nach oben, während ich im Kopf die Gelegenheiten überschlage, bei denen er mir von dem Job hätte erzählen können. Aber das wollte er offensichtlich nicht. Was okay ist. Er ist mir keine Rechenschaft schuldig. Aber ich hätte mir gewünscht, das von ihm zu erfahren. Und ich kann nicht mal genau sagen, warum. Kann dieses harte Ziehen in meiner Brust keinem Gefühl zuordnen. Keinem, das ich bereit bin zuzulassen. Bis auf die Enttäuschung, die sich wie eine bittere Pille auf meine Zunge legt. Ich schlucke sie hinunter, aber der unangenehme Geschmack bleibt.

«Dann wäre es also okay, den Auftrag anzunehmen?», wechsele ich das Thema.

«Ich denke schon. Theo hätte sicherlich nichts dagegen. Noch gehört ihm die Werkstatt ja.» Entschieden nickt Lydia mir zu. «Nimm den Auftrag an, wenn du das möchtest. Aber es bleibt dabei, dass du Aaron nichts von der Überschreibung erzählst, ja? Ich möchte, dass er es von seinem Vater erfährt.»

«Klar. Ich sage kein Wort», versichere ich.

«Es war Theo sehr wichtig, persönlich mit ihm zu sprechen. Diese Möglichkeit möchte ich ihm nicht nehmen. Solange noch Hoffnung besteht. Gott, lass ihn bitte endlich aufwachen.» Den letzten Satz sagt sie eher zu sich selbst, ganz leise. Wie ein Gebet. Und ich hoffe so sehr, dass es erhört wird.

«Keine Sorge, Lydia. Von mir erfährt Aaron kein Wort», wiederhole ich, damit sie beruhigt ist.

«Danke. Dann lass uns jetzt weiterkochen, ja?»

«Wovon erfahre ich kein Wort?»

Lydia und ich fahren gleichzeitig herum. Aaron steht in der Tür und sieht uns fragend an.

Wenn man vom Teufel spricht, schießt es mir durch den Kopf. Sich unbemerkt anzuschleichen, scheint eindeutig in der Familie zu liegen. Lydia habe ich bei unserem Kuss auch nicht kommen hören.

Wie lange steht Aaron schon da?

Und wie viel unseres Gesprächs hat er mitbekommen?

«Was soll ich lieber von Vater erfahren?» In Aarons Stimme schwingt nicht nur Neugierde, sondern auch Verärgerung mit. Was ich sogar verstehen kann.

Lydia sucht hilflos meinen Blick. Nur habe ich keine Ahnung, was sie jetzt von mir erwartet. Ich werde mir auf keinen Fall eine Lüge aus den Fingern saugen. Aaron verdient es nicht, belogen zu werden.

Das scheint Lydia zum Glück genauso zu sehen, denn ...

«Es ... es geht um deinen Vater und die Werkstatt. Wir sollten uns setzen.»

35

Aaron

Es geht um deinen Vater und die Werkstatt.

Mama weiß es. Sie weiß alles und wird mir vorwerfen, ihr nichts gesagt zu haben. Wie zur Hölle hat sie davon erfahren? Und warum musste sie ausgerechnet mit Leo darüber sprechen?

Mein Magen krampft sich so fest zusammen, dass mir schlecht wird. Ich kämpfe die Übelkeit nieder, setze ein Pokerface auf und gebe mich ahnungslos. «Wieso? Was ist mit der Werkstatt?» Hoffentlich verrät meine Stimmlage nicht, wie nervös ich bin.

«Soll ich so lange rausgehen?», kommt es von Leo.

Ich will ihre Frage mit Ja beantworten, aber Mamas «Nein» kommt mir zuvor. «Das betrifft euch beide, Leo. Ich schlage vor, dass wir ins Wohnzimmer gehen und später weiterkochen.»

Leo nickt.

Mir sackt das Herz in die Hose und schlägt mir gleichzeitig bis zum Hals. Das Geheimnis zwischen Vater und mir ist also keins mehr. Ich sollte erleichtert sein, aber das bin ich nicht. Noch steht nicht fest, was genau Mama weiß.

Vielleicht fehlen ihr Puzzleteile, die sie von mir zu bekommen hofft. Vielleicht wirkt sie so gefasst, weil sie nur einen Teil der Geschichte kennt. Von dem Part, der mich jahrelang bis in meine Träume verfolgt hat und ihr das Herz brechen wird, scheint sie keine Ahnung zu haben.

Wenig später sitzen wir am Esstisch. Mama hat am Kopfende Platz genommen. Leo und ich sitzen uns rechts und links von ihr gegenüber. Ich versuche krampfhaft, sie nicht anzusehen, aber unsere Blicke scheinen sich wie Magnete anzuziehen.

Leo wendet den Blick ab. Meiner liegt noch immer auf ihrem Gesicht, wandert tiefer. Zu ihrem Mund. Ob ich sie nach heute je wieder küssen darf?

Mama räuspert sich, wodurch sich mein Fokus wieder auf sie richtet.

«Dein Vater ...», beginnt sie zögerlich und rutscht auf dem Stuhl hin und her. «Dein Vater hat euch kurz vor seinem Unfall die Werkstatt überschrieben. Dir und Leona.»

Drei Sekunden. Genauso lange verspüre ich so was wie Erleichterung. Weil Mama doch keine Ahnung hat und damit auch keinen Grund, wütend oder enttäuscht von mir zu sein. Aber als die Erleichterung verpufft ist, als mir die eigentliche Bedeutung ihrer Worte klar wird, reiße ich ungläubig die Augen auf. «Vater hat was?»

«Er überlässt dir und Leo die Werkstatt. Zu gleichen Teilen.»

«Die Werkstatt? Mir und Leo?» Ich kann nicht verhindern, dass ein spöttischer Ton meine Stimme überzieht. Vielleicht ist es auch Wut. Darüber, dass Leo es vor mir erfahren hat. Ich fühle mich ... nein, ich *bin* mal wieder das dritte Rad am Wagen. Wieso erfahre ich es als sein Sohn nach Leo? Und das auch nur, weil ich im Vorbeigehen meinen Namen gehört habe.

«Theodor möchte sie nicht mehr weiterführen. Die körperliche Arbeit ist ihm zu viel geworden.»

«Und deshalb sollen wir jetzt seine Nachfolge übernehmen? Oder was?» Mir wird schlecht, wenn ich nur daran denke, mich regelmäßig dort aufzuhalten, geschweige denn den Laden zu übernehmen. Vater weiß, dass ich nichts mit der Werkstatt zu tun haben will. Er weiß, dass ich von Autos keine Ahnung habe. Also was zur Hölle soll ich mit seiner verdammten Werkstatt? Ist das ein Akt der Höflichkeit? Weil er mich nicht vor den Kopf stoßen will, indem er mich außen vor lässt? Wenn ich freiwillig abdanke, bräuchte er immerhin kein schlechtes Gewissen zu haben. Ist das sein Ziel? Mich hintenherum rauszukicken, damit Leo freie Bahn hat?

«Ihr müsst gar nichts übernehmen. Ihr allein entscheidet, wie es mit der Werkstatt weitergeht. Fühl dich zu nichts verpflichtet, Aaron. Das habe ich auch schon zu Leo gesagt. Es ist okay, wenn ihr sie verkaufen oder vermieten wollt. Das bleibt euch überlassen.»

Vermieten? Der Gedanke, mein Leben lang für die Werkstatt verantwortlich zu sein, bringt schon wieder Erinnerungen von damals hoch. Und damit auch das Entsetzen und dieses ekelhafte Gefühl des Verrats. Die Zerrissenheit. Das schlechte Gewissen. Wut. Aber auch Angst, unsere Familie zu zerstören, wenn ich mein Versprechen breche. All diese Empfindungen haben mich immer wieder dazu gebracht, Leo wie Scheiße zu behandeln, obwohl ich das gar nicht wollte. Aber genau das wird unweigerlich wieder passieren, wenn ich mir die Werkstatt ans Bein binde und sie auch noch mit ihr zusammen weiterführen soll.

«Ich werde meinen Anteil verkaufen», teile ich Leo und Mama mit. Meine Entscheidung ist hiermit getroffen und scheint vor allem bei Leo wie eine Bombe einzuschlagen.

Die Erschütterung spiegelt sich nicht nur in ihrem Gesicht wider. Ihr Brustkorb hebt und senkt sich mit jedem Atemzug hektischer, während sie mich anstarrt, ohne einen Ton von sich zu geben. Steht sie unter Schock? Es ist Mama, die die plötzlich eingetretene Stille bricht.

«Ich ... ich dachte, du und Leo setzt euch die Tage mal in Ruhe zusammen und findet gemeinsam eine Lösung.»

«Und ich dachte, jeder von uns könnte sich frei entscheiden.»

«Das ist ja auch so, Aaron. Aber es spricht doch nichts dagegen, sich mit der Entscheidung etwas Zeit zu lassen. Ein Verkauf lässt sich nicht rückgängig machen.»

«Ich brauche keine Bedenkzeit. Ich war mir einer Sache noch nie so sicher. Bitte akzeptiert das, okay?»

«Warum kannst du nicht wenigstens warten, bis Teddy wieder wach ist?» Leo scheint ihre Sprache wiedergefunden zu haben und sieht mich verständnislos an.

«Wozu? Damit ihr mich zu dritt überreden könnt, etwas zu tun, das ich auf keinen Fall will?» Die Schärfe meines Tonfalls ist mir bewusst und Absicht. Weil ich mich in die Ecke getrieben fühle.

«Woher willst du das wissen? Du hast ja noch nicht mal darüber nachgedacht, wie es wäre, die Werkstatt weiterzuführen.»

«Weil es nicht funktionieren würde.» *Mit uns,* füge ich gedanklich an. Auch wenn das nicht der Hauptgrund ist. Aber das Geheimnis meines Vaters werde ich vermutlich mit ins Grab nehmen – wenn ich nicht vorher daran zugrunde gehe.

«Du bist so was von egoistisch, Aaron!»

Ich wollte eh gerade aufstehen. Aber Leos Worte katapultieren mich regelrecht aus meinem Stuhl. «Wie bitte?!»

«Du bist ein selbstgefälliger Egoist!» Worte, die sie mir mit der Effizienz einer Peitsche ins Gesicht schleudert.

Ich fühle mich tatsächlich kurz benommen. Und dann angepisst. Beinahe keuchend starre ich auf sie herab. Ihre großen Augen sind schmal, der Mund geöffnet, da auch sie angestrengt Luft holt.

«Leo, Aaron, bitte lasst es gut sein.» Mamas Stimme klingt flehend. Wie um uns zu besänftigen, legt sie ihre Hände auf unsere. Vergeblich. Denn wir ziehen unsere Finger fast synchron unter ihren weg. Niemand – auch nicht Mama – kann jetzt noch verhindern, dass der Sturm auf uns niedergehen wird. Erkennbar an den Funken, die mir Leos Augen entgegensprühen. Eine Wut, mit der ich noch von früher vertraut bin.

Leo richtet sich auf. «Wie kannst du Teddy das antun? Du weißt genau, was ihm die Werkstatt bedeutet. Wie viel Arbeit und Herzblut in ihr steckt. Die Werkstatt ist sein Lebenswerk. Sein zweites Zuhause ... Und du willst es abreißen, indem du die Hälfte davon einfach verkaufst!? Das wird ihm das Herz brechen, Aaron!»

Ich schnaube. «Du tust ja so, als hätte ich ihn mit vorgehaltener Waffe dazu gezwungen, die Werkstatt an uns zu überschreiben. Es war sein Entschluss. Er ist derjenige, der sie nicht mehr haben will und die Entscheidung, was mit ihr passiert, uns überlässt. Ich werde meinen Anteil verkaufen. Akzeptier das!»

«Du glaubst doch nicht ernsthaft, dass Teddy uns vorschreiben würde, die Werkstatt weiterzuführen. Natürlich lässt er uns freie Hand. Das heißt aber nicht, dass ihn der Verkauf nicht verletzen würde. Und wenn du Teddy … wenn du deinen Vater nur halb so gut kennen würdest wie ich, wüsstest du das.»

Meine Lippen öffnen sich zu einem Widerspruch, der mir aber im Hals stecken bleibt. Weil es so wehtut. Wie kann sie das gegen mich wenden? Wie kann sie dieses Wissen ausnutzen, nachdem ich mich ihr geöffnet habe? Wie kann sie mitten in diese eine Wunde stechen, die ich all die Jahre vor Mama, aber vor allem vor Leo zu verstecken versucht habe. Eine Wahrheit, die ich sogar vor mir selbst immer geleugnet habe: Ich kenne Vater nicht. Und Vater kennt mich nicht. Seine Welt hat sich immer nur um die Werkstatt und Leo gedreht. Leo, die so viel von Autos versteht. Leo, die so talentiert ist. Leo, aus der mal eine Spitzenmechanikerin wird. Leo. Leo. Leo. Immer. Nur. Leo.

Neid, Eifersucht und ungefilterte Wut steigen in mir auf, brodeln unter meiner Haut, brennen auf meiner Zunge. Über Jahre angestaute Frustration, der ich nun, ohne nachzudenken, freien Lauf lasse. «Du spielst dich hier auf, als wärst du seine Tochter. Das bist du aber nicht! Egal, wie sehr du dich anstrengst, wie sehr du dich in unsere Familie drängst. Für meinen Vater warst du nie mehr als die Tochter seines besten Freundes. Das kleine Mädchen mit dem gebrochenen Herzen, das er unbedingt reparieren wollte. So wie er nun mal alles repariert, was kaputt ist. Das liegt in seiner Natur. Er ist Mechaniker, und du warst sein Projekt.»

Ich kann sehen, wie sie darum ringt, ruhig zu bleiben. Sie holt so tief Luft, dass sich ihr Brustkorb dehnt, als würde er jeden Moment bersten. Ihr Gesicht wird blass, und sie starrt mich an. Mit großen leeren Augen, in denen ein Ausdruck schwimmt, den ich noch nie bei ihr gesehen habe. Als hätte ich sie geschlagen. Oder Schlimmeres.

«Ich war nicht kaputt. Ich habe verfickt noch mal getrauert. Weil ich von einem auf den anderen Tag keinen Papa mehr hatte. Und wenn du nicht damit klarkommst, dass dein Vater sich um ein kleines, trauerndes Mädchen gekümmert hat, hast du ein echtes Problem, Aaron! Dann bist du der Kaputte von uns beiden!» Leos Stimme zittert. Ihr ganzer Körper zittert.

Ihr schmerzerfüllter Blick verursacht eine plötzliche Enge in meiner Brust, die mein Herz zusammenpresst. Aber noch schlimmer ist das harte Ziehen, das sich wie ein Reißen anfühlt, als sie aus dem Raum flieht. Ohne einen einzigen Blick zurück.

«Um Himmels willen, Aaron», höre ich Mama sagen. Wobei es eher ein Keuchen ist. Sie schnappt nach Luft, als hätte sie den Atem angehalten. Und als ich in ihr Gesicht blicke, weiß ich nicht, was schlimmer ist. Leo all diese grässlichen Sachen an den Kopf geworfen zu haben oder Mamas Blick. Die Fassungslosigkeit. Der Schock. Ich bin wohl eben zur größten Enttäuschung ihres Lebens geworden.

«Wie konntest du nur? Ich … ich erkenne dich überhaupt

nicht wieder», sagt sie. Ihr ungläubiger Blick zuckt zwischen meinen Augen hin und her. «Leo hat mit acht ihren Vater verloren. Etwas Schlimmeres kann einem Kind kaum passieren. Und du ... du nimmst dieses tragische Ereignis, um sie zu verletzen? Wühlst in ihrem Schmerz?»

Entsetzt von meinem eigenen Verhalten, sacke ich zurück auf den Stuhl. Scham brennt in meiner Kehle und lässt dort einen Kloß entstehen. So groß, dass ich ihn auch nach mehrmaligem Schlucken nicht hinunterbekomme. Ist es möglich, an seinem schlechten Gewissen zu ersticken? Meine Stimme klingt so heiser, dass ich sie kaum wiedererkenne, als ich versuche, mich zu rechtfertigen. «Ich ... wollte Leo nicht verletzen ... Ich wollte nicht, dass ...»

«Dass es ihr das Herz bricht?», fällt mir Mama so barsch ins Wort, dass ich verstumme. «Das hast du nämlich. Und zwar mit voller Absicht. Was um alles in der Welt hat sie dir nur getan, dass du so ... gemein und bösartig bist? Ich bin entsetzt, Aaron.»

Mamas Worte hageln wie Steine auf mich nieder, denen ich am liebsten ausweichen würde. Ich will weghören, mich abwenden, aufstehen und gehen. Um Mamas Enttäuschung nicht länger ertragen zu müssen. Ich habe während meiner Kindheit und vor allem Jugend verdammt viel Mist gebaut, aber so hat sie mich noch nie angesehen. Als würde sie die Welt ... als würde sie mich nicht mehr verstehen. Mama, die im Gegensatz zu Vater immer für mich da war. Ich musste mich bei ihr nie beweisen. Nie um ihre Aufmerksamkeit oder Zuneigung betteln. Keine Angst haben, sie könnte Leo lieber haben als mich. Aber jetzt, während sie mich kopfschüttelnd anstarrt, ist es, als könnte ich dieses unsichtbare

Band zwischen uns reißen hören. «Tut mir leid», sage ich tonlos.

«Du bringst das mit Leo wieder in Ordnung, Aaron!»

Ich nicke, ohne auch nur den geringsten Plan zu haben, wie ich das anstellen soll, ohne ihr die Wahrheit zu sagen. Leo hat genau das hier befürchtet. Dass ich ihr beim nächsten Streit wehtun würde. Und sie hatte recht. Ich bin so ein gottverdammtes Arschloch. Was, wenn meine Worte jede Chance auf eine Versöhnung zerstört haben? Wie viel bin ich bereit aufzugeben, um Vaters Geheimnis zu wahren?

Mama rückt vom Tisch ab und steht auf. Als sie sich abwendet und ohne ein weiteres Wort den Raum verlässt, wird mir klar, dass ich auch bei ihr einiges wiedergutzumachen habe. Doch was schulde ich ihr? Die Wahrheit oder Schweigen?

36

Leona

Aarons Worte haben sich wie scharfe Klingen in meine Brust gebohrt. Jeder Atemzug, jede Sekunde treibt sie nur noch tiefer in mein Herz. Ich sollte wütend sein, zurück ins Wohnzimmer marschieren und ihn anbrüllen. Stattdessen reiße ich die Haustür auf und flüchte nach draußen. Denn um ehrlich zu sein, fehlen mir die Worte. Der Schmerz ist so groß, dass er jede andere Emotion überstrahlt, mich komplett überfordert, weil ich noch nie so verletzt worden bin. Wie konnte Aaron das tun? Er weiß ganz genau, wie viel Teddy mir bedeutet. Wie wichtig mir seine Zuneigung ist. Was er seit Papas Tod für mich verkörpert.

Für meinen Vater warst du nie mehr als die Tochter seines besten Freundes. Das kleine Mädchen mit dem gebrochenen Herzen, das er unbedingt reparieren wollte.

Hat er recht? Habe ich die Fürsorge seines Vaters all die Jahre missverstanden? Sie mit Mitleid verwechselt? Mit Pflichtbewusstsein, weil Papa und er beste Freunde waren?

«Leona?!»

Ich zucke zusammen, als mich Lydias Stimme aus meinen Gedanken reißt. Etwas erschrocken blicke ich über meine

Schulter und sehe, dass sie auf mich zuläuft. Ihre Konturen sind verschwommen, wodurch mir erst auffällt, dass mir Tränen über die Wangen laufen. Widerwillig bleibe ich stehen und wische mir mit dem Handrücken übers Gesicht.

Aber kaum dass Lydia vor mir steht und mich besorgt-entschuldigend anblickt, kündigt das Brennen in meinen Augen neue Tränen an. Ich ahne, warum sie mir gefolgt ist. Ahne, dass sie mich auf Aaron und all die Dinge, die er mir vorgeworfen hat, ansprechen wird. Bitte nicht. Ich will nicht auf offener Straße, vor der gesamten Nachbarschaft, in Tränen ausbrechen.

«Es geht mir gut!», sage ich schnell, um Lydia zuvorzukommen. Doch das Zittern in meiner Stimme straft meine Worte Lügen. Ich hätte genauso gut behaupten können, ein Alien zu sein.

Lydia greift nach meinen Händen. «Ich weiß nicht, was in Aaron gefahren ist...»

Ich presse meine Lippen aufeinander, versuche sie am Beben zu hindern.

«Aber nichts von dem, was er eben gesagt hat, entspricht der Wahrheit, Leona.»

Nicht weinen. Bloß nicht weinen. Ich lege meinen Kopf in den Nacken und starre in den wolkenverhangenen Himmel.

«Du bist nicht kaputt, Leona!»

Ich blinzele und blinzele und blinzele.

«Du bist wundervoll.»

Vergeblich.

«Damals wie heute.»

Ich schlucke.

«Teddy liebt dich, Leona.» Lydias Stimme klingt heiser und so von Tränen belegt, dass ich meine nicht länger zurückhalten kann.

Ein raues Schluchzen ringt sich aus meiner Kehle und verklingt an Lydias Schulter, als sich ihre Arme um mich legen. Sie drückt mich an sich und flüstert: «Wir lieben dich. Genauso wie du bist.»

Ich zittere. Zittere am ganzen Körper, während ich mich an Lydia und ihre Worte klammere. So fest ich nur kann.

Sie streicht mir über den Rücken, übers Haar. Wieder und wieder, bis ich mich irgendwann beruhigt habe und sie sanft von mir schiebe. In ihrem Blick glänzt noch immer Sorge und die Frage, ob ich okay bin.

Ich antworte mit einem Lächeln, das viel zu schwach ist, um meine noch feuchten Augen zu erreichen. Als Lydia mich nur weiter zweifelnd ansieht, beginne ich stockend zu sprechen. «Ich ... ich brauche nur etwas Zeit und ... und Abstand», gestehe ich. So tröstend Lydias Worte auch waren. Ich kann nicht einfach aufstehen, meine Krone richten und weitergehen. Schon gar nicht, wenn das bedeutet, Aaron gleich wieder im Krankenhaus zu begegnen. Zur Rede stellen werde ich ihn auf jeden Fall – aber erst wenn ich meine Wunden geleckt und eine für ihn undurchdringbare Mauer um mein Herz errichtet habe. Und dafür brauche ich Zeit und Kraft, die mir gerade fehlt. «Lydia, ist es okay, wenn ... wenn ihr heute ohne mich zu Teddy fahrt? Nach dem, was Aaron ...»

«Schon gut, Liebes. Das verstehe ich. Du musst dich nicht rechtfertigen. Es ist vielleicht ganz gut, wenn ... ihr euch erst mal aus dem Weg geht.» Sie seufzt. Als wäre sie erleichtert darüber, nicht zusehen zu müssen, wie wir uns in der Klinik verbal – oder auch buchstäblich – die Köpfe einschlagen. Noch vor wenigen Stunden hätte mich nichts und niemand davon abhalten können, Teddy zu besuchen. Ich hasse mich dafür, Aaron derart nah an mich herangelassen zu haben.

Mein schlechtes Gewissen lässt mich den Blick zu Boden richten. «Wir wollten ja eigentlich zusammen kochen. Jetzt habe ich das Gefühl, dich damit im Stich zu lassen ... und vor allem Teddy.»

«Du lässt niemanden im Stich, Leona», widerspricht Lydia energisch. «Im Gegenteil. Du hast in Hamburg alles stehen und liegen lassen, um für Theo da zu sein. Wenn hier jemand ein schlechtes Gewissen haben muss, dann ich ...» Entschuldigend verzieht sie das Gesicht. «Ich war so sehr mit mir und meiner Sorge um Theo beschäftigt, dass ich dabei ganz vergessen habe, wie es dir damit geht. Wie schmerzhaft es sein muss, jeden Tag in der Klinik zu sein. Jeden Tag an dem Ort, wo Ludwig ... verstorben ist.»

Papa ist eingeschlafen, Leona. Er kommt nicht mehr zu uns zurück.

Ich hole ganz tief Luft, damit es in meiner Brust nicht noch enger wird. «Mach dir um mich keine Sorgen, Lydia. Ich komme klar.»

«Das sagt sich so leicht, aber die letzten Wochen waren heftig. So was geht nicht spurlos an einem vorbei. Auch nicht an einer Kämpferin wie dir, Leona. Also nimm dir bitte alle Zeit, die du brauchst, in Ordnung?»

Ich nicke. Denn sie hat recht. Die letzten Wochen haben mich emotional an meine Grenzen gebracht. Uns alle. Vielleicht ist Aaron deshalb so ausgetickt. Weil er überfordert ist. Aber das ist noch lange kein Grund, mir solche Dinge an den Kopf zu werfen. Ich bin nicht sein verdammter Punchingball.

«Und vergiss bitte nicht, was ich dir gesagt habe. Theo liebt dich.» Ihr Blick bohrt sich regelrecht in meine Augen, als wollte sie mir die Worte geradewegs in den Schädel pflanzen.

Wieder nicke ich.

«Und du bist sicher, dass ich dich allein lassen kann? Mit all den Gedanken, die hier oben kreisen?» Ihr Zeigefinger tippt sanft gegen meine Stirn.

«Ja, ich werde versuchen, mich abzulenken. Vielleicht gehe ich noch in die Werkstatt – wer weiß, wie lange ich noch die Möglichkeit dazu habe.» Ich kann den zynischen Unterton in meiner Stimme nicht verbergen.

«Ach Leo…»

«Ich will nicht, dass Aaron die Hälfte der Werkstatt verkauft», sage ich mit wackeliger Stimme.

«Ohne eure Unterschriften gehört die Werkstatt immer noch Theo.»

Ich muss mir auf die Zunge beißen, um nicht vorzuschlagen, die Werkstatt nur auf mich zu überschreiben. Aber damit würde sich Aarons dreiste Behauptung, mich in seine Familie zu drängen, nur bewahrheiten.

«Es ist noch nichts entschieden. Also gibt es keinen Grund, dir Sorgen zu machen.» Ein sanftes, beruhigendes Lächeln legt sich auf Lydias Lippen.

Mir fehlt der Optimismus, um es zu erwidern.

«Wenn Theo wieder wach ist, finden wir eine Lösung.»

Ich nicke heftig. Teddys Gesundheit ist alles, was zählt. Keine Werkstatt dieser Welt könnte wichtiger sein.

«Und wie gesagt, wenn du nicht ins Krankenhaus kommen möchtest, ist das vollkommen in Ordnung. Wir halten die Stellung und melden uns, falls es Neuigkeiten gibt.»

Wir. Noch vor einer Stunde wäre mir dieses winzige Wort nicht mal aufgefallen. Jetzt fühlt es sich wie ein weiterer Stich ins Herz an. Weil ich nach allem, was Aaron mir an den Kopf geworfen hat, so verunsichert bin, dass ich das Gefühl habe, kein Teil mehr von diesem *Wir* zu sein. Es nie wirklich war.

Lydia nimmt mich noch mal in den Arm. «Theo liebt dich. Und ich auch.» Mit diesen geflüsterten Worten entlässt mich Lydia aus ihrer Umarmung.

Hallo Papa,

wärst du böse auf mich, wenn ich von der Schule fliege, weil ich einem Mitschüler Abführmittel in den Kaffee geschüttet und die Zündkontakte vom Auto des Rektors so manipuliert habe, dass es nicht mehr anspringt? Ich bin nämlich kurz davor, genau das zu tun, weil dieses Arschloch von Rektor Calla von der Schule geschmissen hat. Und das nur wegen diesem Scheißkerl Linus. Auf den wäre ich gestern beinahe losgegangen, wenn Lissa mich nicht zurückgehalten hätte. Dieser Kerl macht mich so unfassbar sauer. Ich hätte niemals gedacht, dass ich einen Typen mehr hassen könnte als Aaron. Er und Herr Rütt-gers sind schuld, dass Lissa, Calla und ich nun doch nicht gemeinsam Abi machen werden. Keine gemeinsamen Motto-Tage. Kein gemeinsamer Abiball. Ich könnte vor Wut heulen. Das werde ich ihnen nie verzeihen. Manche Dinge sind einfach zu schlimm, um sie zu verzeihen, oder?

Hab dich lieb.
Deine Leo

37

Leona

«Schätzchen?» Mama betritt den Raum.

Ich wische mir hastig die Tränen aus dem Gesicht und unterdrücke ein Schluchzen. Damit Mama mich nicht weinen sieht, obwohl sie vermutlich nur davon wach geworden ist. Ich habe es versucht. Ich habe wirklich versucht, mich nach dem Streit mit Aaron zusammenzureißen. Ich war in der Werkstatt, habe an alten Motoren rumgeschraubt und war halbwegs abgelenkt. Bis ich mich zum Schlafen in mein Bett gelegt habe. Auf die Matratze und unter die Decke, die ich die letzten Tage mit Aaron geteilt habe. Und zack war alles wieder da. Die Enttäuschung, die Wut und der Schmerz. Mir sind die Tränen nur so aus den Augen geschossen.

«Leona? Schatz …»

Ich hole zitternd Luft, dann drehe ich mich zur Tür und sehe im Licht vom Flur, wie Mama mit einer kleinen weißen Schüssel auf mich zukommt. In ihrem Nachthemd, ihr Haar ist vom Schlafen ganz zerzaust. Vor meinem Bett bleibt sie stehen, knipst die Lampe auf der Kommode an und setzt sich zu mir auf die Bettkante.

Sorgenfalten zerfurchen ihre Stirn. «Ich habe hier Smarties für dich. Von den grünen waren nicht mehr allzu viele da», sagt sie und stellt die bunte Mischung neben die vollgeschnieften Taschentücher auf die Kommode.

«Danke, Mama.» Normalerweise hätte ich mich sofort auf die Schüssel gestürzt. Aber die Smarties sind von Aaron. Eine Großpackung, die er mir vom Einkaufen mitgebracht hat; ich kann sie nicht anrühren – so albern das auch sein mag. Ich ringe mir ein Lächeln für Mama ab, um nicht sofort wieder loszuweinen.

«Gott, Leona, wenn du nicht mal mehr Smarties willst, muss es schlimm sein. Was ist denn nur los?» Dass Teddys Zustand unverändert ist, weiß Mama, weshalb sie sich nicht erklären kann, dass ich heule.

«Die Smarties sind … Sie sind von Aaron. U-und … wir haben uns schlimm gestritten», gestehe ich heiser. Mama ist natürlich nicht entgangen, dass Aaron bei uns geschlafen hat. Auch wenn sie mich nicht auf ihn angesprochen hat, dürfte sie bemerkt haben, dass wir mehr als nur gute Nachbarn sind.

«Aber …» Ihr besorgter Blick gleitet genauso zärtlich über mein vom Weinen aufgequollenes Gesicht wie ihre Finger über meine Wange und meine Schulter. «Das habt ihr doch schon öfter und euch dann wieder vertragen. Das wird sicher wieder, hm?»

Ich schüttle den Kopf. «So haben wir uns noch nie gestritten, Mama. Er … er hat Dinge zu mir gesagt, die …» Tränen schnüren mir die Kehle zu. Ich versuche, sie mit aller Macht zurückzuhalten, und schließe die Augen. Meine Knie ziehe ich an die Brust, mache mich unter der Decke so klein wie nur möglich und wünschte, der Schmerz ließe sich auf diese

Weise ebenso reduzieren. Aber er bleibt derselbe und füllt jeden Winkel meines Körpers.

«Rede mit ihm, Leona. Vielleicht nicht morgen oder übermorgen. Aber glaub mir, es hilft, wenn du alles, was du gerade in dir einkapselst, rauslässt und ihm sagst.»

Ich habe ihm nichts mehr zu sagen, denke ich nur und nicke.

«Ich bin müde, Mama», flüstere ich, was nicht mal gelogen ist. Mir fehlt die Kraft, um noch weiter über Aaron zu reden. Ich habe es nicht mal geschafft, Lissa und Calla von dem Streit zu erzählen. Vielleicht, weil sie mir auf den Kopf zusagen würden, dass ich – ob ich will oder nicht – echte Gefühle für diesen Mistkerl entwickelt habe. Andernfalls hätten mich seine Worte niemals so treffen können.

«Dann schlaf, Leona. Morgen sieht die Welt schon wieder anders aus», sagt sie leise und gibt mir einen Kuss aufs Haar, bevor sie wieder geht.

Ich wünschte, sie hätte recht. Ich wünschte, mir würde über Nacht eine Löschtaste für Gefühle wachsen. Dann wäre mit nur einem Tastendruck alles wieder gut.

Aber da das nicht passieren wird, muss ich Aaron irgendwie vergessen. Nur habe ich keine Ahnung, wie das gehen soll, solange wir beide noch hier in Lüneburg sind und uns spätestens übermorgen wieder im Krankenhaus sehen. Den morgigen Besuch habe ich beschlossen zu canceln. Ich brauche zumindest einen Tag, an dem ich nichts von ihm sehe und höre.

· · · ◄ · · ·

Ich habe mich nach dem Aufstehen sofort in die Werkstatt geflüchtet. Das ist momentan der einzige Ort, an dem mich – bis auf den Mustang – nicht alles an Aaron erinnert. Hier auf dem Rollbrett, unter einem der Autos, die Teddy für den Verkauf wieder fit machen wollte, fühle ich mich vor ihm sicher. Bis mich Schritte unter dem Wagen hervorrollen – und auf dem Brett erstarren lassen. Denn die hellbraunen Slip-on-Schuhe kenne ich.

Aaron.

Er ist hier.

An dem einzigen Ort, den ich für sicher gehalten habe. Ob er deswegen hier ist? Um mir seinen Anspruch auf die Werkstatt unter die Nase zu reiben? Jetzt, da er weiß, dass sie zur Hälfte ihm gehören wird?

«Können wir reden, Leo?» Seine Frage löst die Schockstarre und reißt zugleich die Wunde in meinem Herzen noch weiter auf. Nachdem sie nicht mal einen verdammten Tag hatte, um wenigstens mit der Heilung zu beginnen. Das ist zu früh. Zu viel. Ich kann das jetzt nicht. Nicht heute. Obwohl mir eine Million Dinge auf der Zunge liegen – Kraftausdrücke inklusive –, die ich auf Aaron loslassen möchte. Aber unter meinen Bedingungen. Nicht seinen. Weshalb meine Antwort «Nein» lautet.

Ich rolle zurück unter das Auto und schließe die Augen, weil es mich unendlich viel Kraft kostet, nur mit ihm in einem Raum zu sein. Selbst dann, wenn ich ihn nicht mal sehe.

«Bitte, Leona. Es ist wirklich wichtig.»

Ich schlucke. «Wenn es um die Werkstatt geht, dann ...»

«Es geht um uns», unterbricht er mich, und mein Herz

krampft sich schon wieder zusammen, weil er gestern dafür gesorgt hat, dass es kein uns mehr gibt. Was auch immer das zwischen uns war. «Ich bin hier, um mich zu entschuldigen. Und dir zu erklären, warum ... warum ich so ein verdammtes Arschloch war.»

«Du bist immer eins gewesen. Ich war nur naiv zu glauben, dass du dich ändern könntest. Aber ...» Ein spöttischer Laut verlässt meine Kehle. «... da bin ich wohl selbst schuld. Du hattest mich schließlich gewarnt», sage ich und hasse es, so verletzt zu klingen.

«Leona, bitte. Bitte komm da raus und hör mich an. Gib mir zehn Minuten. Danach hörst du nie wieder von mir. Wir können unsere Besuchszeiten bei meinem Vater absprechen und uns komplett aus dem Weg gehen, wenn du das willst. Aber ... bitte. Bitte lass uns reden.»

Es sind die Verzweiflung in seiner Stimme und meine Neugierde, die mich dazu bringen, seiner Bitte nachzukommen. Als ich mich einen Moment später aufrichte und in Aarons Gesicht blicke, sieht er aus, als plagten ihn Schmerzen. Und als wäre er ziemlich durch den Wind. Sein Hemd ist falsch geknöpft, und an einer Stelle steckt es nicht ganz im Hosenbund.

So habe ich ihn noch nie gesehen. Nicht mal, als ich ihn draußen vor dem Krankenhaus getröstet habe. Zwar sind seine Augen weder feucht noch gerötet, aber der Ausdruck darin ist von Traurigkeit erfüllt. Ich reiße den Blick los, damit mir seiner nicht noch tiefer unter die Haut geht, und starre den Schraubenschlüssel in meiner Hand an.

«Du hast fünf Minuten», sage ich und höre, wie er tief einatmet. Als hätte er die Luft angehalten.

«Okay ... aber das hier ist nicht der richtige Ort, um darüber zu reden.»

Ich hebe den Blick und runzele die Stirn. «Warum nicht?»

«Weil ...» Er fährt sich durchs Haar und schaut sich nervös in der Werkstatt um. «Glaub mir einfach. Lass uns wenigstens vors Tor gehen.»

Ich schnaube. «Aus den fünf Minuten sind gerade vier geworden», stelle ich klar und gehe voraus – auch wenn ich keine Ahnung habe, was das für einen Unterschied machen soll.

Er folgt mir nach draußen, wo ich mich zu ihm umdrehe und abwartend die Arme verschränke. Aarons Gesicht spiegelt eine Bandbreite an Emotionen: Reue, Bedauern, Schmerz, Leid, aber auch Verzweiflung – und Sehnsucht.

Mist.

Schluckend rede ich mir ein, dass mich nichts davon berührt. «Also? Was hast du mir so Wichtiges zu sagen, das du nur hier draußen ansprechen kannst? Und komm mir jetzt nicht mit einem ‹Tut mir leid, *aber*›.»

«Kein Aber.» Er schüttelt den Kopf. «Sondern eine Erklärung für mein Verhalten. Für all die Jahre, in denen wir uns gestritten haben. Und vor allem für gestern.»

Schweigend sehe ich ihn an und warte darauf, dass er weiterspricht.

Doch anstatt endlich mit der Sprache herauszurücken, presst er die Lippen zu einem Strich zusammen, als wollte er die Worte dahinter einsperren. Dann, als ich schon nicht mehr mit einer Antwort rechne und mich genervt abwenden will, öffnet er seinen Mund: «Ich ... war zehn, als ich meinen Vater und deine Mutter ... erwischt habe.»

«Erwischt wobei?», frage ich verständnislos.

Aaron tritt von einem Bein aufs andere. «Beim Küssen.»

Ich zucke zurück und schüttle energisch den Kopf. «Nein! Nein, das glaub ich dir nicht.»

«Es ist die Wahrheit, Leo.»

Mein Puls beschleunigt sich. Ich hole stockend Luft und stoße sie beinahe keuchend wieder aus, als ließen sich so auch Aarons Worte in den Wind blasen. Stattdessen hallen sie wie ein Echo in meinen Ohren nach, bis Wort für Wort, Silbe für Silbe und Buchstabe für Buchstabe endgültig in mein Bewusstsein gedrungen sind. Drei pochende Herzschläge lang weiß ich nicht, was ich sagen, denken oder fühlen soll. Teddy und Mama. Mama und Teddy. Kurz nach Papas Tod? Nein. Nein, das kann nicht sein.

«Leo?» Aarons vorsichtige Stimme dringt an meine Ohren. «Hast du verstanden, was ich gesagt habe?»

Noch immer leicht benommen von der Bombe, die er platzen lassen hat, schüttele ich erneut den Kopf. «Wie … Warum … Warum erzählst du mir das? Ausgerechnet jetzt? Um mich noch mehr zu verletzen? Damit ich schlecht von Teddy denke?» Dass sein perfektes Bild soeben kleine Risse bekommen hat, behalte ich für mich. Papa war sein bester Freund. Wie konnte er ihm das antun? Und was zur Hölle hat sich Mama nur dabei gedacht? «Willst du einen Keil zwischen mich und Teddy treiben? Ist es das, was du willst?» Meine Stimme ist genauso in die Höhe geschnellt wie mein Puls.

«Wenn das mein Ziel wäre, hätte ich dir schon früher davon erzählt. Alles, was ich will, ist, dir zu erklären, was in mir vorging, nachdem ich das gesehen hatte.»

«Wann und wo?» Ich höre die Angst in meiner Stimme. Angst vor dem, was er antworten könnte. Insgeheim weiß ich, dass Aaron sich das nicht bloß ausgedacht hat, weil es auch seine Mutter betrifft. *Gott, Lydia.*

«Willst du wirklich hier über die Details reden?»

Plötzlich bin ich mir nicht sicher, ob ich überhaupt darüber reden will. Nur gibt es jetzt kein Zurück mehr.

«Lass uns zum Imbiss nebenan gehen. Dort können wir uns setzen und ungestört reden.» Er wirft einen Blick auf seine Armbanduhr. «Ich weiß, dass meine vier Minuten gleich um sind. Aber ... es gibt so viel, das ich dir sagen und erklären will, Leo. So viel, das du nicht weißt.»

«Und das hat alles mit ... mit dieser Sache zu tun?» Das Wort Affäre – oder was auch immer das zwischen Mama und Teddy war – will mir einfach nicht über die Lippen.

«Nicht nur ... Es hat auch was mit uns zu tun. Mit eigentlich allem, was unser Verhältnis betrifft. Damals wie heute.» Seine blauen Augen flehen mich förmlich an, seinen Vorschlag anzunehmen. Und das Einzige, was mich dazu bringt zu nicken, ist, dass ich selbst eine Million Fragen habe und die Werkstatt nicht der richtige Ort ist, um sie zu stellen. Mo könnte jeden Moment aufkreuzen. Der Imbiss um die Ecke wäre wirklich besser. Ein neutraler Ort, von dem ich mich jederzeit hierherflüchten kann. Außerdem hätte ich auf dem Weg dorthin etwas Zeit, Aarons Worte sacken zu lassen und mir Fragen zurechtzulegen.

«Okay», sage ich.

38
Leona

Aaron und ich sitzen uns auf einer Bierbank vor dem Imbiss gegenüber und trinken beide einen Schluck Wasser, das Aaron uns geholt hat. Der Wind trägt den Geruch von altem Frittierfett und Pommes und Grillhähnchen zu uns herüber. Aber der Grund für das mulmige Gefühl in meinem Magen ist ein anderer.

Wir setzen unsere Gläser wieder ab. Meines umschließe ich ganz fest mit beiden Händen, damit ihm das Zittern meiner Finger hoffentlich nicht auffällt.

«Also?», beginne ich mit ruhiger Stimme, obwohl ich innerlich immer noch am Rotieren bin. «Wie genau hast du die beiden … du weißt schon.» Vielleicht stellt sich ja alles als großes Missverständnis heraus, eine falsche Interpretation dessen, was er gesehen hat. Immerhin war er zehn. «Kann es sein, dass du die Situation falsch eingeschätzt hast?»

Eine letzte Hoffnung, die mir der Ausdruck in seinen Augen nimmt, bevor er antwortet. «Sie haben sich geküsst … und waren halb nackt, Leo. Da gab es nichts falsch zu verstehen.»

«O Gott.» Meine Finger umklammern das kühle Glas

noch etwas fester. Ich schließe kurz die Augen und schüttle den Kopf, will verhindern, dass Bilder entstehen, die ich nie wieder loswerde. Als sich meine Lider wieder öffnen, empfängt mich Aarons Wut.

«Diese verdammten zehn Sekunden haben mein ganzes Leben geprägt», faucht er. «Alles hat sich dadurch geändert. Nicht nur das Verhältnis zu meinen Eltern. Sondern auch das zu dir.»

Vermutlich kommt jetzt der Part, auf den er die ganze Zeit hinauswill. Nur frage ich mich, ob er dazu so weit hätte ausholen müssen. Insgeheim wünsche ich mir, nie von dieser ... Sache erfahren zu haben.

«Inwiefern, Aaron? Was hat das alles damit zu tun, dass du den schlimmsten Tag meines Lebens, den Tod meines Vaters, gezielt dazu benutzt hast, um mich zu verletzen? Um mir das Gefühl zu geben, nichts Wert und von Teddy niemals geliebt worden zu sein. Du ... du hast mich kaputt genannt. Mich als einen Gegenstand bezeichnet, der repariert werden musste. Damit hast du mich entmenschlicht und ... und mich so tief verletzt, dass ...» Meine Stimme bebt so sehr, dass ich kurz innehalten muss, um mich zu beruhigen. Als ich weiterspreche, bringe ich kaum mehr als ein Flüstern zustande. «Du hast versprochen, mich niemals so zu verletzen. Und ich hab dir geglaubt ... I-ich ... ich habe angefangen, an so was wie ein *Uns* zu glauben, Aaron. Alles, was zwischen uns war, hast du kaputtgemacht.»

Aarons Augen schließen sich. Sein Gesicht verzerrt sich erneut, als hätte er Schmerzen. Schmerzen, die meine Worte ihm gerade zugefügt haben. Willkommen in meiner Welt. Tief durchatmend scheint er um Fassung zu ringen – bis sich seine Lider wieder öffnen und einen feuchten Schimmer aus Reue und Verzweiflung zum Vorschein bringen.

«Nichts könnte jemals rechtfertigen, was ich zu dir gesagt habe, Leo. Ich würde mir ein Bein ausreißen, wenn sich meine Worte dadurch irgendwie rückgängig machen ließen. Aber das geht nicht. Ich kann nichts tun, außer dir zu sagen, wie unendlich leid mir das tut ... wie sehr ich mich dafür hasse, dir so wehgetan zu haben, und ... und dir zu erklären, wie es dazu kommen ... wie ich so sehr die Fassung verlieren konnte.»

Ich glaube ihm. Weil er aufrichtig klingt und ... ich ihm glauben will. Nur bin ich mir nicht sicher, ob das reicht, ob ich – was auch immer das zwischen uns war – danach immer noch will. «Dann erklär's mir, Aaron.» *Und gib dir verdammt noch mal Mühe.*

«Von dem Tag an», beginnt er, «als ich meinen Vater mit deiner Mutter erwischt habe, konnte ich keinen Fuß mehr in die Werkstatt setzen, ohne daran erinnert zu werden. Und obwohl ich diesen Ort gehasst habe, bin ich immer wieder hingegangen, um zu kontrollieren, dass sie es nicht noch mal taten. Und um zu verhindern, dass Vater mich vergisst, wenn er die meiste Zeit mit dir verbringt. Ich hatte eine Scheißangst, dass er lieber dich als Kind und deine Mutter als Frau haben wollte. Ich hatte Angst, dass unsere Familie zerbricht, und ... wahnsinnige Schuldgefühle. Weil ich Vater versprechen musste, Mama nichts zu sagen. Und ihr mit diesem Wissen jeden Tag in die Augen sehen und sie anlügen zu müssen, war so eine Last. Ich bin daran fast zerbrochen. In mir hat sich so viel Frust und Wut angestaut. Und dich in der Werkstatt zu sehen, dich mit meinem Vater zu erleben, mitzubekommen, wie seine Welt immer mehr zu deiner wurde, während ich nichts damit anfangen konnte, hat alles nur noch schlimmer gemacht. Ich hatte immer mehr das Gefühl, dass er viel lieber dich als Kind hätte. Dass ich nicht gut genug war, weil ich – sosehr ich mich auch angestrengt habe – einfach nichts mit Autos und dem ganzen Zeug anfangen konnte. Ich ... ich war eifersüchtig, weil du so viel mehr Aufmerksamkeit von ihm bekommen hast als ich. Gleichzeitig mochte ich dich aber auch irgendwie. Weil du witzig und stark und klug warst. Aber du warst auch die Tochter der Frau, die meiner Mama den Mann wegnehmen und unsere Familie zerstören wollte. Das dachte ich zumindest.»

Meine Augen werden größer, je länger er redet.

«Ich hab all meinen Frust auf dich projiziert. Ich war so verdammt wütend auf deine Mutter, und ich glaubte ... wenn ich dich verletze, trifft es auch sie, was natürlich absoluter Bullshit ist. Aber meinem zehnjährigen Ich war das nicht klar. Aus heutiger Sicht macht das null Sinn und soll auch keine Rechtfertigung für mein Verhalten sein. Nichts von all dem, was ich gesagt habe oder dir in der Vergangenheit angetan habe, ist okay. Aber ich denke, dass ich so mies zu dir war, weil ich nicht mit dir befreundet sein durfte. Denn ich hatte das Gefühl, meine Mama zu verraten, wenn ... wenn ich zu dir nett gewesen wäre oder so», erklärt er und verzieht sein Gesicht. Vermutlich in der Annahme, ich würde das nicht nachvollziehen können. Aber im Gegenteil. Aus der Sicht eines Kindes oder eines pubertierenden Sechzehnjährigen kann ich seine Beweggründe erstaunlicherweise sogar sehr gut verstehen. Und ich bin auch wütend auf meine Mama und Teddy. Wenn sie keinen Scheiß gebaut hätten, hätte Aaron keinen Grund gehabt, mich zu hassen.

«Je älter ich wurde», fährt Aaron fort, «desto mehr begriff ich, was ich da in der Werkstatt gesehen hatte und was Vater meiner Mama ... unserer Familie angetan hatte. Ab da fing ich an, mich von ihm zu distanzieren. Und zu begreifen, dass du für das Verhalten deiner Mutter nichts konntest. Aber mein Frust, der Neid und die Eifersucht auf dich und dein gutes Verhältnis zu meinem Vater sind geblieben ... Bis heute.»

Aaron atmet aus, als hätte er hundert Kilo gestemmt, während in mir eine Erkenntnis heranreift.

«Warst du nach unserem ersten Kuss deshalb ... so zu mir?»

Er nickt. «Ich habe gefühlt mein ganzes Leben lang versucht, dich auf Abstand zu halten. Und das war oft nicht einfach, weil du so ein wundervoller Mensch bist. Vaters Unfall hat diese Seite an dir nur noch mehr zum Vorschein gebracht, aber diesmal fehlte mir die Kraft, dich von mir zu stoßen. Deine Nähe ... Dein Trost ... Du hast mir einfach so verdammt gutgetan, Leo.»

Du mir auch, schießt es mir durch meinen Kopf.

«Aber dieser Kuss – die Tatsache, dass meine Mama uns dabei erwischt hat – hat all die negativen Gefühle wieder hochkochen lassen und mich an den Moment in der Werkstatt erinnert. Diese Werkstatt verkörpert einfach alles, was ... was mich wütend und neidisch und eifersüchtig macht. Und als ich gestern erfuhr, dass ich nun für den Rest meines Lebens für sie verantwortlich sein soll und dass du das alles vor mir wusstest und mir nichts gesagt hast...»

«Weil Lydia mich darum gebeten hat. Teddy wollte es dir selbst sagen», platzt es aus mir heraus.

«Ich verstehe. Aber in dem Moment hat sich das einfach nur mies angefühlt. Und als... als du meintest, dass ich Vater nicht kennen würde, war das wie Salz in eine Wunde, die ich dir an dem Abend im Mustang gezeigt habe. Eine Wunde, die außer dir niemand kennt, von der ich nur dir erzählt habe...»

Ich schlucke. Mir war bis gerade eben nicht bewusst, was ich mit meinen eigenen Worten angerichtet habe. Dass ich etwas, das er mir anvertraut hat, gegen ihn verwendet habe, ohne es zu merken.

O Gott. Auch wenn das kein Grund ist, so auf mich loszugehen, rückt es seine heftige Reaktion noch mal in ein anderes, sanfteres Licht. «Dass ich das gesagt habe, tut mir leid. Ich... ich habe nicht nachgedacht. Ab dem Moment, als du meintest, du willst die Werkstatt verkaufen, habe ich... Ich habe einfach nicht mehr nachgedacht. Und ich hatte das Gefühl, wieder vor dem Arschloch-Aaron zu sitzen, der mir einfach nur einen Strich durch die Rechnung machen will.»

«Ich wollte dir keinen Strich durch die Rechnung machen, ich wollte... Ich wollte nur nicht verlieren, was wir haben.»

Verwirrt runzele ich die Stirn. «Indem du mich verletzt?»

«Indem ich mir die Werkstatt ans Bein binde und wieder zu dem von Neid zerfressenen, eifersüchtigen, jähzornigen Jungen werde, der ein Mädchen wegstößt, das er eigentlich gernhat. Ich hatte Angst, dass all diese Gefühle wieder hochkommen und mir ... uns die Leichtigkeit nehmen würden. Dieses verdammte Geheimnis, das ich wegen Vater all die Jahre gehütet habe, hat so viel kaputtgemacht. Mein Verhältnis zu ihm und das zu dir. Ich will nicht, dass er das ein zweites Mal mit der Werkstatt schafft. Ich will ... das, was sich zwischen uns entwickelt hat, behalten und ... vertiefen.» Aarons Miene wird weich, als er mich ansieht, und ich spüre Wärme in mir aufsteigen. «Die letzten Wochen mit dir, unsere Gespräche, mit dir zu lachen ... Du bist die erste Frau, die erste Person überhaupt, der ich mich so geöffnet habe. Niemand hat mir je so zugehört, mich je so gesehen ... bei keinem Menschen habe ich mich jemals so ... wohl, unbeschwert und leicht gefühlt. Trotz der Schwere, die uns umgibt. Vor dir brauche ich mich nicht zu verstellen, bei dir war ich seit langer, langer Zeit einfach nur ich selbst ...» Er sieht mir noch immer in die Augen, und ich weiß nicht, was gerade tiefer dringt. Sein Blick oder seine Worte. Niemals hätte ich gedacht, dass er die letzten Wochen so empfunden hat ... so wie ich. «Ich ... ich will mehr, Leona. Ich will ... dich», gesteht er etwas leiser. «Meinst du, du kannst mir verzeihen und ... mir noch eine Chance geben?»

Ich schlage die Augen nieder, kappe die Intensität seines Blickes. Weil ich kurz davor bin, in dem Blau seiner Augen zu ertrinken und nie wieder aufzutauchen. Alles in mir drängt danach, Aaron um den Hals zu fallen und ihm alles zu verzeihen. Aber was dann? Müsste ich dann ständig auf der Hut vor dem nächsten Wutausbruch sein? Denn alles, was dieses Verhalten in ihm auslöst, wird weiterhin Teil meines Lebens sein. Meine Mama, Teddy und die Werkstatt. In Aaron scheint eine Art Bombe zu ticken, die bei dem kleinsten Funken wieder hochgehen und mein Herz zerfetzen könnte. «Woher weiß ich, dass das nicht noch mal passiert? Du hast ja offenbar keine Kontrolle über derartige Ausbrüche.»

«Ich ... will mir ein Stück dieser Kontrolle zurückholen, indem ich mit meinem Vater rede. Ich will, ich *muss* ihm sagen, dass ich Mama nicht mehr belügen werde. Dass entweder er oder ich reinen Tisch machen muss.»

«Das wird Lydia das Herz brechen, Aaron», erwidere ich leise.

«Ich weiß.» Seine Stimme klingt ein wenig erstickt, als hätte er einen Kloß im Hals. «Aber es kann so nicht weitergehen.»

Ich nicke. Weil ich das genauso sehe und in dieser Sekunde den Entschluss fasse, Mama darauf anzusprechen. Auch wenn mir davor graut. Das Thema totzuschweigen ist allerdings keine Option.

«Ich will mich wirklich ändern, Leona. Ich will der Mann sein, den du in den letzten Wochen erlebt hast.»

«Aaron, ich ...»

«Warte ... Lass mich noch eine Sache sagen, okay?»

Ich nicke.

«Die Werkstatt ist mir total egal. Ich lasse dir da völlig freie Hand. Egal, was mit uns ist. Ganz gleich, ob du mir noch eine Chance gibst, ich ...» Er hält inne, um sein klingelndes Handy aus der Hosentasche hervorzuholen. «Sorry, ich stelle das mal eben auf stumm.»

Drei Sekunden, die ich nutze, um meine Gedanken zu

sortieren und um meinen Herzschlag zu beruhigen – bis mich Aarons nervöser Blick trifft.

«Es ist meine Mama ... Sie ist eigentlich auf der Arbeit.»

O Gott. Teddy!

39

Leona

Teddy!, schießt es mir wie ein Pfeil durch den Kopf. Aaron scheint den gleichen Gedanken zu haben, denn wir springen beide sofort hoch. Doch dann starrt er für einen Moment nur aufs Display. Mit einem panischen Blick, der mir genauso viel Angst macht wie sein Zögern, das Telefonat anzunehmen.

O Gott, bitte lass nichts mit Teddy sein. Aaron hebt ab.

«Mama? Ist was mit Vater?» Furcht vibriert in seiner Stimme.

Ich halte vor Anspannung den Atem an, schicke Stoßgebete in den Himmel, die, so erleichtert, wie Aaron seufzt, wohl erhört wurden. Er nimmt meine Hand, verschränkt unsere Finger miteinander und führt sie an seine Brust, in der sein Herz den Takt einer Kalaschnikow nachahmt. Ich denke keine Sekunde darüber nach, ihm meine Hand zu entziehen.

«Er ist wieder wach, und es geht ihm gut», sagt er leise – in den Augen ein feuchter Schimmer –, und mir kommen wie auf Knopfdruck die Tränen. Ich halte sie nicht zurück, falle Aaron, ohne darüber nachzudenken, um den Hals. Als er das Telefonat beendet, schlingt auch er seine Arme fest um meinen Körper, und wir halten einander wortlos fest. Ich vergrabe mein Gesicht in seiner Halsbeuge und weine, am ganzen Körper zitternd. Vor Glück und unendlich großer Erleichterung. Alles andere – die Werkstatt, unser Streit, seine Offenbarung, die Sache mit Mama und Teddy – ist gerade weit in die Ferne gerückt.

Die nächsten drei Stunden ziehen sich zäh wie alter Kaugummi. Wir sind schon auf dem Weg ins Krankenhaus, als Lydia noch mal anruft. Weil bei Teddy noch einige Untersuchungen vorgenommen werden müssen, sollen wir erst später in die Klinik kommen. Den Großteil dieser drei Stunden verbringen wir in der Küche der Sanders, Tee trinkend, schweigend und nervös durch den Raum tigernd. Bis wir endlich den Anruf bekommen, dass wir losfahren können. Und dann sind wir schließlich da. Die Tür zu Teddys Zimmer ist angelehnt. Als Aaron sie aufschiebt, liegt Lydia mit einem Lächeln auf den Lippen und verheulten Augen neben Teddy im Bett. Er sieht mit erstaunlich wachen Augen zu uns herüber. Aber die Bandage um seinen Kopf und das Gestell, das seinen Arm fixiert, erinnern daran, dass wir ihn um ein Haar verloren hätten. Bedauern huscht über sein noch von Blutergüssen verfärbtes Gesicht, als wollte er sich dafür entschuldigen, uns so einen Schrecken eingejagt zu haben.

«Vater ...»

«Teddy ...»

Aaron und ich gehen auf ihn zu.

«Schatz, die Kinder sind da, wir müssen unser Schäferstündchen auf später verschieben», scherzt Teddy mit noch schwacher Stimme und bringt uns damit alle zum Lachen. Bei mir mischen sich neuerlich Tränen darunter, die in Teddys Krankenhemd sickern, während ich ihn vorsichtig umarme.

«Ich bin so froh, dass du wieder wach bist», schluchze ich, und er streicht mir sanft über den Rücken.

«So schnell werdet ihr mich nicht los», sagt er heiser und gibt erst Lydia und dann mir einen Kuss aufs Haar.

Aaron steht neben uns und ringt schwer atmend um Beherrschung. Ich kann sehen, wie sehr er gerade dagegen ankämpft, seinen Emotionen freien Lauf zu lassen. »Komm! Komm her, Sohn.«

Lydia breitet einen Arm aus. »Komm her zu uns, Aaron.« Zögerlich – vermutlich aus Angst, den Kampf gegen seine Emotionen zu verlieren – kommt er ans Bett, beugt sich vor und legt seine Arme um uns alle. Unsere Blicke treffen sich, und wir sehen uns versöhnlich in die Augen. Hier und jetzt haben all die Dinge, die zwischen uns stehen, keinen Platz.

··· ◆ ···

Seit ich vor einigen Stunden nach Hause gekommen bin, kauere ich im Wohnzimmer auf dem Sofa und warte. Darauf, dass Mama endlich von der Arbeit kommt und ich sie auf die Sache mit Teddy ansprechen kann. Sie weiß bereits, dass er wieder wach ist. Als ich sie anrief und sie am Telefon in Freudentränen ausgebrochen ist, meinte sie, sie würde eher kommen, damit wir auf diese Neuigkeit anstoßen können. Jetzt habe ich ein schlechtes Gewissen. Sie wird sich mit Sicherheit überrumpelt fühlen. Aber ich kann das Gespräch nicht aufschieben. Ich würde die ganze Nacht wach liegen und mir das Hirn zermartern. Nein. Es muss heute sein. Jetzt.

Ich schrecke hoch, als ich den Schlüssel in der Haustür höre, und vergesse vor lauter Nervosität den Text, den ich mir zurechtgelegt habe. Oder besser gesagt den Text, den ich mir mit Calla und Lissa überlegt habe. Ich musste ihnen natürlich sofort schreiben, dass Teddy wieder wach ist, und konnte mir dann nicht verkneifen, ihnen auch den Rest per Voicemail zu erzählen.

Sie waren mindestens genauso geschockt wie ich und warten vermutlich beide gebannt darauf zu erfahren, wie das Gespräch mit Mama gelaufen ist.

«Hol schon mal zwei Gläser raus, Leona! Ich hab den Weinkeller des Hotels geplündert!», ruft sie aus dem Flur.

Ich bleibe jedoch auf dem Sofa sitzen und rühre mich nicht. «Hab keinen Durst!», antworte ich und bremse ganz bewusst ihre Euphorie. Wenn sie mir anhört, dass etwas nicht stimmt, wird der Einstieg ins Gespräch hoffentlich leichter.

Ein Plan, der aufzugehen scheint. «Was ist denn los?» Sie betritt das Wohnzimmer, und ihre Mundwinkel sacken nach unten, als sie mich auf dem Sofa entdeckt.

«Hallo, Mama. Können wir reden?»

Sorge spiegelt sich in ihrem Blick. «Natürlich. Worum geht's denn?»

Ich komme direkt zur Sache. «Um dich und ... Teddy.»

Mamas Gesichtszüge entgleiten. Ich kann förmlich hören, wie es in ihrem Kopf arbeitet. Sie fasst sich ans Dekolleté und sinkt kraftlos neben mich aufs Sofa. Meinem Blick weicht sie aus und fragt: «Weißt du es von Aaron?»

«Ja.»

Sie nickt nur, den Blick immer noch gesenkt.

Einen Moment lang herrscht Stille, die ich mit nur einem Wort breche: «Warum?»

«Weil … weil … ich schwach war, Leona. Und traurig. Und allein. Weil … es so wehgetan hat und …» Reue schwimmt in ihren Augen, als sie mir nun endlich ins Gesicht blickt. «Ich habe jemanden gebraucht, der mich in den Arm nimmt, Leona. Das war alles, mehr wollte ich nicht.»

«Ihr habt euch aber nicht nur in den Arm genommen, Mama.»

«Ich weiß.» Sie presst die Lippen zusammen. «Und das war ein Fehler, den ich seither bereue. Genauso wie Theo. Wir … wir haben beide getrauert. Ich hatte meinen Mann und er seinen besten Freund verloren. Alles, was wir wollten, war … uns gegenseitig Trost zu spenden. Und dann ist es passiert. Es war nur dieses eine Mal, Leona.»

Zwei Herzschläge. So lange hält die Erleichterung darüber, dass es zumindest keine Affäre war, an, bevor Enttäuschung ihren Platz einnimmt.

«Weißt du eigentlich, was du mit diesem einen Mal angerichtet hast? Dieses eine Mal hätte eine ganze Familie zerstören können. Wegen diesem einen Mal hat Aaron ein total gestörtes Verhältnis zu seinem Vater und mir entwickelt.»

Ihre Augenbrauen ziehen sich zusammen. «Zu dir?»

«Ja. Weil er dachte, wir würden ihm seinen Vater wegnehmen. Und weil er dachte, er würde seine Mutter verraten, wenn er mit mir befreundet ist. Er … er war so wütend auf dich, dass er seinen Frust an mir ausgelassen hat.»

Ihre Augen werden groß … und dann füllen sie sich mit Wut. «Was soll das, Leona? Warum erzählst du mir das? Willst du, dass ich mich schlecht fühle? Schon passiert. Seit diesem Tag habe ich ein schlechtes Gewissen. Wegen Lydia, Aaron und … deinem Va…» Der Rest ihres Satzes wird von einem rauen Schluchzer verschluckt. Tränen laufen über ihre Wangen, und sie hält sich die Hände vors Gesicht, das auch ich jetzt nur noch verschwommen erkenne.

Sie so zu sehen, bricht mir das Herz. Ich schließe meine Arme um Mama und drücke sie an mich. Ganz fest. So lange, bis sie sich wieder halbwegs beruhigt hat. Zumindest macht es den Anschein, als sie mich sanft von sich drückt und mir entschuldigend in die Augen sieht. In meinen brennen noch immer Tränen.

«Ich wollte das nicht, Leona. Und nachdem es passiert ist, bin ich sofort auf Distanz gegangen. Eigentlich hatte ich sogar vor, jeglichen Kontakt zu Theo zu kappen. Aber … das war nicht so leicht, weil du unbedingt weiter in die Werkstatt wolltest.» Erinnerungen driften vorbei. Daran, wie sie versucht hat, mich von der Werkstatt fernzuhalten. Mir einredete, dass das nichts für Mädchen wäre. Dann ging es ihr also nie um die Werkstatt an sich, sondern um Teddy. Sie hat versucht, mich von Teddy zu trennen.

«Ich habe wirklich alles getan, um zu verhindern, das es je wieder passiert. Und es ist nie wieder passiert, Leona. Mehr als ihm aus dem Weg zu gehen und zu bereuen, was wir getan haben, kann ich nicht tun, Leona.»

«Doch, das kannst du», widerspreche ich. «Du … ihr

müsst es Lydia sagen. Ihr müsst Aaron die Last, das, was er damals gesehen hat, für sich behalten zu müssen, nehmen, bevor auch noch das Verhältnis zu seiner Mutter darunter leidet.»

Mama sieht mich stirnrunzelnd an. «Lydia weiß längst Bescheid. Ich wollte ihr irgendwann wieder in die Augen sehen können und habe darauf bestanden, ihr reinen Wein einzuschenken.»

«Wann?», frage ich überrascht.

«Ein halbes Jahr später. Theo war der Meinung, dass Aaron es sicher vergessen hat, und wollte ihn nicht wieder damit belasten.»

Stöhnend fahre ich mir durchs Haar. Wie zur Hölle konnten sie annehmen, dass Aaron so etwas vergessen würde? Ein Bild der zwei hat sich selbst in meinem Kopf eingebrannt, obwohl ich es nicht selbst gesehen habe. All die Jahre hat er sich umsonst gequält – ich muss es ihm sagen. Oder ihm schreiben. Am besten heute noch, damit er keinen Tag länger ein schlechtes Gewissen hat. Dass ich insgeheim einen Vorwand suchen könnte, um Kontakt zu ihm aufzunehmen ... den Gedanken verdränge ich.

«Es tut mir leid, Leona. Und Theo auch. Es war nie unsere Absicht, jemanden zu verletzen», flüstert Mama, drückt meine Hand und führt sie an ihr Herz. «Du bedeutest mir alles, Leona. Alles. Ich will nicht, dass dieser Fehler zwischen uns steht. Dass du mich deshalb mit anderen Augen siehst.» In ihrem Blick schwimmt Panik, die ich ihr kopfschüttelnd nehme.

«Das tue ich nicht, Mama. Versprochen. Ich ... ich kann mir nicht ansatzweise vorstellen, was du damals durchgemacht hast. Bitte entschuldige, dass ich vorschnell geurteilt habe.»

Sie nickt erleichtert. «Lass uns die Vergangenheit ruhen lassen und nach vorne schauen, okay?»

Ich ringe mir ein Lächeln ab, weil «nach vorne schauen» auch bedeutet, dass ich eine Entscheidung treffen muss. Eine Entscheidung für oder gegen Aaron. Herz oder Kopf.

Risiko oder ... Liebe?

40
Aaron

Ich liege seit zwei Stunden wach und starre diese E-Mail an. Ich habe sie vorhin eher durch Zufall in meinem Posteingang gefunden. Die Einladung zu einem Bewerbungsgespräch für einen Job in Hamburg. Eigentlich hatte ich mich dort nur beworben, um einen Plan B zu haben, falls München nicht klappt. Damit ich nach dem Abschluss nicht als Versager ohne Perspektive dastehe. Ein Bürojob in der Buchhaltung ist besser als gar keiner, habe ich mir gedacht, obwohl Hamburg meinem Zuhause viel zu nah ist. Einem Zuhause, in dem mich nichts hält.

Zumindest dachte ich das bis vor wenigen Tagen noch. Als ich mir noch eingeredet habe, dass das zwischen mir und Leona nur Spaß ist. Guter Sex, ohne Gefühle. Seit spätestens gestern weiß ich, dass Letzteres nicht stimmt. Denn nun ist sie der Grund, warum Plan B immer mehr zu Plan A wird. Warum sich München wie ein Fehler anfühlt. Wie soll ich Leo beweisen, dass ich es ernst meine, wie soll ich um sie kämpfen, wenn ich 700 Kilometer weit entfernt bin? Und wie soll ich für Mama da sein, sie auffangen, wenn sie erfährt, dass sie von Vater betrogen wurde. Wie soll ich an der Beziehung zu meinem Vater arbeiten, wenn wir uns drei oder vier Mal im Jahr sehen? Falls er das überhaupt möchte.

Keine Ahnung, wie er reagiert, wenn ich ihm sage, dass ich sein Geheimnis nicht länger hüten und die Werkstatt nicht haben will. Wird er mich anschreien, enttäuscht sein, mich enterben? All das würde ich sogar in Kauf nehmen, wenn ich dafür eine zweite Chance bei Leo bekäme. Ich weiß nicht, ob diese Hoffnung realistisch ist. Dass wir uns heute Mittag und im Krankenhaus umarmt haben, hatte nichts zu bedeuten. Es war allein der Freude und Erleichterung geschuldet. Auch wenn ich mir gerne was anderes einreden würde. Aber so verletzt und unschlüssig, wie sie bei unserem Gespräch war, habe ich dafür keinen Grund. Mir bleibt nichts anderes übrig, als zu warten – und zu hoffen. In der Zwischenzeit werde ich versuchen, den Ballast der Vergangenheit loszuwerden, und mit Vater reden.

Dass das überhaupt schon möglich ist, war für die Ärzte ein Wunder. Denn in den meisten Fällen dauert es nach einem Koma Tage bis Wochen, bis das Sprachzentrum wieder funktioniert. Und obwohl ich nicht an so was wie Gott oder eine höhere Gewalt glaube, halte ich das für ein Zeichen. Ein Zeichen dafür, dass all die ungesagten Dinge zwischen uns endlich angesprochen werden müssen. Nicht heute oder morgen. Das würde Vater zu sehr stressen. Aber ich will diese Unterhaltung so schnell wie möglich hinter mich bringen. Auch um Leo zu zeigen, dass ich meinen Worten Taten folgen lasse. Egal, was passiert. Ich will nie, nie wieder für diesen leeren Ausdruck in ihren Augen verantwortlich sein. Für diesen Blick, der sich offenbar in mein Gehirn gebrannt hat. Selbst als mir endlich die Augen zufallen, ist es, als würde ich ihn spüren. Am nächsten Morgen wache ich mit dem gleichen Gefühl auf.

Verdammt.

Den Tag, nach dem Vater endlich aufgewacht ist, habe ich mir irgendwie anders vorgestellt. Positiver. Mit Leo an meiner Seite. Es fühlt sich seltsam an, ihr nicht zu schreiben. Sie nicht fragen zu können, wie es ihr geht. Denn wenn ich das tue, könnte sie sich gedrängt fühlen. Und das ist das Letzte, was ich will. Aber der Drang, sie zu sehen, ihre Stimme zu hören, ist so groß, dass ich zu meinem Handy greife und mir unser Video anschaue. Ich bin froh, es nicht gelöscht zu haben. Die Vorstellung, nie wieder mit ihr zu lachen oder sie zu küssen, fühlt sich wie ein Schnitt quer durch mein Herz an. Mit einem Messer, das ich selbst geführt habe.

Alles, was zwischen uns war, hast du kaputtgemacht.

Ich gottverdammter Idiot.

Im nächsten Moment wird das Video wegen einer Nachricht gestoppt. Sie ist von Leo, was mein Herz fast aus der Brust springen lässt. Mein Puls ist jenseits von Gut und Böse, als ich unseren WhatsApp-Chat öffne und sehe, dass sie einen halben Roman verfasst hat.

> Hey, Aaron,
> ich habe meine Mama gestern Abend
> direkt auf die Sache mit Teddy ange-
> sprochen. Weil ich einfach nicht anders
> konnte, ich hoffe, du verstehst das. Sie
> hat mir erzählt, dass Lydia schon seit
> Jahren Bescheid weiß. Mama und Teddy
> haben wohl schon sechs Monate später

mit ihr gesprochen und die «Sache» geklärt. Dein Vater ging davon aus, dass du den Vorfall vergessen würdest, und hat es dir deshalb nicht erzählt. Ich dachte, das solltest du wissen, bevor du Teddy zur Rede stellst. Hoffentlich fällt mit diesem Wissen ein großes Stück Ballast von dir ab.

Und danke, dass du mir davon erzählt hast, Aaron. Dass du mir die Möglichkeit gegeben hast, dich zu verstehen. Anders hätte ich deine Entschuldigung niemals annehmen können. Denn ja, ich verzeihe dir. Aber ich weiß nicht, ob das ausreicht. Ich weiß nicht, ob ich es schaffe, dir wieder zu vertrauen, mich jemals wieder bei dir sicher zu fühlen. Ich war dabei, mich zu verlieben, Aaron. Zum ersten Mal in meinem Leben war ich bereit, dieses Risiko auf mich zu nehmen. Und wurde bestraft. So fühlt es sich für mich zumindest an. Und da du ohnehin bald wieder in München bist und dort den neuen Trainer-Job hast (was ich übrigens durch Zufall von deiner Mutter erfahren habe), weiß ich ehrlich gesagt nicht, wie das überhaupt funktionieren sollte. Wie wir uns wieder annähern sollen, wenn wir ein ganzes Land voneinander entfernt sind.

Trotzdem fände ich es schön, wenn wir
es hinbekämen, Freunde zu sein.
Leo
PS: Ich muss die Ereignisse jetzt erst mal
sacken lassen und irgendwie wieder ins
Lernen reinkommen, weil ich nächste
Woche Prüfungen schreibe. Wenn du
dann noch hier bist, können wir gerne
was trinken gehen und noch mal reden.

Ich lese Leos Text gefühlt hundertmal. Wälze jeden Satz, interpretiere jedes Wort und Satzzeichen – auf der Suche nach einem Hinweis dafür, dass ich um sie kämpfen darf. Dass ihre Tür noch einen Spaltbreit offen steht. Dabei stolpere ich immer wieder über die gleiche Passage:

Ich war dabei, mich zu verlieben, Aaron. Zum ersten Mal in meinem Leben war ich bereit, dieses Risiko auf mich zu nehmen.

Das ist er. Der Hoffnungsschimmer. Der Beweis, dass auch sie mehr als nur Freundschaft empfindet. Und solange das der Fall ist, habe ich eine Chance, die ich nur ergreifen kann, wenn ich den Job in Hamburg bekomme und München absage. Ist das der Grund, warum ich mich nicht richtig über das Angebot freuen konnte? Weil ich zu diesem Zeitpunkt schon Gefühle für sie entwickelt hatte?

Ich tippe eine Antwort, wobei ich mich nur auf den Part beziehe, in dem es um uns geht – auch wenn ich schon beim Lesen der Info, dass Mama über alles Bescheid weiß, das Gefühl hatte, befreiter atmen zu können.

Hi, Leona,

du glaubst nicht, wie froh ich bin, dass du mir verzeihst. Danke. DANKE. Aber dein Freundschaftsangebot kann ich nicht annehmen. Ich würde mich damit nur selbst belügen (und du dich, glaube ich, auch). Ich will mehr als Freundschaft. Du hast mal zu mir gesagt, dass man etwas, das einen glücklich macht, in jeder freien Minute tun sollte, wenn schon der Gedanke daran einen zum Lächeln bringt und das Herz schneller schlagen lässt. All das machst du mit mir, Leona. Und wenn es dir genauso geht, dann geh das Risiko noch mal mit mir ein. Lass es uns versuchen, in deinem Tempo. Nach deinen Bedingungen. Ich sage München ab und bleibe. Hier bei dir.

PS: Ich drücke dir für die Klausuren alle Daumen. Du packst das. Und ich bin jederzeit bereit zum Reden. Oder wenn du sonst irgendetwas brauchst.

Ich schicke die Nachricht ab und halte keine Minute später den Atem an, als unter Leonas Namen das Wort *schreibt* zu sehen ist. Kurz bevor ich Luftnot bekomme, lese ich schwer atmend ihre Antwort:

Ich will nicht, dass du den Job für etwas
aufgibst, dass ich dir nicht versprechen
kann, Aaron.

Und ich will die Aussicht, dich irgendwann wieder im Arm halten zu können
und dabei *Die drei Fragezeichen* zu
hören – auch wenn sie noch so klein
ist –, nicht für einen Job aufgeben.

Darauf reagiert sie nicht mehr. Weder heute noch morgen
noch übermorgen. Es vergehen vier verdammte Tage, und
ich habe keine Ahnung, ob das ein gutes oder schlechtes
Zeichen ist. Nimmt sie sich einfach nur die Zeit, die sie
braucht, oder hat sie mich komplett abgeschrieben? Aber
wenn Letzteres der Fall wäre, würde sie nicht ständig meinen Blick suchen, wenn wir bei Vater sind, oder? Sie hätte
nicht diese Sehnsucht in den Augen. Und das gibt mir
Hoffnung. Genauso wie Vaters Genesung, die in großen
Schritten voranschreitet. Er wird jeden Tag im Bett mobi-
lisiert und macht Übungen, die seine motorischen Fähigkeiten wiederherstellen sollen. Ihm geht jedoch alles zu
langsam. Weil er nicht sieht, wie außergewöhnlich es ist,
dass er überhaupt in der Lage ist, sich darüber zu bekla-
gen. Ab morgen darf er zum ersten Mal im Rollstuhl nach
draußen. Und er hat mich darum gebeten, ihn zu begleiten. Alleine. Vor Mama und Leo, die mich daraufhin Mut
machend angelächelt hat, weil sie weiß, was mir das bedeutet.

Ich habe vor Aufregung kaum geschlafen. Jetzt trennen

mich nur noch eine Aufzugfahrt und die paar Schritte zu seinem Zimmer von dem Gespräch, das ich seit sechs Tagen vor dem Spiegel übe.

···◆···

Wir sitzen in der Parkanlage des Krankenhauses unter einem Baum, der etwas Schatten spendet. Vater in seinem Rollstuhl und ich daneben auf einer Bank. Wir blicken beide in die gleiche Richtung, was mir gelegen kommt. Es fiel mir schon immer leichter, mit ihm zu reden, wenn er mich nicht direkt ansieht. Weil er die meiste Zeit enttäuscht oder genervt von mir ist und sich das in seiner Mimik widerspiegelt.

Noch immer schweigend sitzen wir da. Schon auf dem Weg hierher haben wir nicht gesprochen. Als würden wir beide darauf warten, dass der andere den Anfang macht. Das bin dann wohl ich, aber als sich mein Mund öffnet, kommt Vater mir zuvor.

«Weißt du, Aaron … Ich kann mich an den Unfall selbst nicht mehr erinnern. Und auch aus der Zeit danach, als ich eingeklemmt war, weiß ich kaum noch etwas.» Vaters Stimme klingt noch etwas heiser. Wenn er so viel am Stück redet, fällt auf, dass sein Sprechtempo langsamer als sonst ist. Als müsste er sich auf jedes einzelne Wort konzentrieren. «Aber an eine Sache», fährt er fort, «kann ich mich noch ganz genau erinnern.»

«An welche Sache?» Ich verwette mein Golfbag darauf, dass er an seinen Mustang oder an irgendein Erlebnis mit Leo gedacht hat.

Doch stattdessen: «Den Gedanken, dir nicht mehr sagen zu können, wie viel du mir bedeutest.»

Ich schlucke. *Hat er das gerade wirklich gesagt?*

«Ich bin nicht so gut mit Worten, aber ich hatte schon vor dem Unfall geplant, dir eine der wertvollsten Sachen zu überlassen, die ich besitze. Und ... das ist die Werkstatt.»

Ich presse die Zähne zusammen, um ein Schnauben zu unterdrücken. Was zur Hölle soll das werden? Versucht er mich etwa schon wieder emotional zu erpressen, damit ich diesen Wisch unterschreibe? Das kann er vergessen. Ich werde mich nie wieder von ihm zu etwas zwingen lassen, das ich nicht will. Schon bei der Vorstellung, dass er mich überreden will, die Werkstatt zu übernehmen, kocht Wut in mir hoch. Aber ich schaffe es, sie zu zügeln und ihm erst mal weiter zuzuhören.

«Das tue ich nicht, damit du sie weiterführst, Aaron.» Er lässt ein resigniert klingendes Lachen hören. «Ich habe längst akzeptiert, dass wir unterschiedliche Interessen haben. Der Grund, warum ich die Werkstatt euch beiden zu gleichen Teilen überschreiben will, ist der, dass ich dir von nun an die gleiche Aufmerksamkeit geben will wie Leo. Wenn ... wenn du sie noch willst. Du hättest allen Grund, Nein zu sagen. Aber ich möchte diese zweite Chance vom lieben Gott nutzen, um all die verschwendete Zeit aufzuholen und ... und meinen Sohn kennenzulernen. Ich ... möchte ...» Er spricht nicht weiter, holt stattdessen tief Luft – bevor ein raues leises Schluchzen zu hören ist.

Seine Ansprache hat mich so überrascht, dass es zwei

Atemzüge braucht, bis ich checke, dass das Schluchzen von Vater kommt. Mein Kopf dreht sich, und ich sehe, dass seine Schultern beben. Zeigefinger und Daumen presst er gegen seine zugekniffenen Augen und ... weint. Ich starre ihn an. Blinzele ungläubig. Starre und blinzele dann wieder. Aber die Tränen, die über seine Wangen laufen, sind real.

«Vater?» Weil er nicht antwortet, richte ich mich auf und gehe vor ihm in die Knie. «W-was ... was hast du denn?» Meine Stimme ist plötzlich so dünn, dass ich mich räuspern muss. Aber der Kloß in meinem Hals bleibt. Auch nach mehrmaligem Schlucken.

Mit der Hand fährt sich Vater übers Gesicht. Tief Luft holend ringt er um Fassung – aber so, wie er mich jetzt ansieht, scheint er kurz davor, sie wieder zu verlieren.

«Aaron ... ich. Es tut mir leid, dass ich ...»

«Schon gut», sage ich. «Ich freu mich, wenn ... wenn wir die Gelegenheit haben, uns nach sechsundzwanzig Jahren richtig kennenzulernen, Vater.»

«Ach stimmt, du hattest ja Geburtstag», sagt er schniefend und klopft mir auf die Schulter. «Alles Gute nachträglich, Großer.»

«Danke, dir auch, Vater.»

«Wenn ich wieder auf den Beinen und die verdammten Metallstäbe in meinem Arm los bin, gehen wir einen trinken. Du magst doch Bier, oder?»

«Nee, bin eher für Prosecco», sage ich todernst.

Vater rümpft die Nase und merkt erst beim Zucken meiner Mundwinkel, dass ich ihn verarsche. Wir müssen beide lachen, und es schockt mich beinahe, nicht zu wissen, wann wir das letzte Mal zusammen gelacht haben. Als wir wieder ernst werden, ist die Unsicherheit wieder da. Das hier ist für uns beide eine ungewohnte Situation. Ich hätte niemals erwartet, dass dieses Gespräch ... so laufen würde.

Aber eine Sache muss ich noch loswerden – auch auf die Gefahr hin, dass die Stimmung wieder kippen könnte. «Leona weiß von der Sache zwischen dir und ihrer Mutter», sage ich ganz bewusst ohne Umschweife. «Ich hab es ihr gesagt.»

Einen Moment lang sieht er an mir vorbei. Dann blickt er mich wieder an und nickt. «In Ordnung.»

«In Ordnung?», frage ich irritiert. «Interessiert dich nicht, warum ich es ihr gesagt habe?»

«Du wirst deine Gründe gehabt haben. Für mich ist diese Sache schon lange abgehakt.»

Seine Antwort macht mich schon wieder wütend. Ihm scheint offenbar nicht klar zu sein, dass mich diese für ihn längst abgehakte Sache sechzehn verdammte Jahre belastet hat. Aber ich schlucke diesen Vorwurf hinunter, hebe ihn für später auf. Nicht aus Feigheit, sondern weil ich die Hand, die Vater mir gereicht hat, nicht sofort wieder wegschlagen will. Denn wenn er sein Versprechen wahr macht und wir es schaffen, eine Art Vater-Sohn-Beziehung aufzubauen, werden wir sicher noch genug Gelegenheiten für unbequeme Themen haben. Ein Grund mehr, dem Bewerbungsgespräch in Hamburg zuzusagen.

Hallo Papa,

ich habe ein Tattoo. Ein Freundschafts-Tattoo. Calla und
Lissa haben das gleiche. Wir hatten schon länger darüber
nachgedacht, uns eins stechen zu lassen. Weil wir etwas
haben wollten, das uns auch dann verbindet, wenn wir
uns nicht mehr täglich sehen. Dieser Tag rückt leider
immer näher, da Calla nach dem Abi wahrscheinlich zusammen mit Jasper in Lübeck studieren wird. Mich und
Lissa zieht es nach Hamburg. Mal sehen, was daraus wird.
Vor einer Woche hatte Lissa beim Zeichnen die Idee für ein
Motiv. Sie hat uns mitten in der Nacht aus unseren Betten
geklingelt, um uns davon zu erzählen. Wir waren sofort
begeistert. Es ist ein gleichseitiges Dreieck geworden, um
das Gleichgewicht, die Harmonie und Einheit unserer
Freundschaft zu symbolisieren. Aber auch unsere Einzig-
artigkeit, durch die verschiedenen Richtungen, in die die
Spitzen zeigen. Dass sie nach unten gerichtet sind, steht
für Weiblichkeit. Für drei starke Frauen, die ihre eigenen
Wege gehen und trotzdem immer wieder zueinanderfin-
den. Dafür stehen auch die drei Möwen in dem Dreieck.
Ich hätte mir kein passenderes Tattoo vorstellen können.
Das Einzige, worin sie sich unterscheiden, sind die Motive
in dem Dreieck. Lissa hat sich für einen wolkenverhangenen Himmel, Calla für zwei Wellen und ich habe mich für
einen Baum entschieden. Der hat mich irgendwie an zu
Hause erinnert. An meine Wurzeln. An Mama und dich.

Aber das Schönste an dem Tattoo ist, dass es von Lissa höchstpersönlich gestochen wurde. Allein schon deshalb liebe ich es über alles.

Hab dich lieb.
Deine Leo

PS: Bald gehen die Abiprüfungen los. Bitte drück uns die Daumen.

41
Leona

«Und? Angekommen?», frage ich Lissa und Calla am Ende
unserer vorerst letzten Lernsession. Ich habe ihnen gerade
Screenshots von den beiden langen Nachrichten zwischen
Aaron und mir geschickt und kann ihre Reaktionen live am
Bildschirm verfolgen. Calla fasst sich gerade an die Brust
und sieht aus, als würde sie jeden Moment losschluchzen.
Lissa verzieht hingegen keine Miene. Ich habe immer noch
nicht auf Aarons Nachricht geantwortet. Ich konnte es
nicht. Aus Angst. Davor, wieder verletzt zu werden, wenn
ich ihm eine Chance gebe. Und Angst, es zu bereuen, wenn
ich es nicht tue.

Ich hatte gehofft, einfach festzustellen, dass ich ihn kein
Stück vermisse. Oder mit jedem Tag ein bisschen weniger.
Aber die letzten Tage waren der totale Horror. Ich bin jedes
Mal fast schwach geworden, wenn wir im Krankenhaus
waren und sich unsere Blicke getroffen haben. Gefühlt
hundertmal habe ich mich bei dem Wunsch ertappt, ihn zu
berühren, zu küssen, mich einfach nur an ihn zu schmiegen und von ihm gehalten zu werden. Eines Nachts habe
ich sogar von seinem Lachen geträumt, und als ich wach

geworden bin, verwandelte sich das Geräusch in meinem Ohr zu einem langen harten Ziehen in meiner Brust. Ich komme einfach nicht über ihn hinweg und frage mich allmählich, ob ich das überhaupt möchte. Mein Herz kennt die Antwort, aber mein Kopf erinnert mich immer wieder an den heftigen Streit und die Dinge, die er zu mir gesagt hat. Als ich Lissa und Calla davon erzählt habe, waren sie ebenso geschockt wie ich und ganz klar Team Schieß-ihn-in-den-Wind. Bis sie – wie ich – von den Gründen für sein Verhalten erfuhren. Jetzt sind wir Team Was-zum-Teufel-soll-ich-tun.

«Fertig!», sagt Calla, während Lissa nun doch mit einem Lächeln auf den Lippen noch liest.

«Okay, wir können», kommt es einen Augenblick später auch von ihr.

Beide starren mich erwartungsvoll an.

«Und?», frage ich. «Was meint ihr?»

«Wozu genau? Du hast Lissa und mir die Screenshots geschickt, ohne uns zu sagen, was du von uns hören willst.»

«Ich will hören, dass es total leichtsinnig und bescheuert wäre, mich noch mal auf Aaron einzulassen. Ich will, dass ihr mich vor ihm warnt und verhindert, dass ich mein wunderbares Singleleben aufgebe, um eine Riesendummheit zu begehen. Also los. Sagt es!»

«Sich zu verlieben ist keine Dummheit», widerspricht Lissa.

«Und auch nicht bescheuert», ergänzt Calla.

«Aber leichtsinnig», sage ich.

«Leo?» Callas Ausdruck wechselt von amüsiert zu ernst.

«Oh nein ... Wenn du mich so ansiehst, bekomme ich jedes Mal die Krise.» Weil sie irgendetwas sagen oder fragen wird, das mich total überfordert und dazu bringen wird, Dinge zu reflektieren, die ich überhaupt nicht reflektieren will. Wie zum Beispiel:

«Bist du verliebt in ihn?»

«Ich ... ich ... hab ihm geschrieben, dass ich kurz davor war», antworte ich ausweichend.

«So oder so hast du starke Gefühle für ihn, Leo. Und eventuell ist da sogar mehr, als du wahrhaben willst. Weil du Angst hast.»

Ich nicke. Zu der Erkenntnis, dass ich Angst habe, bin ich selbst schon gekommen.

«Als ich nach meiner Rückkehr aus den USA gemerkt habe, dass ich Jasper immer noch liebe, hat mir das auch eine Riesenangst eingejagt, weil ich Schiss hatte, wieder von ihm verletzt zu werden. Und bei ihm war die Angst sogar noch größer als bei mir. Wenn ich mir vorstelle, dass wir unseren Ängsten die Oberhand gelassen hätten, dann...» Calla schüttelt sich, als wollte sie diesen Gedanken mit vollem Körpereinsatz loswerden. «Heute sind wir glücklicher denn je.»

«Aber ihr hattet eine ganz andere Basis als Aaron und ich. Ihr wart davor schon mal ein glückliches Paar.»

«Bis er mir das Herz gebrochen hat. Und in der Situation bist du doch jetzt auch.»

«Die Gefahr, verletzt zu werden, besteht immer, wenn man sich öffnet», klinkt Lissa sich wieder ins Gespräch ein. «Was für dich ja komplettes Neuland ist. Ich musste deine Nachricht an Aaron zweimal lesen, weil ich gar nicht glauben konnte, dass sie von dir ist, Leo. So kenne ich dich gar nicht.»

«Ich mich auch nicht», sage ich leise und verziehe unzufrieden das Gesicht.

«Leo, das war absolut positiv gemeint.»

«Was ist daran positiv? Ich hasse es, mich so zu fühlen. Ich will ... Ich brauche die Kontrolle über mein Herz zurück. Ich will nicht ...»

«Okay, stopp mal bitte kurz», fällt Calla mir ins Wort. Ihr Gesicht nähert sich dem Bildschirm, als sie sich etwas vorlehnt. «Kann es sein, dass es gar nicht so sehr darum geht, dass Aaron sich wie ein Vollarsch benommen und dich verletzt hat, sondern vielmehr um die Angst vor deinen eigenen Gefühlen?»

«Natürlich geht es auch darum. Wenn Aaron mich nicht verletzt hätte, müsste ich ja auch keine Angst vor meinen Gefühlen haben.»

«Aber diese Angst war schon immer da, Leo. Nur ist Aaron der erste Typ, bei dem du trotzdem Gefühle zugelassen hast», sagt Calla. «Sonst bist du immer schon vorher in eine Abwehrhaltung gegangen. Das nennt sich Bindungsangst. Und es kommt mir ein bisschen so vor, als würdest du Aarons Fehltritt – auch wenn der wirklich absolut scheiße war – und seinen Job in München als Ausrede dafür nehmen, dich nicht auf ihn einzulassen. Sozusagen ein Fluchtplan vor der Liebe. Obwohl ihr euch ausgesprochen habt. Obwohl du ihm verziehen hast. Obwohl du ihn offensichtlich nicht komplett aus deinem Leben streichen willst, denn sonst hättest du ihm ja keine Freundschaft angeboten ...»

«Der letzte Part kommt mir bekannt vor», wirft Lissa ein,

während ich meinen Mund zu einem Widerspruch öffne, der mir aber im ersten Moment im Hals stecken bleibt. Hat Calla recht?

«A-aber wenn ich Bindungsängste hätte, müsste das dann nicht auch für euch beziehungsweise alle Geschlechter gelten?»

«Nein, muss es nicht. Erstens gibt es ganz unterschiedliche Ausprägungen einer Bindungsphobie, und zweitens macht sie sich oft bei dem Geschlecht bemerkbar, zu dem man als Kind ein», sie zeichnet Gänsefüßchen in die Luft, «‹gestörtes Verhältnis› hatte. Und mit ‹gestörtes Verhältnis› sind Dinge oder Ereignisse gemeint, die sich negativ auf die Bindung ausgewirkt haben. Wie zum Beispiel der plötzliche Bruch einer Bindung. Was in deinem Fall ... der Tod deines Vaters wäre.» Den letzten Satz gibt Calla etwas leiser von sich. «Du hast damals nicht nur deine wichtigste männliche Bezugsperson verloren, Leo. Sondern auch dieses kindliche Urvertrauen, niemals verlassen zu werden. Und dieses Gefühl, dieser Schmerz, den du dadurch empfunden hast, scheint sich so tief in dein Unterbewusstsein gegraben zu haben, dass ...»

«Ich Angst vor der Bindung zu einem Mann habe», sage ich eher zu mir selbst.

«Das ist nur eine Theorie, ich bin noch keine Therapeutin. Normalerweise erörtert man so was bei einer Therapie.»

«Kann ich mich bei dir schon als Patientin anmelden?», scherze ich – auch um ein bisschen davon abzulenken, wie sehr mich Callas Worte aufgewühlt haben. Allerdings hat auch etwas bei mir klick gemacht. Ich glaube, die eigentliche Frage lautet nicht: Sollte ich Aaron eine zweite Chance geben? Sondern: Warum habe ich so eine Angst davor? Kann ich mich überhaupt auf so was wie eine Beziehung einlassen? Und wenn ja, unter welchen Bedingungen?

«Lieber nicht», antwortet Calla. «Dazu stehen wir uns viel zu nahe.»

«Außerdem, warum solltest du für etwas Geld zahlen, dass du auch gratis bekommst?», witzelt Lissa. Sie hat in der Vergangenheit auch schon öfter von den klugen Ratschlägen unserer Freundin profitiert.

«Danke, Calla. Du hast mir sehr geholfen. Und du auch, Lissa. Danke, dass ihr immer da seid, wenn ich mit dem Finger schnippe.» Ich grinse.

«Stets zu Diensten, Frau Mey.» Lissa macht eine unterwürfige Kopfbewegung.

Calla wirft mir einen Kuss zu.

Beides erwidere ich mit einem dankbaren Lächeln. Aber auch mit der Erkenntnis, dass ich eine Therapie nötiger habe als gedacht.

Dass du Angst vor der Therapie hast, macht dich nicht schwach.

Ich fühle mich bereit. Bereit, mich zumindest einer meiner Ängste zu stellen und Aaron zu antworten. Er hat meinen Wunsch nach Bedenkzeit respektiert und mich nicht gedrängt. Das rechne ich ihm hoch an. Allerdings muss ich mir vorher ganz genau überlegen, was ich will und wie ich das bei einem Gespräch mit Aaron rüberbringe. Gedanken, die ich mir normalerweise in der Werkstatt machen würde. Aber da wäre ich nicht ungestört, weshalb ich beschließe, in die Altstadt zu Callas, Lissas und meinem kleinen Glücksort zu fahren. Dem geheimen Hinterhof Am Sande. Ich kann mir gerade keinen besseren Ort vorstellen, um meine Gedanken zu sortieren.

Nachdem ich mich von Calla und Lissa verabschiedet habe, klappe ich den Laptop zu und checke auf meinem Handy die Wetter-App. Kein Gewitter. Nur ein rauer Wind und kühle fünfzehn Grad.

Eine Busfahrt später steige ich Am Sande aus – und laufe nach nur wenigen Metern niemand anderem als Aaron in die Arme. Einen Zusammenprall können wir gerade noch verhindern und bleiben abrupt voreinander stehen.

«Oh. Hi», sagt er.

«Hi», antworte ich eher automatisch als bewusst, weil ich zu überrascht bin. Ihm scheint es ähnlich zu gehen. Wir starren uns an, als hätten wir uns seit Ewigkeiten nicht gesehen, obwohl wir jeden Tag zusammen bei Teddy im Krankenhaus waren. Aber auf diese Treffen konnte ich mich mental vorbereiten. Dieses hier hat mich, aber vor allem mein Herz eiskalt erwischt. Es rast wie verrückt. Ich bin Aarons intensivem Blick schutzlos ausgeliefert. Weil ich keine Zeit hatte, meine Mauer hochzufahren, drohe ich mal wieder in seinen Augen zu versinken.

«Wie geht's dir?», fragt er vorsichtig.

Ich ringe mir ein Lächeln ab. «Ganz okay, und dir?»

«Auch ganz okay.»

Eine Lüge, die uns beiden ins Gesicht geschrieben steht. Unter Aarons Augen liegen dunkle Schatten, und die blonden Stoppeln um seinen Mund sind mir vor zwei Tagen schon aufgefallen. Als Dreitagebart gehen die nicht mehr durch. So unrasiert habe ich ihn noch nie gesehen. Aber wer tellergroße Augenringe mit Make-up überschminkt und sich seit Tagen nur von Smarties ernährt, sollte nicht mit Steinen werfen. Es wäre lächerlich zu leugnen, dass er mir nicht unglaublich gefehlt hätte. Hier und jetzt würde ich ihm am liebsten um den Hals fallen. Besonders, wenn er mich so ansieht. So voller Sehnsucht, Reue und Hoffnung. Kann ich darauf vertrauen? Es gibt nur einen Weg, das herauszubekommen.

«Aaron?»

«Ja?»

«Hättest du morgen irgendwann Zeit ... zum Reden?»

Er schluckt. «Ich bin den halben Tag in Hamburg, aber ab acht hätte ich Zeit, wenn dir das nicht zu spät ist.»

«Nein, das passt.»

«Okay.»

«Okay», wiederhole ich etwas dümmlich.

Dann hüllt Schweigen uns ein. Vier oder fünf Herzschläge, ein einziger langer Blick – bis Aaron die Stille zwischen uns bricht.

«Verdammt», stößt er beinahe keuchend aus und fährt sich durchs offene Haar. «Ich werde die ganze Nacht wach liegen und mich fragen, ob ... ob du nach diesem Gespräch noch Teil meines Lebens sein wirst. Ich will dich nicht verlieren, Leona», gesteht er mit rauer Stimme und streckt den Arm nach mir aus, als wollte er mich an sich ziehen. Dann lässt er ihn wieder sinken und ballt die Hand zu einer Faust.

Mich durchzuckt Enttäuschung und Erleichterung. Denn obwohl ich mich nach dieser Berührung sehne, habe ich gleichzeitig Angst davor. Eine kalte Windböe lässt mich erschauern und bläst mir die Haare ins Gesicht, weil ich keinen Zopf trage.

«Vor dir zu stehen . . . ohne dich . . .» Er schüttelt den Kopf, als hätte er sich verboten, den Satz zu beenden. «Du hast keine Ahnung, wie hart das hier gerade ist, Leo.»

Doch, das weiß ich. Weil es mir genauso geht.

«Und wie . . . gern ich dir diese Strähnen hinters Ohr schieben würde.»

«Dann tu's», höre ich mich flüstern. Worte, die ungefiltert aus meinem Herzen purzeln.

Aaron kommt näher, steht jetzt so dicht vor mir, dass ich den Kopf in den Nacken legen muss, um in sein wunderschönes Gesicht zu sehen. Er blickt mir in die Augen. Und als ich seine Finger auf meinem Gesicht spüre, das sanfte Streichen über meine Haut, rammt Sehnsucht seine Klauen so tief in meine Brust, dass ich nicht anders kann.

Ich ziehe ihn an mich. Und kaum dass ich meine Arme um ihn gelegt habe, umfangen mich seine. Ein rauer Laut – halb geseufzt, halb geknurrt – verklingt an meiner Halsbeuge. Ich presse mich an ihn, atme seinen Duft, kralle mich in sein Haar und durchwühle es, obwohl ich weiß, dass er das nicht ausstehen kann. Aber das scheint Aaron nichts auszumachen. Denn seine Arme schlingen sich nur noch fester um meinen Körper.

Ich will ihn. Will uns. Aber dieses Uns kann es nur unter bestimmten Voraussetzungen geben, über die ich morgen mit ihm sprechen werde. Ausführlich und in Ruhe. Widerstrebend lasse ich ihn los. Und auch er lässt von mir ab, was ihm sichtlich schwerfällt, so wie der Muskel an seinem Kiefer zuckt.

«Ich . . . ich muss jetzt weiter», sage ich mit pochendem Herzen.

«Ja, ich auch. Ein Hemd für morgen kaufen. Ich hab zwei Vorstellungsgespräche.»

«Dann drück ich dir die Daumen.» Ich ertappe mich bei dem Wunsch, dass der Job in München aus dem Rennen ist.

«Danke.»

«Bis morgen, Aaron.»

«Bis morgen, Leona.»

Ich gehe weiter und verschwinde in dem Getümmel der Altstadt, von dem ich seit unserem Zusammentreffen nicht das Geringste mitbekommen habe.

42
Leona

Du bist jetzt schon vierzig Minuten zu
spät.

Dies war bereits die fünfte Nachricht in Folge an Aaron.
Und er hat sie eine Stunde später immer noch nicht beantwortet. Was für Aaron wirklich untypisch ist. Inzwischen
ist es halb zehn, und wir waren um zwanzig Uhr verabredet. Sorge kriecht meine Magenwände hoch und bringt
mich dazu, schon wieder seine Nummer zu wählen. Ohne
Erfolg, weil ich auch diesmal nur auf seiner Mailbox lande.
Obwohl ich solche Nachrichten selbst nie abhöre, spreche
ich ihm aufs Band. «Okay, ich mache mir langsam wirklich
Sorgen, Aaron. Ich hoffe, es geht dir gut. Bitte meld dich.»
Mein Handy bleibt stumm.

*Wo bleibt er nur? Wieso sagt er nicht ab, wenn ihm was
dazwischengekommen ist?* Oder kann er das vielleicht gar
nicht, weil ihm was zugestoßen ist? Kopfschüttelnd verscheuche ich diesen finstern Gedanken und versuche,
mich zu beruhigen. Das Telefon halte ich fest in der Hand
und schalte im Wohnzimmer den Fernseher an. Ich zappe

wahllos die Programme rauf und wieder runter, rede mir ein, mich dadurch ablenken zu können. Gleiches gilt für den Tee, den ich mir aufbrühe und nicht trinke, weil ich nichts herunterbekomme. Der Kloß in meinem Hals wird von Minute zu Minute größer und die Schreckensszenarien in meinem Kopf gruseliger. Ich vertreibe sie, doch sie kehren zurück und brennen sich nur noch tiefer in mein Gehirn.

Verdammt, Aaron. Warum meldest du dich nicht?

Irgendwas stimmt nicht, das spüre ich. In meiner Brust macht sich genau das gleiche ungute Gefühl wie damals breit. Damals, als ich mit Mama zu Hause auf Papa gewartet habe. Es vergingen Stunden, bis es an der Tür klingelte und Mamas Beine nachgaben, als man ihr mitteilte, dass es einen Unfall gegeben hat, bei dem Papa ums Leben gekommen ist. Mein nächster Atemzug fühlt sich an, als wäre alle Luft aus dem Raum entwichen. Ich löse meine Faust, in der sich mein Handy befindet, um zum hundertsten Mal einen Blick aufs Display zu werfen. Kein Anruf. Keine Nachricht – und es ist bald zehn. Tränen brennen mir in den Augen, als ich seine Nummer wähle. Zum wievielten Mal weiß ich nicht, aber ich versuche es wieder und wieder.

«Bitte», flehe ich vor dem nächsten Anruf, habe aber erneut nur die Mailbox dran. Angst legt sich wie eine eisige Faust um meinen Magen und drückt immer fester zu. «Tu mir das nicht an», flüstere ich in meine zitternde Hand und zwinge mich, nicht panisch zu werden.

Stattdessen schreibe ich in meiner Verzweiflung Ben auf Instagram an.

Hi, Ben, falls du weißt, wo Aaron steckt, oder zufällig mit ihm unterwegs bist und er mal wieder keinen Akku hat, dann ist hier meine Nummer, damit er sich bei mir melden kann.

Keine Ahnung, was die Nachricht bringen soll. Vermutlich wird er sie, wenn überhaupt, erst morgen lesen und ...

Mein Handy klingelt. Nummer unbekannt. Hoffnungsvoll und ängstlich zugleich hebe ich sofort ab. «Aaron?!»

«Nein, hier ist Ben.»

«Oh. Hi.»

«Ich habe deine Nachricht gelesen und dachte, ich rufe direkt an. Hab versucht, Aaron zu erreichen, aber da geht nur die Mailbox dran», erklärt er, und Übelkeit steigt in mir auf.

«Okay ... Danke, dass du dich sofort gemeldet hast.» Meine Stimme bebt.

«Was ist denn los? Muss ich mir Sorgen machen?»

«Ähm ... nein. Ich denke nicht.» Ich atme unsicher aus. «Er ist nur schon seit mehr als zwei Stunden überfällig. Hätte ja sein können, dass er gerade bei dir ist.»

«Nein. Tut mit leid.»

«Schon okay.»

«Bist du sicher, Leo?»

«Ja. Alles gut.» Ich höre selbst, wie wenig überzeugend das klingt.

«Soll ich mich bei dir melden, falls ich ihn erreiche oder was von ihm höre?»

Eine Stimme in mir flüstert, dass das nicht passieren wird, trotzdem antworte ich mit: «Ja, das wäre nett.»

Wir verabschieden uns und legen auf. Ich schließe die Augen und presse mein Handy fest gegen mein Herz, das sich schmerzerfüllt zusammenzieht. Panik, die meine Knochen hochklettert, entlädt sich in heißen Tränen, die ich vor lauter Anspannung nicht mehr zurückhalten kann. Denn ich glaube ... nein, ich weiß, dass ihm was passiert ist.

Aaron würde mich nicht so lange warten oder gar sitzen lassen, ohne was zu sagen. Ihm muss etwas zugestoßen sein. Vielleicht ein Autounfall. Wie kann es sein, dass das Schicksal seine Klauen ein zweites Mal in meine Brust rammt und mir ein Stück meines Herzens rausreißt? Denn genauso fühlt sich die Vorstellung, dass Aaron tot sein könnte, an. Sie lähmt mich. Lähmt mich so sehr, dass ich kaum noch Luft bekomme.

Ich schließe die Augen, versuche mein Herz von meinem Kopf zu entkoppeln, damit mein Autopilot übernehmen und mir Befehle erteilen kann. Aber es klappt nicht. Die Panik dringt immer noch zu mir durch. Ich kann mich nicht beruhigen. Ich kann mich nicht auf meine Atmung konzentrieren. Ich kann nicht aufhören zu weinen und wische mir mit dem Handrücken Tränen von den Wangen.

Vielleicht brauche ich jemanden, der mir sagt, dass alles gut wird, dass ich mich nur verrückt mache, dass Aaron jeden Moment klingelt. Ich brauche positive Gedanken, weil meine mich sonst auffressen werden. Daher rappele ich mich vom Sofa auf und nehme die Treppe nach oben in Mamas Schlafzimmer. Obwohl ich weiß, dass sie schon schläft, öffne ich die Tür. Sie ist der einzige Mensch, der meine Angst nachvollziehen und sie mir vielleicht nehmen kann.

«Mama?», schluchze ich und höre ihr Bettzeug rascheln. Dann das Anknipsen ihrer Nachttischlampe, die das Schlafzimmer in ein schummerig warmes Licht taucht. Mama richtet sich auf und blinzelt ein paar Mal. Als sie mich entdeckt, sieht sie mich erschrocken an.

«Gott, Leona. Was ist denn los?» Sie schlägt die Decke zurück.

«Aaron. Er ...» Ich setze mich zu ihr auf die Bettkante.

«Was ist mit ihm?»

«Er ... er sollte vor über zwei Stunden hier sein. Und ... ich erreiche ihn nicht», antworte ich unter Tränen, die ich mir von den Lippen lecke.

Ich sehe, dass Mama schluckt. Ihr beruhigendes Lächeln erreicht ihre Augen nicht. «Aber das muss doch nichts heißen.»

«Und wenn doch? Was ist, wenn ...»

«Shhh ... So weit denken wir gar nicht erst, okay?» Sie streicht mir übers Haar. «Es kann hundert Gründe geben, warum er noch nicht hier ist. Vielleicht ist irgendwas mit seinem Handy, kein Akku, oder es ist kaputtgegangen.»

«Aber er hätte schon wieder aus Hamburg zurück sein müssen.»

«Er ist in Hamburg, sagst du?»

Ich nicke. «So lang ist die Strecke nicht. Was ist, wenn er ... wenn er unterwegs einen Unfall hatte?»

«Seit wann versuchst du, ihn nun schon zu erreichen?», will sie wissen, und ich kann sie ganz genau hören. Die Sorge in ihrer Stimme. Doch Mama will sie nicht zeigen und stark sein. Für mich. Und es hilft. Es hilft mir zumindest, nicht komplett durchzudrehen.

«Seit zweieinhalb Stunden.»

«Dann komm, wir setzen uns ins Auto und fahren die Strecke ab.»

Meine Augen werden groß. Ich blinzele ungläubig, während Mama sich bereits aus dem Bett müht. Sie scheint es wirklich ernst zu meinen. «Na komm, Leona. Zieh dir was Warmes über.»

Meine Starre löst sich, ebenso ein Teil meiner Anspannung. Die Aussicht, aktiv zu werden, anstatt untätig und hilflos hier rumzusitzen, gibt mir so was wie … Hoffnung. Neuen Mut. Eine Aufgabe. Auch wenn ich weiß, dass es von hier nach Hamburg drei verschiedene Strecken gibt. Aber das bedeutet auch dreimal mehr Hoffnung. Eine Rechnung, die vermutlich nur in meinem Kopf Sinn ergibt.

Ich flitze in mein Zimmer, schlüpfe in den erstbesten Hoodie und … halte in der Bewegung inne, als ich die Klingel der Haustür höre.

Aaron?

Ich stolpere zum Fenster, und dank der Außenbeleuchtung unseres Hauses sehe ich, dass er tatsächlich vor der Tür steht.

Ich atme aus, als hätte ich zweieinhalb Stunden die Luft angehalten. Ein ganzes Gebirge fällt von meinem Herzen. Schluchzend eile ich aus meinem Zimmer und renne meine Mama fast über den Haufen.

«'tschuldigung. Aaron ist …»

«Schon gut. Geh zu ihm. Ich lege mich wieder schlafen.»

Der Schrecken steckt mir noch so tief in den Knochen, dass sich meine Beine ganz wacklig anfühlen, als ich die

Treppe nach unten springe. Ich reiße die Tür auf und schimpfe drauflos.

«Wo warst du?! Du bist fast drei Stunden zu spät. Drei verdammte Stunden! Ich hab versucht, dich anzurufen. Ich hab dir geschrieben. Ich hab sogar mit Ben telefoniert, Aaron. Verdammt, ich hab mir solche Sorgen gemacht.»

«Entschuldige. Der Termin hat länger gedauert, und ich hatte mein Handy zu Hause liegen gelassen.»

«Das geht nicht, Aaron. Wenn du mit dem Auto unterwegs bist, dann musst du erreichbar sein. Für den Fall, dass was passiert. Du … du kannst nicht ohne Handy los.»

«Das war doch keine Absicht.»

«Ist mir egal», sage ich mit bebendem Kinn. «Ich bin hier durchgedreht vor Sorge! Ich dachte, du wärst von einer Wespe gestochen worden oder hattest einen Unfall, wärst gegen einen Baum gefahren. Und tot. Ich … ich dachte, ich sehe dich nie wieder.»

Bedauern überschwemmt sein Gesicht, als in seinen Augen Verstehen aufblitzt. «Fuck … daran hab ich nicht gedacht.»

«Scheiße, Aaron! Mach das ja nie wieder», schluchze ich.

«Komm her.» Er zieht mich in seine Arme und bettet meinen Kopf an seine Brust. Und als ich sein Herz schlagen höre, brechen alle Dämme. Ich fange an zu zittern, und Tränen strömen über mein Gesicht. Vor Erleichterung und Dankbarkeit, dass ihm nichts passiert ist.

«Shhhh», flüstert er und küsst mein Haar. Weich und warm spüre ich seine Lippen an meiner Schläfe, an der er murmelt: «Es tut mir so leid. Bitte beruhige dich.»

«Ich hatte solche Angst», schluchze ich und weine in sein Hemd, lasse alle Anspannung heraus.

«Verzeih mir. Das wollte ich nicht.» Ganz sanft wiegt er mich hin und her und redet beruhigend auf mich ein. «Es ist alles gut, Leo. Mir ist nichts passiert. Ich achte von nun an darauf, mein Handy immer bei mir zu haben. Versprochen.» Aarons gehauchte Worte, die Wärme seines großen Körpers, sein vertrauter Geruch ... All das führt dazu, dass die eisige Faust der Panik sich löst und meinen Körper allmählich wieder freigibt. Erschöpft von der ganzen Aufregung, umklammere ich auf Zehenspitzen Aarons Nacken, kralle mich in sein Haar, will am liebsten in ihn reinkriechen. Jetzt, da ich ihn wiederhabe. Unversehrt.

«Lass uns hochgehen», sagt Aaron rau, und der Boden verschwindet unter meinen nackten Füßen, als er mich hochhebt. Mit mir im Arm nimmt er Stufe für Stufe und legt mich vorsichtig ins Bett. Dann deckt er mich zu und fragt leise: «Soll ich gehen oder bleiben?»

Ich bin mir der Doppeldeutigkeit seiner Frage bewusst. Will ich wirklich, dass er meinetwegen den Job in München absagt? Keine Ahnung. Aber dass ich ihn heute Nacht bei mir haben möchte, weiß ich bestimmt.

«Bitte, bleib.»

43

Aaron

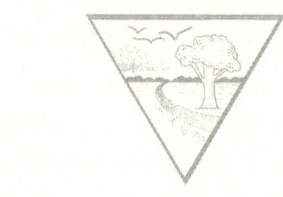

Ich lege mich hinter sie und halte sie, drücke sie an meine Brust, in der mein Herz wie verrückt für sie schlägt.

Bleib, hat sie geantwortet. Doch was, wenn sie mich morgen früh für immer wegschickt? Was, wenn sie das nur aus ihrer Panik heraus gesagt hat? Ja, sie hatte Angst, mich zu verlieren. Aber das ist nichts, auf das ich mir etwas einbilden sollte. Kein Grund zu hoffen. Ich tue es trotzdem, kann es nicht verhindern, obwohl eher Sorge angebracht wäre.

«Geht's wieder?», frage ich leise und lockere meine Umarmung, als ich merke, dass sie sich zu mir umdrehen will.

Auf der Seite liegend, sieht sie mich nun an und nickt. Ihr Blick ist verlegen. «Tut mir leid, dass ich so … so durchgedreht bin», sagt sie mit heiserer Stimme.

«Tut mir leid, dass ich dich dazu gebracht habe», entgegne ich. «Dass ich nicht daran gedacht habe, mein Handy mitzunehmen. Wenn du mich ohne ein Lebenszeichen drei Stunden hättest warten lassen, wäre es mir nicht viel anders gegangen.»

In den Tiefen ihrer grünen Augen blitzen Zweifel und

Verunsicherung auf, die ich ihr so verdammt gerne nehmen würde. Nur weiß ich nicht, wie.

«Hast du Durst?», frage ich in meiner Unbeholfenheit.

Sie schüttelt den Kopf.

«Hunger?»

«Nein.»

«Gibt es irgendetwas, das ich tun kann?» Ich hoffe fast schon verzweifelt, auf diese Frage ein «Ja» zu bekommen.

Doch sie spannt mich tief Luft holend auf die Folter, bevor sie mir eine Antwort gibt, mit der ich nicht gerechnet habe.

«Sei ehrlich und rede mit mir.»

Mein Kopf ruckt vor Überraschung nach hinten. «Wie meinst du das?»

«Wenn das mit uns ...» Sie stockt und sieht mich abwägend an.

«Wenn das mit uns ... was, Leo?», frage ich hoffnungsvoll.

«Wenn das klappen soll. Mit dir und mir.»

Mein Brustkorb hebt und senkt sich schwer. «Das heißt, du gibst uns eine Chance?»

«Unter der Bedingung, dass du mit mir sprichst, wenn es etwas gibt, das dich belastet. Sobald ich oder Teddy etwas gesagt oder gemacht haben, das dich verletzt, kränkt, eifersüchtig macht oder sonst was, möchte ich das wissen. Ich möchte, dass wir darüber reden, damit wir das aus der Welt schaffen, bevor sich bei dir wieder irgendwelcher Frust anstauen kann.»

Ich nicke. «Das klingt gut.»

«Ich will nicht ständig Angst haben müssen, dass du bei

dem nächsten unbedachten Satz von mir an die Decke gehst. Ich will ... ich muss mich bei dir sicher fühlen können.»

«Das kannst du», verspreche ich.

«Und ich will mich nie ... nie wieder so fühlen wie nach diesem Streit, Aaron. Das hier ist die einzige Chance, die ich dir geben werde. Kommt so was noch mal vor, bin ich weg.»

«So wie an dem Tag wirst du mich nie wieder erleben. Das verspreche ich», sage ich und nähere mich ihrer Hand mit meiner. «Ich beweise es dir.» Sacht lasse ich meinen Daumen über ihre Finger gleiten, bevor ich sie an meinen Mund hebe und jeden ihrer Knöchel küsse. Dann lege ich ihre Hand auf meine Brust und schiebe meine Finger langsam zwischen ihre. Stück für Stück. Während wir uns in die Augen sehen. Und als unsere Hände sich halten und ich den sanften Druck ihrer Finger spüre, klopft mir das Herz bis zum Hals.

«Ich lasse nicht los, Leona. Versprochen.»

«Was ... was ist mit München, Aaron? Ich will nicht, dass du meinetwegen deinen Traumjob aufgibst. Das wäre keine gute Basis.»

«So weit voneinander entfernt zu sein, wäre noch schlechter», widerspreche ich. «Ich gebe den Job nicht deinetwegen auf, Leo. Sondern meinetwegen. Es ist meine Entscheidung. Außerdem war München immer eine Art Flucht. Vor zu Hause, meinem Vater und den Schuldgefühlen. Es gab nichts, was mich hier hielt.» Ich sehe Leo fest in die Augen und sage mit gesenkter Stimme: «Das hat sich geändert. Und ja, das liegt an dir. Aber nicht nur. Ich würde auch bleiben, wenn du mir keine zweite Chance gibst.» Ich erzähle Leo von dem Gespräch mit Vater, der Entschuldigung und seinen Tränen.

«Gott, Aaron. Das freut mich so sehr für dich. Für euch.» Ein Lächeln glättet die Sorgenfalten auf ihrer Stirn.

«Mich freut vor allem, dass Vater die Annäherung schon vor dem Unfall wollte. Das gibt mir Hoffnung, dass er es wirklich ernst meint. Und dass ich die Werkstatt nicht haben will, ist vollkommen okay für ihn. Alles hat sich verändert ... Und deshalb bin ich mir sicher, dass auch ich mich ändern kann. Es schon getan habe. Das hier ...» Ich führe ihre Hand zu meinem Mund und küsse sie. «Das mit uns kann wirklich funktionieren. Ich werde jedenfalls alles dafür tun. Versprochen. Okay?»

«Aber woher wissen wir, dass dieser Moment nicht wieder die Stille vor dem Gewitter ist, Aaron?»

«Weil es die Stille danach ist», sage ich voller Überzeugung. «Wenn die Luft entladen ist, sich die Wolken verzogen haben und die Sonne wieder rauskommt. Dieses Licht nach dem Sturm ...», zärtlich streiche ich ihr eine Strähne hinters Ohr, «... ist eines der schönsten Lichter, die es gibt.»

In ihren Augen glitzert Rührung, und sie schaut mich einen Moment lang nachdenklich an. «Dieses Licht nach dem Sturm habe ich noch nie gesehen. Wegen meiner ... Phobie.» Sie rückt näher, schmiegt sich an meine Brust und fragt: «Kannst du es beschreiben? Wie sieht es aus?»

Ich drücke sie an mich, küsse ihr Haar, atme ihren Duft ein. Dann denke ich über mich und Leo nach, darüber, was sie mir bedeutet. «Es ist ... wie ein Leuchten. Ein Leuchten, das durch dunkle Wolken bricht und den Himmel erhellt.»

Leo seufzt zufrieden und kuschelt sich noch etwas dichter an mich. Und in diesem Moment ist alles richtig. Es ist genau so, wie es sein sollte. Leo ist mein Licht. Und ich werde sie nie wieder loslassen.

Hallo Papa,

tut mir leid, dass ich so lange nicht geschrieben habe. In den letzten Monaten ist so viel passiert. So vieles, bei dem du gefehlt hast. Ich hätte dir so gerne mein Einser-Abizeugnis gezeigt. Auf dem Abiball mit dir getanzt – auch wenn alle anderen das vermutlich ziemlich uncool gefunden hätten. Ich hätte dich so gerne dabeigehabt, als der Studienbescheid eingetroffen ist. Als ich nach Hamburg gezogen bin. Als ich die Wände meiner ersten eigenen Wohnung gestrichen und mit Möbeln eingerichtet habe. Bei all diesen Dingen hat mir Teddy geholfen. Er füllt dieses Loch, dass du in meinem Herzen hinterlassen hast. Und dafür bin ich unendlich dankbar. Trotzdem gibt es Tage, an denen ich die Leere spüre. Aber dann stelle ich mir vor, wie du die Steine, die sich mir in den Weg legen, wegräumst. Und Mauern, die unüberwindbar scheinen, einreißt. Ich glaube, dass du das schon mein ganzes Leben so machst. Und ich weiß, dass du mich siehst und stolz auf mich bist.

Ich liebe dich.
Deine Leo

Epilog
Leona

18 Monate später

«Ich kann nicht fassen, dass ich heute zum letzten Mal in dieser Wohnung sein werde.» Ungläubig betrachte ich die kahlen Wände, sehe mich in dem Raum, der sieben Jahre lang mein Zimmer war, um.

Lissa seufzt. «Ja. Geht mir auch so.»

«Jetzt muss ich mich immer einzeln mit euch verabreden. Oder wir besuchen uns ein Mal im Monat gegenseitig. Abwechselnd in Hamburg, in Lüneburg oder bei mir in Lübeck», schlägt Calla vor, denn nicht nur ich verlasse die WG, um nach Lüneburg zu ziehen. Auch für Lissa ist das hier ein Abschied. Sie und Simon haben eine supersüße Wohnung in Altona gemietet und sich damit einen kleinen Traum erfüllt, den Lissa monatelang vor mir geheim gehalten hat. Weil sie mich nicht mit der WG hängen lassen wollte. Witzigerweise hatte ich exakt den gleichen Gedanken. Seit ich nach meinem Master fest in der Werkstatt arbeite und Aaron den Job in Hamburg für eine Stelle als Golftrainer in Lüneburg gekündigt hat, wurde der Wunsch, nach Lüneburg umzuziehen, immer stärker. Zu Aaron in eine Zweizimmerwohnung in der Nordheide. Und als ich mich dann endlich überwand, Lissa davon zu erzählen, fiel sie mir glücklich um den Hals. Und jetzt – zwei Monate später – hocken wir hier, inmitten all der Kisten, vollgepackt mit Erinnerungen. An eine Zeit, in der wir keine Ahnung hatten, wo das Leben uns hinführen würde. Wer uns auf dem Weg begegnen und wieder verlassen würde, wer wir am Ende sein … oder wen wir lieben würden.

Mit einem Lächeln blicke ich auf, als Aaron schwer atmend den Raum betritt. In Jeans und Pulli, was ein ungewohnter, aber sehr heißer Anblick ist. Wobei ich ihn auch in seinen spießigen Klamotten sexy finde.

«Was zur Hölle stimmt mit Alex und Simon nicht?», stößt er hervor und schüttelt verständnislos den Kopf.

«Wieso?», fragen Lissa, Calla und ich wie aus einem Mund.

«Die machen eine Art Wettrennen aus dem Kistenschleppen. Und nehmen die ganzen Stufen im Sprint.»

Lissa winkt schnaubend ab. «Das sind totale Sportjunkies. Ignorier sie einfach.»

«Wenn dein Freund nicht dabei wäre, Calla, würde ich mir vorkommen wie ein Opa.» Calla lacht, während sich Aaron stöhnend eine neue Kiste mit Büchern schnappt. «Ich bin echt zu alt für diesen Scheiß.»

«Na ja … Mit siebenundzwanzig geht man ja auch stramm auf die dreißig zu», sage ich trocken.

Aaron hebt mahnend eine Augenbraue. «Dir ist schon klar, dass das, was du da machst, Age-Shaming ist?»

«Auch dann, wenn mir gefällt, dass du älter bist als ich? Anscheinend stehe ich drauf.»

«Was dann wiederum ein Fetisch wäre. Das macht es nicht besser, Leo.» Seine Mundwinkel zucken. «Aber damit kann ich leben.»

Meine Lippen verziehen sich zu einem breiten Grinsen. «Das wirst du auch müssen, wenn wir ab jetzt zusammenwohnen.»

Aaron stellt die Kiste in seiner Hand wieder ab und kommt zu mir. Er beugt sich über mich, und ich lege den Kopf in den Nacken, als seine Hände zärtlich mein Gesicht umfassen. «Ich kann es kaum erwarten, Leona Mey», sagt er mit gesenkter Stimme.

«Geht mir auch so, Aaron Sanders.» Worte, die an seinen Lippen verklingen, bevor er mir einen Kuss gibt, der mich die Augen schließen und vergessen lässt, dass Calla und Lissa auch noch anwesend sind. Erst ein Räuspern, das eindeutig nicht von meinen Mädels kam, bringt Aaron und mich dazu, uns voneinander zu lösen.

Simon, Alex und Jasper stehen mit verschränkten Armen im Raum und blicken uns vorwurfsvoll an. Ruckartig richtet Aaron sich wieder auf.

«Was ist denn das hier für eine Arbeitsmoral», kommt es von Jasper.

«Kein Wunder, dass die Kisten nicht weniger werden», beschwert sich Simon mit einem übertriebenen Stöhnen.

Er und Alex sind total durchgeschwitzt.

«Sorry, ich bin schuld!» Die Hand hebend, nehme ich meinen Freund in Schutz: «Ich hab Aaron abgelenkt.»

«Wohl eher abgeleckt», kommt es trocken von Lissa, was

unser aller Lachen von den leeren Wänden widerhallen lässt.

Während sich die Jungs wieder ans Schleppen machen, stehe ich auf, um in die Küche zu gehen. Bilder von gemeinsamen Kochabenden driften an mir vorbei und hinterlassen in meiner Brust eine Schwere, die ich aber sofort verscheuche. Ja, es ist traurig, einen geliebten Ort zu verlassen, aber in erster Linie bin ich dankbar für all die schönen Erinnerungen, die ich hier machen durfte. Ich nehme sie mit mir, genau wie die Umzugskisten – nur dass die Erinnerungen weniger Gewicht haben. Ich greife mir meine Tasche von der Arbeitsplatte und kehre zu Lissa und Calla zurück.

«Ich habe eine Kleinigkeit vorbereitet», sage ich.

Meine Freundinnen sehen mich fragend an.

Mit einer schwungvollen Geste hole ich besagte Kleinigkeit aus meiner Tasche. Drei kleine Tüten mit farblich vorsortierten Smarties. Gelb für Calla. Blau für Lissa. Und Grün für mich. Im Schneidersitz nehme ich wieder auf dem Boden zwischen den Kisten Platz. «Ein letztes Mal Smarties futtern in der WG.»

«Awww …» Calla presst ihre Hand gerührt an die Brust.

«O Gott, ich heule gleich. Das ist so eine süße Idee, Leo.»

«Ist ja auch meine», sage ich und schließe auch diese Erinnerung in meinem Herzen ein. Das Knistern der Tüten. Das Klackern der Smarties. Und das Lächeln auf den kauenden Mündern meiner besten Freundinnen, die für immer mein Zuhause sein werden.

Danksagung

Ich hasse Abschiede. Und diese Danksagung zu schreiben, fühlt sich gerade wie einer an. Weil Alissa, Calla und Leona mich so lange begleitet haben, dass sie zu einem Teil meines Lebens geworden sind. Zumindest einem Abschnitt davon. Sie haben meinen Freundeskreis und meinen Horizont erweitert. Ich habe diese drei wundervollen Frauen, aber auch Simon, Jasper und Aaron so sehr in mein Herz geschlossen, dass es zur Hälfte ihnen gehört. Vermutlich wird das auch für sehr, sehr lange Zeit so bleiben. Weil mir diese Reihe so viel bedeutet. Mir so viel ermöglicht hat. Sich dadurch so viele Träume erfüllt haben. Ich an ihr gewachsen, aber auch oft gescheitert bin. Und immer wenn ich dachte, «Du packst das nicht», haben mich meine Buchheldinnen wieder aufgebaut. Alissa mit ihrer Kreativität und ihrem Freigeist. Calla mit ihrer Sanftmütigkeit und Geduld. Und Leo mit ihrem Humor und ihrer Energie. Deshalb geht das erste Dankeschön an euch: Alissa, Calla und Leo.

Tausend Dank an alle Leser*innen, fürs Lieben und Weiterempfehlen dieser Reihe. Danke, dass ihr diesen Büchern mit euren liebevollen Beiträgen, Videos und Rezensionen Sichtbarkeit schenkt. Eure rührenden Nachrichten und

E-Mails (ich lese jede einzelne mit einem Lächeln im Gesicht) machen mich so unglaublich glücklich und stolz. Bitte hört niemals damit auf. Ihr habt einen Riesenanteil daran, dass ich meinen Traum leben darf.

Dir, liebe Anne, danke ich dafür, dass du an mich und diese Reihe geglaubt hast. Dass du so viel Herzblut, Liebe, Zeit, Energie, Geduld und Nerven in mich investiert hast wie noch niemand zuvor. Du hast mal gesagt, das wäre als Lektorin dein Job. Ich glaube, du bist einfach einer der tollsten Menschen, die ich kenne.

Danke an den Rowohlt Verlag und das gesamte KYSS-Team. Allen voran Anke Henkel. Ich liebe es, wie du mit deinen kreativen Marketing-Ideen und liebevollen Beiträgen ganz Bookstagram auf meine Bücher heißmachst.

Ein Riesendankeschön geht an meinen wunderbaren Agenten Carsten Polzin. Danke, dass du wirklich immer hinter mir stehst und stets das Beste für mich rausholst. Ich freue mich auf all die Erfolgsgeschichten, die wir in Zukunft hoffentlich noch gemeinsam schreiben werden.

Ich danke Sarah Saxx für unsere Promodoro-Video-Schreibsessions und das Quatschen in den Fünf-Minuten-Pausen. Du hast mich mitgezogen, als ich kurz vor dem Ziel nicht mehr weiterkonnte. Ohne dich wäre «Gewitterleuchten» vermutlich niemals fertig geworden.

Das, was man über geteiltes Leid sagt, stimmt tatsächlich. Die unzähligen Nachrichten und Memos mit meiner Lieblingsverlagsschwester Nikola schenken mir so viel Kraft und Motivation. Ich möchte unsere Gespräche nicht mehr missen.

Danke an Caro, Steffi, Lenia und Sarah. Ich liebe und

schätze unseren Austausch. Ohne könnte ich mir das Schreiben gar nicht mehr vorstellen.

Danke an meine lieben Testleserinnen Dina, Diana, Kimberly, Mandy, Ceylan, Theresa und Luna. Jedes Mal, wenn ich mein Baby in eure Hände lege, sterbe ich vor Aufregung. Und das, obwohl ich weiß, wie vertrauenswürdig, respektvoll und ehrlich ihr mit ihm umgeht. Das schätze ich wirklich sehr.

Der größte Dank geht wie immer an meinen Verlobten. Ich weiß echt nicht, wie ich diese Reihe ohne deine grenzenlose Unterstützung hätte schreiben sollen. Ich wäre vermutlich längst verdurstet oder verhungert oder in meinem Chaos versunken, wenn du nicht gewesen wärst. Danke, dass ich dich zu fast jeder Uhrzeit mit meinen Buchideen und Plotholes nerven und mich über meine Figuren ärgern darf. Das bedeutet mir alles. Du bedeutest mir ALLES!

Kira Mohn

BECAUSE IT'S TRUE

Ein einziges Versprechen

LESEPROBE

Was ist wahr? Was ist gelogen? Und was ist Liebe?

Stell dir vor, der Mensch, den du liebst, kommt zu dir. Er erzählt dir von der Three-Things-Challenge, dem neuesten Social-Media-Phänomen. Man soll jemandem drei Dinge über sich erzählen: eine Wahrheit, eine Lüge und etwas, von dem du dir wünschst, dass es wahr oder gelogen wäre. Und dann sagt dein Partner: «Ich habe jemand anderen geküsst. Ich habe mit jemand anderem geschlafen. Ich habe mich in jemand anderen verliebt.» In diesem Moment weißt du, dass sich alles ändert. Weil eine Wahrheit deine Beziehung zerstört. Oder eine Lüge sie rettet...

In der «Because It's True»-Reihe erzählen die vier Bestsellerautorinnen Kelly Moran, Kira Mohn, Nikola Hotel und Anya Omah Geschichten über Menschen, die sich dieser Challenge gestellt haben. Lies hier das erste Kapitel von Kira Mohns Story.

PS: Die vier Geschichten sind inhaltlich komplett unabhängig voneinander und können einzeln gelesen werden, das Thema der Three-Things-Challenge verbindet sie aber wie ein roter Faden.
PPS: Im E-Book erscheinen sie einzeln. Im Print gibt es zwei Duo-Bände.
PPPS: In Anyas Beitrag zur Reihe wird es übrigens ein Wiedersehen mit Alex geben.

And suddenly
you fall in love
with the one
who was there
all along

KAPITEL 1

Ich habe keine Ahnung, wann aus Vic plötzlich VIC wurde. VIC in Großbuchstaben. Die VIC, um die sich ständig und damit viel zu oft meine Gedanken drehen, und zwar anders als früher. Früher, das war, als ich darauf brannte, endlich mit den Hausaufgaben fertig zu werden, weil ich mich mit Vic beim McCaig's Tower verabredet hatte. Wir spielten dort oben einen ganzen Sommer lang, versehentlich in eine andere Wirklichkeit geraten und quasi ins alte Rom gefallen zu sein.

Jahre später ist es jetzt wohl tatsächlich passiert, und ich bin aus der Welt, in der Victoria und ich die besten Freunde sind, in eine Realität gerutscht, in der ich mir nicht mehr sicher bin, ob der Begriff *Freundschaft* noch dem gerecht wird, was ich für Vic empfinde.

Zu empfinden glaube.

Empfinde.

Es ist kompliziert.

Leise quietschende Türangeln reißen mich aus meinen Gedanken, und ich weiß genau, wer da gerade zum dritten Mal innerhalb der letzten halben Stunde im Türrahmen steht. «Jack?», höre ich eine helle Stimme.

«Fin», knurre ich. «Du sollst jetzt endlich schlafen. Morgen musst du früh aufstehen.» Genau genommen ist das gelogen. *Ich* muss früh aufstehen, aber wenn ich das muss, muss Finlay es ebenfalls.

Es quietscht erneut, als Fin sich jetzt in mein Zimmer drückt und an mein Bett tritt. «Jack ...»

Ich kann meinen kleinen Bruder förmlich denken hören. *Kann ich was trinken?*, hat er schon durch, *Ich muss aufs Klo* ebenfalls. Was kommt jetzt?

«Ich hab Bauchweh.»

Innerlich seufze ich auf, und das aus gleich mehreren Gründen. *Ich hab Bauchweh* ist Finlays schärfste Waffe und wahrscheinlich auch seine traurigste. Dieser Satz vereint in sich alles, was einem kleinen, vierjährigen Jungen im Leben zu schaffen machen kann, und es gibt nichts, aber auch gar nichts, was sich dagegen tun ließe.

«Willst du zu mir kommen?», frage ich.

Statt zu antworten, krabbelt Fin unter die Decke, die ich etwas angehoben habe. Seine eiskalten Füße schieben sich zwischen meine Beine, während er sich an mich kuschelt und ich die Decke zurücksinken lasse. Sein schmaler Rücken presst sich gegen meinen Oberkörper, und seine verstrubbelten, dunkelblonden Haare befinden sich direkt unter meiner Nase. Ich rutsche ein wenig nach oben und frage mich, ob ich noch sehr stark nach dem Pub rieche. Ich habe extra nicht mehr geduscht, um Fin nicht zu wecken, doch diese Sorge hätte ich mir schenken können: Wie so oft hat er auf mich gewartet.

«Dolle Bauchschmerzen?», will ich wissen, nur so, für meine persönliche Statistik.

«Mittel», murmelt Fin, doch ich weiß, seine Bauchschmerzen werden sich unmittelbar verstärken, sollte ich ihm irgendwann den Vorschlag machen, heute Nacht noch einmal zurück in sein eigenes Bett zu gehen.

Der Kinderarzt hat Finlay im Laufe des letzten Jahres

auf den Kopf gestellt, ohne etwas zu finden, wodurch sich seine Bauchschmerzen erklären ließen. Auf der einen Seite ist das natürlich beruhigend. Auf der anderen Seite macht es mich wütend, denn ich hasse es, hilflos zu sein. Und ich fühle mich nun mal hilflos, wenn Fins Stimme diesen zaghaften Ton bekommt, mit dem er sich direkt dafür zu entschuldigen scheint, Probleme zu verursachen. «Warum hab ich immer Bauchweh, Jack?» Das hat er mich schon mehr als einmal gefragt, und es gibt keine zufriedenstellende Antwort, die ich ihm darauf geben könnte. «Manchmal hat man eben Bauchweh, Fin», wiederhole ich dann in der Regel die Worte des Kinderarztes, und Finlay nickt, als sei das eine angemessene Erklärung.

Ein leises Schnarchen macht mir kurz darauf klar, dass er endlich eingeschlafen ist. Im Gegensatz zu mir, der ich nun zum tausendsten Mal darüber nachdenke, was man gegen diese verfluchten Bauchschmerzen ausrichten könnte. Wenigstens einer in dieser Familie muss das ja tun, auch wenn es sinnlos zu sein scheint. Offenbar müssen wir Finlays Bauchschmerzen einfach aushalten, er und ich, und können nur hoffen, dass sie irgendwann genauso plötzlich wieder verschwinden, wie sie eines Tages aufgetaucht sind.

Ich drücke mein Kopfkissen nach unten, um auf meinen Wecker sehen zu können. Kurz nach halb drei. In nicht einmal vier Stunden muss ich aufstehen, wenn ich Fin um Viertel vor acht unmittelbar nach dem Öffnen der Kindertagesstätte seiner Erzieherin Vika in die Arme drücken will, um dann selbst eine Viertelstunde später bei Alfie in der Reinigung auf der Matte zu stehen. Zweimal in der Woche versorge ich für ihn in Oban und im Umland kleinere Hotels, Pensionen und eine ganze Reihe an privaten Bed and Breakfasts mit frischen Handtüchern und Laken. Das Geld, das ich dabei verdiene, können wir gut brauchen. Der Pub allein wirft längst nicht mehr genug ab. Dad müsste endlich mal ein paar dringend fällige Reparaturen in die Wege leiten und vielleicht etwas mehr Geld in Werbung investieren, doch gegen beides sträubt er sich hartnäckig: *Brauchen wir nicht. Läuft doch.*

Keine Ahnung, wie es ihm gelingt, sich die Situation noch immer schönzureden. Vielleicht funktioniert es deshalb, weil er an den Abenden, an denen er im Pub hinter der Theke steht, mittlerweile selbst sein bester Kunde ist – was allerdings nicht unbedingt dafür sorgt, dass der Laden mehr abwirft. Das *Merry Men*. Mein Urgroßvater hat diesen Pub in den Fünfzigerjahren aufgebaut, und nach meinem Großvater hat Dad ihn vor ein paar Jahren übernommen, aber seit Mum nicht mehr da ist, geht der Schuppen genau wie alles andere vor die Hunde. Die lustigen Zeiten sind vorbei.

Ich würde mich gern auf die andere Seite drehen, doch dann wird mit großer Wahrscheinlichkeit Fin wach. Also lasse ich lieber zu, dass mein linker Arm langsam gefühllos wird – nur noch eine kleine Weile, bis er wirklich so tief schläft, dass nicht einmal Dads gelegentliches nächtliches Gepolter ihn zu wecken vermag, wenn der zu betrunken ist, um den Weg in sein Bett zu finden. In den letzten Monaten hat er bisweilen sogar auf der Klappliege in der Kammer hinter der Bar zwischen Flaschenträgern und den Kartons mit Erdnüssen geschlafen.

Meine Gedanken treiben zurück zu Vic. Sie war heu-

Leseprobe

te kurz im Pub, um mir zu erzählen, dass sie sich jetzt endgültig für das Edinburgh College of Art entschieden habe. Sie wird sich dort bewerben, und ich bin sicher, sie werden sie nehmen – wer würde das nicht tun? Seit wir vor knapp einem Jahr mit der Schule fertig geworden sind, arbeitet Vic an ihrer Bewerbungsmappe, während ich nur zunehmend häufiger im *Merry Men* hinter der Theke stehe.

«Oh Gott, Jack», hat Vic gesagt und mir am Tresen ihr leeres Glas entgegengeschubst. «Ich kann mir überhaupt nicht vorstellen, nicht mehr bei meinen Eltern zu leben. Oder dich nicht mehr jeden Tag zu sehen. Warum kommst du denn nicht mit? Wir könnten beide in Edinburgh studieren.»

Ich habe ihr Irn Bru nachgeschenkt und dabei beiläufig meinen Rang in ihrer Prioritätenliste registriert. Seit einiger Zeit fallen mir solche Kleinigkeiten auf. Ihre Frage habe ich ignoriert. Stattdessen habe ich Vic zum zehnten Mal versichert, dass sie sich in Edinburgh garantiert schnell wohlfühlen und unser Kontakt dadurch nicht abreißen wird. Man kann sich ja Nachrichten schreiben. Telefonieren. Skypen. Natürlich wird es nicht dasselbe sein, und wer weiß schon, ob Vic am College nicht einen Kerl kennenlernt, der kein Verständnis dafür aufbringt, dass sie so viel Zeit für den alten Freund aus Oban aufwendet.

Vielleicht wäre das sogar das Beste. Ein langsames Auseinanderdriften, statt dieses ziehende Gefühl, das sich immer häufiger bei mir einstellt. Wenn sie mit einer Haarsträhne spielt. Das Glas an ihre Lippen setzt. Mich zum Abschied umarmt.

Ohne nachzudenken, lasse ich mich auf den Rücken

fallen, und Fin seufzt leise im Schlaf. Vorsichtig rücke ich etwas näher an ihn heran, spüre, wie die Anspannung, die ihn ergriffen hat, wieder aus seinem kleinen Körper weicht.

Wenn ich nicht bald mal müde werde, wird das morgen ein echter Scheißtag.

Und habe ich gerade allen Ernstes gedacht, ein langsames Auseinanderdriften zwischen Vic und mir wäre das Beste?

Verdammt, nein. Wäre es nicht.

Nur ist der aktuelle Zustand eindeutig auch nicht das Wahre.

Ich schließe die Augen.

Es ist kompliziert.